LORD OF MYSTERIES

爱潜水的乌贼 著

诡秘之主

THE CLOWN

1

小丑

上

NEWSTAR PRESS
新星出版社

图书在版编目（CIP）数据

诡秘之主. 1, 小丑. 上 / 爱潜水的乌贼著.
北京：新星出版社, 2024. 10（2026.1重印）.
ISBN 978-7-5133-5728-9

Ⅰ. I247.5

中国国家版本馆CIP数据核字第2024SR4490号

诡秘之主1 小丑·上

爱潜水的乌贼 著

责任编辑 李文彧 **特约编辑** 刘兆兰 方剑虹
装帧设计 罗智超 江馨华 **策划编辑** 雷 梣 韩明慧 曹 杰
责任印制 李珊珊

出 版 人 孙志鹏
出版发行 新星出版社
（北京市西城区车公庄大街丙 3 号楼8001 100044）
网 址 www.newstarpress.com
法律顾问 北京市岳成律师事务所
印 刷 凸版艺彩（东莞）印刷有限公司
开 本 685mm × 980mm 1/16
印 张 19.25
字 数 310千字
版 次 2024年10月第1版 2026年1月第10次印刷
书 号 ISBN 978-7-5133-5728-9
定 价 49.80元

TINGEN

目录

CONTENTS

Everyone will die, including me.

All religions are
the voice of one
crying in the wilderness.

序言

PREFACE

写在《诡秘之主》再版前

很长一段时间以来，不少读者在问我，哪里能买到《诡秘之主》的实体书，网上的书店已经都找不到了。

感谢广大读者的支持，这是因为前面那一版已经售尽，相应的授权也已经到期。而现在，天闻角川决定再版《诡秘之主》，让《诡秘之主》实体书的整体设计风格和《宿命之环》基本保持一致，加强两者作为系列作品的形象化特征。

天闻角川是我很喜欢的一家出版公司，出版过不少我曾经很爱看的书籍，我相信他们能为《诡秘之主》带来不一样的装潢设计、书页排版，也相信他们能把握好书的内容质量。

我考虑过在《诡秘之主》再版前对部分剧情和文字做一定的修订，但事务繁忙，《宿命之环》又还在连载期间，实在分心之术。而且，从整体结构上来讲，确实也没多少需要调整的地方，强行修改以贴近实体书市场只会造成可读性的下滑。

最后，作为一个爱买实体书阅读和收藏的人，愿大家都在书香萦绕之中，在阳光照耀之下，在隔离外界细雨纷飞的安静房间内，享受到阅读的美好。

爱潜水的乌贼

2024年7月18日

第一章
CHAPTER 01
愚者

痛！

好痛！

头好痛！

光怪陆离满是低语的梦境迅速支离破碎，熟睡中的周明瑞只觉得脑袋抽痛异常，仿佛被人用棒子狠狠抡了一下，不，更像是被尖锐的物品刺入太阳穴并持续搅动！

嘶……迷迷糊糊间，周明瑞想要翻身，想要捂头，想要坐起，可完全无法挪动手脚，身体似乎失去了控制。

看来我还没有真醒，还在梦里……等下说不定还会出现自以为已经醒了，实际依然在睡的情况……对类似遭遇不算陌生的周明瑞竭力集中意志，以彻底摆脱黑暗和迷幻的桎梏。

然而，半睡半醒之时，意识总是飘忽如同烟雾，难以控制，难以收束，他再怎么努力，依旧忍不住思维发散，杂念浮现。

好端端的，大半夜的，怎么会突然头痛？还痛得这么厉害！不会是脑出血什么的吧？我去，我不会就这样英年早逝了吧？赶紧醒！赶紧醒！

咦，好像没刚才那么痛了？但脑子里还是跟有把钝刀子在慢慢割一样……

看来没法继续睡了，明天还怎么上班？还想什么上班？有货真价实的头痛，当然是请假啊！不用怕经理啰唆！这么一想，好像也不坏啊，嘿嘿，偷得浮生半日闲！

一阵又一阵的抽痛让周明瑞积蓄起点滴力量，终于，他一鼓作气地挺起腰背睁开眼睛，彻底摆脱了半睡半醒的状态。

视线先是模糊，继而蒙上了淡淡的绯红，周明瑞首先看到的是一张原木色泽的书桌，桌子正中央放着一本摊开的笔记，纸张粗糙而泛黄，抬头处用奇怪的字母文字书写着一句话，墨迹深黑，醒目欲滴。

笔记本左侧，接近桌子边缘，有一摞整整齐齐的书册，七八本的样子，旁边的墙上镶嵌着灰白色的管道和与管道连通的壁灯。这盏灯很有西方古典风味，约半个成年人脑袋大小，内层是透明的玻璃，外面用黑色金属围出了栅格。

熄灭的壁灯斜下方，一个黑色墨水瓶被淡红色的光华笼罩着，表面的浮凸构成了模糊的天使图案。墨水瓶之前，笔记本右侧，一支肚腹圆润的深色钢笔静静安放，笔尖闪烁着微光，笔帽被搁于一把泛着黄铜色泽的左轮手枪旁边。

手枪？左轮？周明瑞整个人都愣住了，眼前所见的事物是如此陌生，与自己房间没半点相像之处！

惊愕茫然的同时，他发现书桌、笔记本、墨水瓶、左轮手枪都仿佛蒙着一层绯红的轻纱，那是窗外照进来的光辉。下意识间他抬起脑袋，视线一点点上移——半空之中，仿似黑色天鹅绒幕布的夜空之上，一轮赤红色的满月高高悬挂，宁静地照耀着。

这……周明瑞惶恐莫名，猛地站起，可双腿还未打直，脑袋又是一阵抽痛。这让他短暂失去力量，重心不由自主地下坠，屁股狠狠撞击在硬木所制的椅面上。

啪！

疼痛未能造成影响，周明瑞以手按桌，重又站起，慌乱地转过身体，打量自身所处的环境。

这是个不大的房间，左右两侧各有一扇棕色的门，紧挨着对面墙壁的是一张木制高低床。床与左侧的门之间放着一个橱柜，柜子上方对开，下方是五个抽屉。橱柜旁边约一人高的位置，同样有灰白色管道镶嵌于墙上，但它连通的是个奇怪的机械装置，少许地方裸露着齿轮和轴承。近书桌的右墙角堆放着类似煤炭炉的事物，以及汤锅、铁锅等厨房用具。越过右侧的门是一面有着两道裂纹的穿衣镜，木制底座的花纹简单而朴素。

目光一扫，周明瑞隐隐约约看见了镜中的自己，现在的自己黑发、褐瞳，五官普通，轮廓较深，身穿亚麻衬衣，体形单薄……

这……周明瑞顿时倒吸了口凉气，心头涌现出诸多无助又凌乱的猜测。

左轮手枪，欧美古典风格布置，以及那轮与地球上迥异的绯红之月，无一不在说明着某种事件！

我，我不会穿越了吧？周明瑞嘴巴一点点张开。他看网文长大，对此常有幻想，可当真正遇到，一时却难以接受。

这大概就是所谓的叶公好龙吧。过了几十秒，周明瑞苦中作乐地自我吐槽了一句。若非脑袋的疼痛依旧存在，让神经变得紧绷而思维变得清晰，他肯定会怀疑自己在做梦。

平静，平静，平静……深呼吸了几下，周明瑞努力让自己不要那么慌乱。就在这时，随着他身心状态的调和，一个个记忆片段突兀地跳出，缓慢呈现于他的脑海之中！

克莱恩·莫雷蒂，北大陆鲁恩王国阿霍瓦郡廷根市人，霍伊大学历史系刚毕业的学生……

父亲是皇家陆军上士，牺牲于南大陆的殖民冲突，换来的抚恤金让克莱恩有了进入私立文法学校读书的机会，奠定了他考入大学的基础……母亲是黑夜女神信徒，在克莱恩通过霍伊大学入学考试那年过世……还有一个哥哥、一个妹妹，三人共同住在公寓的两居室内……家庭并不富裕，甚至可以说不佳，目前全靠在进出口公司当文员的哥哥维持……

作为历史系毕业生，克莱恩掌握了号称北大陆诸国文字源头的古弗萨克语，以及经常在古代陵寝里出现，与祭祀、祈祷相关的赫密斯文……

赫密斯文？周明瑞心头一动，伸手按住抽痛的太阳穴，将视线投向书桌上摊开的那本笔记，只觉泛黄纸张上的那行文字从奇怪变得陌生，从陌生变得熟悉，从熟悉变得可以解读。

——这是用赫密斯文书写的话语！

那深黑欲滴的墨迹如是说："所有人都会死，包括我。"

嘶！周明瑞莫名惊恐，身体本能地后仰，试图与笔记本，与这行文字拉开距离。

他很是虚弱，险些跌倒，慌忙伸手按住桌沿，只觉四周的空气都变得躁动，耳畔隐约有细密的呢喃在回荡，有种小时候听长辈讲恐怖故事的感觉。

摇了下头，一切只是幻觉，周明瑞重新站稳，将目光从笔记本上移开，大口喘起了气。这时，他的视线落在了那把闪烁黄铜光泽的左轮手枪处，心头霍然冒出一个疑问。

"以克莱恩的家境，哪有钱和渠道买手枪？"周明瑞不由得皱起眉头。

沉思之中，他忽然发现书桌边缘多了半个红色手印，色泽比月华更深，比"轻纱"更厚。

那是血手印！

"血手印？"周明瑞下意识翻开了刚才按住桌沿的右手，低头一瞧，只见掌心和手指间满是血污。与此同时，他脑袋的抽痛依旧传来，略微减弱，连绵不断。

"不会磕破头了吧？"周明瑞边猜想边转过身体，走向那面有裂纹的穿衣镜。几步之后，中等身材、黑发褐瞳、有着明显书卷气的身影清晰地映入了他的眼帘。

这就是现在的我，克莱恩·莫雷蒂？

周明瑞怔了一下，因为大半夜光亮不够，看不太清楚，于是他又继续往前，直到只差一步就会撞到镜子。就着轻纱般的绯红月光，他侧过脑袋，查看额角的情况。

镜子将他目前的状态如实呈现，一块狰狞的伤口出现在他的太阳穴位置，边缘是烧灼的痕迹，周围沾满了血污，而内里有灰白色的脑浆在缓缓蠕动。

噔噔噔！周明瑞被眼前的景象吓得连退了几步，似乎穿衣镜中的不是自己，而是一具干尸。

这么严重的伤口，人怎么可能还活着！

他难以置信地侧过脑袋，检查另外一面，哪怕距离拉长，光线模糊，依旧能看到贯穿伤口和深红血污的存在。

"这……"

周明瑞吸了口气，努力让自己平静。他伸手按住左边胸口，感受到心脏在剧烈快速又生机勃勃地跳动。他又摸了摸裸露在外的皮肤，些微的冰凉下有温热的血液在流淌。往下一蹲，验证膝盖还能弯曲之后，周明瑞重又站起，不再那么慌乱。

"怎么回事？"他皱眉低语，打算再认真检查一遍头部的伤口。往前走了两步，他忽然又停下来，因为窗外血月的光芒变得相对暗淡，不足以支持"认真检查"这件事情。

一个记忆的碎片应激而出，周明瑞转头看向紧挨着书桌的那面墙壁上的灰白管道和被金属栅格包围着的壁灯。

这是当前主流的煤气灯，焰火稳定，照明效果极佳。本来以克莱恩·莫雷蒂的家庭情况，别说煤气灯，连煤油灯都不该奢望，使用蜡烛才是符合身份和地位的表现。但四年前，他在为霍伊大学入学考试而奋斗，需要熬夜读书，哥哥班森认为这是关系到家庭未来的重要事情，哪怕借债也要为他创造良好的夜读条件。

当然，识字又工作了好几年的班森绝对不是鲁莽的、缺乏手段的、不考虑后果的人，他以"安装煤气管道有利于提高公寓的档次，有助于将来的出租"为理由忽悠得房东先生掏钱完成了基础改造，自己则凭借供职于进出口公司的便利，拿到了近乎成本价的新型煤气灯，前前后后竟然只动用了积蓄，没有找人借钱。

记忆碎片闪烁而过，周明瑞回到书桌前，打开管道阀门，扭动煤气灯开关。嗒嗒嗒，摩擦点火之声连响，光明却没有如同周明瑞预料一样降临。嗒嗒嗒！他又扭动了几下，可煤气灯依旧暗淡。

"嗯……"收回手，按住左侧太阳穴，周明瑞企图榨取记忆碎片，寻找事情缘由。过了几秒，他转过身体，走向大门旁边，来到同样镶嵌在墙上，同样有灰白管道连接的那处机械装置前。

这是瓦斯计费器！

看了眼部分裸露在外的齿轮和轴承，周明瑞从裤袋里掏出一个硬币。它颜色暗黄，闪烁着铜色光泽，正面印刻有戴王冠的男人头像，背后麦穗簇拥着一个“1”。

周明瑞知道这是鲁恩王国最基础的货币，叫作铜便士，一便士的实际购买力相当于穿越前的三四块钱。这种硬币的币值还有5便士、1/2便士和1/4便士三种，但依旧不够精细，在日常生活里，还是时不时得凑整来购买物品。

让手中这枚国王乔治三世登基时才发行的铜便士在指尖翻动了几圈后，周明瑞捻着它，将它塞入瓦斯计费器竖直张开的细长“嘴巴”里。

叮叮当当！随着便士在计费器内部跌落到底，咔嚓咔嚓的齿轮转动声随即响起，奏出了短小而美妙的机械旋律。

周明瑞凝视几秒，重又回到原木色书桌前，伸手扭动煤气灯的开关。嗒嗒嗒，啪！一丛火苗燃起，迅速变大，明亮的光线先是充盈了壁灯内部，接着穿过透明的玻璃，将房间笼上了温馨的色彩。

黑暗骤然缩离，绯红退出了窗户，周明瑞莫名安心了几分，快步来到穿衣镜前。这一次，他认真审视着太阳穴位置，不放过一点细节。

几经比较，他发现除开最初的血污，狰狞的伤口没有再流出液体，像是接受过最好的止血包扎处理。而透过伤口可以看到缓缓蠕动的灰白大脑和以肉眼可见的速度生长的血肉，两者都在昭示着愈合的进程，也许三四十分钟，也许两三个小时，那里将只剩下浅浅的痕迹。

“穿越带来的治疗效果？”周明瑞勾了下右边嘴角，无声低语。

接着，他长长吐了口气，不管因为什么，至少自己还是个活人！

定了定心神，他拉动抽屉，拿出一小块肥皂，从橱柜旁边挂着的破旧毛巾中取下了一条，然后打开大门，走向二楼租客公用的盥洗室。

嗯，头上的血污得处理一下，免得一副案发现场的模样，吓到自己不要紧，要是吓到了明天早起的妹妹梅丽莎，那事情就不好收场了！

门外的走廊一片黑暗，只有尽头窗户洒入的绯红月光勉强勾勒着事物的轮廓，让它们像是深沉夜里默默注视着活人的一双双怪物眼睛。周明瑞放轻脚步，有点心惊胆战地走向盥洗室。

进了盥洗室里，月光更盛，一切清楚了起来。周明瑞站到洗漱台前，拧开自来水龙头。哗啦啦，水声入耳，他霍然想到了房东弗兰奇先生。

因为水费包含在房租内，这位头顶礼帽、内穿马甲、外套黑色正装，矮小又瘦削的先生总是积极地前来巡视几个盥洗室，偷听里面流水的声音。如果“哗啦啦”的动静较大，那弗兰奇先生就会不顾绅士风度，凶猛地挥舞手杖，击打盥洗室的门，大声嚷嚷“该死的小偷！”“浪费是可耻的事情！”“我记住你了！”“再让我看见一次，就带上你肮脏的行李滚出去！”“相信我，这是全廷根市最划算的公寓，你再也找不到比我更慷慨的房东了！”……

收回思绪，周明瑞打湿毛巾，清洗起脸上的血污，一遍又一遍。

等到照过盥洗室破破烂烂的镜子，确认自己只剩下狰狞的伤口和苍白的脸庞，周明瑞一下轻松了不少，然后他脱掉亚麻衬衣，借助肥皂搓揉上面沾上的血点。就在这个时候，他眉头一皱，想起或许还有别的麻烦——伤口夸张，血污众多，除开自己身上，房间内应该还有痕迹！

过了几分钟，周明瑞处理好亚麻衬衣，拿着湿毛巾快步回到房间里，先擦掉了书桌上的血手印，然后依靠煤气灯的光芒，寻找别的残留痕迹。这一找，他立刻发现地板上和书桌底部有不少飞溅出的血点，而左手墙边还有一枚黄澄澄的子弹头。

“……用左轮抵住太阳穴开了一枪？”前后线索霍然贯通，周明瑞大概明白克莱恩的死因了。

他没急着验证，而是先认认真真擦掉了血痕，处理了现场，接着才带上弹头回到书桌旁，将手枪转轮往左打开，倒出里面的子弹。叮叮当当，一共五枚子弹，一个弹壳，皆流转着黄铜光泽。

“果然……”

周明瑞看了眼那些空弹壳，一边将子弹挨个儿塞回转轮，一边微微点头。视线左移，他望向摊开的笔记本上书写的那句“所有人都会死，包括我”，心里涌现出更多的疑惑。

枪是从哪里来的？自杀，还是伪装成自杀？一个平民出身的历史系毕业生能惹上什么事情？这种自杀方式怎么才留下这点血痕？是因为我穿越及时，自带治愈福利？

沉吟片刻，周明瑞换上了另一件亚麻衬衣，坐到椅子上，思考起更加重要的事情。

克莱恩的遭遇目前还不是自己应该关心的重点，真正的问题在于弄清楚自己为什么会穿越，能不能再穿回去！父母、亲戚、朋友，丰富多彩的网络世界，各种各样的美食……这些都推动着他想要回去的迫切心情！

啪，啪，啪……周明瑞的右手无意识地甩出手枪转轮，又将它收拢回去，一次又一次。

“嗯，这段时间和以往没太大差别啊，就是倒霉了一点，怎么会莫名其妙就穿越了？倒霉……对了，我今天晚上吃饭前做了个转运仪式！”

一道闪电划过周明瑞的脑海，照亮了他被迷雾遮掩的记忆。

作为一名合格的“键盘政治家”“键盘历史学家”“键盘经济学家”“键盘生物学家”“键盘民俗学家”，周明瑞一向号称自己“什么都懂一点”，当然，死党也常常嘲笑他是“什么都只懂一点”。而方术便是这个“什么”的其中之一。

去年回老家的时候，他在旧书摊上发现了一本线装竖版的《秦汉秘传方术纪要》，看着挺有趣的样子，觉得有助于自己在网上卖弄，于是就买了回去。可惜，兴趣来得快去得也快，竖版书的阅读体验很差，他只翻了个开头，就把书丢到角落里去了。

等到最近一个月他连续倒霉，丢手机、客户跑路、工作失误，不好的事情轮着到来，他才偶然想起《秦汉秘传方术纪要》的开头有个转运仪式，而且要求极其简单，不用任何基础就可以进行。抱着反正不要钱的心态，他翻出那本书，照着要求，在晚饭前做了一遍，然而当时什么都没有发生。

谁知道，到了半夜，自己竟然穿越了！穿越了!!

“有一定可能是那个转运仪式……嗯，明天在这里试一试，如果真是因为它，那我就有希望穿回去了!”

周明瑞停下抖甩左轮手枪的动作，猛地坐直了身体。不管怎么样，自己都要试一试！死马也得当成活马医！

确定了计划，周明瑞顿时像有了主心骨，惶恐、徘徊和不安全部缩进了角落。直到这个时候，他才有心情仔细审视克莱恩残留的记忆碎片。

周明瑞习惯性地站起身，关上管道阀门，看着壁灯缓缓暗淡，直至熄灭。他重新坐下，一边无意识地摩挲着手枪的黄铜转轮，一边按住头侧，于染着绯红色泽的黑暗里静静“回味”，如同电影院里最专心的观众。

或许是受到脑袋被子弹穿过的影响，克莱恩的记忆就像摔碎的玻璃，不仅失去了连贯性，很多地方还明显缺失内容，比如这把做工精致的左轮手枪从哪里来，是自杀还是他杀，笔记本上那句“所有人都会死，包括我”究竟是什么意思，事发前两天有没有参与奇怪的事情等等。

不仅这些具体的回忆成了碎片，有所残缺，就连掌握的知识也是如此。以目前的状态看，周明瑞相信克莱恩如果再回到大学，恐怕会毕不了业，哪怕他实际上才离开校园几天，并且没有丝毫放松学习。

“两天后，要参加廷根大学历史系的面试……鲁恩王国的大学有毕业生不留本校的传统……导师给了一份廷根大学、一份贝克兰德大学的推荐信……”

随着周明瑞无声的“观看”，窗外红月西斜，逐渐下沉，直至东方有微光亮起，地平线染上金色。

这个时候，里面房间有动静传出，很快，脚步声靠近隔门。

“梅丽莎醒了……她还真是一如既往地准时啊。”周明瑞微微一笑，受克莱恩记忆的影响，对梅丽莎有种看自己亲妹妹的感觉。

然而，我并没有亲妹妹……他随即吐槽了一句。

梅丽莎和班森、克莱恩不一样，启蒙教育不是在黑夜女神教会的周日学校完成的，而是在公立初等学校。她到读书年纪的时候，鲁恩王国颁布了《初等教育法》，建立了中低等教育委员会，并专门拨款，加大了教育投入。不过三年，在收编了不少教会学校的前提下，众多的公立初等学校建立了起来，这些学校严格保持宗教中立性原则，不牵涉风暴之主、黑夜女神和蒸汽与机械之神教会的纷争。与一周只需一个铜便士的周日学校比，公立初等学校每周三个便士的学费似乎显得颇为昂贵，但前者每周只在周日学习一天，后者一周却足足能上六天课，综合来看，低价至近乎免费。

梅丽莎与大部分女孩不同，她从小喜欢齿轮、发条、轴承等事物，立志要做一名蒸汽机械师。自己吃过文化亏，明白教育重要性的长兄班森就像支持克莱恩读大学一样，支持了妹妹的梦想。何况，梅丽莎想去的廷根技术学校只能算中等教育，不需要再上文法学校或公学。

去年7月，十五岁的梅丽莎通过入学考试，如愿以偿成为廷根技术学校蒸汽与机械系的一员，每周的学费也提高到了九便士。与此同时，班森供职的进出口公司受南大陆局势影响，业务量和利润都大幅度缩水，裁掉了超过三分之一的员工。班森为了保住工作，维持一家人生活，只能接受更加繁重的任务，必须经常加班，或是前往环境恶劣的地方出差，就像这几天一样。

克莱恩不是没想过尽快就业，帮哥哥减轻负担，但平民出身、从普通文法学校考入的他，一进大学便强烈感受到了自身的不足。比如作为北大陆所有国家源头语言的古弗萨克文，对贵族子弟和其他有钱人的孩子来说是从小就得学习的内容，而他直到大学才初次接触。类似的问题还有很多很多，克莱恩几乎用尽了所有力量，经常熬夜早起，才勉强追上别人，以中等的成绩顺利毕业。

关于兄长和妹妹的记忆跃动于周明瑞的脑海，直至把手转动，里面房间的门吱呀打开，他才霍然醒转，想起自己掌中正拿着一把左轮手枪。

这可是半管制的物品！会吓坏小孩子的！还有，我头上的伤口！眼见梅丽莎即将出来，周明瑞边按住太阳穴，边慌忙拉开书桌抽屉，将左轮手枪丢了进去，砸出砰的一声。

“发生了什么？”梅丽莎听到动静，疑惑地望了过来。她正值最青春的阶段，即使吃不上什么好东西，脸庞消瘦，略显苍白，皮肤也依旧充满光泽，散发出少女的气息。

看见妹妹褐色的眼眸探究地望来，周明瑞强作镇定，将靠近手边的事物拿起，然后从容地关上抽屉，掩盖左轮手枪的存在，而另一只手在太阳穴位置的触感让他确定伤口已经愈合。

他从抽屉里拿出的是一块有藤蔓枝叶花纹的银白色怀表，轻轻一按顶端，表盖便弹了开来。它是三兄妹的父亲，那位皇家陆军上士遗留下来的最值钱的物品，但二手货毕竟是二手货，最近几年时不时就出问题，哪怕找钟表工匠修理过也是一样，这让喜欢带上它抬高身份的班森屡次出糗，干脆把它丢在了家里。

不得不说，梅丽莎或许真有机械方面的天赋，掌握理论知识后，她便借助技术学校的工具开始捣鼓这块怀表，最近更是宣称将它修好了。周明瑞看着表盖弹开，秒针停顿不动，下意识转动顶端，试图给怀表上弦。然而，他扭了几圈，还是没有发条绷紧的声音传出，秒针依旧一动不动。

“好像又坏了。”他没话找话，看向妹妹。

梅丽莎没有表情地瞥了他一眼，快步过来，一把拿走了怀表。她站在原地，将怀表顶端的按钮拔起，仅仅转动了几圈，便有嗒嗒嗒的秒针走动声传出。

正常来说，拔起不应该是调整时间吗……周明瑞的表情顿时变得呆滞。

就在这个时候，远处的大教堂传来当当的钟声，连续六下，悠远而空灵。梅丽莎侧耳听完，又将怀表顶端的按钮拔高了一截，接着连续扭动，对好时间。

“好了。”她简短且不带一点情绪地说道，然后按回按钮，将怀表还给周明瑞。

周明瑞尴尬而不失礼貌地回以微笑。

梅丽莎又深深看了哥哥一眼，转身走向橱柜位置，拿上牙刷、毛巾等物，拉门而出，前往公用盥洗室。

“她刚才的表情怎么有种嫌弃又无奈的味道……关爱智障哥哥的眼神？”周明瑞摇头低笑，啪嗒一声合拢表盖，又啪的一声按开。

重复着这样的动作，他思维发散地想到一个问题。在没有消音器的情况下，克莱恩自杀，嗯……暂时算自杀吧，这个动静绝对不小，一墙之隔的梅丽莎竟然毫无察觉。是她睡得太熟，还是克莱恩自杀这件事情本身就充满诡异之处？

啪，打开，啪嗒，合拢……梅丽莎洗漱归来，看到的便是哥哥不停打开又合拢怀表盖子的无意识动作。她的目光又一次掺上无奈，嗓音甜美地说道：“克莱恩，你把剩下的面包都拿出来，今天记得买新的，还有肉和豌豆。你快参加面试了，我给你做豌豆炖羔羊肉。”

说话间，她将炉子从角落搬出，借着余炭生火，煮了一壶热水。水快开的时候，她打开橱柜底层抽屉，宝贝般拿出一罐劣等茶叶，撒了十来片进壶里，假装那是上好的茶水，一人倒了两大杯。

梅丽莎和周明瑞就着茶水，分享了两条黑麦面包。

没有混杂木屑，没有太多麸质，然而还是不好吃……周明瑞现在身体虚弱，肚子饥饿，依靠茶水，边腹诽边强行将面包吞咽下去。

过了几分钟，梅丽莎吃完，拢了拢垂到背心的黑发，看向周明瑞：“记得买新的面包，只要八磅，天气热，太多容易坏掉。还有羔羊肉和豌豆，记得！”

果然是关爱书呆子哥哥吗，还要强调一遍……周明瑞微笑点头：“好的。”

关于鲁恩王国的一磅，周明瑞根据克莱恩的体感记忆和自己的对比，认为它接近于自身习惯的一斤，也就是半公斤。

梅丽莎没再多说，起身收拾了一下，装好最后那条面包作午餐，戴上母亲遗留的破旧纱帽，拿起自己缝制的装书本文具用的提包，准备出门。

今天不是周日，她得上整整一天课。

从这栋公寓到廷根技术学校步行需要五十分钟左右。虽然有公共马车，一公里一便士，城内最高限额四便士，城郊六便士，但梅丽莎为了省钱，都是提前出门，自己走过去。

刚打开大门，她又顿住脚步，半转身体道：“克莱恩，羔羊肉和豌豆不要买多了，班森或许得周日才能回来，嗯，记得面包只要八磅。”

“好，好的。”周明瑞无奈地回答。与此同时，他心里默念了几遍“周日”这个单词。

在北大陆，一年同样分成十二个月，每年三百六十五天或三百六十六天，一周同样有七天。前者是天文学的成果，让周明瑞怀疑这里是平行世界；后者则来源于宗教，因为北大陆正统的神灵共有七位，分别是永恒烈阳、风暴之主、知识与智慧之神、黑夜女神、大地母神、战神、蒸汽与机械之神。

目送妹妹关门离开，周明瑞忽地叹了口气，很快将心思移到了转运仪式之上。

抱歉，我真的想回家……

周明瑞重新坐回椅子上，直到远处教堂的钟声当当再响，连续七下，他才慢悠悠站起，来到橱柜前，拿出衣物。

黑色马甲，同色正装，脚踝处略紧的裤子，一顶半高礼帽，配上淡淡的书卷气，让周明瑞望到镜中的自己时仿佛在看讲述维多利亚时期故事的英剧。

“我不是去面试，只是买个菜，准备转运仪式的材料而已……”忽然，他低声嘟囔，摇头失笑。

克莱恩是如此记挂即将到来的面试，以至于身体产生了本能，当自己注意力不够集中时，就习惯性地穿上了这唯一一套体面的衣物。

呼了口气，周明瑞脱掉正装、马甲，换上陈旧的棕黄色外套，头顶也变成同色的圆边毡帽。收拾好自身，他踱步至那张高低床边，抬起上方垫子，将手从底部不显眼的破洞处伸了进去，一阵摸索，找到了夹层。

当他的右手缩回来时，掌中已多了一卷钞票，七八张的样子，色泽墨绿泛白。

这就是班森目前所有的积蓄，甚至包含这三天的生活费，其中只有两张5苏勒的纸币，其余都是1苏勒的。在鲁恩王国的货币体系里，苏勒位于第二层，来源于古代的银币，一苏勒等于十二铜便士，有1和5两种面值。位于货币体系顶端的是金镑，同样属于纸币，但以黄金作保障，并直接挂钩，一金镑等于二十苏勒，有1、5、10这三种面值。

周明瑞展开钞票，闻到了很浅很淡的特殊油墨香，这是钱的味道。或许是来源于克莱恩记忆碎片的影响，或许是因为自身对金钱从未改变的渴求，这一瞬间，周明瑞觉得自己爱上了这些小家伙。

瞧，它们的图案是如此的精美，让留着两撇小胡子、严肃古板的乔治三世都显得那样可爱；瞧，透过阳光看到的水印是如此的诱人，那精心设计的防伪标签让它与假冒的妖艳贱货截然不同！……

欣赏了几十秒，周明瑞抽出两张1苏勒的纸币，将剩下的重新卷好，塞回垫子内部的夹层。抚平破洞附近的布条，他将取出的两张纸币整整齐齐折好，放进棕黄外套左侧的口袋中，与裤兜里的几枚便士分开收纳。做好这一切，他将钥匙揣进右侧口袋，拿上深棕色大纸袋，快步走向门边。

哒哒，哒，脚步声由快到慢，最终停了下来。周明瑞立在门边，眉头不知什么时候皱了起来。

克莱恩的自杀事件有不少疑团，就这样出去，会不会遭遇什么“意外”?

沉思片刻，周明瑞返回书桌旁，拉开抽屉，拿出那把闪烁着黄铜光泽的左轮手枪。这是他唯一能想到的防身武器，也是足够强力的武器。虽然他从未练过射击，但光是掏出这把手枪，肯定也能唬住人!

摩挲了一下冰冷的金属转轮，周明瑞将手枪塞入纸币所在的口袋，掌心攥紧钞票，手指紧紧按住枪把。安全感油然而生，什么都懂一点的他霍然又冒出一个担忧:“会不会误击发?”

想法纷至沓来，周明瑞很快找到了思路。他抽出手枪，向左摆甩出转轮，将空出的那个弹槽转至待击发位，然后又啪地合拢。

这样一来，哪怕走火，也只是空弹!

重新塞好手枪，周明瑞的左手就那样插在口袋里，不再拿出来。他用右手按了按帽子，拉开大门，哐当而出。

白天的走廊依旧昏暗，尽头窗户能透入的阳光相当有限，周明瑞快步走下了楼梯，离开公寓，才感受到灿烂与温暖。

此时虽然临近7月，属于盛夏，但廷根位于鲁恩王国北方，有着独特的气候特征，一年最高温度也才地球三十摄氏度不到，清晨更是凉爽。

街道上有些地方脏水横流，杂物乱丢。在克莱恩的记忆里，低收入阶层居住的地方，哪怕有下水道，类似的场景也绝不罕见。因为人多，因为生活。

“来来来，好吃的香煎肉鱼！”

“又热又鲜的牡蛎汤，早上喝一碗，精神一整天！”

“港口送来的新鲜鱼，只要五便士一条！”

“小松饼、鳗鱼汤配姜啤！”

“海螺，海螺，海螺！”

“城外农庄刚采集的蔬菜，又便宜又新鲜！”

“……”

卖蔬菜、卖水果、卖熟食的流动街贩大声嚷嚷，招呼着行色匆匆的路人们，这里面有的人会停下来，仔细比较、购买，有的人则不耐烦地挥手，因为今天的工作还没有着落。

周明瑞闻着空气中彼此纠缠的恶臭和香味，左手牢牢握着枪把，攥紧纸币，右手则按住圆边毡帽，略微弯腰，低头穿过这片纷闹的街道。人多的地方就有小偷，尤其这街区有不少半失业的、做临时工作的贫民和被人教唆偷盗的饥饿孩童。

一路前行，当周围人群密度恢复正常后，周明瑞重新挺直腰背，抬高脑袋，看向街头。那里有位流浪的手风琴乐师在演奏，旋律时而悠扬，时而热烈，他的旁边围了不少衣着褴褛、面色因营养不良而变得蜡黄的孩子。他们听着音乐，跟着节拍，本能地扭动着身体，跳着自创的舞蹈，脸上洋溢着快乐，就像自己是个小王子，是个小天使。

一位表情麻木的妇女经过，裙摆肮脏，肌肤暗淡。她的眼神木讷而呆滞，只有在看向那群小孩时，才有些微光芒闪过，似乎看到了三十年前的自己。周明瑞越过了她，拐向另一条街道，停在斯林面包房前面。

面包房的店主是位七十来岁的老奶奶，叫作温蒂·斯林，头发已经全部灰白，脸上总是洋溢着温和的笑容。自克莱恩有记忆开始，她就在这里卖面包和糕点了。她自己烘焙的廷根饼和柠檬蛋糕非常好吃……周明瑞吞了口唾沫，微笑道：“斯林太太，八磅黑麦面包。”

“哦，小克莱恩，班森呢，还没回来？”温蒂笑眯眯地问道。

“还有几天。”周明瑞含糊地回答。

温蒂一边夹取黑麦面包，一边感叹道：“他真是个勤奋的好小伙儿，会有个好妻子的。”说到这里，她嘴角上扬，略显顽皮地笑，“现在好了，你已经毕业了，我们的霍伊大学历史系毕业生！嗯，你很快就能赚到钱，你们不应该再住现在这样的公寓，至少得有个属于自己的盥洗室。”

“斯林太太，您今天真像个年轻又活泼的女士。”周明瑞只能干笑着回应。

如果克莱恩能顺利通过面试，成为廷根大学的讲师，那整个家庭的确能直接奔向小康！在他的记忆碎片里，甚至幻想过租一套偏郊区的独栋房屋，楼上五六个房间，两个盥洗室，一个大阳台；楼下两个房间，一个餐厅，一个客厅，一个厨房，一个盥洗室，一个地下储藏室。

这不是奢望。在廷根大学，哪怕是实习期的讲师，周薪也能有两金镑，转正后是三金镑十苏勒。要知道，克莱恩的哥哥班森工作了好些年，周薪也才一镑十苏勒，工厂的普通工人甚至不到一镑或一镑刚出头一点，而那样一座独栋房屋的月租金在十九苏勒到一镑十八苏勒不等。

“这就是月入三四千和月入一万四五的差别……”周明瑞暗自嘀咕了一句。

然而，这一切的前提是能通过廷根大学或贝克兰德大学的面试。至于别的就业方向，没有背景的人无法得到推荐成为公职人员，而历史系的就业范围更是狭窄，像贵族、银行家或工业大亨的私人顾问这种需求并不算多。考虑到克莱恩掌握的知识也变成了碎片，不够完整，残缺很多，周明瑞面对斯林太太的期许就满是尴尬和心虚。

“不，我一直都是这么年轻。”温蒂幽默地回答。说话间，她将称量好的十六条黑麦面包装入了周明瑞自带的深棕色大纸袋，一摊右手道：“九便士。”

每条黑麦面包的重量在半磅左右，而偏差不可避免。

“九便士，前两天不是还要十一便士吗？”周明瑞下意识问道。上上个月更是要十五便士。

“你要感谢《谷物法案》的废除，感谢那些游行的人。”温蒂摊开双手，笑道。

周明瑞似懂非懂地点头。克莱恩对此的记忆有些残缺，只记得《谷物法案》的核心是保护本国农产品，规定在价格上涨到一定程度前，不进口南方费内波特、马锡、伦堡等国的粮食谷物。为什么有人要游行反对它？

没有多说，周明瑞怕带出左轮手枪，只能小心翼翼地掏纸币，取出其中一张递给斯林太太。将找回的三个铜便士塞入裤袋后，他提着装面包的纸袋，往隔了一条街的“莴苣与肉类”市场进发，为妹妹叮嘱的嫩豌豆炖羔羊肉而努力。

铁十字街和水仙花街交会的位置有一个市政广场，此时搭起了诸多帐篷，有装扮古怪好笑的小丑正四处散发传单。

“明天晚上，马戏团表演？”周明瑞瞄了眼别人手中的传单，低声念出了大概内容。

梅丽莎肯定会很喜欢的，不知道门票怎么收？想法一闪，周明瑞靠拢过去。

他正待询问其中一位面部红黄相间的小丑，身侧忽然传来一道沙哑的女声：“要占卜吗？”

周明瑞下意识扭头望去，看见一个低矮帐篷前站着一名头戴尖帽、身穿黑色长裙的女人，她脸上涂抹着红色与黄色的油彩，眼眸灰蓝深邃。

“不。”周明瑞摇头回答，他哪有闲钱去占卜。

这位女子笑了笑道：“我的塔罗占卜很准的。”

“塔罗……”周明瑞顿时愣住。这个发音，和地球上的塔罗牌非常相似啊！而地球的塔罗牌就属于一种算命占卜工具，是各有象征符号的图形牌。

等等……他霍然想起了这个世界的塔罗占卜的由来。

它并非来源于七位正统神灵，也不是古代遗留，而是在一百七十多年前由时任因蒂斯共和国执政官的罗塞尔·古斯塔夫发明的。

这位罗塞尔先生发明了蒸汽机，改良了帆船，推翻了因蒂斯王国的统治，并得到工匠之神教会的承认，成为新共和国的首任执政官。

后来，他南征北战，将伦堡等国纳入保护，让鲁恩王国、费内波特、弗萨克帝国等北大陆强国相继低头，接着将共和国再次改为帝国，自称“恺撒大帝”。

正是在罗塞尔统治期间，工匠之神教会得到第五纪以来第一份公开的神谕，将“工匠之神”的称呼改成了“蒸汽与机械之神”。

罗塞尔还发明了塔罗占卜，并奠定了当前纸牌的组成和玩法，这里面就有周明瑞熟悉的几种类型，比如升级、斗地主、德州扑克、昆特牌。

另外，他还派遣船队，在风暴和乱流里找到了通向南大陆的航道，开启了殖民时代。

不幸的是，他年老之后遭遇背叛，于第五纪1198年被永恒烈阳教会、原因蒂斯王族索伦家族和其他贵族联手刺杀，陨落于白枫宫。

这……记起这些常识，周明瑞忽地有点牙疼。

这位不会是穿越者前辈吧？

想到这里，周明瑞就有心看一看这里的塔罗牌究竟长什么样，于是对那名头戴尖帽、脸涂油彩的女子点头道：“如果不……呃，价格合理，我试一试。”

那女子顿时笑道：“先生，你是今天第一位来占卜的人，免费。”

免费？免费的东西才是最贵的！周明瑞无声嘀咕，打算等下不管有什么附加服务，都坚定拒绝。有本事你就占卜出我是穿越的！

想到这里，周明瑞跟在脸涂红黄油彩的女子身后，弯腰进了那低矮的帐篷。

帐篷内非常黑暗，只有少许光线透入，隐约照出一张摆满纸牌的桌子。头戴尖帽的女子一点不受影响，黑色长裙仿佛漂荡在水上，她绕过桌子坐到对面，点燃了蜡烛。昏黄摇曳，帐篷内似明似暗，瞬间多了几分神秘的意味。

周明瑞不动声色地坐下，目光扫过桌上的塔罗牌，发现有自己熟悉的“魔术师”“皇帝”“倒吊人”和“节制”等主牌。

“罗塞尔同志难道真是前辈……不知道是不是我‘大吃货帝国’的老乡……”周明瑞嘴角微动，一阵恍惚。

他还没来得及看完桌上翻开的纸牌，号称“占卜很灵”的女子已伸手将所有的塔罗牌拢在一起，叠成一堆，推到了他的面前。

“你来洗牌、切牌。”这位马戏团的占卜师声音低哑地说道。

“我来洗?”周明瑞下意识地反问。

占卜师露出浅淡的笑容，脸上的红黄油彩随之波动，道:“当然，每个人的命运只有自己才能占卜，我只是一个解读者。”

周明瑞当即警惕地反问:“解读不额外收费吧?”作为“键盘民俗学家”，类似的伎俩他可见得多了!

占卜师明显愣了一下，好一会儿才闷闷道:“免费的。”

周明瑞放下心来，将左轮手枪往口袋里塞了一点，接着坦然伸出双手，熟练地洗牌、切牌。

“好了。”他将洗好的塔罗牌放在桌子中央。

占卜师双手交握，认真看了一会儿纸牌，忽然开口道:“不好意思，忘了问，你要占卜什么?”

当年追求初恋未遂的时候,周明瑞也是研究过塔罗牌的,遂毫不犹豫道:“过去，现在，和未来。”

这是塔罗牌的一种占卜牌阵，三张牌依次排开，分别象征过去、现在和未来。

占卜师先是点头，接着嘴角上翘，露出微笑道:“那请你再洗一次牌，确定自己想询问什么，才能洗出真正有象征意义的牌。”

你刚才是在耍我啊……要不要这么小气，不就是我一直强调“免费”吗……周明瑞脸庞肌肉抽动了一下，深吸口气，拿回塔罗牌，重新洗牌、切牌。

“这次没问题了吧?”他把切好的纸牌重新置于桌上。

“没有了。”占卜师伸出手指，从顶端拿起一张牌放在周明瑞左手边，嗓音愈发低哑,“这张象征过去。”

“这张象征现在。”占卜师将第二张牌放到周明瑞正前方。

她又拿起第三张牌，置于周明瑞右手边:“这张象征未来。”

“好了，你想先看哪张牌?”做完这一切，占卜师抬起脑袋，用灰蓝色的眼眸深深望向周明瑞。

“先看现在吧。”周明瑞略作思考道。

占卜师缓缓点头，将位于正前方的纸牌翻了过来。这张纸牌上画着一位穿华丽衣物、戴绚烂头饰、肩上扛着手杖、杖头挂着行李、身后有小狗拉拽的年轻人，序号是0。

“愚者。”占卜师轻声念出这张牌的名称，灰蓝眼眸定定地看着周明瑞。

第二章

CHAPTER 02

灰雾

愚者？塔罗的零号牌？开始？包含所有可能性的开始？

周明瑞连塔罗初级爱好者都算不上，只能根据印象，自己先做了一个粗浅的解读。

就在占卜师即将开口时，帐篷的布门突然被掀开，强烈的阳光照了进来，刺得背对布门的周明瑞都本能地眯起眼睛。

“你怎么又在假扮我！给人占卜是我的工作！”一道女声愤怒地低吼，“快回去！你要记住，你只是一个驯兽师！”

驯兽师？周明瑞适应了光线，看见门口是位同样戴尖帽、穿黑裙、涂红黄油彩的女子，只是个子更高，体形更瘦。

他面前坐着的那位女子连忙站了起来，怏怏道：“不要介意，我只是喜欢这个。不得不说，有的时候，我的占卜和解读都挺准，真的……”她边说边提起裙摆，从侧面绕过桌子，快步离开了帐篷。

“这位先生，需要我帮你解读吗？”真正的占卜师看向周明瑞，微笑着问道。

周明瑞动了动嘴角，诚恳地反问：“免费吗？”

“……不。”真正的占卜师回答道。

“那算了。”

周明瑞将手掌插回口袋，按住左轮和纸币，弯腰走出帐篷。这真是的……竟然找了个驯兽师占卜！不想做占卜家的驯兽师不是好小丑？

周明瑞很快将这件事情抛到脑后，在莴苣和肉类市场花七便士买了一磅不那么好的羔羊肉，又买了嫩豌豆、卷心菜、洋葱、土豆等食材，加上之前的面包，一共用了二十五铜便士，也就是两苏勒一便士。

“钱还真不禁花啊，可怜的班森……”

周明瑞不仅花光了带出门的两张纸币，还搭上了裤袋里原本的一枚便士。他随口这么感叹了一句，不再多想，急匆匆返回了家里。

有了主食，就能进行转运仪式了！

等到二楼的租客们纷纷离开后，周明瑞没急着进行仪式，而是先将“福生玄黄仙尊”等词语翻译成了古弗萨克文和鲁恩文，想着如果原本的咒语没能起效，那就隔天换本地语言再试一次！毕竟得考虑两界不同、入乡随俗的问题。至于翻译成古代祈祷、祭祀专用的赫密斯文，周明瑞因为词汇量不够，难以完成。

做完这一切，他才从纸袋里抽出四条黑麦面包，将一条置于原本放煤炭炉子的角落，一条置于穿衣镜的底部内侧，一条置于橱柜顶部靠两面墙交会的地方，一条置于书桌右边堆放杂物之处。

深吸一口气，周明瑞来到房间中央，先平静了几分钟，接着才凝重地迈步，逆时针走正方形。

第一步迈出，他低声诵念道：“福生玄黄仙尊。”

第二步，他诚恳地默念：“福生玄黄天君。”

第三步，周明瑞屏气凝神地低语：“福生玄黄上帝。”

第四步，他吐出浊气，用心默念道：“福生玄黄天尊。”

走完归位，周明瑞闭上眼睛，在原地等待着结果。他心里有期待，有不安，有希冀，有惶恐。能回去吗？会有效果吗？会不会出现什么意外情况？

眼前的黑暗染着光明带来的深红，周明瑞脑海里的念头纷纷涌涌，难以平息。就在这时，他突然感觉四周的空气似乎停止了流动，变得黏滞而诡异，紧接着，他的耳畔响起了时而细密、时而尖锐、时而虚幻、时而诱人、时而狂躁、时而疯癫的低语。

明明听不懂这呢喃声在说些什么，周明瑞还是忍不住去倾听、去分辨。他的头再次疼痛起来，像是被插进了一根钢钎般剧烈，只觉得脑袋快要爆开，思绪都染上了迷幻的色彩。他知道不对劲，竭力想睁开眼睛，却怎么都做不了这个简单的动作。

整个人愈发紧绷，随时都可能断掉，周明瑞莫名冒出了一个自嘲的念头：“不作死就不会死……”

他再也无法承受，就在脑海里那根弦即将崩断时，无数嗓音嘈杂交叠的呢喃声退去了，周围变得非常安静，氛围颇为飘忽。

不仅仅是氛围，周明瑞觉得自己的身体也同样飘忽。他再次尝试睁眼，这一次非常轻松，映入他眼眸的是弥漫的灰雾，朦胧、模糊、无边无际。

“这是什么情况？”周明瑞愕然四望，继而低头，发现自己飘浮在一片无垠灰雾的边缘。

灰雾如水流淌，点缀着一颗颗深红色的星辰，它们有的巨大，有的渺小，有的藏于深处，有的浮在表面。看着这全息影像般的场景，周明瑞半是迷惑半是探索地伸出右手，试图触摸右侧浮于表面的一颗深红星辰，寻找离开的办法。他的手指刚触及那颗星辰的表面，就忽然有水纹从他身上涌出，激得那深红爆发开来，像是一团梦幻的焰火。

周明瑞吓了一跳，右手慌乱收回，不小心又碰到了另一颗星辰，于是，这星辰也跟着大放光明。

于是，周明瑞觉得脑袋发空，精神涣散。

…………

鲁恩王国首都贝克兰德，皇后区，一栋豪华的别墅内。

奥黛丽·霍尔坐在梳妆台前，摩挲着桌上花纹古老、表面裂缝的铜镜。

“魔镜魔镜快苏醒……

“我以霍尔家族之名，命令你苏醒！

“……”

她换了一种又一种说辞，但镜子都毫无反应。

过了十几分钟，她终于选择放弃，委屈地抿嘴，小声嘟囔道：“爸爸果然在欺骗我，每次都跟我讲这面镜子是古代所罗门帝国黑皇帝的珍宝，是非凡物品……”

她话音未落，摆放于桌面的铜镜突然绽放出深红光芒，一下将她笼罩起来。

…………

苏尼亚海上，一艘明显落后于时代的三桅帆船正穿行于暴风雨里。

阿尔杰·威尔逊站在甲板上，身体随着颠簸而起伏，轻松地保持着平衡。他身穿绣着闪电花纹的长袍，手中托着一个造型古怪的玻璃瓶，瓶子里时而翻滚气泡，时而聚霜成雪，时而风刮出痕。

“还差鬼鲨的血……”阿尔杰低语道。

就在这时，那玻璃瓶与他的手掌之间有深红爆发，刹那便淹没了周围。

…………

一片灰白的迷雾之上，奥黛丽·霍尔恢复了视野，又惊恐又迷茫地左右打量起来，看见斜对面一个头部模糊、身影朦胧的男子也是差不多的动作。紧跟着，他们几乎同时发现不远处还站着一位周身笼罩着灰白雾气的神秘人。

奥黛丽和阿尔杰先是一怔，陷入沉默，旋即不约而同地开口——

“阁下，这是哪里？”

“您想做什么？”

同样的鲁恩语，同样凝重而紧绷的语气。

此时，“神秘人”周明瑞也同样目瞪口呆。这是哪里，我想做什么，我也想知道啊……

周明瑞冷静下来，无声重复了一遍两人的问题。

让他印象最深刻的不是语句本身和语句里蕴含的意思，而是那一男一女表现出的慌乱、警惕、惶恐和敬畏！

被莫名其妙地拉入这片灰雾世界之上，就连身为“肇事者”的自己，也对此感到异常错愕和震惊，更何况属于被动一方的他们！在他们看来，这种事情，这种遭遇，恐怕已超越想象了吧。

这个瞬间，周明瑞想到了两个选择，一是假装自己也是受害者，隐藏真实身份，以此换取一定程度的信任，静观其变，浑水摸鱼；二是维持那一男一女眼中自己神秘莫测的形象，主动引导事情的发展，从中获取有价值的信息。

来不及思考推敲，周明瑞抓住脑海内一闪而过的想法，迅速做出决断，尝试第二种办法。

——利用对方现在的心理状态，把握自身最大的优势！

在灰雾之上短暂沉默了几秒，周明瑞轻笑了一声，语气平淡，嗓音低而不沉，以回应访客一般的礼貌性语调答复道：“一个尝试。”

一个尝试……一个尝试？奥黛丽·霍尔望着那被灰白雾气笼罩的神秘男子，只觉事情荒唐、好笑、惊悚、奇诡。自己刚还在卧室内的梳妆台前，转头便来到了这满是灰雾的地方！这是何等的匪夷所思！

奥黛丽吸了口气，露出无懈可击的礼节性笑容，颇为忐忑地问道：“阁下，尝试结束了吗？可以让我们回去了吗？”

阿尔杰·威尔逊也想做类似的试探，但经历丰富的他更为沉稳，按捺住了冲动，只是沉默着旁观。

周明瑞望向提问者，透过模糊的雾气隐约能看见对方的身影，那是位有着柔顺金发、个子高挑的少女，但具体容貌无法看清。他没急着回答少女的问题，又转头看向另一边的男子，对方深蓝的头发如海草般凌乱，身材中等，不算健硕。

此时此刻，周明瑞突地有了明悟——等到自己更为强大，或者对这灰雾世界了解得更深，也许就能真正看穿朦胧，看清楚少女与男子的长相。

这次的事件里，他们是来客，我是主人！

心态一变，周明瑞立刻感知到了刚才没有注意到的一些细节。嗓音甜美的少女和沉稳内敛的男子的身形都相当虚幻，边缘染着微赤，就像那两颗深红星辰在灰雾之上的投影。而这投影是基于自己与深红星辰之间的联系，无影无形，但自己能真切把握到。

切断这个联系，投影就会消散，他们就能回归……周明瑞微不可见地点头，看向金发少女，轻声笑道：“当然，如果你正式提出请求，我现在就能让你回去。”

并没有从对方的语气里听出恶意的奥黛丽松了口气，相信能做出如此神奇事情的先生既然给予承诺，就肯定会严格遵守。精神稍有平复后，她反倒没急着提出离开，碧绿的眼眸左右转动了一下，闪烁出异样的光彩。

她忐忑、期待、跃跃欲试地道：“这真是一次奇妙的体验……嗯，我一直期待着类似的事情。我是说，我喜欢神秘学，喜欢超越自然的奇迹。不，我的重点，我的意思是，阁下，我该怎样做才能成为非凡者？”

她越说越是兴奋，甚至激动得有点语无伦次，小时候听长辈们讲种种奇闻怪谈时萌芽的梦想似乎终于有了实现的曙光。不过几句话的工夫，她已将之前的害怕和惶恐遗忘于脑后。

问得好！我也想知道答案……周明瑞自我吐槽道。他开始思考该用怎样的回答维持神秘莫测的形象，与此同时，他觉得这样站着对话显得有点低级。如此场景，不是该有一座神殿、一张长桌，以及众多雕刻着古老花纹、满是神秘符号的靠背座椅，而自己端坐最上首，静静地注视着客人吗？

周明瑞念头刚落，灰雾突地翻滚，吓了奥黛丽和阿尔杰一跳。瞬息之间，他们看见周围多了一根根高耸的石柱，看见头顶上方被宽广的穹顶笼罩，整个建筑壮观、恢宏、巍峨，就像是传说里巨人的王殿。

穹顶正下方，灰雾聚集处，多了一张青铜长桌，左右各有十张高背椅，首尾两端亦安置着同样的座椅。椅子背面璀璨闪烁，深红暗敛，勾勒出现实中找不到对应的奇怪星座图案。

奥黛丽和阿尔杰正好相对而坐，处于最靠近上首的位置。少女往左看了看，又往右瞧一瞧，忍不住低声嘀咕道：“真是神奇啊……”

确实神奇……周明瑞伸出右手，幅度很小地摩挲着青铜长桌的边缘，表面上不动声色。

阿尔杰亦是四下打量了一遍，沉默几秒后，他突地开口，代替周明瑞回答了奥黛丽的问题：“你是鲁恩人吧？想成为非凡者，就加入黑夜女神教会、风暴之主教会或者蒸汽与机械之神教会。虽然绝大多数人一生都见识不到非凡力量，以至于怀疑教会也是形式上的存在，甚至几大教会内部的不少神职人员也有类似的想法。但我可以明确地告诉你，在仲裁庭，在裁判所，在处刑机关，非凡者依旧存在，依旧在对抗着黑暗里滋长的危险，只是数量和黑铁时代早期或更早之前相比少了很多。”

周明瑞专注地听着，肢体动作却竭力表现出听小朋友讲故事一般的不在意的态度。依靠克莱恩残留的历史学常识，他清楚“黑铁时代”指的是当前纪元，也就是第五纪，始于一千三百四十九年前。

奥黛丽安静地听完，轻呼了一口气，道："先生，你说的我都知道，甚至知道得更多，比如值夜者，比如代罚者，比如机械之心，但是，我不想失去自由。"

阿尔杰低笑了一声，含糊道："哪有不想付出代价就成为非凡者的？如果不考虑加入教会，接受考验，那你只能去找王室，找家族历史在千年以上的那几位贵族，或者凭运气寻觅那些躲躲藏藏的邪恶组织。"

奥黛丽下意识地鼓了鼓腮帮子，接着慌乱地左看右看，确定"神秘先生"和对面的家伙都没有注意到自己的小动作，才追问道："没有别的办法了吗？"

阿尔杰陷入了沉默，十几个呼吸后，他扭头望向不发一言安静旁观的"神秘先生"周明瑞。见对方不置可否，他才看回奥黛丽，斟酌着说道："其实我手上有两份序列9的魔药配方。"

序列9？周明瑞暗自嘀咕。

"真的？是哪两份？"奥黛丽明显很清楚序列9的魔药配方代表着什么。

阿尔杰微微往后靠，语气不快不慢地回答："你知道的，人类想要成为真正的非凡者，只能依靠魔药，而魔药的名称来自亵渎石板，经过巨人语、精灵语、古赫密斯语、古弗萨克语、当代赫密斯语的不断转译，早就有了符合时代特征的变化。名称不是重点，重点是它能否代表这份魔药的核心象征。

"我手中的序列9配方，一份叫作'水手'，它能让你拥有出色的平衡能力，哪怕在暴风雨笼罩的船上，也能自由行走如行于大地。你还能获得卓越的力量，以及隐藏于皮肤下的幻鳞，这会让你像鱼一样难以被抓住，在水中灵活得仿佛海族，哪怕不用任何装备，也能轻松潜水至少十分钟。"

"听起来很棒……风暴之主的'海眷者'？"奥黛丽半是期待半是求证地反问。

"在古代，它确实叫作'海眷者'。"阿尔杰没有停顿，继续道，"第二份序列9配方叫作'观众'，至于古代怎么称呼，我就不知道了。这份魔药能让你得到出众的精神力和敏锐的观察力，我相信你看过歌剧和戏剧，能明白'观众'代表的意思，就是像旁观者一样审视世俗社会里的'演员'，从他们的表情、举止、口癖、不为人知的动作中窥见他们真实的想法。"

说到这里，阿尔杰强调了一句："你必须记住，不管是奢靡的宴会，还是热闹的街头，'观众'永远只是观众。"

奥黛丽听得眼睛发亮，好半天才道："为什么？好吧，这是后续的问题，我，我想我喜欢这种感觉，'观众'……我该怎样获得'观众'的配方呢？用什么和你交换？"

阿尔杰像是早有准备，沉声回答道："鬼鲨的血，至少一百毫升鬼鲨的血。"

奥黛丽先是兴奋点头，继而担忧问道：“如果我能拿到，我是说如果，我该怎么给你？又该怎么保证你拿到鬼鲨血后，会将魔药的配方给我，以及这份配方的真实性？”

阿尔杰语气平常道：“我会给你一个地址，等我收到鬼鲨血，就会寄配方给你，或者可以直接在这里告诉你。至于保证，我想如果有这位神秘的阁下作为见证者，你和我都会足够放心。”说这话的时候，他将目光转向了端坐上首的周明瑞，“阁下，您能拉我们来到这里，必定拥有我们无法想象的伟力，在您的见证下，不管是我，还是她，都不敢违背承诺。”

“对！”奥黛丽眼睛一亮，激动地赞同。在她看来，手段让人无法想象的“神秘阁下”确实是足够权威的见证人，自己和对面的家伙哪有胆量欺骗他！

奥黛丽半转身体，诚恳地望向周明瑞：“阁下，请您做我们交易的见证人。”这个时候，她才发现自己竟然一直遗忘了某个问题，实在太不礼貌，忙又问道，“阁下，我们该怎么称呼您？”

阿尔杰微微点头，跟着庄重地问道：“阁下，我们该怎么称呼您？”

周明瑞听得愣了一下，放在青铜长桌上的手指轻轻敲动起来，脑海内霍然闪过之前占卜的结果。

他往后一靠，收回右手，十指交叉抵住下巴，微笑看着两人道：“你们可以称呼我……”说到这里，他顿了顿，语气轻和而平淡地开口，“愚者。”

“你们可以称呼我，愚者。”

简短的答案很快消逝于恢宏的神殿和弥漫的雾气内，但在奥黛丽和阿尔杰心中，那声音却长久回荡，激起了一圈又一圈的涟漪。

没能想到，却觉得就该是这种感觉的称呼，完美体现出神秘、强大、诡异形象的称呼！

几秒的安静后，奥黛丽站起身，虚提裙摆，弯曲膝盖，对周明瑞行了一礼：“尊敬的‘愚者’先生，请允许我冒昧恳求，您可以做我们交易的见证人吗？”

“一件小事。”周明瑞念头急转，以符合身份的方式回答道。

“这是我们的荣幸，‘愚者’先生。”阿尔杰也跟着站起，右手抚胸，弯腰行礼。

周明瑞右手虚压，微笑开口：“你们继续。”

阿尔杰点了点头，重新坐下，看向奥黛丽道：“如果你能拿到鬼鲨血，就找人送去普利兹港白玫瑰区鹈鹕街的勇士与海酒吧，告诉老板威廉姆斯，这是‘船长’要的东西。等我确认之后，你是希望给我地址我将魔药配方寄过去，还是我直接在这里告诉你？”

奥黛丽思考了一阵，展露笑容道：“我选择更保密的方式，就在这里，虽然这很考验我的记忆力。”

既然“愚者”先生答应见证交易，那就表示还有下一次类似的聚会。

想着这些，她忽地侧头，目光闪亮地望向周明瑞，饶有兴致地提议道：“‘愚者’先生，您介意多几次现在这样的‘尝试’吗？”

阿尔杰沉稳听完，也是一阵心动，忙附和道：“‘愚者’先生，您不觉得这种聚会很有意思吗？虽然您的力量超越了我们的想象，但世界上总有您不了解、不擅长的领域，对面那位明显是出身高贵的小姐，而我也有着独属于自己的经验、见识、渠道和资源，我和她也许能在未来某些时候，帮您完成一些不方便自己完成的微不足道的事情。”

在他看来，自己既然会毫无防备、毫无反抗之力地被拉入这里，那就表示主动权在神秘的“愚者”先生手上，不是想拒绝或者表明之后不再参与聚会，就一定能成功的。所以，还不如更深更好地挖掘这次遭遇的好处，用收获来弥补被动与不利。

长桌旁的三方有不同的背景、不同的资源、不同的消息渠道、不同的对神秘领域的了解，如果能互相交流，有限合作，将产生无法估量的美妙效果！比如刚才定下的资源交换，再比如自己想杀一个人，完全可以请表面和实质都与自己没有任何关系的聚会成员帮忙，这会让事情被完美地误导到另一个方向。

出身高贵的小姐……我的表现，我的口音这么明显吗？奥黛丽嘴巴半张，怔了一下，但她很快回过神来，毫不犹豫地点头：“‘愚者’先生，我觉得这是一个很好的提议，只要聚会变成定期，有的事情如果您不方便出面，完全可以转交给我们，当然，得在我们的能力范围内。”

从刚才开始，周明瑞就在权衡利弊，更多的聚会确实能让自己收获更多的非凡奥秘和神秘学知识，有助于将来穿越回去，比如下次聚会时就应该会出现“观众”这份魔药的配方；同样地，也能为他目前的现实生活获取信息，得到一定帮助。不过，越多的聚会也越容易暴露自身的虚实！

果然，不管哪个世界，都没有只存在好处的事情……周明瑞再次伸出右手，用指头轻敲着长桌边缘。

考虑到聚会的召集和解散都在自身掌控之中，即使暴露出什么问题，也在可控范围之内，好处明显多过弊端，周明瑞迅速做出了决断。他停止轻敲的动作，迎着四道期待又忐忑的目光笑道：“我是一个喜欢等价交换的人，不会让你们无条件帮忙。每个周一，下午三点，尽量独处。等我多尝试几次，弄清楚一些事情，或许你们就能提前准备，不用担心自己当时会处在不适宜的场合了。”

这就算答应了阿尔杰和奥黛丽的提议。

奥黛丽刚满十七岁，一直备受呵护，少女心性很重，听到“愚者”先生的回答，顿时忍不住握紧拳头，在胸前轻摆了两下。“那我们是不是该给自己也取个称号？毕竟不能用真实姓名交流。”没等阿尔杰开口，她眸光晶亮，兴致勃勃地说道。

虽然自己的真实情况未必瞒得过“愚者”先生，但对面那家伙也有些危险，不能让他知道我究竟是谁！

“好主意。”周明瑞简短而轻松地回答。

奥黛丽当即开动脑筋，边思索边说道：“您是‘愚者’先生，这个名字来自塔罗牌，那作为一个定期的、长期的、隐秘的聚会，称号得尽量一致，嗯，我也从塔罗牌里挑吧。”她的口吻慢慢变得愉快，“决定了，我的称号是，‘正义’！”

这是塔罗牌二十二张主牌之一。

“那先生你呢？”奥黛丽笑吟吟地望向对面的“同伴”。

阿尔杰微皱眉头，旋即舒展道：“‘倒吊人’。”这又是塔罗牌另一张主牌。

“好的，那我们就算是‘塔罗会’的创始成员了！”奥黛丽先是开心地脱口而出，接着有点怯怯地看向被灰白雾气笼罩的周明瑞，“没问题吧，‘愚者’先生？”

周明瑞好笑地摇头：“这种小事，你们可以自己拿主意。”

“谢谢！”奥黛丽明显很兴奋，接着，她又望向阿尔杰，“‘倒吊人’先生，可以把刚才的地址再说一遍吗？我怕自己的记忆不够深刻。”

“没问题。”阿尔杰对奥黛丽的认真相当满意，又重复了一遍地址。

默念了三次后，奥黛丽又兴致勃勃地问道：“听说塔罗牌只是罗塞尔大帝发明出来的游戏，其实并不具备占卜的功能？”

“不，很多时候，占卜来源于自身，每个人都有灵性，都能交感到灵界，交感到更高层次的关系自身的信息，只是普通人无法察觉这点，更别说去解读获得的提示了。但当他们使用占卜工具的时候，这些信息能够借助工具呈现出来，一个最简单的例子，梦和解梦。”阿尔杰看了周明瑞一眼，见他没有表示，便出言否定了奥黛丽的说法，“塔罗牌实际上就是这种工具，它用更多的象征，更合理的元素，帮助我们更方便、更准确地解读提示。”

周明瑞看似漫不经心，实则听得非常认真，只是他精神发空的症状开始变得严重，脑袋一抽一抽地痛。

“明白了。”奥黛丽点头认可，接着又强调道，“我的意思不是这个，我不是质疑塔罗牌，我是听说罗塞尔大帝实际上制作的是另外一副牌，隐秘的、象征着某些未知力量的纸牌，一共有二十二张。完成之后，他参照这个，才发明了塔罗牌的二十二张主牌作为游戏工具，这个说法准确吗？”

她看着周明瑞，似乎想从神秘的“愚者”先生那里得到答案。

周明瑞只是微笑，并不开口，将目光投向了“倒吊人”，一副考一考你的模样。

阿尔杰下意识挺直了腰背，沉声说道：“对，据说罗塞尔大帝看过亵渎石板，那副纸牌里藏着二十二条神之途径的奥秘。”

“二十二条神之途径……”奥黛丽用一种满是向往的语气重复道。

这个时候，周明瑞头疼加剧，觉得自己与深红星辰以及灰白雾气间的无形联系开始摇晃。

“好了，今天的聚会就到这里吧。”他当即决断，低沉开口。

“遵从您的意志。”阿尔杰低头行礼。

“遵从您的意志。”奥黛丽模仿着“倒吊人”。她还有好多问题、好多想法，完全舍不得结束。

周明瑞边断掉联系，边笑了笑道：“让我们期待下次的聚会吧。”

星辰再亮，深红光芒像退潮一样缩了回去，奥黛丽和阿尔杰刚听见“愚者”先生的话语，两人的投影就变得更加模糊，愈发虚幻。

不到一秒钟，投影破碎，灰雾之上恢复了寂静。

周明瑞则感觉自己飞快变重，四周飘忽不再，眼前先是一暗，接着便是灿烂的阳光。

他还在公寓房间内，还站在正中央。

“梦一样……那灰雾世界到底是什么玩意儿，又是谁或者说哪种力量制造出了刚才的变化……”

周明瑞低声感叹，满是迷惑，双腿像是灌满了铅一样走向书桌。

他拿起之前放在外面的怀表，确认过去了多久。“一比一的时间流速。”周明瑞大概判断道。

放下怀表，脑袋抽痛欲裂的他再也支撑不住，坐到椅子上，低着头，用左手拇指和中指分别按摩起两侧太阳穴。

过了许久，他忽地叹了口气，用汉语说道：“看来短时间内是回不去了……”

无知者才能无畏，见识到那么神奇的事情，了解到非凡领域和神秘世界后，周明瑞是不敢再去鲁莽尝试古弗萨克语和鲁恩语的转运仪式了。

鬼知道会不会出现另外的情况，说不定更加奇诡，更加恐怖，甚至让人生不如死！

“至少得在对神秘学有深入研究后才能尝试。”周明瑞无奈地想道。

还好，所谓的“聚会”能为自己提供帮助。

又是一阵沉默，他带着沮丧、失落、痛苦和惆怅等情绪自语道：“从现在开始，我就是克莱恩了。”

克莱恩努力将思绪转回想办法和计划，以排解心里的负面情绪。

下周或许能旁听到“观众”魔药的配方……刚才的聚会还真是神奇啊，处在世界不同地方的人，将千里化作咫尺，当面交流，互通有无，呃，这说起来有点熟悉啊……

克莱恩愣了几秒，突地失笑，边用手按太阳穴，边低声自嘲道：“网络交友平台了解一下？”

呜！

狂风呼啸，暴雨如注，三桅帆船在一座又一座的波浪“山峰”间起伏，就像被巨人抛飞又接住，接住又抛飞的玩具。

阿尔杰·威尔逊眼中深红褪去，发现自己依旧站在甲板之上，与先前没有任何区别。紧跟着，他看见掌中造型古怪的玻璃瓶咔嚓一声破碎，霜雪化水，融入了雨滴。短短两三秒钟，这件古代奇物便彻底失去了曾经存在过的痕迹。

一片六角形的晶莹雪花浮现于阿尔杰的掌心，接着迅速变淡，直至不见，似乎内缩于血肉中了。

阿尔杰像是在思考什么般微不可见地点了点头，沉静了足足五分钟。他转过身体，走向船舱入口，刚要进门，就遇见一位同样穿着绣闪电花纹长袍的男子出来。

这有着柔软黄发的男子顿住脚步，看向阿尔杰，伸出右手，握拳放在胸口道：“风暴与你同在。”

“风暴与你同在。”阿尔杰粗犷深刻的脸庞上不带一点多余的情绪，同样地握右拳击左胸。

彼此行礼后，阿尔杰进入舱房，沿着过道走向远处的船长室。一路之上，他竟然没再碰到任何一名水手或船员，这里安静得仿佛坟墓内部。

船长室大门打开，柔软厚实的深褐色地毯出现于他的眼前，两侧分别是书架和酒柜，一本本封皮偏黄的书籍和一瓶瓶颜色暗红的葡萄酒在蜡烛辉芒的照耀下闪烁着异样的光泽。摆放蜡烛的书桌上有一瓶墨水，一根羽毛笔，一架黑色的金属望远镜，以及一个黄铜制成的六分仪。

书桌背后，一个戴着骷髅船长帽、脸色苍白的中年男子看着阿尔杰一步一步过来，愤怒地咬牙说道：“我不会屈服的！”

“我相信你做得到。”阿尔杰平静得就像在说今天天气不太好。

“你……”中年男子一下怔住，似乎没预料到会是这样的回答。

就在这时，阿尔杰身体微弓，突然前冲，瞬间将两人的距离拉近到只剩书桌。

啪！他肩膀一紧，右手猛地探出，捏住了中年男子的喉咙。

没给对方反应的机会，他手背上浮现出片片虚幻鱼鳞，五指疯狂用力。

咔嚓！清脆的响声里，中年男子目光大愕，身体被整个提了起来。他的双脚猛烈地抽动，但又很快恢复了平静，视线茫然之中，瞳孔开始涣散，裤裆位置则渐渐湿润，有恶臭传出。

阿尔杰举起中年男子，伏下腰背，双脚噔噔迈开，靠近旁边的舱壁。砰！他手臂粗壮如同怪物，将中年男子作为盾牌，狠狠撞向前方。

木制的舱壁应声而碎，狂暴的风雨带着海水的腥潮味道席卷而入。阿尔杰扭腰摆臂，将中年男子扔出了船舱，扔进了山峰般一座接一座的巨浪里。

天色黑暗，风雨呼啸，自然的伟力将一切掩埋。

阿尔杰掏出一张白色的手帕，用心擦了擦右掌，接着将它也丢向了大海。退后几步，他耐心等待着同伴入内。

“怎么了？”不到十秒，刚才那有着柔软黄发的男子就冲了进来。

“‘船长’逃了。”阿尔杰喘着气，懊恼回答，“他竟然还保留着一些非凡之力！”

“该死！”黄发男子低声咒骂了一句。

他来到破口处，凝目望向远方，可除了风雨和海浪，什么都看不见。

“算了，他只是附带的。”黄发男子挥了下手臂，“能找到这艘图铎时代的幽灵船，我们只会有功劳。”

哪怕是大海的眷者，这种天气下，他也不敢贸然潜入水中。

“而且暴风雨如果再持续下去，‘船长’也支撑不了多久。”阿尔杰点了点头，发现木制舱壁上的破洞开始以肉眼可见的速度蠕动复原。

他深深看了一眼，下意识扭头，望向船舵和风帆所在。哪怕隔着重重木板，他也能清楚地知道那里的情况——没有大副，没有二副，没有船员，没有水手，甚至没有活人！那里空无一物，船舵和风帆在诡异地自行调整。

脑海内又浮现出那位全身笼罩着灰白雾气的“愚者”，阿尔杰忽然叹了口气。他转头望向外面的狂风巨浪，用又期待又畏惧的梦呓口吻道：“新的时代开始了……”

鲁恩王国首都贝克兰德，皇后区。

奥黛丽·霍尔掐了掐自己的脸颊，不敢相信刚才的遭遇。她面前的梳妆台上，古老的铜镜碎得一块一块。目光下移，奥黛丽看见手背处有深红流转，如同星辰文身，随即那深红逐渐暗淡，最终隐于皮肤，消失不见。

直到这个时候，奥黛丽才确定自己不是在做梦。她眸中眼波流动，嘴角一点点上翘，忍不住站了起来，弯腰提起裙摆。对着空气行了一礼，奥黛丽脚步轻快，身体转动，跳起了时下宫廷最流行的古精灵舞。她身影翩翩，脸上尽是灿烂的笑容。

咚咚咚！卧室的门突然被人敲响。

“谁？”奥黛丽唰地停止，摆好文雅的姿态。

“小姐，可以进来吗？您该准备了。”贴身女仆在门外问道。

奥黛丽侧头看向梳妆台的镜子，飞快收敛笑容，只留下浅浅一抹。她左看右看，确认形象没有任何问题后才温柔开口：“进来吧。”

把手扭动，她的贴身女仆安妮推门而入。

“噢，它碎了……”安妮一眼就看见了那面古老铜镜的下场。

奥黛丽眨了眨眼睛，语速缓慢地说道：“呃，是，嗯……之前苏茜进来过，你知道的，它总是喜欢搞破坏！”

苏茜是一条血统不那么纯正的金毛大狗，是她父亲霍尔伯爵购买猎狐犬时获得的赠品，不过非常受奥黛丽喜欢。

“您得好好教训它。”安妮熟稔地收拾着铜镜碎片，怕伤到了小姐。

做完这一切，她看向奥黛丽，微笑着询问道：“想穿哪条裙子？”

奥黛丽略作思考道：“我喜欢吉尼娅太太为我十七岁生日设计的那条。”

“不行，别人会说霍尔家族是不是遭遇了财政危机，一条裙子居然在正式场合穿第二回！”安妮摇头否定。

“但我真的很喜欢它。”奥黛丽语气温和地强调道。

“您可以在家里穿，在不那么正式的场合穿。”安妮摆出“这件事情没的商量”的态度。

“那就赛德斯先生前天送过来的那条，袖口是荷叶边的那条。”奥黛丽隐秘地吸了口气，保持优雅甜美的笑容。

“您的眼光总是这么出色。”安妮笑着退后一步，对门外喊道，“第六号衣帽间……算了，我自己去拿。”

女仆们开始忙碌起来，一个负责长裙，一个负责珠宝首饰，一个负责鞋子，一个负责纱帽，一个为奥黛丽小姐化妆，一个考虑发型。

当准备接近尾声，穿着深棕色马甲的霍尔伯爵出现在了门口。他戴着与衣服同色的礼帽，留有两撇漂亮的小胡子，蔚蓝的眼眸满是笑意，但松弛的肌肉、鼓起的肚子、明显的法令纹，都无情破坏了他年轻时的英俊。

“贝克兰德最耀眼的宝石，我们该出发了。”霍尔伯爵站在入口处，轻敲了两下敞开的房门。

“爸爸，不要这么称呼我。”奥黛丽在女仆的搀扶下站起，故意露出几分苦恼的神色。

“那，我美丽的小公主，该出发了。”霍尔伯爵屈起左边手臂，示意奥黛丽来挽。

奥黛丽浅笑摇头：“这是霍尔太太，伯爵夫人，我亲爱的妈妈的位置。”

“那这边。”霍尔伯爵含笑又屈起右边的手臂，“这是作为父亲的骄傲。”

…………

普利兹港，橡树岛，皇家海军基地。

奥黛丽挽着父亲的手臂走下马车后，就被眼前的庞然大物震惊了。

在不远处的军港内，有一艘通体闪烁着金属光芒的巍峨巨舰，它没有风帆，只剩下瞭望台，并多了两个高耸的烟囱，多了两个分列前后的露天炮塔。它是如此雄伟，如此庞大，以至于停在附近的风帆战列舰们就像一个个刚出生的矮人在簇拥巨灵。

“风暴在上……”

“噢，我的主。”

“铁甲舰！”

“……”

一声声惊叹低低交织，奥黛丽也同样被深深震撼，那是人类所创造的奇迹，前所未有的海洋奇迹！

过了不知多久，贵族、大臣和下院议员们才回过神。这个时候，半空中一个黑点由小变大，逐渐占据了三分之一的天空，占据了所有人的视线，让气氛陡然变得肃穆。

这是一个飘浮飞翔于半空的庞然巨物，它有着极其流畅和优美的线条，整体涂装成深蓝色，坚固而轻盈的合金骨架支撑起装有气囊的棉布，下方则悬挂着配有机枪口、投弹口、平射炮口的厢体，高燃素蒸汽机夸张的嗡嗡声和尾部桨叶疯狂的转动音构成了震撼人心的乐章。

——国王一家乘坐的飞空艇抵达了，带着高高在上、俯视一切的威严。

一把竖直向下，柄部是红宝石皇冠的“审判之剑”徽章在厢体两侧反射着阳光，这是奥古斯都家族传承久远，可追溯至上一纪的象征。

奥黛丽还未满十八岁，还未参加“介绍仪式”，未在王后的引领下正式进入贝克兰德的社交场合，宣告成年，所以只能安静地在原地旁观，不能靠近。不过，她并不是太在意，甚至因为不用面对王子们而感到轻松。

人类征服天空的“神迹”稳稳落地，最先从扶梯下来的是英姿勃发的年轻侍卫，他们穿着红色军礼服，白色长裤，身佩勋带，手捧步枪，分成两列排开，静候国王乔治三世和王后、王子、公主的出现。

奥黛丽不是没见过大人物，对此毫无兴趣，反而目光游移，看向国王身边仿佛雕像的两位黑甲骑士——在这钢铁、蒸汽与枪炮的时代，竟然还有坚持穿全身盔甲的家伙！那冰冷的金属光泽，那深沉的黑色头盔，都给人一种沉重、威严，必须服从的感觉。

“难道是更高序列的‘惩戒骑士’……”奥黛丽心中闪过家中长辈们闲谈时的只言片语，有心见识，却不敢靠近。

随着国王一家的到来，仪式终于开始，现任首相阿古希德·尼根勋爵来到众人前方。他是保守党成员，到目前为止唯二以非贵族身份成为首相的大人物，因卓越的贡献，被授予勋爵。当然，奥黛丽知道得更多——阿古希德的哥哥，保守党的主要支持者帕拉斯·尼根，是这一代的尼根公爵！

阿古希德五十来岁，身材高瘦，头发稀疏，眼神锐利，环视一圈后道：“女士们、先生们，相信你们已经看到了，这是一艘铁甲舰，足以颠覆时代的铁甲舰，长一百零一米，宽二十一米，高干船舷设计，主装甲带厚四百五十七毫米，排水量一万零六十吨，前后共四门三百零五毫米主炮，另外还有六门速射炮，十二门六磅炮，十八门六管机枪，四具鱼雷发射管，航速可以达到十六节！

“它将是真正的霸主，它将征服大海！”

贵族、大臣和议员们开始骚动起来，光是首相的描述就足以让他们想象这艘铁甲舰的恐怖，更何况实物就在眼前！

阿古希德露出少许笑容，又演讲了几句，然后对着国王乔治三世行礼道：“陛下，请您为它命名。”

“从普利兹港开始，就叫普利兹号吧。”乔治三世的神情相当愉悦。

“普利兹号！”

“普利兹号！”

“……”

从海军大臣、皇家海军总司令开始，这个名字依次传开，最终来到铁甲舰上，由军官和士兵们齐声欢呼：“普利兹号！”

欢庆的气氛中，礼炮连鸣，乔治三世下达了起航试射的命令。

呜！

汽笛声响，一道道浓烟从烟囱喷出，机械运转的动静隐约可闻。

那庞然大物起航了，当它驶出港口，用船首两门主炮轰击前方无人小岛时，所有人都震惊了。

轰隆！轰隆！轰隆！

大地仿佛在摇晃，尘埃冲上了半空，飓风肆掠往外，掀起了海浪。

首相阿古希德满意地转头，对贵族、大臣和议员们说道：“从现在开始，那七个自称将军的海盗，那四个僭越称王的海盗，只能浑身颤抖着等待末日！他们的时代结束了，哪怕他们或多或少有非凡之力，有幽灵或诅咒之船，纵横海洋的也只能是铁甲舰！”

这时，阿古希德的首席秘书故意问道：“那他们就不能自己建造铁甲舰吗？”

部分贵族和议员暗自点头，认为不排除有这个可能性。

阿古希德当即露出笑容，缓慢摇头道：“不可能，永远不可能！建造这样的铁甲舰需要三个大型煤钢联合体，需要二十个以上的大型钢铁厂，需要贝克兰德火炮研究院、普利兹船舶研究院的六十名科学家和更多的高级工程师，需要两个皇家造船厂和它们附属的近百家零件厂，需要一个海军部，一个造舰委员会，一个内阁，一个有着卓越眼光的坚定国王和一个年产钢铁一千二百万吨的伟大国家！海盗们永远做不到。”

说到这里，他停顿了一下，接着抬起双臂，激昂喊道：“女士们、先生们，巨舰和大炮的时代来临了！”

第三章

CHAPTER 03

"通灵者"戴莉

休息了半个小时，已经自认为克莱恩的周明瑞才缓了过来，其间他发现自己右手手背多了四个黑点，恰好组成一个小正方形。这四个黑点颜色由深变淡，很快消失，但克莱恩清楚，它们依旧藏在自己体内，等待着唤醒。

"四点，正方形，难道是四个角落四份主食的对应？以后我就不需要再准备主食，可以直接上步伐和咒文了？"克莱恩隐隐有了一个猜测。

这看起来似乎不错，但身上多了点来历奇诡、缺乏了解的东西总是让人恐惧。想到地球上莫名其妙的方术在这里竟然也能产生效果，想到自身睡梦中的奇怪穿越，想到神秘、迷幻、不知代表着什么的灰雾世界，再想到仪式之中徘徊于周围，让人接近发疯的阵阵耳语，克莱恩就难以克制地打了个寒战，在6月底的炎热天气里打了个寒战。

他曾经听说过一句话："人类最古老又最强烈的情感是恐惧，而最古老又最强烈的恐惧是对未知的恐惧。"现在，他就深刻体会到了来源于未知的恐惧。

前所未有、无法遏制地，他生出了想要接触神秘领域，了解更多，破除未知的强烈冲动，也产生了把头一埋，假装什么事情都没有发生过的逃避念头。

窗外阳光正盛，为书桌铺上了一层金粉，克莱恩凝望着那里，仿佛触摸到了一丝温暖和希望。他稍微放松了一点，立刻感觉疲惫如潮水般汹涌而来。昨晚的未眠，刚才的消耗，让他眼皮沉重得像是灌了铅，止不住地下垂。

摇了摇脑袋，克莱恩伸手撑住桌沿，顾不得收拾放置于四角的黑麦面包，踉踉跄跄地走到高低床前，刚一沾到枕头，他就昏睡了过去。

…………

咕噜！咕噜！饥饿唤醒了克莱恩，他睁开眼睛，一阵神清气爽。

"除了头还有点疼。"他揉了揉额角，翻身坐起，觉得自己现在能吃掉整整一头牛。

他边理顺衣服的褶皱，边回到书桌旁，拿起了那块有枝蔓花纹的银白怀表。

啪！盖子弹开，秒针滴答滴答地走着。

“十二点半，睡了三个多小时……”克莱恩咽了口唾沫，将怀表放进亚麻衬衣口袋里。

在北大陆，一天同样分成二十四小时，每小时六十分钟，每分钟六十秒，至于每一秒钟的长度和地球是不是一样，克莱恩就不得而知了。对他来说，此时此刻，神秘学、仪式、灰雾世界等单词都无法进入他的脑海，最重要的事情是食物，食物！吃饱了才能想办法！才能做事情！

没有犹豫，克莱恩将四个角落的黑麦面包又拿了回来，掸掉沾染的少许灰尘，打算以其中一条作为中午的主食。家乡本来就有祭祀后分食供品的习俗，这四条黑麦面包看起来又没有任何改变，在兜里只剩五个便士的情况下，他觉得做人还是得勤俭节约一点。当然，这也有原主记忆碎片和生活习惯的微妙影响。

因为煤气太贵，用在照明上会让人心疼，克莱恩搬出炉子，添了些煤炭，来回踱步，等待着水开。

那种黑麦面包，干吃会噎着的！

“哎，难道要过早上黑面包、中午黑面包、晚上才能吃肉的生活……不，要不是梅丽莎为我即将到来的面试考虑，一周只能吃两回肉的……”无所事事又因饥饿没法思考严肃问题的克莱恩左顾右盼。想到那块羔羊肉，他望着橱柜的眼神似乎都有点发绿了。

“不行，不行，得等着梅丽莎一块吃。”克莱恩猛地摇头，否定了先切一半现在就做了吃的想法。

作为一个漂泊在大城市的单身狗，他虽然以吃外食为主，但基本的厨艺还是磨炼出来了，谈不上好吃，但也够用了。

转过身体，克莱恩打算眼不见为净，就在这时，他忽地记起早上除了买肉，还买了嫩豌豆，买了土豆！

土豆！克莱恩瞬间有了灵感，旋风般扭回去，冲到橱柜旁，从数量不多的土豆里拿出两个。他先去公用盥洗室将土豆的表皮清洗得干干净净，接着直接将它们放入壶里，与水共煮。过了一阵子，他从橱柜里拿出调料盒，揭开盖子，往水里撒了一点点泛黄又粗糙的盐。

又耐心等待了几分钟，克莱恩提起水壶，将不算汤的汤水倒入几个杯子和大碗中，最后才将两个土豆叉了出来，放于桌上。呼！他剥一点皮就往手上吹口气，煮熟的土豆的香味一点点散发出来，勾人食欲。

口水疯狂分泌，克莱恩顾不得只剥了一半，顾不得土豆还有点发烫，拿起来就狠狠咬了一口。

粉！香！回口泛甜！克莱恩的内心瞬间充满感动，狼吞虎咽般解决掉了两个土豆，甚至吃了些皮进去。直到这个时候，他才拿起大碗，美美地喝了口汤，淡淡的盐味冲刷掉了满嘴的干涩感。

“小时候最爱这么吃了……”垫了垫肚子的克莱恩一边无声感慨，一边掰断黑麦面包，用汤泡软了吃。或许是之前的“仪式”消耗太大，他足足吃了两条面包，整整一磅。

喝完汤，收拾好，克莱恩感觉自己终于彻底活了过来，既体验到了生而为人的愉快，又感受到了阳光的灿烂。

他坐回书桌前，开始思考自己接下来该做什么：“不能逃避，必须得想办法接触神秘领域，成为‘正义’和‘倒吊人’口中的非凡者；要战胜因未知导致的害怕。目前唯一的办法是等待下一次聚会，看能不能旁听到‘观众’魔药的配方，或者别的神秘学知识。到周一还有四天，在此之前，得正视原主自身的问题了，他为什么自杀，他遭遇了什么事情……”

既然没办法穿越回去，拍拍屁股就走，那就只能调查到底。克莱恩拿起那本摊开的笔记，打算翻翻有没有什么线索，看能不能补全残缺的记忆。

很显然，原主有记笔记的习惯，也有拿笔记当日记的爱好。克莱恩清楚地知道，充当书桌右腿的柜子里，都是写完的笔记本。

这一本是从5月10号开始使用的，最前面多是涉及学校、导师以及学科知识的内容。

5月12日，阿兹克先生提到南大陆拜朗帝国的通用语也源自古弗萨克语，也就是巨人语的一个分支。为什么会这样？难道所有具备灵性的生物都曾经使用同一种语言……不，这一定是错误的，哪怕在《夜之启示录》和《风暴之书》的记载里，在比古老更古老的时代中，巨人也不是唯一的大陆主宰，还有精灵，还有异种，还有巨龙，好吧，这些都只是传说，只是神话故事。

…………

5月16日，导师科恩资深副教授和阿兹克先生讨论蒸汽时代的必然性，阿兹克先生认为这具备偶然性，要不是突然出现罗塞尔大帝，也许北大陆还和南大陆一样，依旧处于冷兵器时代。导师认为阿兹克先生太过强调个体的作用，他相信随着时代的发展，没有罗塞尔大帝，也会出现罗伯特大帝，总之，蒸汽时代或许会迟到，但肯定会到来。他们的争辩，我感觉没有什么意思，我更喜欢探索还没被发现的东西，将被迷雾笼罩的历史还原，也许，我不该读历史系，该读考古系。

…………

5月29日，韦尔奇找到我，说是获得了一本第四纪元的笔记。我的女神，第四纪的笔记！他不想去求考古系的同学，想请我和娜娅帮忙解读记载的内容，这种事情，我怎么可能拒绝？当然，得安排在毕业答辩之后，这个时候，我不能分心。

看到这里，克莱恩精神一振，比起前面的读史笔记、观念争论，新出现的“第四纪笔记”更有可能导致原主的自杀。第四纪是如今黑铁纪元前的那个时代，有关它的历史充满迷雾，诸多缺失，就连出土的陵寝、古城和文献都少之又少，历史学家和考古学家们只能借助七大教会含糊不清、以信仰教育为主的神学典籍才能勉强拼凑出一点原貌，得知所罗门帝国、图铎王朝、特伦索斯特帝国的存在。立志于破开迷雾，还原历史的克莱恩对更像神话传说的前三纪没什么兴趣，只在乎又被称为“众神时代”的第四纪，当时他的激动之情可想而知。

“嘿，这么一瞧，原主看重面试，担忧将来的就业，其实没有必要啊……”克莱恩忍不住感叹了一句。

当前大学数量还很少，绝大多数学生都是贵族子弟和有钱人家的孩子，平民只要能考进，哪怕因阶层身份而受到歧视，无法进入上层的社交圈，但只要自身性格不极端，靠着分组讨论、集体活动等事情，还是能收获一定人脉资源的，而且是相当珍贵的人脉资源！比如韦尔奇·麦格文就是鲁恩王国间海郡康斯顿城一名银行家的儿子，为人豪爽，出手阔绰，因为长期和克莱恩、娜娅分在一个小组做作业做报告，所以习惯性地请他们帮忙。

没多发散思维，克莱恩继续往下阅读笔记：

6月18日，毕业了。别了，我的霍伊大学！

6月19日，我看了那本笔记，经过结构、词根等的对比，发现它用的语言是古弗萨克语的一个变种，更准确地说，一千多年的历史里，古弗萨克语其实一直都在微小地发生衍变。

6月20日，我们解读出了第一页的内容，作者是一个叫作“安提哥努斯”的家族的成员。

6月21日，他提到了“黑皇帝”，这和前面内容推导出的时代完全矛盾，难道导师的看法是错误的，“黑皇帝”其实是所罗门帝国每一位皇帝的共同称号？

6月22日，这个叫作“安提哥努斯”的家族在所罗门帝国似乎地位显赫，笔记主人提到自己在和某个叫作“图铎”的人进行一项秘密交易。图铎？图铎王朝？

6月23日，我控制自己不去想那本笔记，不去韦尔奇那里，我要准备面试了！这是非常重要的事情！

6月24日，娜娅告诉我，他们有了新的收获，我想我该去看一看。

6月25日，从新解读出的内容看，笔记的主人接受了一个任务——前往霍纳奇斯山脉的主峰，去拜访位于顶端的“夜之国”。我的女神，霍纳奇斯山脉的主峰海拔超过六千米，怎么可能有国家存在？他们靠什么存活！

6月26日，这些奇怪的东西都是真的吗？

到这里，笔记就结束了，周明瑞是6月28日凌晨穿越过来的。

“也就是说，6月27日的笔记其实是有的，就是那一句……‘所有人都会死，包括我’……”克莱恩翻到最初看见的那页，略感毛骨悚然地判断道。

他觉得要解开原主自杀之谜，应该去一趟韦尔奇那里再看一看古老笔记的内容，但有着丰富的小说、电影、电视剧经验的他感觉如果自己去了，如果事情确实和笔记有关，那多半会遭遇未知的危险——那些明知古堡有鬼还去作死的家伙就是警示录！

可不去又不行，逃避永远解决不了问题，只会让事情越积越多，直到决堤，彻底淹没掉自身！

报警？总不能说我自杀了吧……

咚！咚咚！门口忽然传来一阵急促有力的敲门声。

克莱恩猛地坐直，侧耳倾听。

咚！咚咚！敲门声回荡于空荡寂寥的楼层过道内。

“谁？”

克莱恩正想着原主神秘自杀事件和可能遭遇的未知危险，听到突如其来的敲门声后，下意识便拉开抽屉，将那把左轮手枪拿了出来，并满含警惕地开口询问。

门外安静了两秒，有略显尖细的嗓音用阿霍瓦腔喊道：“我，蒙巴顿，比奇·蒙巴顿。”那嗓音停顿了一下，又补充道，“警察。”

比奇·蒙巴顿……随着这个名字钻入耳朵，克莱恩立刻想起了它对应的主人。那是负责公寓所在街区的警察之一，是个粗鲁野蛮、酷爱动手的男子。不过，也许只有这样的人，才能制得住那些酒鬼、小偷、恶棍和流氓。而独特的嗓音是他的标签之一。

“好的，我马上来！”克莱恩高声回应道。

他本打算将左轮手枪扔回抽屉，但想到外面的警察不知道为什么而来，也许会有搜查等举动，于是小心翼翼地跑到余火早已熄灭的炉子旁，将手枪放了进去。紧接着，他拿起装煤炭的小筐，往炉中抖了几块，盖在枪上，最后又将水壶置于顶端遮掩住。

做好这一切，他整理了下衣物，快步靠近房门，边开门边含含糊糊道：“抱歉，刚才在午睡。”

门外站着四位穿饰有白格的黑色制服、戴徽章软帽的警察，其中留着棕黄络腮胡的比奇·蒙巴顿咳嗽了一声，对克莱恩道：“这三位警官有事情询问你。”

警官？克莱恩条件反射般看向另外三人的肩章，发现两位有三颗银制六角星，一位有两颗，看起来都比只有三个V型标志的比奇·蒙巴顿高级。作为历史系学生，克莱恩对警察肩章等级没什么研究，只知道比奇·蒙巴顿总炫耀自己是资深警长。

所以，那三位是督察级？受大哥班森和韦尔奇等同学言谈的影响，克莱恩还是有一点常识。他让开身体，指着屋内道：“请进，不知道是什么事情？”

三位警官里为首者是个目光锐利到仿佛能看穿心灵，让人忍不住害怕的中年男子，他眼角皱纹明显，帽子边缘露出浅浅褐发，边自顾自打量房间，边沉声问道：“你认识韦尔奇·麦格文吧？”

“他怎么了？”克莱恩心头一颤，脱口反问。

“是我在问你。”威严的中年警官眼神森然。

他旁边同样戴三星肩章的警官则看着克莱恩，温和地笑道：“不用紧张，我们只是惯例询问。”这位警官三十岁左右，鼻梁挺拔，灰色的眸子给人一种难以描述的深邃感，就像古老森林里乏人问津的湖泊。

克莱恩暗自吸了口气，组织着语言道：“如果你们是指霍伊大学的毕业生，来自康斯顿的韦尔奇·麦格文，那我确实认识，我们是同学，跟随同一位导师，昆汀·科恩资深副教授。”

在鲁恩王国，“教授”不仅仅是职称，还是职位，就像地球上教授与系主任的合二为一。也就是说，一个大学一个系只能有一位教授，副教授要想“转正”，只能等顶头上司退休，或者凭实力将对方挤走。

鉴于留住人才的需要，经过多年的摸索，王国高等教育委员会在讲师、副教授、教授的三级体系里加入了资深副教授，授予学术水平足够高或资历足够老，却又没法成为教授的先生女士们。

说到这里，克莱恩看了眼中年警官的眼睛，考虑了一秒钟道：“老实说，我们的关系还算不错，这段时间我和他，还有娜娅，经常见面，解读和讨论他得到的第四纪文献，一本笔记。警官，他出了什么事情?”

中年警官没有回答，而是侧头看了眼有着一双灰眸的同伴。

那位戴着徽章软帽，五官普通的灰眸警官温文地回答:“很抱歉，韦尔奇先生过世了。”

“怎么会?”虽然有些预感，克莱恩还是忍不住惊愕出声。韦尔奇也像身体的原主一样死掉了？这就有点恐怖了！

“那娜娅呢?”克莱恩慌忙追问道。

“娜娅女士也过世了。”灰眸警官颇为平静地说道，“他们两人死在韦尔奇先生的住所内。”

“被杀害的?”克莱恩隐约有了猜测。也许是自杀……

灰眸警官摇了摇头:“不，从现场痕迹看，他们是自杀。韦尔奇先生用头撞墙，撞了很多下，撞得满墙都是血；娜娅女士将自己淹死在了一个水盆里，嗯，用来洗脸的那种。”

“这不可能……”克莱恩听得汗毛耸立，似乎能够想象那诡异的场景。

娜娅跪在椅子上，将脸埋进装满水的洗脸盆里，棕发柔顺地披下，随风摇晃，整个人却一动不动；韦尔奇倒在地上，双眼死死盯着天花板，额骨完全粉碎，遍布血污，而墙上被撞击的痕迹一处又一处，鲜血淋漓……

灰眸警官嘴角动了一下道:“我们也这么认为，但尸检结果和现场情况都排除了药物和外力等因素，他们，我是说韦尔奇先生和娜娅女士都没有反抗的痕迹。”

不等克莱恩再次开口，他步入房间，故作随意地问道:“你最后一次见到韦尔奇先生或者娜娅女士是什么时候?”

他边说边用眼神示意有两颗银星的同伴。那是位年轻的警官，看起来和克莱恩差不多大，黑鬓绿瞳，长相不错，有股诗人的浪漫气质。

听到问题，克莱恩念头急转，思索着回答:“应该是6月26日，我们共同解读了新的一篇笔记内容，之后，我就回到家里，为30号的面试做准备，嗯，廷根大学历史系的面试。”

廷根市号称大学之城，有廷根、霍伊两所大学，还有技术学校、人律师学院、商学院，学府数量仅次于首都贝克兰德。

他刚说完，眼角余光就看见那位年轻警官走到书桌旁，拿起了那本更像日记的笔记。

糟糕！忘了把它藏起来了！克莱恩短促地喊道:“你!”

年轻警官对他回以笑容，却没有停止翻看笔记的动作。灰眸警官则解释道:“这是必要的程序。”

这个时候，比奇·蒙巴顿和威严的中年警官都只是在旁边看着，没有插话，没有协助搜查。

你们的搜查令呢？克莱恩本打算这么质问，可仔细想了想，鲁恩王国的司法系统好像还没有进化出搜查令这种东西，至少自己不知道有没有，毕竟连警察系统都才建立十五六年，在原主小时候，警察还被叫作治安官。

克莱恩无法阻止，眼睁睁地看着年轻警官快速翻阅自己的笔记，而灰眸警官也没有再提问。

“什么奇怪的东西？”年轻警官翻到最后，突地开口，“还有，这句话是什么意思？‘所有人都会死，包括我’……”

除了神灵，每个人都会死不是常识吗？克莱恩原本准备狡辩一句，可陡然想到自己本就打算和警察连上线，以防备可能会遭遇的危险，只是苦于没有理由，没有借口。不到一秒钟的时间，他就做出了决断，用手捂住额头，语带痛苦地回答：“不知道，我真的不知道……今早醒来以后，我就感觉自己不太对劲，好像遗忘了一些事情，尤其是最近几天发生的，甚至不清楚自己为什么要写这么一句话。”

有的时候，坦白是解决问题的最好办法，当然，坦白得讲技巧，什么能讲什么不能讲是一方面，哪些先讲哪些后讲该怎样讲又是另一方面。作为“键盘专家”，克莱恩也研究过一点话术。

“荒谬！你当我们是傻瓜吗？”比奇·蒙巴顿愤怒插嘴，他实在忍不住了。这谎言太过拙劣，简直是在侮辱自己等人的智商！你装精神病也比装失忆好啊！

“真的。”克莱恩坦然面对蒙巴顿和中年警官的目光。

这事真得不能再真。

“也许真有可能。”这时，灰眸警官慢悠悠地开口了。

什么？这就信了？克莱恩自己都诧异了。

灰眸警官微笑看向他道：“过两天会来一位专家，相信我，她应该能帮助你回想起遗失的记忆。”

专家？帮助回忆？心理学领域的？克莱恩皱起了眉头。嘶，这要是弄出我地球的记忆怎么办？他突然感觉牙疼。

年轻警官放下笔记，搜查了书桌乃至整个房间一遍，幸运的是，他将搜查重点放在书本上，没有提起水壶看一看。

“好了，克莱恩先生，感谢你的配合。最近几天，你最好不要离开廷根，如果有必要情况，请通知蒙巴顿警官，否则你将成为逃犯。”灰眸警官最后叮嘱道。

这就结束了？今天就告一段落了？不再多问问，再调查调查？或者将我抓回警局用刑？克莱恩一阵茫然。

不过，他也想解决掉韦尔奇带来的诡异事件，于是点头道：“没问题。”

警官们依次退出了房间，走在末尾的年轻人突地拍了拍克莱恩的肩膀：“真好，很幸运。”

“什么？”克莱恩一脸迷茫。

这位有着诗人气质的绿眸警官微微一笑道：“一般来说，遭遇这种事件，当事人全部死掉是常态。我们很高兴，也很幸运能看到你还活着。”说完，他就走出了房间，很有教养地随手关门。

全部死掉是常态？很高兴我还活着？很幸运我还活着？

在这6月的下午，克莱恩只觉得遍体发寒。

他猛地打了个寒战，忙快走两步，奔向门边，试图追赶几位警察，寻求保护。可刚触摸到把手，他的动作忽然停顿了下来。

“那位警官都将事情说得这么可怕了，那他们为什么不提出要保护我这个重要证人或者说关键线索？这也太疏忽大意了吧？试探，还是放饵？”

各种念头在克莱恩脑海打架，让他怀疑警察还在暗中盯着自己，观察反应。

想到这里，他内心安定了不少，不再那么惊恐慌乱，慢悠悠地打开门，嗓音故意发颤地对着楼梯口位置喊道：“你们会保护我的，对吧？”

哒，哒，哒，警官们没有回应，皮鞋和木制楼梯触碰的节奏毫无变化。

“我知道的！你们会这样做的！”克莱恩用假装坚信的语气再次喊道，努力让自己表现得像个遇到危险的正常人。

脚步声渐渐变弱，消失在公寓底层。

克莱恩低哼了一声，腹中嗤笑道：“这反应太假了吧？演技不合格！”

他没追下去，转身回到房中，随手关上了大门。

之后几个小时，克莱恩充分表现出心绪不宁、坐立不安、焦躁烦乱的反应，并不停念读不知意义的大吃货国词语，不因为周围没人而放松要求。这叫演员的自我修养！他心中这样自嘲道。

直到太阳西斜，天边云彩燃烧起来，公寓住户陆续回家，克莱恩才将注意力转移到别的地方。

“梅丽莎差不多也要放学了……”

他将目光投向炉子，一口气提起水壶，拨开煤炭，拿出左轮手枪。没有停顿，没有耽搁，他将手伸到高低床下层木板的背面。那里有十来根木条交错支撑。把左轮夹在一根木条和木板之间后，克莱恩直起身体，忐忑不安地等待，害怕警察突然撞开大门，拿着枪械，冲入房间。

如果是正常的蒸汽时代，做刚才那番举动时，他能保证不会被别人看到，然而，这里有超凡力量，自己验证过的超凡力量。

等待了几分钟，门口毫无动静，只听到两位租客相约着去铁十字街的狂野之心酒吧的交谈声由远及近，再由近及远。

“呼。”克莱恩吐了口气，一颗心安放回胸膛。

就等着梅丽莎回来做嫩豌豆炖羔羊肉了！

这个念头一现，克莱恩口中仿佛满溢着肉汁的香味，也顺带想起了梅丽莎是怎么做嫩豌豆炖羔羊肉的。她是先烧水焯一下肉块，然后加洋葱、盐、一点点胡椒和水直接炖煮，到一定时候再放入豌豆和土豆，焖上四五十分钟。

“还真是有够简陋的做法啊……纯靠肉本身的美味来支撑！”克莱恩忍不住摇了摇头。

但这也是没有办法的事情，平民人家哪有那么多调料，哪有各种复杂食谱，只能追求简单、实用和节省，反正只要肉没烧焦，没坏掉，对一周才吃两次甚至一次的人来说，怎么样都是好的。

克莱恩谈不上是厨艺好手，日常都是以外食为主，但每周做三四次饭，周周积累下来，还是让他有着及格水准，觉得不能辜负了那磅羔羊肉。

“等梅丽莎回来再做，弄好都得七点半之后了，那会饿坏她的……是时候让她见识真正的厨艺了！”克莱恩给自己找了个借口，先让炉火重燃，接着去公用盥洗室接水清洗了羔羊肉，然后拿出菜板、菜刀，笃笃把肉剁成小块。

至于该怎么解释突然会下厨的事情，他决定推到死鬼韦尔奇·麦格文身上，这位同学不仅请了擅长料理间海特色风味的厨师，还经常自己琢磨美食，请人品尝。嗯，死人是不会反驳我的！

不过……嘶，这是拥有非凡者的世界，死人未必不会说话啊……这么想着，克莱恩莫名有了点心虚。他将杂乱的念头抛开，把肉块放入汤碗里，接着拿出调料盒，往里抖了一勺半泛黄的粗盐。另外，他又从专门的小瓶子里珍而重之地取了些黑胡椒粒，和羔羊肉、盐一起抓匀，稍作腌制。

把炖锅置于炉上，等它烧热的同时，克莱恩翻找出昨天剩下的胡萝卜，和今天买的洋葱一起，切成了好多块。备完菜，他又从橱柜里拿出一个小罐子，里面是所剩不多的猪油。克莱恩舀出一勺，放入锅中，煎开熔化，然后倒入胡萝卜和洋葱块，翻炒了一阵。香味开始弥漫，克莱恩将羔羊肉全部倒进，仔细煎了一会儿。

这个过程里，本该下点葡萄酒，再不济也得用料酒代替，然而莫雷蒂家没这些奢侈的东西，班森一周也才能喝一杯啤酒，克莱恩只好因陋就简，倒了些开水，随便弄弄。炖了二十分钟左右，他打开盖子，将嫩豌豆和切好的土豆放入，又加了一杯热水，两勺盐。

合拢盖子，调低炉火，克莱恩满意地呼了一口气，等待着妹妹回家。

时间一分一秒过去，房间内的香味越来越浓郁，有肉的诱惑，有土豆的醇厚，有洋葱的清爽。味道逐渐混杂，克莱恩时不时吞口唾沫，并按开怀表盖子，看向分针。

四十多分钟之后，不算轻快却节奏有序的脚步声靠近，钥匙插入，把手转动，房门打开。

“好香……”梅丽莎人还没有进来，就语带疑惑地低语道。她拿着提包，迈步而入，目光扫过了火炉。

“你做的？”梅丽莎取下纱帽的动作停在半空，望向克莱恩的目光满是惊恐。她抽了下鼻子，吸入了更多的香气，目光迅速变得柔和，似乎找到了点信心。

“你做的？”她疑惑地再问。

“你怕我浪费掉羔羊肉？”克莱恩微笑着反问，不等回答，又自顾自说道：“放心，我专门请教过韦尔奇这道菜该怎么做，你知道的，他有个好厨师。”

“第一次做？”梅丽莎的眉头不自觉皱起，但又被香气抚平。

“看来我很有天赋。”克莱恩笑了一声，“快要好了，你把书本帽子放一放，去盥洗室洗个手，然后等着品尝，我很有信心的。”

听着哥哥有条不紊的安排，看着他温和平静的笑容，梅丽莎怔在了门口，呆呆的没有反应。

“你喜欢炖得烂一点吗？”克莱恩含笑催促道。

“啊，好……好的！”梅丽莎很快回过神来，一手提包，一手拿帽，快步冲进了里间。

揭开炖锅盖子，克莱恩眼前顿时有雾气冒出，两条黑麦面包早就被放到羔羊肉和嫩豌豆侧边，吸收着香味和热气，变得松软。

等到梅丽莎收拾好物品，洗手洗脸归来，桌上已摆放好了一大盘有土豆、胡萝卜、洋葱点缀的嫩豌豆炖羔羊肉，而两条染上了些许肉汁颜色的黑面包放在各自的碟子里。

“来，尝尝。”克莱恩指着靠放于碟子旁边的木制叉和勺道。

梅丽莎还有点茫然，没有拒绝，拿起叉子叉了块土豆，凑到嘴边轻咬了一口。土豆的粉糯、肉汁的浓香同时弥漫，让她的唾沫疯狂分泌，三两下就把这块土豆吃完了。

“尝尝肉。”克莱恩用下巴示意盘子道。

他刚才已经尝过味道，觉得只有及格线水平，但对没见过世面又偶尔才能吃到肉的小姑娘来说，足够了！

梅丽莎的眼眸里多了些期待的神采，小心翼翼地叉了块羔羊肉。它被炖得颇烂，刚一入口就有快要融化的感觉，真正的肉香爆发，美妙的汁水横流，充塞口腔。那是前所未有的美好感受，让梅丽莎根本停不下来，等到她回过神，已经吃掉了好几块羔羊肉。

“我，我，克莱恩，这是为你准备的……”梅丽莎的脸庞一下涨红，说话结结巴巴的。

“我早就偷吃过了，这是作为厨师的特权。”克莱恩微笑安抚着妹妹，同时也拿起叉和勺，时而吃块肉，时而塞一嘴豌豆，时而放下餐具，掰一块黑面包蘸汤汁吃。

梅丽莎放松下来，被克莱恩毫无异常的举止影响，重新沉浸于美味当中。

“真好吃，完全看不出来你是第一次做。”梅丽莎瞧了眼连汁水都没留下的空盘子，由衷赞美道。

“和韦尔奇的厨师比，还差得很远，等我有钱了，带你和班森去外面餐厅，吃更好的！”克莱恩说得连自己都开始有点憧憬。

“你面试会……嗝……”梅丽莎话未说完，突然难以控制地发出满足的声音。她慌忙伸手捂住嘴巴，一脸的尴尬。

都怪刚才的嫩豌豆炖羔羊肉太好吃了！

克莱恩暗笑一声，决定不嘲笑妹妹，他指着盘子道：“这是你的任务。”

“好的！”梅丽莎迫不及待地站了起来，拿上盆子，冲向门外。

等她清洗归来，打开橱柜，习惯性检查了一遍调料盒等物品。

“你刚才用了？”梅丽莎惊讶脱口，转头望向克莱恩，手中拿着黑胡椒瓶和猪油罐。

克莱恩摊手笑道：“一点点，这是美味的代价。”

梅丽莎眸光闪烁，表情变幻了几下，最终抿了抿嘴道：“以后还是我来做菜吧。嗯……你得抓紧时间准备面试，得考虑工作的事情。”

妹，咱能不能不要哪壶不开提哪壶……克莱恩暗自吐槽，只觉脑袋又开始一抽一抽地痛。

原主遗忘的知识不算多，但也绝对不少，后天就要面试了，哪有时间补得上来……而且还卷入了诡异恐怖的事件，怎么可能有心思去复习……

敷衍了妹妹几句，克莱恩开始装模作样地读书，梅丽莎搬了椅子，坐在旁边，借着煤气灯的光芒做起了作业。

气氛宁静安乐，快十一点时，兄妹互道晚安，各自上床。

咚！咚咚！一阵敲门声响起，克莱恩从梦中醒来。他看了眼窗外的晨曦，脑袋略显迷糊地翻身坐起："谁啊？"

这都几点了？梅丽莎怎么没叫醒我？

"我，邓恩·史密斯。"门外有沉稳的男声回答。

邓恩·史密斯？不认识……克莱恩摇头下床，走向门边。

他拉开房门，看见了昨天那位有着灰色眼眸的警官。

"出什么事了吗？"克莱恩警惕地问道。

灰眸警官表情严肃地回答："我们找到了一个马车夫，他证实你在27日，也就是韦尔奇先生和娜娅女士死亡的当天，去过韦尔奇先生的住所，而且还是韦尔奇先生帮你付的车钱。"

克莱恩怔了一下，丝毫没有谎言被揭穿的惊恐和心虚。因为他根本不是在撒谎，而且，灰眸警官邓恩·史密斯提供的证据并没有出乎他的预料。6月27日那天，原主果然去过韦尔奇的住所，并且在回来的当夜就自杀身亡，和韦尔奇、娜娅一模一样！

克莱恩张了张嘴，泛起一抹苦笑道："这不是足够有力的证据，不能直接证明我和韦尔奇、娜娅的死亡有关。老实说，我也很想知道事情的经过，弄清楚我两位可怜朋友的遭遇，但是，但是……我真的不记得了，我几乎完全遗忘了27号那天做过的事情，说出来你可能不相信，我全靠我自己的笔记才勉强猜到我27号也许去过韦尔奇的住所。"

"心理素质不错。"灰眸警官邓恩·史密斯不见愤怒也不见微笑地点了点头。

"你应该能听得出我的诚恳。"克莱恩直视着对方的双眼。

他说的都是真话，当然，只是真话的其中一部分！

邓恩·史密斯没有立刻回应，视线扫了房间一圈才慢悠悠道："韦尔奇先生丢失了一把左轮手枪，我想我应该能在这里找到它，对吧，克莱恩先生？"

果然……克莱恩总算弄清楚了左轮手枪的来历，脑海念头如闪电般跳跃转动，瞬间做出了决断。他半举起双手，一步步退后，让开了道路，然后用下巴示意高低床道："在床板背面。"

他没具体说是下面那张，因为正常人都不会把东西藏在上层床板的背面，访客一目了然。

灰眸警官邓恩没有往前，抽了下嘴角道："没什么想要补充的吗？"

"有！"克莱恩毫不犹豫地回答，"前晚半夜醒来，我发现自己趴在书桌上，旁边是左轮手枪，墙脚有子弹，看起来像是经历了一场自杀，但也许是因为没经验，没用过手枪，或者最后关头害怕了……总之，子弹没达到预想的效果，我的脑袋还完好，我活到了现在。而从那时候开始，我发现我丢失了一些记忆，包括27日到韦尔奇住所做过什么，看到了什么，我没有撒谎，我真的不记得了。”

为了洗清嫌疑，为了解决缠上自己的诡异事件，克莱恩几乎说出了全部事情经过，除开穿越和那场聚会。

另外，他在措辞上有所修饰，让每句话都能经得起考验，比如没说子弹未击中自己的脑袋，只是说“没达到预想的效果”，事后头部依旧完好。在旁人耳中，这两者表达的意思几乎一样，但实际上截然不同。

灰眸警官邓恩安静听完，沉缓开口：“这很符合我推测的发展，也符合之前类似事件的隐藏逻辑，当然，我不知道你是怎么活下来的。”

“你相信就好，我也不知道我是怎么活下来的。”克莱恩稍微松了口气。

“但是，”邓恩抛出了一个转折词，“我相信没用，现在的你有很大的嫌疑，你必须通过专家的确认，确认你真的遗忘了遭遇，或者真的没有直接导致韦尔奇先生和娜娅女士的死亡。”

他咳嗽一声，表情变得严肃：“克莱恩先生，请你配合调查，和我们回一趟警局，这需要两到三天的时间，如果你确实没有问题的话。”

“专家到了？”克莱恩愣愣反问。不是说过两天吗？

“她到得比我们预料的都早。”邓恩侧过身体，示意克莱恩出门。

“我留张纸条。”克莱恩请求道。

班森还在出差，梅丽莎上学去了，只能留言告诉他们自己被牵扯进了韦尔奇的一件事情，要暂时离开，让他们不要担心。

邓恩不甚在意地点头：“可以。”

克莱恩回到书桌旁，一边找出纸张书写，一边开始思考接下来的事情。

老实说，他非常不希望见到那位专家，毕竟自身还藏着一个更大的秘密。

在有七大教会的地方，在疑似“前辈”的罗塞尔大帝被刺杀的前提下，穿越这种事情多半是要进裁判所，上仲裁庭的！

但是，没武器、没格斗技巧、没超凡之力的自己哪里是职业警官的对手？何况，门外暗处还站着几位邓恩的下属，他们拔枪一个齐射，自己就算交代了！

“呼，走一步算一步。”克莱恩留下纸条，拿上钥匙，跟着邓恩出了房间。

昏暗的走廊里，四位黑衣白格的警察分列两边，非常戒备。

哒，哒，哒，克莱恩跟在邓恩身边，踩着木制的楼梯，一阶一阶往下，时而能听到吱吱呀呀的声音。

公寓门外停着一辆四轮单马的马车，厢体侧面绘刻有双剑交叉、簇拥王冠的警察系统标志，周围和之前每个清晨一样热热闹闹，拥挤嘈杂。

“上去吧。”邓恩示意克莱恩先上车。

克莱恩刚要迈步，旁边有个卖牡蛎的小贩突然抓住一位顾客，指责对方是小偷。双方扭打起来，惊扰到马匹，周围顿时变得混乱。

机会！克莱恩来不及多想，猛地弯腰前冲，抢入人群。或推搡，或闪避，他向着街道另外一头疯狂奔逃。

现在的情况下，为了不见专家，只能去城外码头，坐船顺塔索克河而下，逃到首都贝克兰德去，那里人口众多，便于隐藏。当然，也能扒着蒸汽列车，往东去最近的恩马特港口，走海路到普利兹，然后前往贝克兰德。

不多时，克莱恩跑到街口，拐入铁十字街，那里停着几辆可雇用的马车。

“去城外码头。”克莱恩手一撑，跳上其中一辆。

他想得很清楚，要先故意误导追赶的警察，等到马车驶出一段距离，自己就直接跳下去！

“好的。”车夫扯起缰绳。

哒哒哒，马车驶离了铁十字街。

正当克莱恩准备跳车时，他忽然发现马车拐向了另外一条路，一条并非通往城外的道路！

“你要去哪里？”克莱恩愣了一下，脱口问道。

“去韦尔奇的住所……”马车夫语气不见起伏地回答。

什么？克莱恩惊愕之中，马车夫转过身体，露出深邃冷漠的灰色眼眸，俨然是邓恩·史密斯警官！

“你！”克莱恩惊恐莫名，突感天旋地转，整个人猛然坐了起来。

坐了起来？克莱恩疑惑地左看右看，发现窗外红月正盛，房间如铺满轻纱。他伸手摸了下额头，湿润而冰凉，尽是冷汗，背后也是同样的感觉。

“做了个噩梦……”克莱恩缓缓吐了口气，“还好，还好……”

他觉得自己梦里还挺清醒的，还能冷静思考，颇为奇怪。

稍微缓和后，克莱恩拿起怀表看了一眼，发现才半夜两点多，于是悄声下床，打算去公用盥洗室洗个脸，顺便解决下小腹憋胀的问题。

扭开房门，他来到昏暗的过道上，就着微弱难辨的月光，脚步很轻地靠近公用盥洗室。

突然，他看到走廊尽头的窗户前站了一道人影。那人影穿着比长袍短、比正装长的黑色类风衣服饰，半融入黑暗里，沐浴着清冷的绯红月华。

那人缓缓转过了身体，眼眸深邃、灰暗、冷漠。

——邓恩·史密斯！

哒！克莱恩忍不住倒退了一步，一时不知道自己是醒着，还是依旧在梦里。

那人影取下黑色礼帽，幅度很小地鞠了一躬，低沉微笑道："重新认识一下，值夜者，邓恩·史密斯。"

值夜者？"正义"和"倒吊人"提过的黑夜女神教会非凡者队伍的代号？

克莱恩有所恍然，再联想之前，顿时脱口而出道："你操纵梦境？你让我做了刚才那样的梦？"

值夜者邓恩·史密斯将黑色礼帽重新戴上，遮掩住略高的发际线，灰色幽深的眼眸隐含着笑意道："不，我只是进入你的梦里，做必要的引导。"他嗓音浑厚又柔和，不惊动别人美梦般回荡在黑暗微光的走廊上，"在梦里，虽然会放大呈现平时压抑的情绪和各种阴暗心理，让一切显得混乱、荒谬和疯狂，但真实依旧存在，依旧藏于其中。对我这种老手来说，所有的一切都显而易见，比起清醒的你，我更相信梦中的你。"

这……正常人谁能控制自己的梦？要是我梦到一些地球上的东西，岂不是就被邓恩·史密斯发现了？克莱恩悚然一惊，对梦中的遭遇充满后怕。但他很快又品出些诡异，因为他记得自己在梦里很清醒，很理智，知道什么该说，什么不该说。简单而言，就是完全不像在做梦！

所以，邓恩·史密斯只是看到了我想让他看见的内容？克莱恩念头急转，隐约有了点明悟。这是穿越自带的福利，比如自身灵的特殊，还是那个转运仪式附加的影响？

"所以，史密斯先生，你确信我真的失忆了？"克莱恩组织了下语言反问道。

邓恩·史密斯没有直接回答，反而深深看了他一眼："你竟然对这种事情不感觉惊讶？我之前遇到的当事人哪怕刚做完梦，也不相信会有非凡之力，宁愿认为自己并未真的醒来。"

克莱恩"嗯"了一声道："也许是因为我在祈求着，期待着能有这样的力量来帮助我。"

"很有趣的思考逻辑……或许你活下来不仅仅是因为幸运。"邓恩没什么笑容地点头，"我现在可以确认你真的因为这次的事件遗失了部分记忆，尤其是关系事件本身的。"

"那我可以回去了？"克莱恩内心长舒了一口气，试探着问道。

邓恩单手插袋，缓步走了过来，周围的黑夜变得宁静而轻柔。

"不，你还是得跟我去见一下专家。"他嘴角礼貌性上翘。

"为什么？"克莱恩脱口而出，忙又补充道，"你不相信自己对梦境的引导？"

开什么玩笑，那专家要是擅长催眠、读心之类的能力，那我最大的秘密岂不是就暴露了？结果会怎样无法想象！

“我一向谦虚，但有关梦境方面，还是有些信心的。”邓恩从容平静地回答，“不过，关键的、重要的事情，再确认一次也不错，更何况，她和我擅长的领域有很大不同，也许能帮助你恢复一定记忆。”

不等克莱恩再说话，他嗓音变沉：“毕竟你关系着那本安提哥努斯家族笔记的下落。”

“什么？”克莱恩怔了一下。

邓恩停在他的面前，灰色的眸子盯着他的双眼道：“现场没有找到那本第四纪遗留的笔记，整幢房屋里都没有，韦尔奇死了，娜娅死了，你是唯一的线索。”

“……好吧。”克莱恩沉默片刻，吐了口气。

笔记不见了……这还真是诡异啊！我之前竟然完全没去想那本第四纪笔记的下落！

邓恩微不可见地点头，一边越过克莱恩，一边开口道：“你把门锁上，现在就和我去韦尔奇的住所，专家在那里等着我们。”

无声吸了口气，克莱恩心头打鼓，忐忑不安。他有心拒绝，甚至想要逃跑，但有了梦境的前车之鉴，他相信邓恩·史密斯肯定提高了戒备，而以正常人和非凡者的实力差距，强行逃跑成功的可能性不高。

他身上肯定还有手枪……应该也是经常练习射击的那种人……各种想法在脑海里剧烈冲突，克莱恩最终还是选择认清现实：“好的。”

唉，只能走一步看一步了，说不定我梦境里的那种特殊力量会再次起效……

“那走吧。”邓恩的语气没有丝毫波澜。

克莱恩转身跟了两步，忽然停步道：“史密斯先生，我……我想先去趟盥洗室。”

我出来就是为了上厕所的啊……

邓恩没有阻止，而是深深看了他一眼道：“没问题。克莱恩，相信我，在黑夜里，我远比你想象的还要强大。”

在黑夜里……克莱恩无声重复了这几个单词。

他没有鲁莽地尝试，老老实实地解决了小便问题，然后用凉水洗了把脸，让自己彻底冷静了下来。

换好衣帽，关上自家房门，克莱恩脚步轻柔地跟着邓恩走下阶梯，走向公寓门口。

在这样的平静里，邓恩·史密斯突然开口：“在梦的最后，你为什么想逃？你在害怕着什么？”

克莱恩心念如电转，边思索边回答道：“我不记得在韦尔奇家做过什么，也不记得自己是不是直接造成他和娜娅死亡的人，我怕最后真的证实是我。我不敢去赌这个，不如逃跑，去南大陆开始新的人生。”

“如果是我，我也会这样。”邓恩推开公寓的门，让半夜的凉风吹散里面的闷热。

他不怕克莱恩逃走，自顾自先上了马车，是克莱恩在梦中见过的那辆，四轮，单马，配有一名车夫，厢体侧面绘刻有双剑交叉、簇拥王冠的警察系统标志。

克莱恩跟着进入其中，发现里面铺着厚厚的地毯，弥漫着让人身心宁静的香薰味道。

他随意坐下，找着话题，试图打探出更多的情况：“史密斯先生，如果，我是说如果，专家证实我真的遗忘了那部分记忆，也没有别的证据能证明我是加害者，而不是受害者，那事情就算结束了？”

“理论上是这样，我们会从别的途径去找那本笔记，只要还存在，就能被发现。当然，在这之前，我们会确认你身上没有诅咒，没有遗留的恶灵味道，没有对应的心理问题，能平安地、健康地迎接将来的人生。”邓恩·史密斯露出一抹笑容，略显古怪的笑容。

克莱恩敏锐捕捉到这点，顾不得松口气，连忙追问道：“理论上？”

“是的，仅仅只是理论上。在这个领域，总是充满了扭曲的、违背常理的、让人无法相信的事情。”邓恩看着克莱恩的双眼，“它们的持续，它们的结束，有的时候，不是我们能够预见和控制的。”

“比如？”克莱恩一时竟有点恐惧。

几乎无人的街道上，马车飞快行驶。邓恩拿出烟斗嗅了下味，缓缓讲述道：“当我们以为事情结束，一切都已经恢复正常的时候，它会以让人恐惧的、惊悚的方式再次降临。

“前几年，我们处理过一个邪教的案子，他们组织信徒以自杀的方式完成活祭，取悦邪神。其中一位信徒被选中后，求生的本能使他战胜了愚蠢，战胜了盲信，战胜了迷幻药，偷偷跑到警察局报了案。事情被转交给我们处理，这是一个很小的任务，因为那个邪教没有非凡者，所祭祀的神灵更是他们头目随便想出来的，为了敛财，为了享受，泯灭了人性。我们只用了两名队员，再加上警察的配合，就顺利解决了这个邪教，没有一个漏网。而那位报案者，我们也确认他没有恶灵遗留的味道，没有诅咒的缠绕，更没有心理障碍、人格问题及其他奇怪的痕迹。之后，他的职业发展得不错，娶了很好的妻子，生了一儿一女，一切阴影看起来都已经远离了他，往昔的恐怖和血腥也完全消散了。”

说到这里，邓恩·史密斯笑了笑道：“但就在今年3月份，在财务状况良好、夫妻感情深厚、孩子聪明可爱的情况下，他死了，自己把自己掐死在了办公室里。”

马车车窗外的绯红月光照入，披洒在邓恩·史密斯身上。这一刻，他看似自嘲的笑容竟让克莱恩觉得瘆人，说不出的瘆人。

“自己把自己掐死了……”克莱恩无声吸了口凉气，似乎看到了自己的凄惨结局。

哪怕躲过了一劫，也只是逃得了一时？有什么办法能彻底解决？让自身成为非凡者来对抗？车厢内归于沉默，克莱恩脑中无数想法涌现，又纷纷落下。

在这样难言的安静里，马车行驶了很久，行驶得很快。

就在克莱恩下定决心，打算厚着脸皮请教邓恩·史密斯，看有什么解决办法时，马车停了下来。

“史密斯先生，韦尔奇的住所到了。”车夫的声音传入两人耳朵。

“我们下去吧。”邓恩理了理到膝盖位置的黑色风衣，“呵，我提前介绍介绍，专家对外的身份是阿霍瓦郡最知名的通灵者。”

克莱恩收敛住别的想法，好奇问道：“那她实际上的身份呢？”

邓恩半转身体，回过头来，灰眸深邃道：“真正的‘通灵者’。”

真正的“通灵者”……克莱恩默念着这个描述，没有再开口，跟随邓恩·史密斯走下马车。

韦尔奇在廷根的住所是一幢有花园的独栋房屋，镂空的铁门外是能同时让四辆马车行驶的道路，道路两侧每隔五十米就有一个路灯。它们与克莱恩上辈子见过的不同，属于煤气灯，柱子与普通成年男子差不多高，方便点火照明；黑色的金属紧贴着玻璃，围出了栅格，形似古典提灯，冰冷与温暖共舞，阴影和光明同在。

踩着昏黄覆盖的道路，克莱恩和邓恩·史密斯通过半掩的铁门，进入韦尔奇租住的地方。正对大门的是可供两辆马车行驶的通路，铺着水泥，直通两层房屋。它的左侧是花园，右侧是草坪，淡淡的花香和清爽的草味交织成一体，让人心旷神怡。

甫一踏入，克莱恩突然汗毛耸立，左顾右盼。他感觉在花园里，在草坪阴影中，在房屋顶层，在秋千背后，在一个个昏暗的角落，有一双双眼睛在注视着自己！

明明这里空荡无人，克莱恩却仿佛置身于热闹的街道。这诡异的对比，这古怪的感受，让他身体绷紧，有寒气从尾椎而上。

“有问题！”他忍不住开口提醒邓恩。

邓恩表情不变地走在侧方，平淡地回答道：“不用在意。”

见值夜者都这么说了，克莱恩只好忍着那种被跟踪、被窥探、被打量却发现不了目标的毛骨悚然感，一步步来到独栋房屋正门。

在这待久了，我会变得神经质的……邓恩伸手敲门时，克莱恩又快速回头打量了一眼，花朵随风晃荡，没有人影。

“进来吧，绅士们。”一道略显空灵的嗓音从屋内传出。

邓恩扭动把手，推门而入，对坐在沙发上的女子道：“戴莉，有结果了吗？”

客厅吊灯没有被点亮，一主两副格局的皮制沙发环绕着大理石制成的茶几。茶几之上燃着一根蜡烛，火焰泛出艳蓝，将半开放式布局的客厅、餐厅和厨房都蒙上了一层摇曳诡异的色彩。

长沙发正中坐着一位女士，她穿着带兜帽的黑袍，涂抹着蓝色的眼影和腮红，露在外面的手腕处缠绕着挂有白水晶吊坠的银链。看到她的第一眼，克莱恩就有种莫名的感受：打扮得像个真正的通灵者……这是在扮演什么？

有着妖异美感的“通灵者”戴莉，用闪烁的碧绿眼眸扫过克莱恩，望向邓恩·史密斯道：“原本的灵都消失了，包括韦尔奇和娜娅的，现在在这里的小家伙们什么都不知道。”

灵？通灵者……刚才那些看不到的打量者就是灵？竟然有那么多的灵？克莱恩取下帽子，放于胸前，微微鞠躬道：“晚上好，女士。”

邓恩·史密斯则叹了口气道：“还真是棘手啊……”

“戴莉，这是克莱恩·莫雷蒂，你试试能不能从他这里发现点什么。”

“通灵者”戴莉的视线顿时转到克莱恩身上，她指着副位的单人沙发说道：“请坐。”

“谢谢。”克莱恩点了点头，几步过去，老实坐下，一颗心不自觉提了起来。

是生是死，是顺利度过，还是秘密暴露，就看接下来的发展了！

而最让自己无力的是，他缺乏可以依仗的东西，只能寄希望于自身的特殊……这真是非常不好的感受……克莱恩苦涩地想道。

随着邓恩坐到他对面的双人沙发上，“通灵者”戴莉从腰间的暗袋里取出了两个拇指大小的玻璃瓶。她碧绿的眼眸微笑看着克莱恩道：“我需要一点辅助，毕竟你不是敌人，不能那么直接粗暴地对待，那会让你不太舒服，感到疼痛，甚至留下严重的后遗症。我会给你一些香气，给你足够的温柔和润滑，让你一点点放开自己，真正沉浸于那种感受。”

这话怎么听着不太对……克莱恩一阵咋舌，目露惊讶。

对面的邓恩笑了笑道：“不要奇怪，和风暴之主教会的那帮家伙不同，在我们这里，女士也是可以口头调戏男性的。关于这点，你应该能够理解，你母亲是女神虔诚的信徒，你和你哥哥也读过教会的周日学校。”

“我明白，只是没想到，会这么，这么……”克莱恩比着手势，没找到合适的形容词，差点脱口而出“老司机”的对应翻译。

邓恩嘴角上翘道："放心，戴莉其实很少这么做，她只是想通过这种方式让你平静和放松下来，她喜欢尸体更胜过男人。"

"你把我说得像个变态。""通灵者"戴莉微笑插嘴。她打开其中一个小瓶子，往艳蓝色的烛焰里洒了几滴，"夜香草、深眠花、洋甘菊混合蒸馏和萃取出来的纯露，我叫它'安曼达'，赫密斯语里'宁静'的意思，很好闻的。"

说话间，烛火摇晃了几下，那几滴纯露飞快蒸发，弥漫于房间内。一股清幽迷人的香味钻入了克莱恩的鼻子，他的情绪不再紧绷，他的心灵迅速平和，仿佛在夜深人静时俯视着黑暗。

"这瓶叫作'灵之眼'，用龙纹树和白杨树的树皮、叶子日晒七天，煎煮三次，浸泡于朗齐酒制成，当然，中间会有几句咒文的配合……"琥珀色的液体伴随着"通灵者"戴莉的描述，也滴在了艳蓝的烛火上。

克莱恩闻到了酒香，空灵飘忽的酒香，他看见烛火摇晃得厉害，看见戴莉蓝色的眼影和腮红闪烁着诡异的光泽，甚至出现了重影。

"它是通灵的好帮手，也是足够迷人的花精……"

随着戴莉的娓娓述说，克莱恩只觉她的声音从四面八方传来。他迷惑地望向四周，发现所有事物都在摇晃，都变得模糊，像是笼罩了一层又一层的浓雾，连带着自己的身体都跟着摇晃，跟着模糊，跟着发飘，跟着失去了重量。

红的更红，蓝的更蓝，黑的更黑，色彩混杂如同印象派油画，迷离而梦幻，而周围细碎重叠的呢喃一阵阵传来，像是有数不清的无形之人在议论。

"这和我之前做转运仪式时的体验类似啊，但没有那种让人疯狂，让人想要爆炸的感受……"克莱恩看着这一切，疑惑地想道。

就在这时，他的视线被一双晶莹如同绿宝石的眼眸吸引了，穿黑袍的戴莉坐在模糊的沙发上，目光诡异地集中于克莱恩的头顶，嗓音温柔地笑道："正式认识一下，我，'通灵者'戴莉。"

这……我还是能冷静理智地思考啊……就像转运仪式和聚会时一样……克莱心念一动，故意表现出浑浑噩噩的状态："你好……"

"人的思维非常广阔，藏着很多隐秘。你看，那片大海，我们自己能够了解的只有露出于海面的岛屿，但在海面之下，岛屿还有更大的部分。实际上，除了岛屿，还有整片的大海，还有象征着灵界的无边无际的天空……

"你是身体的灵，你不仅知道露出海面的岛屿，还知道岛屿藏在海下的部分，知道整片大海……凡存在，必留下痕迹，岛屿表层的记忆能够被抹去，但那海面之下的部分和整片大海，肯定有着它残存的对应投射……"

戴莉一遍又一遍地诱导着，周围模糊的风与影也变幻着类似的形状，就像克莱恩的心灵大海完全展露在这里，等待着他自己去寻找和发现。

克莱恩平静地看着那片时不时翻腾一下的大海，语气缥缈地回答："没有……我记不起来了……我忘记了……"他恰到好处地展现出痛苦的情绪。

戴莉又试着诱导了一次，但克莱恩依旧没受影响。

"好了，到这里结束，回去吧。

"回去吧。

"回去吧……"

空灵的嗓音徘徊中，戴莉消失了，风和影开始平息，清幽的味道和淡淡的酒香重新明显。

视界中的所有颜色恢复了正常，模糊迷乱的感觉不再呈现，克莱恩身体颤动了一下，找回了失去的重量。

他睁开不知什么时候闭上的眼睛，发现面前还是那根灯火艳蓝的蜡烛，还是舒服靠坐的邓恩·史密斯，还是穿着带兜帽黑袍的"通灵者"戴莉。

"你怎么用了心理炼金会那帮邪恶疯子的理论？"邓恩微皱眉头，看向戴莉。

戴莉边将两个小瓶子收起，边平静地回答："我觉得挺正确的，至少符合我所看见所接触的一些事情……"不等邓恩再次开口，她摊了下手道，"是个棘手的家伙，什么痕迹也没有留下。"

听到这句话，旁边的克莱恩长长松了口气，故作懵懂地问道："事情结束了？刚才发生了什么？我感觉自己睡了一觉……"

这就算过关了吧？还好有转运仪式的演习！

"就这么认为吧。"邓恩打断了他的话语，看着"通灵者"戴莉道，"检查过韦尔奇和娜娅的尸体了吗？"

"尸体能告诉我们的比你想象的更多，可惜，韦尔奇和娜娅确实是自杀的。只能说，影响他们的力量让人畏惧，一点痕迹也没有留下。"戴莉站起身，将手伸向那根蜡烛，"我要休息了。"

艳蓝光芒消失，屋内瞬间涌入了迷离的绯红。

第四章

CHAPTER 04

值夜者

“恭喜你，你可以回家了，但必须记住，不能把这件事情告诉家人和朋友，必须保证。”邓恩领着克莱恩一路走向大门。

克莱恩诧异地反问：“不用检查诅咒或者恶灵的痕迹吗？”

“戴莉没说，就是没有。”邓恩简短地回答。

克莱恩放下心来，想到之前的担忧，忙又问道：“我该怎么确认后面没有其他麻烦了？”

“不用太担心。”邓恩动了下嘴角道，“根据统计，类似情况下，百分之八十活下来的当事人，后续都没遭遇可怕的事件。嗯……这个数据是我凭印象说的，大概，差不多。”

“那还有百分之二十的倒霉蛋……”克莱恩可不敢拼运气。

“那你可以考虑加入我们，做文职人员，这样一来，有什么先兆，我们能及时发现。”邓恩边靠近马车，边随口说道，“或者直接成为非凡者，毕竟我们不是你的保姆，不能整夜整夜地看守着你，连你和女人干什么都看着。”

“我可以吗？”克莱恩顺着这句话就问道。

当然，他几乎没抱什么希望，毕竟怎么可能这么轻松就加入值夜者队伍，获得非凡之力。那可是非凡之力！

邓恩顿住脚步，侧头看了他一眼：“……也不是不可以，看情况……”

啥？这个转折惊到了克莱恩，他在马车旁边愣了片刻才道：“真的？”

开什么玩笑？这么轻松就能成为非凡者？

邓恩轻笑了一声，灰色眼眸被马车阴影所遮掩：“不相信？其实，成为值夜者，你会失去很多，比如自由。就算先不提这个，还有别的问题，第一，你不是立功的神职人员或者虔诚信徒，没法挑挑拣拣，没法选最安全的途径。”

“第二嘛……”邓恩抓住扶手，登上马车道，“我们，代罚者，机械之心，以及其他类似的审判机关，每年处理的事件里，有四分之一是非凡者的失控。”

四分之一……非凡者失控……克莱恩一下怔住。

这个时候，邓恩半转身体，灰眸幽深，嘴角不带笑意地动了动道："而这四分之一里面，有很大一部分是我们的队友。"

"为什么？"听到邓恩的话语，克莱恩心头顿时掀起了惊涛骇浪，本能地脱口而出。

非凡者有严重的隐患？以至于教会内部的审判机关，处理邪异事件的非凡者，也容易出问题？

邓恩·史密斯步入车厢，坐到之前的位置，表情和语气都保持着平常："这不是你需要了解的事情，也不是你能够了解的事情，除非你成为我们的一员。"

克莱恩一阵哑然，跟随坐下，半是好笑半是不解地问道："不弄清楚这个，怎么可能做出加入的决定？"

而不加入，又无法了解，这就成死循环了……

邓恩·史密斯再次拿出烟斗，放在鼻端闻了一下："你大概误会了，我们的一员包括文职人员。"

"也就是说，只要成为你们的文职人员，就可以了解相关的秘密，弄清楚非凡者的隐患和可能遭遇的危险，之后再考虑是否成为非凡者？"克莱恩边整理思路，边用自己的话语重新描述了一遍对方的意思。

邓恩笑了笑道："是这样，除了一点，那就是并非你考虑成为非凡者，就一定能成为，在这方面，各大教会都同样严格。"

不严格才奇怪……克莱恩腹诽了一句，用加强语气的手势道："那文职人员呢？这应该也很严格吧？"

"如果是你，那应该没什么问题。"邓恩眼睛半闭，神情略微舒展地嗅着烟斗，但并未点燃烟丝。

"为什么？"克莱恩又一次陷入疑惑。

与此同时，他在心里自我调侃了起来：难道我的特殊情况，我的穿越者光环，就像黑夜里的萤火虫，那样的鲜明，那样的出众？

邓恩睁开半闭的眼睛，灰眸如同之前一样的幽邃。

"第一，能在这种事件里，不靠我们的帮助存活下来，这说明你有着不同于其他人的优点，比如，幸运，而幸运的人，总是很受欢迎。"看见克莱恩变得有些呆滞的表情，他微微笑道，"好吧，你就当是一种幽默的说法。第二，你是霍伊大学历史系的毕业生，刚好是我们非常需要的人才。虽然卢尔弥这个风暴之主的信徒对女性的态度让人厌恶，但他在社会、人文、经济和政治上的观点依然犀利，他说过，人才是保持竞争优势和良好发展的关键因素。这一点，我很认同。"

发现克莱恩微微皱眉，他随口解释道：“你应该能够想象得出，我们会经常接触第四纪乃至更早的文献和物品，不少邪教和异端都试图从这些东西里获得力量，有的时候，它们本身也会导致诡异可怕的事情。”

“除了特殊领域的非凡者，我们大多并不擅长学习，或者说已经过了那个年龄。”讲到这里，邓恩·史密斯指了指自己的脑袋，嘴角微勾如在自嘲般道，“那些枯燥的、乏味的知识总是让人想要睡觉，哪怕‘不眠者’也无法抗拒。在以往，我们会找历史学家、考古学家合作，但这会有隐秘外泄的风险，也可能会给教授、副教授先生们带去不好的遭遇。所以，能有专业人士加入，成为我们的一员，是件难以拒绝的好事。”

克莱恩轻轻点头，接受了邓恩的说法，并思维发散地问道：“那你们之前怎么不直接，嗯，发展一位？”

邓恩自顾自地继续说道：“这就是第三，也是最重要的一点，你已经接触到类似的事件，邀请你不存在违反保密条款的问题，而另外发展别人，如果失败，我要承担隐秘泄露的责任。我们的队员，还有文职人员，绝大部分都来自教会内部。”

安静听完，克莱恩好奇道：“你们为什么要这么严格保密？很多事情公布出去，流传出去，让更多的人知道，不是可以避免相同的错误再次发生吗？最大的恐惧来自未知，我们可以让未知变成已知。”

“不，人类的愚蠢超乎你的想象，这反而会导致更多的模仿，更大的混乱和更严重的事件。”邓恩·史密斯摇头回答。

克莱恩“嗯”了一声，有所了然道：“人类从历史中学到的唯一教训就是，人类无法从历史中学到任何教训，总是重复同样的悲剧。”

“罗塞尔皇帝的这句名言确实充满哲理。”邓恩表示赞同。

……罗塞尔大帝说的？这位穿越者前辈真是三百六十度无死角地不给后来者留任何装逼的机会啊……克莱恩一时间竟不知该怎么接话。

邓恩转头望了眼马车外面，路灯的昏黄交织成了文明的光辉。

“……在各大教会的审判机关内部，都有一句类似的话语，这或许才是严格保密，禁止普通人知道的主要原因。”

“是什么？”克莱恩精神一振，有种窥探隐秘的快感。

邓恩回过脑袋，脸部肌肉微不可见地拉扯了一下。“相信和恐惧带来麻烦，更多的相信和恐惧带来更大的麻烦，直到一切毁灭。”说完这句话，他叹了口气，“而除了祈求神灵的庇佑和帮助，人类无法解决真正的大麻烦。”

“相信和恐惧带来麻烦，更多的相信和恐惧带来更大的麻烦……”克莱恩默念着这句话，不太能够理解，也因为这种不理解带来的未知感而恐惧起来，仿佛外面路灯的阴影里，没有光照的黑暗中，藏着一双双充满恶意的眼睛和一张张打开的嘴巴。

马蹄矫捷，车轮滚动，铁十字街遥遥在望，邓恩打破了突如其来的沉默，正式邀请道：“你要加入我们，成为文职人员吗？”

克莱恩念头涌现，暂时无法决断，想了想道：“我可以考虑一下吗？”

事关重大，不能仓促鲁莽地进行选择。

“没问题，周日之前给我答复就行了。”邓恩点了下头，“当然，记住保密，不能将韦尔奇相关的事件告诉别人，包括你的哥哥和妹妹，一旦违反，不仅会给他们带来麻烦，还可能导致你上特殊法庭。”

“好。”克莱恩郑重回答。

车厢内又归于无言。

眼见铁十字街将近，快要到家，克莱恩忽然想到一个问题，犹豫了几秒还是开口问道：“史密斯先生，你们文职人员的薪水和待遇怎么样？”

这是一个严肃的问题……

邓恩愣了一下，旋即微笑道：“不用担心这个问题，我们的经费由教会和警察部门共同保障，刚进入的文职人员，周薪是两镑十苏勒，另外还有十苏勒的保密和风险补贴，加在一起就是三镑，不比正式的大学讲师差多少。之后，随着你资历提升，获得相应的功劳，薪水会逐步增长。对于文职人员，我们一般是五年契约制，五年后如果你不愿意做了，可以正常离职，只是必须再补签一份终身保密条款，不得到我们的批准不能离开廷根，搬迁去别的城市也需要第一时间找当地值夜者登记。对了，没有固定休假日，只能轮休，必须保持随时有三位文职人员在工作，如果你想去南部，去迪西海湾度一个假，那就需要和同事协调好。”

邓恩刚说完，马车停了下来，克莱恩一家居住的公寓出现在侧方。

“我明白了。”克莱恩转身走下马车，停在了旁边，“对了，史密斯先生，如果我考虑好了，该去哪里找您？”

邓恩低沉一笑道：“去贝西克街的猎犬酒馆，找他们的老板莱特，告诉他，你要请佣兵小队做任务。”

“啊？”克莱恩听得一头雾水。

“我们的地址也是保密的，在你答应加入之前，不可能直接告诉你。好了，克莱恩·莫雷蒂先生，祝你今晚依旧有个好梦。”邓恩含笑致意。

克莱恩脱帽行礼，目送马车从慢到快地离去。

他拿出怀表，啪嗒按开，看到时间才刚过凌晨四点。街上凉风送爽，四下路灯昏黄。

克莱恩深深吸了口气，感受着周围的夜深人静。白天最喧闹最嘈杂的街区，半夜竟是如此冷清，如此安静，这与韦尔奇住所内无言的注视和通灵的迷幻截然不同。直到这个时候，他才发现自己亚麻衬衣的背部不知什么时候全是汗水，冰凉湿腻。

呼，总算过了“通灵者”那一关……克莱恩吐出口浊气，慢悠悠转身，边享受着夜晚的宁静和舒爽的凉风，边踱步靠近公寓门口。

他掏出钥匙，插入锁孔，轻缓扭动，让夹杂着绯红的黑暗随着吱呀之声逐渐扩散开来。

行走在无人的楼梯间，呼吸着冷冽的空气，克莱恩莫名有了种比别人多出了几个小时人生的奇妙感受，以至于脚步都变得轻快。

咔嚓，他保持着类似的心态打开了自家的房门，可还未迈步走入，就看见书桌前方的黑暗里静静坐着一道身影，黑发浴红，褐瞳明亮，面容清秀，正是梅丽莎·莫雷蒂！

“克莱恩，你去哪里了？”梅丽莎眉头舒展开来，疑惑地问道。

不等克莱恩回答，她又补充了一句，似乎要将事情的前因后果、逻辑关系都讲得清清楚楚、明明白白：“我刚才起来去盥洗室，发现你不在家里。”

克莱恩有着丰富的欺骗家长的经验，脑筋一转，不慌不忙地苦笑回答：“我半夜醒了一次，之后有点睡不着，想着与其这样浪费时间，不如锻炼一下，就出去跑了几圈，你看，一身的汗水。”

他脱掉外套，半转身体，指着背部。

梅丽莎站起身，不甚在意地瞧了一眼，斟酌了几秒钟道：“克莱恩，其实你不用，不用有太大压力，你肯定能通过廷根大学的面试，就算不行，唔……我是说如果，你也能找到更好的。”

我都没考虑过面试的事情……克莱恩点头道：“我明白。”他没说自己已经拿到了一个“offer（职位邀约）”，因为还没考虑清楚要不要去。

梅丽莎深深看了他一眼，忽地转身，小跑步进了里间，拿出一个由齿轮、锈铁、弹簧和发条等拼凑成的乌龟状物品。快速扭紧发条后，梅丽莎将这物品放在书桌上，咔咔咔，哒哒哒，那乌龟一跳一走，很有节奏，让人不由自主就将注意力转移到了它身上。

“感觉烦恼的时候，看着它这么动一动，会舒服很多，我最近经常这样，很有效的！克莱恩，你试一试。”梅丽莎眸光明亮地邀请道。

克莱恩没拒绝妹妹的好意，凑近看着那乌龟，等到它停止才笑道：“简单的规律确实能带来放松。”不等梅丽莎再说，他指着乌龟，随口又问，“自己做的？什么时候做的？我怎么不知道？”

“我用学校不要的材料和路上捡到的东西做的，前两天才弄好。”梅丽莎表情如常，嘴角上翘了几分。

“很厉害啊。”克莱恩由衷赞美道。

作为一名在机械方面动手能力差的男孩子，他小时候拼个四驱车都要死要活。

梅丽莎下巴微抬，眼睛略弯，语气平淡地回答：“还好，还好。”

“过分的谦虚是坏品格。”克莱恩轻笑道，“这是只乌龟吧？”

房间内的气氛突然沉凝了一下，梅丽莎如同绯红轻纱般的幽幽嗓音响起：“它是人偶。”

人偶……克莱恩尴尬一笑，强行解释道：“材料的问题，还是太简陋了。”紧接着，他转移了话题，“你怎么会半夜去盥洗室，房里面有马桶啊？而且你不是很擅长一觉睡到天亮吗？”

梅丽莎一下怔住，过了几秒，才张开嘴巴，准备解释。就在这时，她胸腹间传出一阵咕噜咕噜的剧烈消化声。

“我，我再去睡会儿！”

砰！她一把抓起乌龟状的人偶，小跑回了里间，关上了房门。

昨天晚餐太好，吃得太多，肠胃不适应了啊……克莱恩摇头失笑，缓步走到书桌前，无声坐于椅子上，就着从乌云背后钻出的绯红之月，安静地考虑起邓恩·史密斯的邀请。

做值夜者队伍的文职人员，坏处非常明显：作为穿越人员，神秘聚会的发起人“愚者”，自己身上有着不少的秘密，长期晃荡于黑夜女神教会专门处理超凡事件的队伍眼皮底下，风险不小；只要加入邓恩·史密斯他们，自己的目标肯定就是成为非凡者，以掩盖从聚会里获得的好处，然而一旦成为非凡者，成为正式成员，自由必定会受到限制，就像文职人员离开廷根都要申报一样，不能想去哪里去哪里，想做什么做什么，会错过很多机会；值夜者是一个严密的组织，一旦有任务，只能等待安排，接受命令，无法拒绝；非凡者有失控的风险……

将坏处在脑海一一列出，克莱恩转而考虑起必要性和其中的好处。

从转运仪式等遭遇看，自己不会是邓恩口中百分之八十的幸运儿，后续必然会有诡异的事件落到身上，充满危险，只有成为非凡者或者加入值夜者，才具备抗衡的能力。想成为非凡者，光靠聚会是办不到的，魔药配方问题不大，可对应的材料从哪里寻找，怎么获取，如何调制，以及非凡者日常修行的常识，自己都不甚了解，不可能事事都问“正义”和“倒吊人”，什么都找他们换取，这会损害“愚者”的形象，让对方产生怀疑，而且他们也没那么多的时间交流如此细碎的问题，同样地，自身也拿不出什么他们感兴趣的东西。另外，更多的物质来往会留下现实身份的痕迹，到时候，“线上纠纷”转变成“线下冲突”就麻烦大了。而加入值夜者，必然能接触到神秘世界的常识和相关渠道，积累起足够多的对应人脉，以此为支点，方能维持聚会的正常进行，从“正义”和“倒吊人”那里获得最大的收益，这反向又能提升现实状态，获得更多的资源，形成良性循环。

当然，也可以去找找看邓恩所吐露的“心理炼金会”这种似乎被各大教会抵制的组织。可成为他们的一员，同样会失去自由，甚至得时刻担惊受怕。更重要的一个问题是，自己根本不知道去哪里找他们，即使从“倒吊人”口中套出了对应情报，贸然接触也会有生命危险。何况先成为官方文职人员，还有缓冲和退出的机会。小隐隐于野，中隐隐于市，大隐隐于朝，值夜者的身份或许是更好的保护色，等到将来成为仲裁庭的高层，谁能想到自己是个异端，是隐秘组织的幕后黑手？

晨曦照耀，绯红隐去，望着天边的金黄，克莱恩下定了决心——今天就去找邓恩·史密斯，成为值夜者的文职人员！

“你没睡？”这时，梅丽莎再次起床，推门出来，诧异地看到哥哥在没有形象地伸懒腰。

“想些事情。”克莱恩露出微笑，一身轻松。

梅丽莎沉吟了一下道：“遇到困扰，我会一条一条地列出坏和好两方面内容，列完以后，再比较一下，就能得到应该怎么做的提示了。”

“好习惯，我也是这么做的。”克莱恩含笑以对。

梅丽莎神情舒展，没再多说，拿上泛黄的大张草纸和洗漱用品前往盥洗室。

用过早餐之后，妹妹离开了，克莱恩没急着出门，心情不错地补了个觉。据他了解，几乎所有酒馆上午都是不开门的。下午两点，他用小刷子和手帕将礼帽的褶皱抚平，清理脏处，让它恢复了整洁，然后一袭正装出门，就像去参加面试。

贝西克街有点远，克莱恩怕错过了值夜者的上班时间，没有步行过去，而是在铁十字街街口等待公共马车的到来。

在鲁恩王国，公共马车分为两种，无轨和有轨。前者由两匹马拉着，算上车厢顶部，能坐二十来个人，只有大致路线，不设具体站点，灵活运营，随叫随停，除非客满；后者由轨道马车公司运营，先在主要街道铺设类似铁轨的装置，马匹走在内侧，车轮转动于上，轻松而省力，所以能支持更大的双层车厢，乘载接近五十位客人，唯一的问题是路线固定，站点固定，很多地方去不了，较为死板。

过了十来分钟，车轮碾过轨道的声音由远及近，一辆双层马车停在了铁十字街的站点前。

“去贝西克街。”克莱恩对车夫说道。

“你得去香槟街转，不过到了那里，走去贝西克街只要十分钟左右。”车夫解释着路线问题。

“那就去香槟街。”克莱恩点头认同。

“超过四公里了，四便士。”车夫旁边一个脸庞白净的青年摊出手道。他是负责收钱的工作人员。

“好的。”克莱恩从兜里掏出四个铜便士，递给了对方。

他走上马车，发现乘客并不多，即使第一层也还有好几个空位。

“身上只有三便士了，回来得靠走啊……”克莱恩按了下帽子，稳稳坐好。

这一层的男士女士们多是正装端坐，也有穿工作服和悠闲看报纸的，但几乎没什么人说话，相当安静。克莱恩闭目养神，没去管身边乘客来来往往。一站一站又一站，他终于听到了“香槟街”这几个单词。下了马车，沿路打听，他很快来到贝西克街，看见了画着棕黄猎犬标志的酒馆。

克莱恩伸出右手，用力推动，沉重的大门缓缓打开，喧嚣的声音和浮躁的热浪奔涌而来。虽然还是下午，但酒馆里已经有了不少顾客，他们有的是临时工人，在这里寻觅机会，等待被雇用，有的则无所事事，用酒精麻痹自己。

酒馆里面颇为昏暗，中央竖着两个大铁笼子，下面三分之一深入地面，没留空隙。人们拿着木制酒杯，围在笼子旁边，时而大声讨论，时而咒骂欢笑。

克莱恩好奇地看了一眼，发现里面关着两条狗，一条花色黑白相间，和地球的哈士奇相像，一条通体漆黑，毛光水亮，健壮凶悍。

“要押注吗？道格这段时间已经连赢八场了！”一个戴着棕色软帽的矮小男子靠近过来，指着那条黑狗说道。

押注？克莱恩先是一愣，旋即醒悟：“斗狗？”

在霍伊大学时，那些贵族学生和有钱人家子弟，总会轻蔑而好奇地问自己：粗鲁的工人、无业的流氓是不是喜欢在酒馆里参与拳击和赌博？赌博的项目除了拳击、纸牌外，是不是还有斗鸡、斗狗等残忍血腥的项目？

那矮小男子嗤笑了一声：“先生，我们是文明人，不会做这种不体面的事情。”说到这里，他小声嘟囔道，“而且去年还出台法律禁止了这些……”

“那你们在押注什么？”克莱恩一时好奇。

“看谁是好猎手。”矮小男子刚刚说完，场中就是一阵轰动，他转头看了一眼，兴奋摆手道，“这一场开始了，不能下注了，你等下一场吧。”

克莱恩闻言，踮起脚，抬高脑袋，极目望去，看见两条壮汉各自拖着一个麻袋，来到铁笼旁边，打开牢门，将里面的事物倾倒了进去。

那是一只只灰色的、恶心的动物！克莱恩仔细辨认，发现竟然是老鼠，几十上百只老鼠！

因为铁笼下方深入地底，没有空隙，老鼠们四处乱窜，却逃不出去。这个时候，随着笼门的关闭，两条狗的铁链也被解开了。

“汪！”黑狗扑了过去，一口咬死了一只老鼠。

那黑白相间的狗先是一脸蒙，接着兴奋地和老鼠们玩了起来。

周围的人们或举着酒杯，专注凝望，或大声嚷嚷。

“咬死它！干死它！”

“道格道格！”

狗抓耗子……克莱恩醒悟过来，嘴角抽搐不已。这里的赌博项目竟然是押哪条狗抓的老鼠更多，或许还能押具体几只……难怪铁十字街那边一直有人收购活老鼠，还真有特色啊……

克莱恩摇了摇头，好笑地退开，从边缘绕过挤在一块的酒客，来到吧台前方。

“新面孔？”酒保边擦杯子边抬头看了他一眼，“黑麦啤酒一便士一杯，恩马特啤酒两便士，南威尔啤酒四便士，或者你想来一杯纯麦芽酿的朗齐？”

“我找莱特先生。”克莱恩直截了当地开口。

酒保吹了声口哨，对旁边喊道：“老头，有人找你。”

“唔，谁啊……”一道含含糊糊的嗓音冒出，吧台后面站起了一个醉醺醺的老者。

他揉了揉眼睛，看向克莱恩道：“小伙子，你找我？”

“莱特先生，我想雇个佣兵小队做任务。”克莱恩按照邓恩的吩咐回答道。

“佣兵小队？你活在冒险故事里吗？早就没这东西了！”酒保插嘴笑道。

莱特沉默了几秒钟，问道：“谁告诉你来这里找我的？”

“邓恩，邓恩·史密斯。”克莱恩如实回答。

莱特顿时呵呵发笑：“我明白了，其实……佣兵小队还存在的，只是换了个形式，换了个更贴近现在社会的名字，你去佐特兰街36号二楼可以找到一个。”

“谢谢您。”克莱恩诚恳道谢，转身挤出了酒吧。

他临出门前，围在一块的酒客们突然安静了下来，只剩一阵喃喃低语。

“道格竟然输了……”

“输了……”

克莱恩好笑地摇头，快步离开，一路询问，到了附近的佐特兰街。

“30，32，34……这里。”他数着门牌号，走进楼梯间。

绕过拐角，逐阶往上，他看见了竖直的招牌，看见了所谓的佣兵小队现在的名字——黑荆棘安保公司。

看到招牌，克莱恩愣了好久，有种意料之外但情理之中的感觉。还真是……不知道该怎么吐槽……他摇头失笑，拾级而上，伸出右手，轻敲半掩的房门。

咚！咚！咚！

缓慢而有节奏的敲门声回荡周围，屋内却没一点响应，只有"嗒嗒嗒"的动静隐约传出。

咚！咚！咚！克莱恩又重复了一遍，依旧是同样的结果。

他改敲为推，让缝隙变大，目光随之望入，看见了一组不知是不是接待用的古典沙发、软面靠椅和原木色茶几，看见了正对面的一张桌子，以及桌子背后脑袋低垂着一点一点的棕发女孩。

虽然"安保公司"的牌子只是伪装，但也未免太……太不专业了吧？这是多久没生意上门了？好吧，你们也不需要什么生意……克莱恩一边腹诽，一边走进去，靠近桌子，在女孩耳边又敲了两下。

咚！咚！棕发女孩一下坐直，双手猛地拿起面前摊开的报纸，挡住了脸庞。

《廷根市老实人报》，好名字……克莱恩默念着朝向自己那面的报纸标题。

"直通康斯顿城的蒸汽列车'飞翔号'今日开通……真是的，什么时候才能直达迪西海湾，我可不想再坐船去，太难受了，非常难受……咦，你是谁?"棕发女孩装模作样地念了一通报纸文章，发表了意见，说着说着，她放低报纸，露出光洁的额头和浅棕色的眼眸，先是讨好继而错愕地望向克莱恩。

"你好，我是克莱恩·莫雷蒂，应邓恩·史密斯先生的邀请而来。"克莱恩取下礼帽，放于胸前，微微鞠躬。

棕发女孩二十岁出头的样子，穿着浅绿色的鲁恩风格轻便长裙，袖口、领口、胸前等地方缀有漂亮的蕾丝，愈发衬托得她面容姣好。

"队长……好的，你在这里等一等，我去问下他。"女孩慌忙起身，从旁边的房门进入了里间。

也不说倒杯水什么的……服务意识堪忧啊……克莱恩微微一笑，在原地等待，没去沙发和椅子那边。

过了两三分钟，棕发女孩推门出来，笑容甜美地说道："莫雷蒂先生，麻烦你跟着我，队长今天值守查尼斯门，不能离开。"

"好的。"克莱恩平和地迈步，心里则犯了嘀咕。查尼斯门，那是什么?

通过隔断，映入他眼睛的首先是一条不长的走廊，左右也就各三间办公室的样子。这些办公室房门有的紧锁，有的敞开，能看见里面的人正用沉重的机械打字机嗒嗒嗒敲个不停。

一眼晃过，克莱恩还发现了位熟人，是那天来搜查自己家的年轻警官，黑发碧眼，有诗人的浪漫气质。他没穿正装，白色的衬衣也未扎进裤子，一副放浪不羁的模样。

或许他真是位诗人……克莱恩颔首致意，对方回以微笑。

棕发女孩拧动尽头左侧办公室的把手，将门推开，指着里面笑道："还得下几层楼梯。"

这间办公室没摆放任何物品，只有灰白的石制阶梯延伸往下。阶梯两侧的墙壁点着造型典雅的煤气灯，稳定的光芒驱散了黑暗，带来了平和。

棕发女孩走在前方，盯着脚边，走得小心翼翼。"虽然经常会走这里，但我还是害怕，总担心摔倒，咕噜咕噜滚下去。你不知道，伦纳德就干过这种蠢事，他在成为'不眠者'的第一天，还没完全掌握自身力量，就试图以冲刺的速度跑下去，然后，然后他就变成了'车轮'……哈哈，想到就好笑。嗯，伦纳德就是刚才和你打招呼的那个家伙。这都是三年前的事情了，说起来，我加入值夜者都五年了，那时候我才十七岁……"女孩边看路边自来熟地说着，忽然轻轻拍了下额头，"忘记自我介绍了，我叫罗珊，父亲是值夜者正式队员，五年前牺牲在了一次意外里。以后我们应该就是同事了，呃，应该用'同事'这个词吧……还不能算队友，毕竟我们都不是非凡者。"

"希望能有这个荣幸，但最终还得看史密斯先生怎么说。"克莱恩打量着封闭的四周，直觉两人已经进入地底，石壁渗透出冰冷的湿意，驱散了夏日的炎热。

"放心，能让你直接来这里，就说明队长同意了。我一直都有点怕队长，虽然他很和蔼，很会照顾人，给我父亲的感觉，但不知为什么，我就是害怕。"罗珊说话的嗓音就像含了一块糖。

克莱恩幽默地回应道："害怕父亲不是正常的吗？"

"有道理。"罗珊在拐角处伸手扶了下墙壁。

说话间，两人走完了盘旋往下的阶梯，来到石板铺成的平地。这是一条长长的过道，两侧墙壁上同样镶嵌着金属栅格围出的煤气灯，光芒挥洒，将克莱恩和罗珊的影子拖得老长。克莱恩敏锐地注意到，墙上每隔一段距离就有一枚黑暗圣徽，深黑为底，璀璨点缀，簇拥着刚好一半的绯红之月，是黑夜女神的象征。这些圣徽看似没什么特殊之处，但行走于它们之间，克莱恩的心境却逐渐变得平和，罗珊也闭上了嘴巴，不再像刚才那样聊天闲谈。

不多久，一个十字路口出现于前方，棕发女孩简短地介绍道："往左通向圣赛琳娜教堂，往右是武器、材料和文献库，直行是查尼斯门。"

圣赛琳娜教堂？佐特兰街难道就在红月亮街的背面？克莱恩听得呆了呆。

红月亮街圣赛琳娜教堂是黑夜女神教会在廷根市的总部，是本地虔诚信徒们都向往的神圣之地，与郊外的蒸汽与机械之神教会的圣数教堂以及同样位于廷根北区的风暴之主教会的河与海教堂共同支撑起了廷根市及附属镇、村的宗教界。

自觉以现在的身份不适合多问，克莱恩只是默默听着，没有出声。

穿过十字路口，直行往前，不到一分钟，一扇绘刻有七枚圣徽的黑铁制对开大门出现在两人眼前。它立在那里，给人带来沉重、冰冷和俯视的直观感觉，就像守卫于黑暗里的巨人。

“查尼斯门。”罗珊提了一句，指着旁边的房间道，“队长在里面，你自己进去吧。”

“好的，麻烦你了。”克莱恩礼貌回道。

罗珊所指的房间就在查尼斯门前面一点，窗户敞开，有灯光照出，克莱恩吸了口气，沉稳屈指。

咚！咚！咚！

“进来吧。”邓恩·史密斯低沉和煦的嗓音传出。

克莱恩轻轻推开虚掩的房门，看见里面只有一张桌子和四把椅子，高发际线的邓恩·史密斯穿着昨晚那款黑色风衣，悠闲地读着报纸，胸前纽扣附近有一条金色的表链。

“坐吧，考虑好了？确定要加入我们？”邓恩放下手头的报纸，微笑着问道。

克莱恩取下帽子，行了一礼，坐到桌旁，缓慢点头道：“是的，我确定。”

“那你看下这份契约，呵呵，现在大家喜欢叫合同。”邓恩拉开桌子抽屉，拿出了一式两份的合同。

上面的条款并不多，大致都是邓恩·史密斯之前说过的那些，重点在于保密条款，违反者并非通过王国法庭，而是直接受黑夜女神教会的仲裁庭审判，就像士兵、军官得上军事法庭一样。

五年契约……两镑十苏勒的周薪，十苏勒的保密和风险补贴……克莱恩一一读完，正色回答：“我没问题。”

“那就签吧。”邓恩指了指桌上的暗红钢笔和墨水道。

克莱恩先用废纸试了试钢笔，接着隐蔽地吸了口气，在两份合同的对应位置都签上了自己的大名：克莱恩·莫雷蒂。因为还没有印章，他只能在名字后面按上指纹。

邓恩收回合同，从抽屉里拿出一枚印章，分别盖在末尾和几个重点处。做完这一切，他站起身，一手递还其中一份合同，一手伸向克莱恩：“欢迎，从现在开始，你就是我们的一员了，注意，契约内容也得保密。”

克莱恩随之站起，边接过合同，边握住对方的手笑道：“那我该称呼您队长了？”

“是的。”邓恩灰色的眼眸在昏黄的环境下异常幽邃。

握手之后，两人分别坐下，克莱恩看了眼合同上的印章，发现文字是“鲁恩王国阿霍瓦郡廷根市值夜者小队”。“我真没想到你们会用‘黑荆棘安保公司’来遮掩。”他随口笑道。

“其实，我们还有另外的招牌。”邓恩从抽屉里拿出了一张纸，上面盖有市政府和警察部门双重印章，内容则是两行单词：

鲁恩王国阿霍瓦郡警察厅

特殊行动部第七小组

“前四组是承担安保的正常警察，比如要员保护组、重要场所保护组等，而从第五组开始，就针对郡内各个市的超自然事件了，我们第七小组负责廷根市女神信徒相关的事件，如果有不同信仰者存在，就按照地域划分，我们主要是负责北区、西区和金梧桐区等地方。”邓恩大概介绍了一下，“隶属于风暴之主教会代罚者队伍的第六小组负责码头区、东区和南区，大学区和郊外归机械之心在廷根的第五小组。”

“嗯。”克莱恩对这事找不到什么想问的，转而笑道，“这要是真有人因为‘黑荆棘安保公司’的牌子上门委托任务，那怎么办？”

“接啊，为什么不接？只要不影响日常的事务就行。”邓恩语速平缓而幽默地回答，“赚到钱就当额外补贴，队员们都挺乐意的，反正找猫找狗这种麻烦又琐碎的小事，现在都被私家侦探们包揽了。”

“我们这个值夜者小队，一共有多少人啊？”克莱恩就着这个话题问道。

“超自然事件并不多，非凡者更不多，包括我，整个廷根市的值夜者正式成员也才六个，呵呵，文职人员算上你也有六个了。”邓恩不急不慢地回答。

克莱恩点了点头，终于开口问起了最关心的事情：“队长，您说的非凡者失控是怎么回事？为什么会失控？”

听到克莱恩的问题，邓恩望了眼窗外通往查尼斯门的走廊，拿出自己的烟斗，塞入烟丝和薄荷叶，然后放到鼻端，深深嗅了一下，嗓音略有飘忽地感慨道：“只有在家里，我才能肆无忌惮地享受烟草和薄荷叶混杂的美妙味道……克莱恩，你知道创世神话吧？”

“当然，我在教会周日学校接受启蒙时，就是靠《夜之启示录》认识单词，其中‘智慧书’和‘圣者书信’两章都提到了创世神话。”克莱恩边回想原主已成碎片的记忆，边放缓了语速道，“造物主从混沌中醒来，打破了幽暗，制造了第一缕光，自己则彻底融入宇宙，化身为万物。祂的身躯成为大地，成为星辰；祂的眼睛一只变为太阳，一只化作红月；祂的部分血液奔腾为大海与江河，滋润和孕育了生命……”

说到这里，克莱恩不自觉停顿，半是因为后面相关记忆模糊，半是由于这创世神话和大吃货民族的盘古开天说有点相像……不同世界人民在神话传说上的想象力都有共通之处啊！

见克莱恩遇到“难题”，邓恩笑了笑，帮他补充道：“祂的肺部衍化成精灵；祂的心脏衍化成巨人；祂的肝脏衍化成树人；祂的脑袋衍化成巨龙；祂的肾脏衍化成羽蛇；祂的头发衍化成不死鸟；祂的耳朵衍化成魔狼；祂的嘴巴和牙齿衍化成异种；祂的剩余体液衍化成海怪，其中的精华是娜迦；祂的胃部、祂的小肠大肠，祂身体的恶之部位衍化成恶魔、恶灵与各种未知的邪恶存在；祂的精神化为永恒烈阳、风暴之主、知识与智慧之神……”

“祂的智慧中诞生了人类，这就是第一纪，混沌纪元。”克莱恩讲出了最后一句，心头又感好笑，又觉荒谬。作为“键盘民俗学家”，他还是第一次接触到安排如此详细的创世神话，详细到每个排得上号的种族由造物主哪部分衍化而来都进行了具体细微的罗列，真像在排排坐吃果果……

而且不止黑夜女神的典籍经文这么说，风暴之主、蒸汽与机械之神的教会也有类似的描述，没单独地抬高自身，贬低其余神灵。这要么说明创世神话是真的，要么隐约透露出几大教会在史前，至少在第五纪之前，经过漫长的斗争和妥协，对此达成了一致……

想到这些，克莱恩猛地又有了个疑问，微皱眉头道：“我觉得这里有些问题，为什么永恒烈阳、风暴之主、知识与智慧之神直接从造物主的精神里诞生，而女神不是?”

在《夜之启示录》的史前记载里，黑夜女神直到第二纪末尾才苏醒，与风暴之主、永恒烈阳等神灵一起，庇佑和帮助人类渡过了大灾变，也就是俗称的第三纪“灾变纪元”。大地母神和战神也是与女神同一时期登场，原名工匠之神的蒸汽与机械之神则是到第四纪才诞生。

这么一来，众神之间的地位高低就似乎不言而喻了——谁更古老谁更正统，无比清晰！

这在黑夜女神的信徒中也造成了一定困扰。

邓恩·史密斯用另一只手托着烟斗，不答反问道：“你把女神的尊名完整叙述一遍。”

克莱恩顿时有自己插了自己一刀的感觉，忙绞尽脑汁，竭力回想道：“祂是比星空更崇高，比永恒更久远的黑夜女神，也是绯红之主，隐秘之母，厄难与恐惧的女皇，安眠和寂静的领主。”

还好克莱恩的母亲是虔诚的黑夜女神信徒，她在世的时候每天傍晚和用餐前都要来上这么一遍，哪怕原主的记忆变成了碎片，也不至于全部遗失。

“绯红之主象征着什么?”邓恩用引导的口吻问道。

“红月。”克莱恩刚一说完，就似乎明白了过来。

“那红月又是造物主哪个部位衍化成的?”邓恩微笑再问。

“单独的一只眼睛!”克莱恩与对方相视一笑。这可不比造物主精神一分为三形成的风暴之主等位格低啊!

至于大地母神和战神的教会应该也有类似的说法，只有蒸汽与机械之神的诞生实在太晚，找不到——他们的教会在之前一千多年里始终处于弱势，直到蒸汽机发明，抢占了先手，才真正与其他教会并立。

邓恩摩挲着烟斗道:“人类从造物主的智慧里诞生，所以拥有聪明而非凡的脑袋，缺乏别的神奇能力。但是，从创世神话里，我们可以得到一个浅显而明确的结论，那就是万物同源而生。”

“同源而生……”克莱恩重复着最后几个单词。

“根据这个结论，在神灵庇佑下与巨人、恶魔、异种等对抗的人类，逐渐摸索出了获得超凡之力的办法，那就是用恶灵，用巨龙，用怪物，用神奇树木、花朵或结晶的对应部位，配合其余材料，调制成魔药，然后服用吸收，掌握不同的能力，这是所有神秘学派系共同的常识。”

邓恩没做太多的描述，只简略地介绍道，“在这个过程中，我们的先祖们依靠惨痛的教训发现，如果直接服用高品阶、超常规的魔药，很容易得到悲剧的下场，结果只有三种可能性。”

“哪三种?”克莱恩好奇地追问。

“第一种，精神死亡，身体崩溃，每一块血肉都变成可怕的怪物；第二种，被魔药里蕴含的力量瞬间改变人格，变得冷酷、敏感、易怒、残忍、漠视一切；第三种嘛……”邓恩放下烟斗，拿起旁边的瓷杯，抿了一口道，“帕斯河谷的费尔默咖啡，很苦但也很香，回味很棒，要来一杯吗?”

“我更喜欢费内波特的高原咖啡，当然，我只在韦尔奇家喝过几次。”克莱恩礼貌拒绝，“第三是什么?”

“精神失常，当场发狂，比恶魔还恶魔，这就是失控。”邓恩在“失控”这个单词上加了重音。不等克莱恩开口，他放好咖啡杯，继续说道:“经过漫长的实验和摸索，加上亵渎石板的出世，人类终于完善了魔药体系，形成了一些逐阶提升，稳定增长的序列链条，序列数字越低，魔药品阶越高，到今天，七大教会各自最少掌握了一个完整的序列，另外还有几百年、几千年内搜集到的、不那么完整的途径。”

“亵渎石板?”克莱恩敏锐地捕捉到这个名词。

在聚会之中,“倒吊人”也提到过它！根据“倒吊人”的说法，亵渎石板是魔药体系成形和完整的最关键因素！这和邓恩刚才的话语不太相同。

“这是一些邪神弄出来的东西，具体出现在哪个年代，记载了什么，有什么特殊,我也不是太清楚,如果你有发现线索,必须立刻禀报我,它拥有最高响应等级。”邓恩含糊解释道,“刚才提到了其中一种失控，现在我讲剩下的四种。”

“嗯。”克莱恩将亵渎石板的问题抛诸脑后，专注倾听。

“人类虽然只有聪明的脑袋，没别的非凡能力，但这不是绝对，总有些幸运儿，或者说不幸者，天生就拥有较高的灵感，嗯……也就是对灵的感应能力，他们能听到别人听不到的声音，看见别人看不见的东西，拥有部分非凡特征。”邓恩说话时，看了看空荡的四周，看得克莱恩一阵毛骨悚然,“换句话说就是，他们等于半个序列9的非凡者，拥有固定的特性，呃，序列9是链条里最低的品阶……总之,他们只能选择对应的、固定的序列途径,如果服食了别的魔药,轻则精神异常,重则失去控制，更严重的，直接死亡。”

“明白。”克莱恩缓缓点头。

“第三种失控和第二种类似，一旦你选定了序列链条，就只能沿着这条途径走下去，无法反悔。如果服食了别的途径的哪怕是序列合适的魔药，虽然大概率会获得糅合的、奇异的、扭曲的能力,但几乎可以肯定的是,你已经处于半疯状态了,或敏感易怒，或残忍嗜血，或沉默忧郁。

“而这样的机会只有一次。再往后，不管是服食原本途径的魔药，还是现在途径的魔药，都只有失控这一种结果。就看是精神死亡，肉身崩溃成怪物，还是衍变为恶灵了。”

邓恩说着又端起咖啡杯抿了一口。

听得有些胆战心惊的克莱恩沉默了几秒又道:“第四种失控呢?”

“第四种，呵呵，这才是最常见的问题之一，我们服食魔药，获得原本属于超凡物种的能力，属于不自然的衍变，或多或少会受到残留的精神影响，也许没有症状表现出来，外人无法察觉，但内心肯定有潜藏，在完全掌握魔药带来的非凡之力，消除掉那些微妙痕迹前，贸然服食更高序列的对应魔药，就会累积疯狂，累积失控……”

邓恩忽地默然。停顿片刻，他才感叹道:“我们值夜者内部规定，即使队员立下很大的功劳，也必须在上份魔药服食了三年且经过对应考查后，才能获得晋升。可就算这样，每年还是有不少人因此而失控。”

真是可怕啊……克莱恩吸了口气道：“那最后一种呢？”

邓恩嘴角翘起却不见笑意：“第五种也是常见的失控原因，对非凡者来说，灵感或多或少都有提高，序列数字越小，提升越大。因此，就能听见别人无法听见的声音，看到别人无法看到的东西，遭遇别人不会遭遇的事情，时时刻刻都受到神秘的引诱和虚幻的蛊惑，一旦遭到一些刺激，或者产生贪婪的欲望，就会一步一步走向失控。”

说着说着，邓恩转为正视，灰色的眸子映照出了克莱恩的身影。

他语气变得萧索，道：“现代值夜者体系的创立者，查尼斯大主教曾经说过——我们是守护者，也是一群时刻对抗着危险和疯狂的可怜虫。”

Story is going on.

第五章

CHAPTER 05

罗塞尔日记

“我们是守护者，也是一群时刻对抗着危险和疯狂的可怜虫。”

窗外走廊封闭，石墙冰冷，屋内灯火照耀，明亮发黄，邓恩·史密斯的转述在这样的环境里余音袅袅，一下一下敲打在克莱恩的心头，让他一时竟说不出话来。

见克莱恩默然，邓恩摇头笑道：“是不是很失望？非凡者和你想象的并不一样，我们一直在与危险同行。”

“有获得，就肯定有代价。”克莱恩从刚才的震撼里平复，斟酌着语气回答。

他确实没想到非凡者在光耀、超常、不同凡响的表面下，还有这样的隐患。或许是只听到描述，还没真切遭遇，也或许是自身已经卷入这个旋涡，说不定什么时候就有诡异事件落到身上，他的害怕、忐忑、担心和畏惧等情绪很快降低到了可以控制的程度。当然，也有退缩的念头在所难免地往外冒，纠纠缠缠，不肯离去。

“不错，很成熟，很理智……”邓恩将剩下的那口咖啡喝完，又补充了一句，“还有，非凡者并不像你认为的那样强大，低序列的非凡者……呵，为什么要用1代表最高品阶，用9代表最低呢？这样太违背直觉和逻辑了。我们通常说的低序列，是指低品阶、高数字，是序列链条的起始端。”

“好了，我刚才说到哪儿了？对，非凡者并不像你认为的那样强大，低序列非凡者的力量比不上枪械，更别说火炮，只是在某些方面，比枪炮更奇妙，更难以防范，如果你以后有机会成为非凡者，一定要将我今天说的这些话好好考虑清楚，不要鲁莽选择。”

克莱恩自嘲一笑：“我还不知道什么时候有机会呢。”要是有这个机会，他觉得自己不会错过。

服食错误的、越阶的魔药这些风险，都是可以最大程度规避的，主要隐患在于魔药自带的微妙影响和灵感提高后听到、看到的未知危险。毕竟前者有一代代先辈的经验参考，只要不焦躁着提升，稳扎稳打地掌握好力量，失控概率应该还是比较低的。而且自己主要是为了解决目前的潜在危险，了解神秘学知识，找到穿越回去的办法，才走出这一步，并未打算一定成为高序列。如果真容易失控，大不了就不晋升，留在原序列，靠知识来谋划回家之事。至于后者，其实于他而言也不算陌生——克莱恩对进行转运仪式时那让自己接近疯狂，脑袋快要爆炸的耳语呢喃记忆犹新，这不是他不去成为非凡者就能避免的，既然如此，还不如掌握点可以对抗的力量。想到这些，克莱恩只觉利弊是那样的清晰，以至于心里的退缩念头都消失了大半。

邓恩又拿起了烟斗，灰色眼眸微带笑意道："对于这件事情，我不能准确回答，要想成为非凡者，一是需要获得足够的功劳，也许你明天、后天就能解读出关键的古代文献，或者给我们的案件提供了非常有用的意见呢。二嘛，看上面有没有新的想法，这个谁也说不清楚。"

"好了，我想你应该比较了解非凡者了，将来不会再冲动做出选择，现在我向你介绍下我们值夜者小队的文职工作。"他站起身，踱步到门口，指着与查尼斯门相反的方向，"我们有一个会计，一个负责购买必需物品、领取教会和警察部门下发物资和兼职车夫的人员，他们都是专业人士，不需要轮换，每周周日休息。剩下的三位文职者是罗珊、布莱特和老尼尔，他们的工作是接待来访人员，清理房间，书写案件文档和物品申报清单，以及看守武器、材料和文献库，严格进行出入和领取归还登记，每人每周各自轮休一天，除了周日，另外还有值夜和休息的轮换，都是自己协商。"

"我和罗珊他们做一样的事情？"克莱恩收起对非凡者的思考，确认自身的岗位职责。

"不，你不需要，你是专业人士嘛。"邓恩笑了笑道，"你目前的事情有两件，第一，每天上午或者下午，出去走一走，重点是韦尔奇住所到你家的各条道路。"

"啊？"克莱恩一脸迷惑。这是什么工作？很专业吗？

邓恩双手插入黑色风衣的口袋里道："确认你真的遗失了记忆之后，韦尔奇和娜娅的案子就算完结了，同样的，那本安提哥努斯家族的笔记也彻底失踪了，我们怀疑你当时带着它离开，并在回家的途中将它藏了起来，所以我们才没有在你家里找到什么线索，这应该也就是你不是在现场而是在家里自杀的原因。虽然你被神秘力量影响，完全丢失了这段记忆，但人的灵和大脑很奇妙，也许还有些残留痕迹，戴莉用'通灵者'的手段无法获取，不表示它们就绝对不存在，或许在熟悉的地方，在关键的地方，你会出现似乎见过、做过什么的感觉，这就是我们想要的收获。"

"明白了。"克莱恩恍然大悟。

值夜者们对那本笔记下落的推断确实合情合理。当时在场的人里面，只有自己还活着，也只有自己具备时间和动机带走笔记，中途掩藏！

“要是你能找到那本笔记，应该就可以获得足够成为非凡者的功劳。”邓恩·史密斯激励了一句，间接透露出那本笔记的重要性。

“希望。”克莱恩点了下头。

邓恩将话题又转了回去：“第二，你每周轮休一天，暂时可以自己决定是哪一天，不在外面的时候，就去武器库，阅读我们保存的文献和典籍，这是历史专业人士的工作，等全部看完，就要开始和老尼尔他们轮换了。”

“好的，没问题。”克莱恩悄然松了口气。不是什么太难的事情嘛……

这时，邓恩半转身体，指着那扇绘刻有七枚圣徽的黑铁对开大门道：“这是查尼斯门，名字来源于现代值夜者体系的创立者查尼斯大主教，在每个大城市的中央教堂地下，都有一扇查尼斯门。它由值夜者正式成员轮换看守，里面至少还有两位教会内部的看守者，以及数不清的陷阱，你千万不要随意靠近它，否则会沾染厄运。”

“听起来很厉害。”克莱恩发表感言。

“它里面分为几个区域，有的区域保存着一定序列的魔药配方和各种神奇材料，有的区域临时关押着异端、异种、邪教徒和隐秘组织成员，呵呵，他们最终会被送去圣堂。”邓恩随口介绍道。

圣堂？位于王国北部凛冬郡的黑夜女神教会总部的宁静教堂？克莱恩思考着微微点头。

“另外，里面还有各种高保密等级的文献典籍副本，等你权限提升了，说不定就有机会阅读。”邓恩沉吟了一下又道，“在查尼斯门后面的底层，还有些封印物。”

“封印物？”克莱恩咀嚼着这个单词。这听起来是一个专有名词。

“我们搜集和获取的非凡物品里，有的太重要、太神奇，如果被邪恶者得到，将会造成极大的损失和破坏，所以必须严格保密、严加看管，哪怕我们自身也得在特定情况下才能申请使用，而且……”说到这里，邓恩·史密斯停顿了一下才道，“而且这里面有一部分的存在非常特殊，具备某种‘活着’的特性，会引诱看守者，会影响周围环境，会自行逃脱，会造成灾难性后果，必须严格控制。”

“很神奇。”克莱恩感慨道。

“值夜者总部将这些封印物分成四个等级，0级表示非常危险，最高重视度，最高保密等级，不可打听，不可外传，不可描述，不可窥探，只能封印于圣堂地底。”邓恩详细介绍道，“1级是高度危险，可有限制地利用，保密等级是教区主教和值夜者执事及以上，贝克兰德等教区总部的中央教堂可保存一到两件，剩余必须交给圣堂。”

“2级是危险，谨慎且节制利用，保密等级是主教和值夜者小队队长及以上，各大城市的中央教堂可保存三到五件，其他就近交给圣堂或教区总部；3级是有一定危险，须小心使用，必须三人以上的行动才能申请，保密等级到值夜者正式成员。”

“以后你看到相应的文献，通过数字就该明白它代表着什么，比如2-125，就是危险级2级的125号封印物。”邓恩说着说着，忽然转身，走回房间，从抽屉底层翻出了一张纸，“对了，你看一看这个，三年前，有位新任大主教失控，不知道怎么就闯过了重重保护，带着一件0级封印物神秘失踪了。你认下他的照片，如果有发现，不要惊动，不要打扰，回来禀报，否则，你百分之一千殉职。”

“什么？”克莱恩接过那张纸，发现没有抬头，只有一张黑白照片和几行文字。

因斯·赞格威尔 Ince Zangwill

男，四十岁，前大主教，晋升失败的“看门人”。

暗金发色，深蓝眼瞳，一目为盲。

被魔鬼引诱，堕落为恶，带着封印物0-08潜逃。

根据照片，结合描述，因斯·赞格威尔穿着纯黑的双排扣神职人员长袍，头戴一顶软帽，发色呈暗金，瞳孔蓝得近乎深黑。他鼻梁高挺，嘴唇紧抿，五官像古典雕塑般立体，没有丝毫皱纹，最引人瞩目的标志是瞎了一只眼睛。

“对堕落者的描述详细，对封印物就只有一个代号……”克莱恩如实表达了自己的第一感受。

“因为是最高保密等级，对封印物0-08的搜索传达都是口头讲述，不写成文字，而且只有它的一点情况。”邓恩叹息道，“0-08的外形是一支常见的羽毛笔，但不需要墨水也能书写——就这么多。”

邓恩没多说这方面的事情，而是顺着黑色风衣上的金色链条，取出一块同色的华丽怀表，啪嗒按开，看了一眼，指着门外道：“我该讲的都讲了，你去武器库那边找老尼尔，让他给你安排具体的文献阅读。老尼尔不是普通的文职人员，他曾经是一位正式成员，只是年纪大了，身体状况不好，又未获得晋升，不再适合处理案件，但他又不愿意转为内部看守者或者直接在家休养，只希望与文献典籍为伴。”

“好的。”克莱恩微微鞠躬，将不高的礼帽取下，又重新戴在了头上，心里则更多地想象着封印物0-08的模样。

看起来很普通的羽毛笔，书写不需要墨水？那它真实的作用是什么，以至于要高度保密，还被认为“非常危险”？不会是写谁谁死的因果笔吧？不，那太离谱了，因斯·赞格威尔没必要为此潜逃……

克莱恩刚刚转身，欲要离去，背后邓恩·史密斯却突然喊住他：“等一下，我忘了件事情。”

“什么？”克莱恩回过头，满眼的疑惑。

邓恩放好怀表，笑了笑道：“你等下记得找会计奥利安娜太太预支四周的薪水，一共十二镑，之后每周只领取一半的薪水，直到偿还完毕。”

“太多了，没有这个必要，可以少一点。”克莱恩下意识说道。

对于预支，他并不反对，毕竟身上连回去的公共马车费都没有，可一下拿十二镑的巨款，还是让他有些害怕。

“不，这是必需的。”邓恩摇头笑道，“你想想，你还愿意继续住现在的公寓吗？连盥洗室都要和好几户公用，不考虑自己，也得考虑女士，而且……”

见克莱恩颔首认同，他停顿了一下，微笑打量了对方的衣着几眼，意味深长道：“而且你也需要一根手杖，并且得重新买正装了。”

克莱恩怔了一秒，旋即醒悟，脸上顿时有点发烫，因为自己穿的这套衣服是廉价品。正常而言，礼帽应是丝绸制成的，价值五到六苏勒，领结三苏勒，镶银的手杖七到八苏勒，衬衫三苏勒，裤子、马甲和燕尾正装总共七镑左右，皮靴九到十苏勒，这么一套下来，需要八镑七苏勒以上。当然，一位体面的绅士还需要表链、怀表和皮夹。

当初原主和哥哥班森省吃俭用，攒了一笔钱，去衣帽店问了一下，结果连价都不敢还就灰溜溜地走了，在铁十字街附近的廉价商店里凑合着每人买了一套，一共还不到两镑。就是因为这件事情，原主对衣物价格的印象深刻到极点。

“好，好的。”克莱恩略显结巴地回答。他和原主一样，也是个要脸的人。

邓恩又拿出怀表，按开看了一眼道：“或者你先去找奥利安娜太太？我不知道你在老尼尔那里会待多久，再等一会儿，奥利安娜太太就要回家了。”

“好的。”克莱恩深感穷困，没再反对。

邓恩走回桌旁，拉了拉垂下的几根绳索之一道：“我让罗珊带你去。”

绳索牵引，齿轮转动，黑荆棘安保公司接待厅内的罗珊听见旁边悬挂的铃铛轻响，连忙站了起来，小心翼翼地下楼。没过多久，她就出现在了克莱恩面前。

邓恩·史密斯幽默地笑道：“没打扰你的休息吧？嗯，把莫雷蒂带去奥利安娜太太那里。”

罗珊悄然撇嘴，假装愉快地回答：“好的，队长。”

“就这样？”这个时候，克莱恩却诧异地问道。去财务预支薪水，不需要队长您批张条子，写些啥吗？

“所以？”邓恩疑惑地反问。

“我是说，去奥利安娜太太那里预支薪水，不需要您签字吗？”克莱恩用尽量简明的话语道。

“噢，不，不需要，罗珊可以证明。”邓恩·史密斯指着棕发女孩回答。

队长，咱们这里的财务管理几乎等于没有管理啊……克莱恩忍住了吐槽的冲动，跟着罗珊转身走出了房间。

就在这时，他又一次听见邓恩喊道：“等一等，还有件事情。”

咱能一次把话说完吗？克莱恩笑眯眯地回身道：“您讲。”

邓恩按了下太阳穴道：“你去老尼尔那里的时候，记得领取十发猎魔子弹。”

“我？猎魔子弹？”克莱恩惊讶地反问。

“韦尔奇的那把左轮不是在你那里吗？就不用上交了。”邓恩单手插兜道，“配合猎魔子弹，真遇到什么危险，你也能保护自己，呃，至少可以给你勇气。”

不用加最后半句话……克莱恩正愁这方面的事情，毫不犹豫地回答道：“好的，我会记住的！”

“这就需要我写个正式的文书了，你等一等。”邓恩·史密斯坐了下来，拿起暗红色的吸水钢笔，唰唰唰写了个条子，签好了名，盖上了章。

“谢谢队长。”克莱恩诚恳地接过。

他缓步退后，再次转身。

“等等。”邓恩再一次喊道。

……队长，您看起来也就三十来岁，怎么有未老先衰的前兆了？克莱恩挤出笑容，回头问道：“还有什么事？”

“我刚才忘记了，你没练过射击，拿着猎魔子弹也没什么用。这样，你每天再领三十发正常子弹，趁外出的机会，去街头，也就是佐特兰街3号的地下靶场练习，那里大部分属于警察部门，但有一块场地专属于我们值夜者。啊，对了，你还需要从老尼尔那里领一个徽章，要不然你进不了靶场。”邓恩拍了下额头，从克莱恩手里拿回纸条，唰唰添上了其他内容，并补了个章。

“好的枪手都是用子弹喂出来的，你不要轻视。”邓恩将改好的纸条又递给了克莱恩。

“我明白。”生怕遭遇危险的克莱恩恨不得今天就去。

他往外走了两步，忽然谨慎地半转身体，斟酌着开口：“队长，没别的事情了吧？”

“没有了。”邓恩肯定地点头。

克莱恩松了一口气，一直走到了门外，其间恨不得再次转身，问一句“真没有了吗”。他忍住这个冲动，终于顺利离开了值守室。

“队长一直是这样，”罗珊走在旁边，小声“诋毁”道，“我奶奶都比他记性好，当然，他只会忘记小事，嗯，小事……克莱恩，以后我叫你克莱恩吧，奥利安娜太太是个和蔼的人，很好相处，她父亲是位钟表匠人，手艺很好……”

听着棕发女孩絮絮叨叨的闲扯，克莱恩踏上楼梯，回到上层，在右手边最靠外的办公室里见到了奥利安娜太太。这是位穿荷叶边长裙的黑发女士，她看起来三十多岁，留着时髦的卷发，一双碧绿的瞳孔清澈含笑，秀气而文雅。

奥利安娜听罗珊转述了邓恩·史密斯的安排后，拿出便签，写了个预支单：“你签下字。有印章吗？没有就按个手印。”

“好的。”克莱恩熟稔地完成了手续。

奥利安娜拿出铜制钥匙，打开了房内的保险柜，边点数着金镑，边微笑说道：“你真幸运，今天有足够的现金。对了，克莱恩，你是因为牵涉邪异事件，自身又有特长，才被队长邀请的吗？”

“是的，女士你的直觉很准。”克莱恩没吝啬赞美。

奥利安娜取出四张浅灰为底、深黑为纹的钞票，重新锁上保险柜，一边转身，一边笑道：“因为我也是这样的。”

“是吗？”克莱恩适当地表示了诧异。

“你知道十六年前轰动了整个廷根市的那个连环杀手吗？”奥利安娜将四张金镑递给了克莱恩。

“……记得！就是那个‘血腥屠夫’？连杀了五位少女，有的取走心脏，有的拿走胃部的……小时候，我母亲经常拿这件事情吓唬我妹妹。”克莱恩略一思索，回复道。

他接过钞票，发现是两张5镑和两张1镑的纸币，都是灰底黑纹，四角有复杂图案和特殊水印作为防伪标识。

5镑纸币略大些，画面中央是鲁恩王国的第五位国王，现任国王乔治三世的直系先祖，亨利·奥古斯都一世。他戴着白色发套，脸庞圆润，眼睛狭长，表情异常严肃，可在克莱恩眼里，却有着说不出的亲近——这可是5镑的钞票！等于班森近四周的薪水！

1镑纸币的画面中央则是乔治三世的父亲，前任国王威廉·奥古斯都六世。这位“强势者”有着浓密的胡须和坚毅的眼神，他在位期间，鲁恩王国摆脱了陈旧的束缚，再一次走到了诸国的顶端。

都是“好国王”啊……克莱恩隐约闻到了钞票上那让人心旷神怡的油墨味。

“对，如果不是值夜者及时赶到，我就是第六位受害者了。”奥利安娜太太的语气里还藏着一丝后怕，即使这件事情已经过去了十几年。

“听起来那个连环杀手，不，屠夫，是个非凡者？”克莱恩小心翼翼地折好纸币，放入正装内侧的口袋，然后在附近连续摸了几下，以作确认。

“是的。”奥利安娜太太沉重地点头，“他之前杀的人还有很多，那次之所以被抓到，是因为他在准备一个恶魔仪式。”

“难怪要不同的内脏器官……抱歉，女士，让你回忆起不好的事情了。”克莱恩诚恳地说道。

奥利安娜轻笑道：“我早就不怕了……那时候我在商业学校读会计，再之后，就来这里了。好了，不耽搁你了，你还得去找老尼尔。”

“再见，女士。”克莱恩脱帽行礼，退出办公室，临下楼梯前，他又忍不住摸了摸内侧口袋，确认那十二镑钞票还在。

克莱恩于十字路口拐弯，向右侧前行，没多久就看到了一扇半掩的铁门。

咚，咚，咚。

敲门声中，内里有苍老的声音道：“进来吧。”

克莱恩推开铁门，发现里面是一个相当狭窄的房间，只能摆下一张桌子和两张椅子。在房间另外那头，还有一扇紧紧锁着的铁门，而桌子背后，一位头发花白、身穿古典黑袍的老者正就着煤气灯的光芒阅读几张泛黄的书页。

他抬起头，看向门口道：“你就是克莱恩·莫雷蒂？刚才小罗珊过来说你很有礼貌。”

“罗珊小姐真是位友善的人。下午好，尼尔先生。”克莱恩脱帽致意。

“坐吧。”尼尔指了指桌上花纹繁复的镶银锡罐，“要来杯手磨咖啡吗？”

他眼角和嘴边的皱纹很深，一双暗红的眸子略显浑浊。

“您好像都没有喝？”克莱恩敏锐地注意到尼尔的陶瓷杯子里是清水。

“哈哈，这是我的习惯，下午三点之后不喝咖啡。”尼尔笑着解释了一句。

“为什么？”克莱恩随口问道。

尼尔含笑看向克莱恩的双眼道：“我怕晚上睡眠不好，那样会听见一些莫名存在的低语的。”

克莱恩一下不知道该怎么接话了，转而问道：“尼尔先生，我该阅读哪些文献和典籍？”他边说边将邓恩·史密斯写的纸条拿出来。

“和历史有关的，复杂的，零碎的，老实说，我一直在尝试学习，但只能掌握浅显的部分，其他太麻烦了，什么当时人们的日记、流行的书籍、墓志铭，等等，等等。”尼尔抱怨道，“比如我手头的这些，就需要更加详细的历史记载来推断具体内容。”

“为什么？”克莱恩听得有点迷糊。

尼尔指着面前的几张泛黄书页道：“这是罗塞尔·古斯塔夫死前遗失的笔记，他为了保密，都是用自己发明的奇怪符号来记录。”

罗塞尔大帝？穿越者前辈？克莱恩愣了愣，旋即专注倾听。

“因为很多人相信他并未真正死去，而是变成了隐秘的神灵，所以一直有崇拜他的邪教徒在举行各种仪式，试图获得力量。我们偶尔会处理到这类案件，然后获得几张原本或者抄本的笔记。”尼尔摇头说道，“直到今天，还没有人能解读出那些特殊符号的真正意义，所以圣堂允许我们保留副本研究，希望能发现意外的惊喜。”

说到这里，尼尔露出得意的笑容道：“我已经解读出了其中几个符号，确认那是数字的表达，看看，我发现了什么——这其实是一本日记！嗯……我希望用当时不同日期的历史事件，尤其是发生在皇帝身边的事件，与日记对应那天的记载做比较，从而解读出更多的符号。”

“天才的思路，对吧？”这位头发花白皱纹深深的老先生目光发亮地看向克莱恩。

克莱恩赞同地点头：“是的。”

“哈哈，你也可以看看，明天开始就得帮我做这方面的工作了。”尼尔老先生将那几张泛黄的书页推给克莱恩。

克莱恩将它们转正，只是瞄了一眼，整个人就愣在了那里！

虽然那些“符号”被临摹描绘得很丑，有些微变形，但自己绝对不会认错……因为这是自己最熟悉的语言——中文！

竟然还是简体字！

有那么一瞬间，克莱恩还以为自己穿越回去了，但眼前被黄铜栅格围出的典雅煤气灯和老尼尔装手磨咖啡的镶银锡罐让他认清楚了现实。

罗塞尔大帝这位穿越者前辈真是同胞？他用这个世界不存在的简体中文记录秘密？

带着无法描述的“他乡遇故知”的心情，克莱恩飞快浏览起手中的三页文稿。

11月18日，真是件神奇的事情，一次异想天开的实验和一个偶然出现的失误，让我发现了一个被困于风暴之中、迷失于黑暗深处的可怜家伙，他甚至只能在每个月满月的时候才能稍微靠近现实世界，可依然无法将他的呼喊传递进来。他是幸运的，他遇见了我，这个时代的主角。

写完上面这段话，自己读了一遍，忽然有点唏嘘，哪怕是用汉字，也不知不觉带上了浓烈的翻译腔，四十年弹指一挥间啊，以往的记忆真的就像梦一样了。

…………

1184年1月1日，盛大的新年晚会，弗洛纳尔夫人真是一个尤物啊。

1月2日，我的外交委员会的先生们都是蠢驴！

1月3日，当初的选择还是太草率了，现在看来，不管是“学徒”，还是“占卜家”“偷盗者”，都更加好，可惜，没办法再回头了。

1月4日，为什么我的孩子们会那么蠢？我说过一万遍了，不要被那些神棍忽悠，不，那些神棍或许自己也被忽悠了……魔药的关键不是掌握，是消化！不是挖掘，是扮演！而魔药的名称也不仅仅是核心象征，还是具体的意象，更是消化的“钥匙”！

…………

9月22日，反对我的联盟在建立，从北边的弗萨克，东边的鲁恩，到南面的费内波特，我的敌人们终于走到了一起。但我并不畏惧，我会用事实告诉他们，武器和见识的代差不是人数和低阶序列者能够弥补的，再说，我手下又不是没有这些。而高端的，呵呵，他们忘了我是谁吗？

9月23日，我与寻找“神弃之地”的船只失去了联系，我该考虑发明无线电报了，但愿它不会受风暴影响。

9月24日，伊萨卡小姐比弗洛纳尔夫人更加迷人，或许我只是在怀念青春。

因为是临摹的副本，基于汉字的复杂，每个字的字号都被放大了不少，所以，每张书页上的内容并不多，甚至为了保存和研究，背面都一片空白，可就算是这样，克莱恩依旧看得心潮澎湃，尤其罗塞尔大帝对魔药关键的描述，更是让他有种找到了解题思路，掌握了无价秘密的狂喜。

也许这就是我将来非凡者途径的指路明灯！

嗯，三页手稿分别是不同时期的日记，可以看出来罗塞尔大帝有只在一年的最初才书写是哪一年的习惯，11月和9月那两张暂时没法判断属于哪一年……他发现的可怜家伙是谁？

“消化”和“扮演”具体指什么？

“神弃之地”是哪里？

一个个疑问随着惊喜在克莱恩心头沸腾，让他恨不得立刻将罗塞尔大帝的日记搜集齐，从头到尾阅读！

“克莱恩？”就在这时，对面的老尼尔迷惑地开口了。

克莱恩一下惊醒，忙掩饰地笑道：“我以为自己会是最特殊的那个，想试着破译和解读。”

“真是年轻人啊。”老尼尔哈哈笑着点头，“我曾经也以为自己是最特殊的那个。”

克莱恩翻了下手头的三页文稿，确定自己没有看漏的地方后，就将它们递还回去，并故作不经意地问道：“我们就只有这几张吗？”

我想看到更多的罗塞尔大帝日记！

“你以为会有很多？”老尼尔摩挲着手稿，皱纹深深地嗤笑道，“每年涉及非凡和神秘的事件本身就不多，唉，主要是那些超凡物种在我们北大陆逐渐消亡，没有了它们，也就没有了更多的魔药，于是非凡者越来越少……唉，这几百年来，巨龙、巨人和精灵都变成了书上的记载，就连海族也不再出现于近海。”

听到这句话，克莱恩忽然想起了一个哏，当即笑道：“我觉得是时候建立‘巨龙和巨人保护协会’了。”

老尼尔听得一脸茫然，好半天才明白是什么意思，而弄清楚后，他轻拍桌子，笑得颇为畅快，不够绅士：“哈哈，克莱恩，你真是个幽默的人，这是我们鲁恩王国的传统，年轻人幽默点不会错。我觉得不能太狭隘，怎么能只有巨龙和巨人？应该叫‘神奇动物保护协会’。”

“不不不，怎么能遗忘了那些可怜的植物？”克莱恩摇了下头。

说到这里，他和老尼尔对视了一眼，异口同声道：“神奇生物保护协会！”

话音刚落，两人默契而笑，刚才的生疏气氛消散了不少。

“像你这么有意思的年轻人越来越少了……我刚才说到哪里了？”老尼尔脸上笑得泛起皱纹，“我想起来了，每年涉及非凡和神秘的事件本身就不多，崇拜罗塞尔皇帝的白痴又是少数派中的少数派，我们能得到三张手稿，已经算非常不错了……嗯，其他大教堂或者教区应该还有……”

他低语了几句，拿过克莱恩早就放在桌上的纸条，看了一眼道：“是手枪子弹，还是步枪子弹，或者说蒸汽高压枪的子弹？”

“一把左轮。”克莱恩按照真实情况回答道。

“好的，我去取出来，咳，你有腋下枪袋吗？作为一名绅士，不能在公众场合让自己的腰部及以下胀鼓鼓的。”老尼尔开了句男人都懂的玩笑。

“呵，没有，需要去找队长写上去吗？”克莱恩配合着笑了笑。

老尼尔站起身道：“不用，只要记录好就行了，这属于配套物品，跟着我念，配套物品。”

“你以前做过教师?”克莱恩好笑地问道。

“在教会的周日学校和免费学校待过一阵。”老尼尔扬了扬纸条，取出抽屉里的钥匙，打开了通往里间的铁门。

非凡者和普通人感觉也没太大区别啊……克莱恩无声嘀咕了一句，又将目光投向桌上的三页日记。

罗塞尔大帝确实涉及了神秘领域，他的日记价值连城啊……对别人而言，它只是一张张废纸，不知道什么时候才能破译，但对我来说，那就是宝藏！不知道剩下的日记在哪里，得想办法找到更多……

克莱恩思绪起伏，难以平静，直到老尼尔从里间出来，关上了铁门。

“十发猎魔子弹，三十发手枪子弹，一个牛皮腋下枪袋，一个特殊行动部第七小组的徽章，你清点一下，试一试，在记录本上签个字。”老尼尔将手中的物品一一放到桌面上。

手枪子弹用纸盒装着，分为三层，整齐排列，和克莱恩家中的子弹一样黄澄澄的，略显细长。猎魔子弹则用小铁盒盛放，形状和正常手枪子弹相同，但外表银白，细看有复杂炫目的花纹，底部甚至铭刻有“黑底群星红半月”的小圣徽。牛皮枪袋手感扎实，带子上有扣。旁边半个手掌大小的徽章以铁色为底，有镶银的“阿霍瓦郡警察厅”“特殊行动部第七小组”文字，它们绕成接近封闭的两圈，环绕着双剑交叉、簇拥王冠的标志。

“可惜不是值夜者的徽章。”克莱恩半是感慨半是试探地说了一句。

老尼尔笑了笑，只催促克莱恩试一试腋下枪袋。

脱掉外套，克莱恩费了很大的劲儿才把枪袋扣好，紧贴于左臂的腋下。

“还不错。”他说着，没再取掉，直接穿好了正装。

老尼尔打量了两眼，满意点头:“非常合适，我的眼光依然是那么准确。”

收好别的物品，于记录本上签完名后，克莱恩又和老尼尔闲聊了几句才告辞离开。

走到一半，他忽然懊恼，拍了下自己的额头:“忘记打听更多有关序列和魔药的事情了，都怪罗塞尔大帝的日记……”

他到现在都还不清楚黑夜女神教会掌握的那个完整途径的序列起始，也就是序列9是什么。

罗珊好像有提过一句……“不眠者”?

就在克莱恩缓步往楼梯方向走去时，一道人影噔噔噔下来了。他穿着便于行动的紧身长裤，白色衬衣未曾扎进去，有明显的诗人般的浪漫气质，正是之前搜查克莱恩家的黑发绿瞳警官。

刚才两人在楼上已经见过一面，只是没有说话。

“下午好。”诗人般的年轻值夜者微笑地招呼道。

“下午好，我想我不必自我介绍了吧?”克莱恩幽默以对。

“不用，我对你印象很深刻。”那年轻值夜者伸出右手道，“伦纳德·米切尔，序列8的‘午夜诗人’。”

序列8……还真是诗人啊……克莱恩与他轻握了一下，含笑反问道:“对我印象很深刻?”

伦纳德·米切尔绿眸幽深，笑意很浅地回答:“你有种特别的气质。”

这人哪里怪怪的……克莱恩嘴角微动，勉强笑道:“我自己并不觉得。”

“遭遇了那样的事件，且没有第一时间接受我们的保护，你却依然活着，这本身就足够特殊了。”伦纳德指了指前方，“我得替换队长了，明天见。”

“明天见。”克莱恩侧身让开道路。

等到克莱恩一步一步消失在楼梯尽头，伦纳德·米切尔突然转身，凝望着那片昏黄的光芒和石板地面，对着空气低声自语道:“你看出来什么没有……?”

“……”

“果然，他并没有什么特殊……”

上了楼梯，回到接待厅，克莱恩刚要和罗珊告别，就听见这位棕发女孩语气轻快地说道:“队长让你周一再过来，先处理家里的杂事。”

“……好的。”克莱恩没想到值夜者小队的管理会这么人性化，一时颇为感激。

他原本打算明天早起，趁上午在外面做“晃荡”这份工作的机会，去一趟廷根大学，找负责面试接待的教员，将自己不参加后续环节的事情说一声。毕竟原主是拿着导师的推荐信才进入面试的，不管怎么样，有始有终有个交代是基本的礼貌，就算不为自己考虑，也得尊重导师的人情。而在没有电话，电报按单个字母收费，寄信又明显来不及的情况下，直接坐公共马车过去现场说明是最经济最合适的办法。

现在有了队长的特批，克莱恩就没必要那么争分夺秒了，可以睡饱起床，悠闲地过去。

克莱恩正待脱帽告别，忽然想起一事，看了看周围，压低嗓音道:“罗珊，你知道教会掌握的那个完整序列的起始是什么吗?”

这是他刚才忘记问老尼尔的事情。

罗珊睁大眼睛，惊讶地看着克莱恩:“你想成为非凡者?”

我表现得有那么明显吗?克莱恩摸了下嘴角，略显尴尬地回答:“知道世界上确实有超凡的、神秘的力量后，难免会有点向往。”

“我的女神啊，你知道那有多么危险吗？队长没告诉你吗？非凡者的敌人不仅仅是邪教徒、黑巫师，还有自己！几乎每年都会有人失控，有人牺牲！你不考虑自己家人的感受吗？”罗珊用手势加强着语气，反应略显过激，“克莱恩，我认为老实做文职人员是更好的选择，几乎没什么危险，每年薪水还有增长，等你做个几年，有了积蓄，就可以在北区或者靠城郊的地方租到独栋房屋，和一位富有魅力的小姐组成美满的家庭，拥有可爱的、调皮的小天使……”

“罗珊，停！停一下！”克莱恩见棕发女孩越说越远，连忙开口阻止道，“我暂时只是想，想……嗯，对，了解基本的常识。”

“好吧……”罗珊默然几秒，低下目光，不太好意思地说道，“因为我父亲的事情，我在类似问题上总是会……嗯，你明白的，有点激动，不过，坦白地讲，我对每一位自愿成为值夜者的先生和女士都充满敬佩。”

“我理解，我理解。”克莱恩连忙附和道。

罗珊眨了眨有着浅棕色瞳孔的眼睛，补充道：“我父亲曾经说过，不要以为变得更加厉害，成为更高序列的非凡者，你就能消除隐患，对抗危险。事实上，恰恰相反，你会遭遇越来越可怕的事情，当碰上某些未知的、恐怖的存在时，疯狂和死亡是仅有的两个结局。呵，他说完这句话的第二周就牺牲了……克莱恩，不要用同情的眼神看我，我现在生活得很好，真的很好！是你该为这些事情感觉害怕才对！”

“我只是想了解基本的常识……”克莱恩不知该哭还是该笑地重复了刚才的回答。

队长先生比你讲得更清楚、更明白，而我就算不成为非凡者，也已经遇到了不得的事情了……

“好吧。”罗珊思索着道，“我听队长和老尼尔都讲过，因为超凡物种的减少，高序列的强者在如今这个时代几乎已经没有了，能成为非凡者就很厉害很厉害了！我们廷根市加郊区的人口有好几十万，大概，或许更多，但非凡者才三十多个，唔，我猜的……唔，我没算那些活在阴暗角落里的邪教徒黑巫师……”

不等克莱恩开口，她似乎恢复了活力般握拳于胸前道：“而这三十多个非凡者里面，大部分是序列9！呃，我好像偏题了……”

“没关系，这些也是我想了解的常识。”克莱恩就希望罗珊能像她平时一样，东拉西扯，透露出更多的情况。

“总之，能成为非凡者，已经很厉害，很厉害了！”罗珊又重复了一遍，“属于我们教会的完整序列的起始是‘不眠者’，序列9‘不眠者’！”

果然……克莱恩微不可见地颔首，听到罗珊小姐控制不住嘴巴地往下描述：“你听名字就应该猜到，‘不眠者’是晚上不用睡觉的人，白天也只需要三到四个小时的休息就足够了，呼，真羡慕啊……不，我一点不羡慕，睡眠是女神的恩赐，是最幸福的事情！”

“我说到哪里了？啊对，‘不眠者’不需要光也能看穿黑暗，夜越深，越强大，我是指各个方面的强大，包括他们的力量，他们的灵感，他们的思维。不过，他们虽然能发现黑暗里隐藏的未知危险，可遇到正常办法不能解决的怪物时，依然得借助猎魔子弹等物品，我父亲曾经就是位‘不眠者’。”不等克莱恩追问，罗珊自顾自地继续道，“之后是序列8的‘午夜诗人’，再往上是序列7‘梦魇’。”

梦魇？克莱恩顿时想起了邓恩·史密斯引导自己梦境的事情，确认般地问道：“队长？”

“你知道？”罗珊小姐的嘴巴几乎张成了“O”形。

“队长曾经进过我的梦……”克莱恩左右各看了一眼，再次压低嗓音道。

“明白……”罗珊恍然大悟，跟着小声回应。她端起旁边的咖啡杯，抿了一口，转而感慨道：“教会在我们廷根市的序列7一共才两位，队长应该就是其中之一，他即使去贝克兰德这种大教区，也是很厉害的人物，有的执事都不一定比他强！”

“原来队长这么了不起啊。”克莱恩微笑附和。

老实说，邓恩·史密斯在昨天半夜的那次出场让人印象非常深刻，自己几乎本能地相信他是个很厉害的非凡者。

“当然！”罗珊骄傲地挺直了背部。旋即，思维跳跃的她苦恼地说道：“序列7之上我就不知道是什么了，也许整个值夜者小队只有队长才清楚。”

“那别的序列起始呢？不完整的那些。”克莱恩满足地转移了话题。

不得不说，罗珊描述的“不眠者”确实符合他对非凡者的一些想象和期待，但并非他希望成为的那种，他心目中完美的序列9应该能学习和掌握非常多的神秘学知识，可以让他弄清楚穿越的原因，并为将来穿越回家打下基础。

罗珊想了想，叹气道：“我对这方面不是太感兴趣，只知道比别的教会多，毕竟女神也是隐秘之母嘛……唔，应该有两到三种，因为有的队员总是冷冰冰的，让人害怕，身上的味道也怪怪的，有的队员，唔，我是说老尼尔，他知道很多，还会不少有趣的魔法仪式。我想想，我再想想，他曾经说过他的序列9称号，也就是魔药配方的名称……啊对，叫‘窥秘人’！”

不少有趣的魔法仪式？“窥秘人”？听起来很接近我想要的那种了……克莱恩心中微喜。

“另外我还知道一个序列7的名称，途径不完整的那种！”罗珊因刚才的回忆联想起了别的事情，用炫耀的口吻说道。

“是什么?”克莱恩异常好奇。

在高序列强者稀缺甚至可能没有的情况下，序列7已经算得上是教会的中坚力量了吧?

罗珊露出甜美的笑容，略显得意地回答:“‘通灵者’!”

“戴莉女士?”克莱恩下意识反问道。

最初的诧异后，他反倒觉得这件事情并不那么让人意外，也只有序列7的强者，才能做到戴莉女士那样的通灵表现!

罗珊的眼睛又一次睁大，她不敢相信地开口:“你，你怎么又知道了?”

“我见过戴莉女士。”克莱恩没有隐瞒。

“好吧。”罗珊用向往的语气道，“如果我能直接成为戴莉女士那样的‘通灵者’，那我也愿意做非凡者，不，我会认真考虑十分钟……”

“嗯，戴莉女士满足了我对非凡者所有的想象。”克莱恩略有浮夸地附和道。

完成预期目的的他，和罗珊又闲聊了几分钟，见没有别的信息，才脱帽行礼，告别出门。

沿着楼梯往下，克莱恩走了几步，忽然停住，伸手又摸了摸内侧口袋里的钞票。紧接着，他取出那十二金镑纸币，紧紧攥于左掌掌心，然后将手揣到裤袋里，怎么都不肯再松开和抽出，脸上则不自觉泛起了一丝笑意。

根据大吃货民族的习俗，拿到钱之后，得出去大吃一顿!今晚就请妹妹吃顿好的!

走在佐特兰大街上，吹着湿热的微风，意气风发的克莱恩忽然想到了一件事情:身上只剩三便士的零钱了，坐公共马车返回铁十字街则要四便士，而拿一金镑的纸币给对方找零，就像自己穿越前拿一百元大钞买低价矿泉水一样，不是没有别的办法的话，实在拉不下那个脸。

“用三便士坐三公里，余下的路程走回去?”克莱恩单手插兜，放缓脚步，思忖起其他方式。

“不行!”很快，他就否决了前一个想法。

余下的路程光靠走，得好一阵子，身怀十二镑巨款的情况下，太不安全了!而且之前担心左轮被值夜者顺手没收，今天故意没带在身上，真遇到什么韦尔奇之死引发的危险，他将毫无反抗之力!

“在附近找银行换成零钱?不，不行，千分之五的手续费，太奢侈了!”克莱恩无声摇头，光想一想可能付出的手续费就觉得心疼!

办法就这样被一个个排除，克莱恩突然眼前一亮，看到了一家衣帽店。

对啊，最正常的思路不就是买东西找零吗？正装、衬衣、马甲、裤子、皮靴和手杖都在预算之中，早买迟买都得买！嗯……衣物要试很麻烦，而且班森比我更了解，也更会还价，可以等他回来再考虑……那买根手杖？不错！有句谚语说得好，手杖是绅士最好的防身武器，能当半个撬棍用，一手提枪一手拿杖才是文明人的战斗方式！

思绪纷呈间，克莱恩下定了决心，半转身体，拐入了那家“维尔克尔衣帽店”。

衣帽店的布局和他穿越前的服装店很像，左边靠墙是一排正装，中央是衬衣、裤子、马甲和领带等，右侧有一双双放在玻璃柜里的皮鞋、皮靴。

“先生，您想买什么？”一名穿白衬衣、红马甲的男性店员迎了上来，礼貌发问。

在鲁恩王国，因为有地位有权势有财富的绅士们喜欢穿白衬衣和黑马甲黑裤子黑正装，色彩相当单调，所以男性仆人、店员和服务生这种服务阶层就被要求穿着艳丽，以区分主仆贵贱。与之相对的是，夫人和小姐们的衣裙色调各异，装饰华丽，女仆则只能黑白搭配。

面对男性店员的发问，克莱恩思索了一下道：“手杖，沉一点，硬一点。”能打爆人头的那种！

红马甲的店员隐秘地打量了克莱恩一眼，领他进入店内，指着角落那排手杖道：“镶嵌有黄金的那根是用铁心木制作的，很重，很硬，十一苏勒七便士，您要试一试吗？”

十一苏勒七便士？你们怎么不去抢？镶点黄金了不起啊？克莱恩被价格吓了一跳。

他表面不动声色，微微点头道：“好的。”

红马甲店员取下那根铁心木手杖，小心翼翼地递给克莱恩，一副怕他摔坏了商品的模样。

克莱恩刚接过手杖，就感觉到了沉重，试着动了动，发现自己不可能做到随意挥舞的程度。

“太重了。”克莱恩边摇头边松气。这可不是借口！

红马甲店员放回铁心木手杖，又分别指着另外三根道：“这是胡桃木的，由廷根最有名的手杖匠人黑斯先生制作，十苏勒三便士……这是水沉木的，镶银，和钢铁一样硬，七苏勒六便士……这是白博利树的树心制作的，也是镶银，七苏勒十便士……”

克莱恩挨个儿接过试了试，发现重量都比较合适，接着，他又屈指敲了敲，大致感受了每一根手杖的硬度，最后，他选了最便宜的那根。

“就水沉木的这根吧。”克莱恩指着红马甲店员手中镶银的杖头道。

“好的，先生，请您跟我去那边付款。以后这根手杖如果出现磨损或污迹，可以交给我们帮您处理，免费。”红马甲店员引着克莱恩走向柜台处。

克莱恩趁这个机会，将掌心攥着的四张金镑展开，取出较小的两张之一。

“您好，七苏勒六便士。”柜台后的店员含笑行礼。

克莱恩本想维持绅士的体面，可拿着一金镑纸币的左手伸出去时，他还是忍不住开口了：“能便宜一点吗？”

“先生，这都是手工制作的，我们的成本很高。”红马甲店员在旁边回答，“而且店主不在，我们没资格降价。”

柜台后的店员跟着附和道：“先生，抱歉啊。”

“好吧。”克莱恩将纸币递了过去，从红马甲店员那里接过那根杖头镶银的黑色手杖。

等待找零的空隙，他退后几步，拉开距离，小幅度地试了下这根“副手武器”的挥舞效果。

呜！呜！呜！风声很沉重，破空有质感，克莱恩满意地点了点头。他将视线重新投向前方，准备接过钞票和硬币，却愕然发现红马甲店员远远退开，柜台后那位则缩到了角落，紧贴着墙上悬挂的那把双管猎枪。

鲁恩王国对热武器实行的是半管制政策，想要持枪须申请全类武器使用证或狩猎证。但不管持哪一种证，都不能拥有连发步枪、蒸汽高压枪和六管机枪等军控武器。

持有全类武器使用证，可以随意购买和保存任何一种民用枪械，但获取流程极其麻烦，即使有一定地位的商人也可能无法通过审核；狩猎证则相对容易申请，哪怕郊外的农夫也能拿到，但这类执照仅限于使用猎枪，且有数量限制，不少薄有资产的人都会申请一个，以作危急情况下的自保，比如应对现在这种情况。

克莱恩看着充满戒备的两名店员，嘴角抽搐了一下，呵呵干笑道：“不错，这根手杖非常适合挥动，我很满意。”

见他没有攻击意图，柜台后的店员神情放松了下来，将刚才找的钞票和铜币双手递出。

克莱恩拿过瞧了一眼，见有两张5苏勒、两张1苏勒的纸币和一枚5便士、一枚1便士的铜币，心里不由得点了点头。顿了两秒，他无视店员的目光，将四张纸币对着明亮处一一展开，确认防伪花纹和水印无误。

做完这一切，克莱恩才将钞票和硬币分别放好，拿着手杖，扶了扶礼帽，像位绅士一样走出了维尔克尔衣帽店，奢侈地就近坐了无轨道的公共马车，经过一次换乘和总计六便士的花费，顺利回到了公寓。

关好房门，他将十一镑十二苏勒的纸币反复数了三次才放入书桌抽屉，然后找出那把铜色转轮、木制握把的手枪。

叮叮当当！五枚黄铜色的子弹相继落在了书桌上。克莱恩将有复杂花纹和黑暗圣徽的银色猎魔子弹一枚一枚塞入转轮。同样的，他只塞了五枚，留出预防误击发的空位，剩下的则和刚才取出的五枚普通子弹一起存放于小铁盒内。

啪！转轮合拢，克莱恩霍然多了不少安全感。

他兴致勃勃地将左轮装入腋下枪袋，稳稳扣好，然后一遍又一遍地练习解扣拔枪的动作，双臂酸软了就休息一阵再继续，直到天色将暗，过道里出现租客走动的声音。

呼！克莱恩吐了口浊气，将左轮重新放回腋下枪袋。直到这个时候，他才换下正装和马甲，披上日常的棕黄外套，进行手臂放松运动。

哒，哒，哒，脚步声靠近，钥匙插入锁孔，扭动的声音响起。

披着柔顺黑发的梅丽莎推门而入，鼻子微不可见地抽动了一下，她的目光扫过根本没点燃的炉子，眼中的神采突然暗淡了少许。

“克莱恩，我把昨晚剩下的食材一起煮一煮，班森也许明天就回来了。”梅丽莎转头望向哥哥。

克莱恩双手插兜，大腿靠着书桌边缘，微笑道：“不，我们出去吃。”

“出去吃？”梅丽莎愕然反问。

“去水仙花街的银冠餐厅怎么样？我听说味道很棒。”克莱恩提出了建议。

“可，可是……”梅丽莎还是没弄清楚状况。

克莱恩笑了笑道：“庆祝我找到了工作。”

“你找到工作了？”梅丽莎的嗓音不自觉变大，“可……可是廷根大学的面试不是明天吗？”

“另外的工作。”克莱恩含笑从抽屉里拿出那沓纸币道，“他们还预支了我四周的薪水。”

梅丽莎看着那一张张金镑和苏勒，眼睛睁得很大道：“女神啊……你，他们，你……找了什么工作？”

这……克莱恩神情一滞，斟酌着语言道：“一家以古物寻找、收集和保护为使命的安保公司，他们需要专业的顾问，五年合同，每周三镑。”

“……你昨晚是在为这件事情烦恼？”梅丽莎沉默了一下道。

克莱恩就势点头道：“对，做廷根大学的教员更体面，但这份工作我更喜欢。”

“……其实，它也很不错。”梅丽莎露出鼓励的笑容，半是疑惑半是好奇地问道，

“他们怎么会预支给你整整四周的薪水?”

“因为我们需要搬家，需要更多的房间，需要属于自己的盥洗室。”克莱恩嘴角上翘，摊手说道。

他感觉自己笑得无懈可击，只差问一句“惊喜吗”。

梅丽莎怔了怔，突然语速很快地开口，略显慌乱:“克莱恩，我们住得其实还算不错，我偶尔抱怨没有自己的盥洗室也只是习惯……你还记得詹妮吗?以前住我们隔壁的，自从她父亲受伤，丢掉了工作，不得不搬去下街，一家五口人就只能住在一个房间内，高低床睡三个，地上睡两个，他们还想着把剩下的那个地铺空位分租给别人……和她家比起来，我们已经很好很幸运了，不要在这件事情上浪费你的薪水，而且，我很喜欢斯林太太的面包房。”

妹，你这反应和我预想的剧本不一样啊……克莱恩听得一脸呆滞。

第六章

CHAPTER 06

占卜家

窗外余晖金黄染暗，克莱恩看着梅丽莎的眼睛，一时竟找不到话说，因为预备的台词统统用不上。

他轻咳两声，脑筋急转道：“梅丽莎，这不是浪费薪水，以后班森和我的同事来做客，难道就在这样的地方招待他们？以后我和班森结婚了，有妻子了，难道还要高低床？”

“你们不是还没有未婚妻吗？可以再等一等，多攒些钱。”梅丽莎逻辑清晰地说道。

“不，梅丽莎，这是社会的规则。”克莱恩颇感头疼，只能上大道理了，“既然拿二镑的周薪，就要有匹配三镑周薪的体面。”

老实说，曾经挤过合租房的他，对现在的居住条件并不陌生，完全能适应，但正是因为有这样的经历，他才越发理解类似环境对女孩子的不便。而且他的目标是成为非凡者，研究神秘学，找到回家的“路”，将来少不了在家里弄些魔法仪式，公寓人多口杂，容易出问题。

见梅丽莎还想再说，克莱恩赶紧补充道：“放心，我没考虑独栋房屋，打算看联排的，反正，得有属于自己的盥洗室。还有，我也喜欢斯林太太家的面包、廷根饼和柠檬蛋糕，我们可以先考虑离铁十字街和水仙花街近的地方。”

梅丽莎嘴唇微抿，默然一阵，缓慢地点了下头。

“而且，我也没急着搬家，得等班森回来。”克莱恩笑了笑道，“否则他打开房门后，会很震惊很诧异地说，我家里的东西呢？我的弟弟妹妹呢？我的家呢？这是不是我的家？我走错地方了吗？女神啊，快告诉我这是不是一场梦，怎么出去几天回来，连家都没有了！”

他模仿着班森的口吻，听得梅丽莎不自觉就弯了眼睛，脸颊露出浅浅的酒窝。

“不，费兰奇先生会一直等在门口，让班森交出公寓钥匙，班森根本上不了楼。”女孩损了吝啬贪财的房东一句。

在莫雷蒂家里，大家有事没事就爱拿房东弗兰奇先生作笑话的主角，这个风气正是大哥班森带起的。

“对，他才不会为了后面的租客换锁。”克莱恩微笑附和，指了指门口，风趣地说道，“梅丽莎女士，一起去银冠餐厅庆祝吗？”

梅丽莎轻微叹了口气道：“克莱恩，你知道赛琳娜吗？我的同学，我的好朋友。”

赛琳娜？克莱恩的脑海里顿时浮现出一位酒红长发、深棕眼眸的女孩，她的父母都是黑夜女神的信徒，以圣者赛琳娜的名字给予她祝福。她还未满十六，比妹妹梅丽莎小半岁，是个快乐、开朗、外向的姑娘。

“嗯。”克莱恩颔首表示记得赛琳娜·伍德。

“她哥哥克里斯是位事务律师，目前也有接近三镑的周薪，他的未婚妻兼职做打字员。”梅丽莎先描述了情况，继而才说道，“他们订婚超过四年了，为了婚后有稳定的、不错的生活，直到今天还在攒钱，还没有步入教堂，打算再等至少一年。据赛琳娜说，和她哥哥差不多的人都是这样，一般得二十八岁以后才能结婚，你得提前准备，好好攒钱，不要浪费。”

就去餐厅吃顿饭而已，有必要这么多大道理吗……克莱恩听得不知该哭还是该笑，想了几秒道：“梅丽莎，我是现在就有三镑的周薪，以后每年还会增长，你不用担心。”

“但我们有必要攒钱预防意外，比如那家安保公司突然倒闭。我有位同学，就是因为父亲所在的公司破产，只能去码头找点临时工作，家里条件瞬间恶化，才不得不退学。”梅丽莎表情认真地劝说着哥哥。

克莱恩伸手捂了下脸：“那家……那家安保公司和政府，嗯，和政府有点关系，不会随便倒闭的。”

“可政府也不稳定啊，每次选举之后，如果党派有更替，那绝大多数职位都会换人，变得一团乱。”梅丽莎锲而不舍地反驳道。

妹，你懂得还真多啊……克莱恩好气又好笑地摇头：“好吧……”

“那我把昨天剩下的食材一起炖个汤，你去街上买一条香煎肉鱼，一块涂黑胡椒汁的牛肉，一小罐奶油，再给我带杯姜啤，总之，还是稍微庆祝一下。”克莱恩坚持道。

这都是铁十字街小贩们常常兜售的食物，一条香煎肉鱼六到八便士，一块不算太大的涂黑胡椒汁的牛肉五便士，一杯姜啤一便士，一小罐奶油大概四分之一磅，要四便士——直接买一磅奶油只需要一苏勒三便士。原主每到假期都会负责家里食材的购买，对价钱并不陌生，克莱恩心算了几秒，就得出大致需要一苏勒六便士，于是直接抽取了那两张1苏勒的纸币递给梅丽莎。

“嗯。”对此，梅丽莎不再反对，放下装文具的提包，接过了钞票。

看着妹妹拿出装奶油的小罐和盛放其他食物的盆子，脚步轻快地走向门边，克莱恩想了想，开口喊住她：“梅丽莎，剩下的钱买些水果。”

铁十字街不少小贩会从别的地方收购品质不佳或存放太久的水果，而这里的人们对此并不愤怒，因为价格非常便宜，只要回家后将腐烂的地方切除掉就可以品尝了，算得上廉价的享受。

说完，克莱恩快步靠拢过去，从裤兜里掏出之前剩余的铜便士，放到妹妹的掌心。

“啊？”梅丽莎褐色的眼眸疑惑又茫然地看向哥哥。

克莱恩退后两步，微微一笑道：“记得去斯林太太那里，奖励自己一小块柠檬蛋糕。”

梅丽莎嘴巴张了张，眼睛眨了眨，最后只吐出了一个单词：“好的。”

她飞快转身，拉门而出，噔噔噔跑向楼梯。

一条河流穿过，柏树和枫树林立两岸，空气清新得让人有喝醉的感觉。

来解决面试事情的克莱恩怀揣左轮，拿着手杖，走下自己支付了六便士车费的公共马车，沿着水泥砌成的道路向绿色掩映中的三层砖石房屋靠近，那是廷根大学的办公楼。

“不愧是鲁恩王国最出名的两所大学之一……”也算是初次来到这里的克莱恩边走边感叹道。和这里相比，河对岸的霍伊大学简直堪称简陋。

“哈呀！”

“哈呀！”

一声声呼喊渐近，两条赛艇从霍伊河上游激冲下来，一根根木桨整齐而有序地翻动。

这是鲁恩王国所有大学都流行的赛艇运动，即便是克莱恩这样要靠奖学金资助才能读完大学的家境，他都和韦尔奇等人一起参加过霍伊大学的赛艇俱乐部，划得一手好船。

“真是年轻啊……”克莱恩驻足眺望，喟叹了一声。

再过一周，这样的景色将不复存在，因为学校要放暑假了。

沿着绿树成荫的道路，他走到灰色的三层砖石房屋前登记，顺利进入，熟稔地找到了上次接待自己的办公室。

咚！咚！咚！他屈指轻敲半掩的房门。

“进来。”门内一道男声传出。

看着克莱恩推门而入，那位穿白衬衣、黑燕尾服的中年教员微皱眉头道：“面试还有一个小时。”

“斯通先生，您还记得我吗？科恩资深副教授的学生，克莱恩·莫雷蒂，你看过我的推荐信。”克莱恩微笑着脱帽道。

哈文·斯通摸了摸自己的黑色大胡子，疑惑道：“你有什么事情吗？我不负责面试。”

“是这样的，我已经找到了一份工作，今天就不参加面试了。”克莱恩如实说出了来意。

“这样啊……”哈文·斯通明白过来，站起身，伸出右手道，“恭喜你，真是个有礼貌的年轻人，我会跟教授先生和资深副教授们说的。”

克莱恩和对方握了握手，打算寒暄几句就告辞离开，背后却突然传来一道熟悉的声音：“莫雷蒂，你找到别的工作了？”

克莱恩转过身去，看见了一位满头银发、轮廓深刻但皱纹不多的老者，他眼窝凹陷，眸子深蓝，身上的黑色燕尾服笔挺。这位老者正是霍伊大学历史系的资深副教授，他的导师昆汀·科恩先生。

在科恩旁边，还有位身材中等、皮肤呈古铜色的中年男士，他手拿一份报纸，没有蓄须，戴着礼帽，黑发褐瞳，五官柔和，眼睛流露出一种难以言喻的沧桑，右耳下方长着一颗细看才能发现的黑痣。

克莱恩认得他，是经常帮助原主的霍伊大学历史系教员阿兹克先生，他和自己的导师科恩资深副教授观点多有冲突，经常发生争执。然而，实际上，两人私交很好，否则也不会经常凑到一起聊天。

“上午好，导师，阿兹克先生。”他忙行礼道，“你们怎么在这里？”

科恩点了下头，语气舒缓地说道：“我和阿兹克来参加一场学术会议，你找到了什么工作？”

“一家做古物寻找、收集和保护的安保公司，他们需要专业的顾问，每周三镑。”克莱恩将昨天对妹妹说过的话又重复了一遍，接着解释道，“您知道的，我喜欢探索历史，而不是总结历史。”

科恩轻轻颔首道：“每个人都有自己的选择，你能记得来廷根大学告知，而不是直接缺席面试，我很满意。”

这时，阿兹克插言问道：“克莱恩，你知道韦尔奇和娜娅是怎么回事吗？我看报纸说他们被强盗入室杀害了。”

案件转成入室抢劫了？而且这么快就上报纸了？克莱恩愣了一下，斟酌着语言道：“具体的情况，我也不是太清楚，之前韦尔奇得到了一本第四纪所罗门帝国安提哥努斯家族的笔记，找我一块儿解读，我开始去了几天，后来就忙着找工作了，前两天警察还来找过我。”

他故意将“所罗门帝国”和“安提哥努斯家族”透露出来，想看看两位历史系老师会不会知道点什么。

“第四纪……”科恩皱眉低语。

古铜皮肤、眼眸沧桑的阿兹克先是发怔，继而吸了口气，用拿着报纸的左手揉动太阳穴，道：“安提哥努斯……感觉很熟悉……但怎么都想不起来在哪里听说过……”

阿兹克自言自语的同时，下意识看了昆汀·科恩一眼，似乎想寻求提示，获得灵感。

眼窝凹陷、眸子深蓝的科恩毫不犹豫地摇头道：“我没有一点印象。”

“……好吧，也许只是词根相类。”阿兹克放下左手，自嘲一笑。

克莱恩对这样的结果略感失望，但还是忍不住补了一句：“导师，阿兹克先生，你们知道的，我对探索、还原第四纪的历史非常感兴趣，如果你们有想起什么，或者有得到另外的资料，能否写信给我？”

“没问题。”因为今天的事情，头发银白的科恩资深副教授对克莱恩相当满意。

阿兹克也跟着点了点头道：“你的地址还是之前那个？”

“暂时是，不过马上要搬家了，到时候我会写信告诉你们。”克莱恩态度尊敬地回答。

科恩资深副教授晃动了一下黑色手杖道：“确实应该换更好的环境了。”

这时，克莱恩瞄了眼阿兹克手中的报纸，斟酌着问道：“导师，阿兹克先生，关于韦尔奇和娜娅的事情，报纸上是怎么说的？我之前仅仅从负责调查的警察那里得知了一点。”

阿兹克正待回答，皱纹还不算多的科恩资深副教授却突然顺着黑色燕尾服上的金链，拿出了一块怀表。啪嗒！他按开一看，往前点了下手杖：“会议要开始了，阿兹克，我们不能耽搁了，你把报纸给莫雷蒂吧。”

“好的。”阿兹克将手中翻完的报纸递给了克莱恩，“我们得上楼了，记得写信，我和科恩的地址没变，依然是霍伊大学历史系办公室，哈哈。”

他笑着转身，和科恩一起离开了房间。

克莱恩脱帽行礼，目送两位先生离去，接着才告别这办公室的主人哈文·斯通，沿着走廊，慢悠悠地出了灰色三层小楼的大门。

就着阳光，他提起手杖，展开报纸，看见抬头是《廷根晨报》。

廷根各种各样的报纸和杂志真不少啊，什么《晨报》《晚报》《老实人报》《贝克兰德日报》《塔索克报》《家庭杂志》《故事评论》…… 克莱恩随便回想了一下，脑海内就浮现出七八个名字，当然，其中一部分并不属于本地，而是来自蒸汽列车的分发。在工业化造纸和印刷愈加发达的今天，一份报纸的价钱已经降到了一便士，覆盖的人群也因此越来越广。

克莱恩没仔细看其他内容，很快找到了位于新闻版的“入室抢劫杀人案”报道。

NEWSPAPER

……

据警察部门透露，韦尔奇先生的家里惨不忍睹，并且丢失了所有的黄金、珠宝和钞票，以及一切值钱的、便于拿走的物品，甚至连一枚铜便士都没有剩下。有理由相信，这是一伙残忍凶恶的歹徒，他们会毫不犹豫地杀掉见过他们长相的无辜者，比如韦尔奇先生和娜娅女士。

这是对王国法律的践踏！这是对公众安全的挑衅！没有人希望遭遇类似的事情！当然，一个好消息是，警察部门已经锁定了凶手，抓到了主犯，我们将尽快给出后续报道。

记者

约翰·勃朗宁

做了处理和掩饰啊…… 克莱恩行走于林荫道上，微不可见地点了点头。他随手翻动着报纸，边漫步边阅读起别的新闻和连载的故事。突然，他背后寒毛全部竖起，仿佛有一根根细针扎在那里。

有人在注视我？打量我？监视我？一个个念头油然而生，克莱恩隐约有了些明悟。

在地球时，他也曾经感受到过无形的注视，最终发现了目光的来源，但从来没有一次像现在这样反应清晰，感觉明确！

原主记忆碎片里相同的事情，也是这样！

是穿越，还是那个奇怪的转运仪式让我的第六感变强了？

克莱恩忍住寻找注视者的冲动，学着看过的小说、电影和电视剧，慢慢停下脚步，收起报纸，眺望向霍伊河。紧跟着，他以四下看风景的方式一点点侧头，继而自然转身，将周围的情况尽纳眼底。除了树木、草坪和远方路过的学生们，这里没有任何人。

但是，克莱恩确定依然有人在注视着自己！

这…… 克莱恩心跳加快，血液伴随着激烈的扑通声一股股喷薄流动。他将报纸展开，半遮住脸庞，怕有人发现自己的表情不对。与此同时，他握紧手杖，做好了拔枪的准备。

一步，两步，三步，克莱恩缓慢前行，如同刚才。他被窥探的感觉依旧，但并未有什么危险爆发。他身体略显僵硬地走完林荫道，抵达了公共马车的等候点，幸运地发现刚好有一辆正在驶来。

“铁……佐特……不，香槟街。”克莱恩连续否定自身的想法。

他最初打算直接回家，但又怕将那不知目的的窥探者引到公寓，接着，他想去佐特兰街，向值夜者或者说同事们求助，可又担心对方就是为了打草惊蛇，让自己主动暴露，所以，只好随便挑了个地点。

“六便士。”收费员熟稔地回答。

克莱恩今天没带金镑出门，而是将它们放在了习惯藏钱的地方，仅仅取走了两苏勒的纸币。而他之前来的时候也花了同样的车费，身上刚好还剩一苏勒六便士，于是将硬币全部掏出，给了收费员。

上了马车，找到位置坐下，随着车门的关闭，克莱恩只觉那种被注视的不安感终于消失了。他缓缓吐气，只觉手脚都在轻微发颤。

该怎么办？接下来该怎么办？克莱恩望着马车窗外，竭力思考着。

在不明确窥探者目的的前提下，先视作恶意！

一个个想法浮现，又被克莱恩一个个否决，从未经历过类似事情的他，足足用了好几分钟才找到思路：必须通知值夜者，只有他们才能真正解决掉麻烦！但又不能这样直接过去，那会暴露的，也许这正是对方的目的……

顺着这个思路，克莱恩粗糙地制定了一个又一个方案，想法逐渐清晰。

呼！他吐出浊气，恢复了基本的平静，认真看起窗外飞快后掠的景色。

直到马车抵达香槟街，都没有发生意外，但克莱恩推门下车后，立刻又有了那种被注视的不安感！他假装什么都没察觉，拿上报纸，提着手杖，慢悠悠往佐特兰街方向走去。不过，他并没有进入那条街，而是绕到了背面的红月亮街，那里有一个漂亮的白色广场，以及一栋尖顶的大教堂，圣赛琳娜教堂——黑夜女神教会在廷根的总部！

作为一名信徒，在休息日过来参与弥撒，进行祈祷，一点也不奇怪。

这座大教堂有着明显的类地球哥特风格，整体呈黑色，正立面是高高的、斑驳的钟塔，它位于红蓝格子窗之间的巨大中心扶壁上方，插入云霄。

克莱恩步入教堂，沿着过道走向大祈祷厅，一路之上，镶嵌着蓝色和红色细碎花纹的狭小高窗透进一缕缕被染上了颜色的光芒，蓝得近黑，红得似血月，将四周衬托得异常幽暗。

那种被注视的感觉又消失了，克莱恩神情如常，不见喜悦，一步步来到敞开的大祈祷厅外。

这里没有高窗，幽深的黑暗成了主角，但在拱形圣台后面，大门正对而入的墙壁之上，十几二十个拳头大小的圆孔与外贯通，得以让灿烂的、纯粹的太阳辉芒照入，凝缩而光明。这就像黑夜里的行人，陡然抬头看见了星空，看见了一枚枚璀璨的星斗，那是如此的崇高，如此的纯净，如此的神圣。

哪怕一直认为神灵可以被研究、被了解，克莱恩也忍不住低下了头。在主教低沉温和的布道声里，他安静地行走于分隔左右座位的过道上，找了个无人且靠近通道的位置缓缓坐了下来。

将手杖靠于前方椅背后，克莱恩取下礼帽，和报纸一起搁于大腿之上，然后双手交握，抵住垂下的额头。整个过程，他做得缓慢而有序，就像真的是来做祈祷的一样。

克莱恩闭上了眼睛，于黑暗的视线里安静倾听着主教的声音：

“他们赤身裸体，无衣无食，在寒冷中毫无遮掩。

“他们被大雨淋湿，因为没有躲避之处，就紧抱磐石。

“他们是孩子被夺走的母亲，他们是失去了希望的孤儿，他们是被逼离开了正道的穷人。

“黑夜没有放弃他们，给予了他们眷顾。”[1]

回音叠加，声声入耳，克莱恩眼前一片黑暗，心灵如被清洗。他冷静地体会着这些，直到主教完成布道，结束了弥撒仪式。

主教打开旁边告解室的门，一位位先生女士在门口排起了队。克莱恩睁开眼睛，戴上礼帽，拿起手杖和报纸，跟随起身，有序排队。

过了二十多分钟，终于轮到了他。克莱恩迈步而入，反手关门，眼前再次变得幽暗。

“孩子，你想说些什么？”主教的声音从木条制成的挡板后传来。

克莱恩从口袋里拿出那枚“特殊行动部第七小组”的徽章，从缝隙处递给了主教。

“有人在跟踪我，我想找邓恩·史密斯。”仿佛被幽暗熏染，他的语气也变得轻柔。

主教接过徽章，沉默几秒后道：“告解室的门口向右，到底，旁边有一扇暗门，进去后有人引路。”

说话间，他拉动房间内一条绳索，让某位牧师听到了铃铛摇动的声音。

克莱恩拿回徽章，脱下礼帽，按于胸前，微微鞠了一躬，然后转过身体，推门而出。

1　原注，改编自《旧约·乔布记》第二十四章。

确认被注视的感觉没再出现后，他重新戴好黑色半高礼帽，脸上没有一点表情地提着手杖，拐向右边，一直走到了拱形圣台旁。在圣台侧面面对的墙上，他找到了那扇暗门，将之无声打开，闪了进去。

暗门静静关闭，一位穿黑色牧师长袍的中年男子出现于煤气灯光芒照耀之中，出现于克莱恩眼底。

“什么事情?”这位中年牧师简短问道。

克莱恩出示徽章，重复了刚才对主教说的话语。

中年牧师不再多问，转过身体，沉默前行。

克莱恩点了点头，抚了下礼帽，拿着黑色手杖，安静跟在对方后面。

罗珊说过，前往查尼斯门的十字路口往左是圣赛琳娜教堂。

哒，哒，哒。脚步声回荡在幽暗的狭窄走廊内，于一片安静里远远传开，再无杂音。

克莱恩腰背挺直，不快不慢地跟着中年牧师前行，不发问，不闲聊，沉然如同无风的湖水。

穿过守卫严密的通道，中年牧师用钥匙打开了一扇秘门，指着向下的石制阶梯道:“十字路向左是查尼斯门。”

“愿女神庇佑你。”克莱恩在胸前点了四下，勾勒出绯红之月的形状。

世俗用世俗的礼节，宗教用宗教的仪轨。

“赞美女神。”中年牧师回以同样的动作。

克莱恩不再多言，顺着石制阶梯，借助两侧墙壁上镶嵌的典雅煤气灯，一步步向黑暗深处行去。走到一半，他下意识回头，只见那位中年牧师依旧站在门口，站在阶梯的顶端，站在煤气灯光芒的阴影里，仿佛一尊不会动弹的蜡像。

克莱恩收回视线，继续下行，没过多久，他触及铺着冰冷石板的地面，一直来到十字路口。

他没转去查尼斯门的方向，因为刚轮值过的邓恩·史密斯现在肯定不会在那里。

循着右侧熟悉的道路，克莱恩重新登上另一处阶梯，出现于黑荆棘安保公司内部。眼见房门或紧闭或半掩，他没鲁莽寻找，而是进入接待厅，看见笑容甜美的棕发女孩正专心致志地阅读着一本杂志。

“嗨，罗珊。”克莱恩来到侧面，故意轻敲了下桌子。

哐当！罗珊霍然站起，撞翻了椅子，忙乱说道:“嗨，今天天气不错，你，你，克莱恩，你怎么来了?”

她以手抚胸，喘了两口气，就像害怕被父亲逮到偷懒的小姑娘。

“我有事情找队长。”克莱恩简短地回答。

“……吓死我了，我还以为队长出来了。”罗珊瞪了克莱恩一眼，“都不知道敲门！哼，你该庆幸我是一位宽厚、仁慈的女士，唔，我更喜欢姑娘这个单词……你找队长有什么事？他在奥利安娜太太对面那个房间。”

即使精神颇为紧绷，克莱恩也被罗珊逗得露出了笑容，他沉吟了一下道：“秘密。”

“……什么？”罗珊眼睛睁圆，不敢相信的同时，克莱恩向她微微鞠躬，快速告辞。

他重新通过接待室的隔断门，敲响了右手第一间办公室的门。

“请进。”邓恩·史密斯低沉温和的嗓音响起。

克莱恩推门而入，反手合拢，脱帽行礼道：“上午好，队长先生。”

“上午好，有什么事情吗？”邓恩的黑风衣和帽子正挂在旁边的衣帽架上，露出来的身体只穿了白色衬衣和黑色马甲，哪怕发际线偏高，灰色眼眸幽深，也显得清爽了不少。

“有人在跟踪我。”克莱恩如实回答，没做多余的修饰。

邓恩往后一靠，双手交握了起来，深邃灰眸静静地看向克莱恩的眼睛。他没接跟踪话题，反而问道：“你从教堂过来的？”

“是的。”克莱恩肯定回答。

邓恩微微点头，没说好与坏，转回正题道：“可能是韦尔奇的父亲不相信我们通报的死因，从风城请了私家侦探过来调查。”

间海郡的康斯顿市又称风城，是煤钢产业极度发达的地区，在鲁恩王国所有的城市里能排进前三。

不等克莱恩发表意见，邓恩继续说道：“也可能来自那本笔记的源头，呵，我们正在查韦尔奇从哪里得到的安提哥努斯家族笔记，当然，无法排除其他追寻这本笔记的个人，或者组织。”

“我该怎么做？”克莱恩沉声问道。毫无疑问，他希望是第一个原因。

邓恩没立刻回答，端起咖啡杯喝了一口，灰眸不见一丝涟漪，道：“按照之前的道路返回，然后做任何你想做的事情。”

“任何？”克莱恩反问了一句。

“任何。”邓恩肯定点头，“当然，不要吓跑对方，也不要违背法律。”

“好的。”克莱恩吸了口气，告辞转身，离开房间，重新回到地下层。

他于十字路口左转，沐浴着两侧间隔的煤气灯光芒，安静地行走在空荡无人、昏暗冰冷的通道内。

“哒哒”的回音环绕，愈显孤寂，愈增恐惧。

很快，克莱恩靠近阶梯，一步步往上，看见了那位站在阴影里，站在门口的中年牧师。两者相见，都没有开口，中年牧师沉默转身，让开了道路。

一路无声前行，克莱恩回到了大祈祷厅，拱形圣台后一个个圆孔透出的光明纯净依旧，房间内的幽暗宁静依旧，告解室外排队的先生和女士们依旧，只是变少了很多。

等待了一阵，克莱恩拿着手杖和报纸，像是什么事情都未发生过一样，缓步离开了大祈祷厅，离开了圣赛琳娜教堂。

刚一出去，看见烈阳，他顿时又有了熟悉的被注视感，只觉自己就像被老鹰盯住的猎物。

霍然之间，一个疑点浮现于他的脑海：这个跟踪者之前为什么不跟着我进教堂？虽然那样一来，我依旧能借助幽暗的环境和牧师的帮忙瞒过他短暂消失，但他假装祈祷、跟随监控很难吗？没做什么坏事，光明正大进去有什么问题吗？除非他有黑历史，害怕着教会，畏惧着主教，知道对方或许有非凡的能力……这么看来，私家侦探这个可能性就很低很低了……

呼！克莱恩吐了口气，不再像之前那么紧绷，悠闲迈步，绕到了背面的佐特兰街。

他停在了一栋风格古老，墙壁斑驳的建筑前方，这里的门牌号是“3”，名称是“佐特兰射击俱乐部”。警察部门的地下靶场有一部分开放给符合持枪许可条件的民众，以赚取额外的经费。

克莱恩刚进入里面，被窥视的感觉立刻消失，他抓住机会，将特别行动部的徽章给了负责接待的服务生。稍作验证，他被引入地下，来到一块密闭的小靶场。

“十米靶。”克莱恩简单对服务生交代了一句后，从腋下枪袋内取出左轮，从衣物兜里拿出了那盒黄铜色泽的子弹。

突然被人盯上，让他对自保能力的渴望战胜了拖延症，于是迫不及待地过来练习枪法。

啪！在服务生离开后，他甩出转轮，将银色的猎魔子弹一一退出，接着拈起黄铜色泽的正常子弹，一发发塞入弹巢。这一次他没再留预防误击发的空位，也没有脱掉正装外套，摘下半高礼帽，他要以最平常的打扮进行练习，毕竟不可能在遇到敌人、遇到危险后，喊声“请停一下，容我先换套轻便的衣物”。

啪嗒！克莱恩合拢转轮，用拇指滑转了一下。突然，他双手握枪，胳膊猛地笔直抬起，对准了十米外的靶子。但他没急着射击，而是认真回想了一遍军训的脱靶经历和三点一线、开枪有后坐力等常识。

哗啦！哗啦！衣物扯动之声里，克莱恩一遍又一遍练习着瞄准，练习着持握姿势，认真得像是个备战高考的孩子。反复多次之后，他退至靠墙的地方，坐到软乎乎的长条凳上，将左轮放到一边，自我按摩起手臂，休息了好一阵子。

花几分钟回想了刚才的练习，克莱恩重新拿起木制握把、铜色转轮的手枪来到射击位，做出标准的姿势，扣动了扳机。

砰！

他手臂抖了一下，身体略有后仰，子弹偏离了靶子。

砰！砰！砰！

吸取了经验的他一枪一枪射击，于实践里摸索着感觉，直到六枚子弹全部射完。

开始上靶了……克莱恩重新退后坐下，喘了两口气。

啪！他甩出转轮，让那六个弹壳当当落地，然后又表情不变地继续将剩余的黄铜色泽子弹一枚枚塞入。

活动放松了下手臂，克莱恩再次站起，边总结边回到射击位。

砰！砰！砰！枪声回荡，靶子摇动，克莱恩一次次练习，一次次休息，将领取的三十发普通子弹和之前剩下的五发全部打光，逐渐稳定上靶，开始追求环数。

甩了甩酸痛的胳膊，他将最后五个弹壳倒出，低下脑袋，把有复杂花纹的银色猎魔子弹一枚又一枚塞入，并预留了误击发位。

左轮归入腋下枪袋后，克莱恩拍了拍身上的硝烟尘埃，带着一身轻松走出专用靶场，回到街上。

那种被打量的感觉又一次浮现，他的心情却比之前更加平静。

克莱恩缓步行至香槟街，花费四便士乘坐有轨公共马车返回了铁十字街，进入自家所住的公寓。

窥探感无声无息地不见了，他掏出钥匙，打开房门，看见一名年近三十、身穿亚麻衬衣、留着很短的头发的男子坐在书桌前。

心头一紧，旋即放松，克莱恩微笑招呼道："上午好，不，中午好，班森。"

这位男子正是自己和梅丽莎的兄长，班森·莫雷蒂，今年才二十五岁，因发际线后退，面容老相，看起来都快三十了。他黑发褐瞳，与克莱恩有几分相像，但没有那种淡淡的书卷气。

"中午好，克莱恩，面试怎么样？"班森站了起来，嘴角流露出微笑。

他的黑色外套和半高礼帽都挂在高低床的凸出处。

"非常差。"克莱恩没有表情地回答道。

眼见班森愣住，克莱恩轻笑补充："事实上，我根本没参加面试，我提前找到了工作，周薪三镑……"

他将之前对梅丽莎说过的话语又重复了一遍。

班森神情缓和下来，摇头笑道："有种看见孩子长大的感觉……嗯，这份工作还不错。"他吐了口气，"奔波回来就听见这么一个好消息，真是不错，今晚我们得庆祝一下，买些牛肉？"

克莱恩笑道："好的，但我想梅丽莎会心疼的。下午我们一起去购买食材？带上至少三苏勒？呃，老实说，一镑换二十苏勒，一苏勒换十二便士，还有二分之一便士、四分之一便士，这样的币制简直违背直觉，非常麻烦，我想它一定是世界上最愚蠢的币制之一。"

说完，他看见班森的表情一下变得严肃，顿时有点忐忑，怀疑自己是否说错话了。

难道原主缺失的记忆碎片里，班森是纯粹的、极端的王国拥护者，容不得别人一点否定？

班森踱了几步，一脸严肃地反驳道："不，没有之一。"

没有之一……克莱恩愣了愣，很快反应过来，与哥哥相视而笑。

果然是班森擅长的嘲讽式幽默。

班森嘴角上翘，一本正经地补充道："你应该明白，要制定一个合理又简单的币制需要一个前提，那就是懂得数数，掌握十进制，可惜，在那些大人物里面，这样的人才太稀少了。"

简直犀利……克莱恩笑出了声，用前世丰富的经验配合着又"黑"了一句："事实上，没有任何证据表明那些大人物有脑子存在。"

"好！非常好！"班森哈哈大笑，竖起了拇指，"克莱恩，你比以前幽默多了。"

缓了口气，他继续说道："我下午还得到码头，明天才能休息，到时候，嗯……我们一起去廷根市改善住房公司，看他们那里有没有便宜又不错的联排房屋出租，还有，先得拜访弗兰奇先生。"

"房东先生？"克莱恩疑惑反问。难道弗兰奇先生名下有街区位置不错的联排房屋？

班森瞥了弟弟一眼，好笑地说道："你不会忘记我们签了一年的租房合约吧？这才过去六个月。"

"嘶……"克莱恩顿时倒吸了口凉气，自己还真把这件事情给忘记了！

虽然房租是一周一交，但租期长达一年，现在搬家等于违约，要是被告上法庭，得赔一大笔钱！

"你还是缺乏足够的社会经验啊。"班森摸了摸自己退后的黑色发际线，感慨了一句，"这还是我当初努力争取到的条款，要不然弗兰奇先生只愿意三个月一签。

对有钱人来说，房东们是直接租一年、两年，甚至三年，以求稳定，但于我们，于之前的我们和周围邻居而言，房东们随时都在担心有人出现意外，交不起租金，都希望是短期合同。”

“这样一来，他们还能视情况涨价。”克莱恩结合原主的记忆碎片和自身的租房经历补充道。

班森叹了口气道:“这就是如今社会的真实和残忍。好了，你不用担心，合约的事情很好解决，坦白地讲，只要我们拖欠一周租金，弗兰奇先生就会立刻将我们丢出去，并扣下值钱的物品，毕竟他的智商还不如卷毛狒狒，没办法分辨太复杂的事情。”

听到这句话，克莱恩忽地想起了某位汉弗莱爵士的名言，认真摇头道:“不，班森你错了。”

“为什么?”班森满脸疑惑。

“弗兰奇先生的智商还是要比卷毛狒狒高一点的。”克莱恩严肃地回答，就在班森露出心领神会的微笑时，他又补了一句,“如果他状态良好的话。”

“哈哈。”班森一下没控制住反应。

大笑一阵，他指了指克莱恩，一时竟找不到好的表述，只得转回正题:“当然，作为绅士，我们是不会采用那种无耻办法的，我们明天直接去和弗兰奇先生沟通，相信我，他很容易被说服的，很容易。”

对于这点，克莱恩毫不怀疑，煤气管道的存在就是最有力的证明。

兄弟俩闲聊了一阵，将昨晚剩下的少量香煎肉鱼放入了蔬菜乱炖汤中，并于煮热的过程里，用蒸汽湿软了黑麦面包。涂抹了点奶油在面包上，克莱恩和班森简单地对付了一顿，但他们依然吃得相当满足，毕竟奶香和甜味让人回味无穷。

等到班森出门，克莱恩也拿上三苏勒纸币和零散的铜便士，前往莴苣与肉类市场，花费六便士买了一磅牛肉，七便士买了一大条肉质鲜嫩而少刺的塔索克鱼，另外，还买了土豆、豌豆、白萝卜、大黄、莴苣、芜菁等食材和迷迭香、罗勒、孜然、调味油等调料。

这个过程里，他依旧能感受到有人在窥探、注视自己，但对方还是未做实质性的接触。

又在斯林面包房耽搁了一阵，克莱恩回到家里，开始用重物比如叠放的书本等锻炼臂力。他本来想打军体拳强身，但他连广播操动作都忘记了，何况是这种军训时才接触的东西，不得已，只好尽量简单。

克莱恩没让自己锻炼得太累，因为那样反而会疲惫，增加危险。他适时停了下来，翻看阅读原主的教材和笔记，希望能把第四纪相关的知识重新过一遍。

傍晚时分，班森和梅丽莎坐在书桌前看着摆好的食物，端正得就像初等学校高年级的孩子。

各种混杂的香味谱写成了浓郁的食物序曲，那是煮牛肉弥漫的浓香，那是土豆泥明显而持久的刺激，那是豌豆浓汤甜腻的纠缠，那是炖大黄微妙而中正的调和，那是黑麦面包上奶油清甜的环绕。

班森吞了口唾沫，回头看向将一条脆黄泛光的鱼夹入盘中的克莱恩，只觉那油炸的香味从鼻端钻入了喉咙，钻入了食道，钻入了胃部。

咕噜！他的肚子发出明显的响声。

克莱恩反卷衬衣袖口，端着炸鱼盘子，将它放到了收拾好的书桌中央，接着返身从橱柜里拿出两大杯姜啤，分别摆在班森和自己对应的位置上。

他对梅丽莎笑了笑，变戏法般拿出了一个柠檬布丁："我们有啤酒，你有这个。"

"……谢谢。"梅丽莎接过柠檬布丁，微弱地说了一声。

班森见状，端起杯子，微笑地开口："来，庆祝克莱恩找到不错的工作。"

克莱恩端起杯子，和班森碰了碰，和梅丽莎的柠檬布丁碰了碰："赞美女神！"

咕噜，他仰头喝了一口，辛辣的味道燃过食道，带来美妙的回味。姜啤全称是姜汁啤酒，实际上不含任何酒精成分，是用姜汁的辣和柠檬的酸混合出类似啤酒的口感，属于妇女儿童也能接受的饮料，只是梅丽莎不太喜欢这种味道。

"赞美女神！"班森跟着喝了一口，梅丽莎则小口咬了一点柠檬布丁，反复咀嚼，舍不得吞下。

"试一试。"克莱恩放下杯子，拿起叉勺，指着满桌的食物道。

这里面，他对豌豆浓汤最没有自信，毕竟在地球上根本不会吃这么奇怪的东西，只能根据原主的记忆碎片进行"再创作"。

班森作为兄长，并没有客气，挖了一勺土豆泥塞入口中。炖到极限，压到软烂的土豆泥里混杂着淡淡的猪油味和恰到好处的盐味，让他唾沫疯狂分泌，胃口大开。

"不……错……不错。"班森含糊赞道，"比我上次在公司吃到的那种美味多了，那时候放的是奶油。"

这可算是我的拿手菜了……克莱恩坦然接受了赞美："多亏韦尔奇家的厨师先生教导。"

梅丽莎则看向了那份牛肉汤，绿色的罗勒叶子、青色的莴苣头和白色的萝卜块沉浸于无色汤水里，掩藏着炖软的牛肉，颜色清新，香味勾人。她叉了一块牛肉，放入嘴中咀嚼，只觉软烂之中还残留着嚼劲，些许盐味和萝卜的淡甜、罗勒的辛香，共同刺激出了牛肉本身的美味。

“唔……”她似乎在含糊地赞美着什么，却停不了嘴。

克莱恩尝了尝，觉得好吃之余不无遗憾，这和自己的最佳水准相比，还是差了火候，毕竟这里缺乏一些调料，只能用别的代替，难免奇怪。当然，即使是最佳水准，自己做的饭菜也只能算是凑合。突然之间，他又心疼起没见过世面的班森和梅丽莎。

吞下口中的牛肉，克莱恩又夹了块撒有孜然和迷迭香的油炸塔索克鱼，它外脆里嫩，焦黄可口，咸香与油味交织成一片。

微微点头，克莱恩又试了块炖大黄，觉得也就还好，能解肉食的腻味。

最后，他鼓起勇气，舀了一勺豌豆浓汤。太甜、太酸……克莱恩不由得皱起了眉头。

可他看到班森和梅丽莎尝过之后那满足的样子，又有点怀疑起自己的味觉，忍不住灌了口姜啤，清洗舌头。

这一顿，兄妹三人都吃得肚子鼓胀，好半天都无法从椅子上起来。

“让我们再次赞美女神！”班森端起仅余一口的姜啤，满足地说道。

“赞美女神！”克莱恩一口喝干了最后的饮料。

“赞美女神。”梅丽莎则将一直留到最后的少许柠檬布丁放入口腔，来回品味。

克莱恩见状，借着微醺的感觉笑道：“梅丽莎，你这样不好，最好吃最喜欢的食物得一开始就吃，那样才能见识到它最美味的一面，等到你吃饱了，食欲下降了，再去品尝，味道会打折扣的。”

“不，它还是同样好吃。”梅丽莎坚定而倔强地回答。

兄妹三人说说笑笑，消化了一阵，然后共同收拾盘子、叉勺，将炸过鱼的油重新倒了回去。

忙碌之后，他们一个复习课程，一个自修会计的知识，一个继续翻阅教材和笔记，过得充实而满足。

十一点钟，克莱恩三兄妹熄灭煤气灯，分别洗漱睡下。

眼前幽幽暗暗，感觉浑浑噩噩，克莱恩视线内忽然出现了身穿黑色及膝风衣、戴半高礼帽的邓恩·史密斯。

“队长！”克莱恩一下清醒了过来，并明确地知道自己处在梦中。

邓恩灰色的眼眸没有波澜，仿佛在说一件小事般道：“有人潜进了你的房间。拿起你的左轮，将他逼到走廊上，之后就交给我们。”

有人潜入我房间？那个监视者终于出手了？克莱恩吓了一跳，没敢多问，只是点头道：“好的！”

他眼前场景当即变化，色彩纷乱呈现，如同泡沫般一个个破碎。

睁开眼睛，克莱恩小心侧头，看向窗边，只见一道瘦削而陌生的背影正站在书桌前，无声地翻找着什么。

扑通！扑通！扑通！克莱恩的心脏突然开始剧烈跳动，它收缩成一团，又猛地鼓胀，让身体也跟着轻微颤抖起来。有那么一瞬间，他几乎忘记了自己要做什么，该做什么，直到那潜入者的身影忽然停下，微侧耳朵，仿佛听见了什么变化。

血液从脑部回落，克莱恩恢复了基本的思考能力，将手摸向了枕头底下，握住了左轮的木制枪柄。坚硬而光滑的触感传来，他的情绪迅速稳定，动作舒缓而无声地将手枪抽出，对准了潜入者的头部。

老实说，他对自己能否击中对方毫无把握，虽然之前已能稳定上靶，但活动的人和固定的靶是截然不同的概念，他还没自大到混淆两者的程度。不过，他依稀记得上辈子的一句话，大概意思是，核弹最大的威力只存在于它发射之前。在这个时候这个环境下，道理是相通的——最好的威慑在子弹射出之前！不扣动扳机，不盲目击发，对方就不会知道自己是菜鸟，极大可能打不中他，他会担心，他会畏惧，他会考虑很多，以至于自己给自己加上束缚！

刹那之间，一个又一个想法浮现了出来，让克莱恩立刻有了决断，他并非越危急越冷静的那种人，而是早就预想过遭遇监视者的场景，预想过以恐吓而非攻击为主的对策。

大吃货国有个成语是，有备无患！

当枪口对准潜入者时，那位瘦削的男子霍然僵住，似乎感应到了什么。紧接着，他听见了一道含着轻笑的声音：“这位先生，晚上好。”

瘦削男子的双手悄然握住，身体似有紧绷，克莱恩坐在高低床下铺，用枪瞄着他的头部，语气尽量悠闲而自然道：“请您举起双手，转过身体，尽量慢一点。坦白地讲，我是个胆小的、容易紧张的人，如果您速度太快，我会被吓到的，不敢保证不出现误击发的情况，对，就是这样。”

瘦削男子双手半举到脑袋旁边，一点点转过了身体。率先映入克莱恩眼眸的是扣子整齐的黑色紧身衣，然后才是两条浓密锋锐的棕黄眉毛。克莱恩从对方蔚蓝的眼睛里看不出害怕，反倒有种被凶恶野兽盯住的感觉，似乎自己一个不小心，那野兽就会猛扑过来，把自己撕成碎片。

他握住枪把的手紧了紧，竭力让自身的表情从容而淡然。

直到那位瘦削男子完全正对自己，他才扬了扬下巴，示意门口，轻柔温和地说道：“先生，我们出去谈吧，不要打扰到别人的美梦，嗯，动作慢一点，脚步轻一些，这是一位绅士最基本的礼貌……”

瘦削男子冷酷的眸子转动，扫了克莱恩一眼，依旧半举双手，一步一步走向门口。在左轮的瞄准下，他拧动把手，缓慢地开门。就在房门半开之时，他忽地下蹲，向前翻滚，而大门像是被狂风拉动，哐当一声，重新合拢。

“嗯……”上铺的班森被这巨大的动静惊动，迷迷糊糊，即将醒来。

这时，有悠扬而宁静的旋律从外面传入，一道低沉而舒缓的嗓音吟唱道：

“啊，恐惧的威胁，绯红的希冀！

“起码一事是真：此生飞逝。

“一事是真啊，其余皆谎，

“花开一度后将与世长辞……”[1]

这诗歌似乎具有让人放松和安定的力量，上铺的班森和里间的梅丽莎迷迷糊糊又睡了过去。

克莱恩身心皆是宁静，险些打了个哈欠。

刚才那位瘦削男子逃脱的动作是如此敏捷，自己竟来不及做任何反应。

望着合拢的大门，他微微一笑，自言自语道：“说出来你可能不信，我这发其实是空弹。”

防备误击发的空弹！

接下来，克莱恩倾听着午夜的诗篇，耐心等待起外面的战斗结束。不过一分钟，那安宁如同月光湖面的旋律停止，黑夜又恢复了最深沉的寂静。

克莱恩无声滑动转轮，将空位移开，等待着结果。

这一等就是十分钟，就在他忐忑不安，犹豫着要不要出去查探时，门口终于传来了邓恩·史密斯那沉稳温和的声音：“解决了。”

呼，克莱恩吐了口气，提好左轮，拿上钥匙，赤着双脚，小心翼翼地靠近门口，无声无息地开门而出，看见身穿及膝黑色风衣、头戴半高礼帽、灰色眼眸幽深的邓恩·史密斯站在对面。

反手关门，他跟着邓恩来到走廊尽头，站立于微弱的绯红月光里。

“浪费了些时间进入他的梦。”邓恩望着窗外那轮红月，语气平静地说道。

“知道他的来历了？”克莱恩放松了不少。

邓恩微微点头道：“一个叫作密修会的古老组织，建立于第四纪，和所罗门帝国，以及当时的部分堕落贵族有关。呵，安提哥努斯家族的笔记正是来源于他们，因为一位成员的疏忽，笔记才流入古物市场，被韦尔奇得到，他们不得不派人到处追寻。”

---

1 原注，改编自爱德华·菲兹杰拉德英译的《鲁拜集》。

他顿了下，不等克莱恩发问，又道："我们会根据线索反向抓捕他们的部分成员，嗯……不一定会有太好的结果，这些家伙就像下水道里的老鼠一样精于躲藏。但至少他们会因此明白，安提哥努斯家族的笔记很可能已经被我们找到，或者说掌握了关键线索，那样一来，只要不是非常关键、非常重要的物品，他们都会彻底放弃这个行动，这是他们的生存哲学。"

"……如果那本笔记就是非常关键、非常重要呢？"克莱恩担忧地问道。

邓恩笑笑没回答，反而说道："对于密修会，我们知道的很少，这次能成功，多亏了你的机灵，这是属于你的一份功劳。考虑到可能的、潜藏的危险，以及你的灵感提高后对于寻找笔记的帮助，你有一次选择的机会。"

"选择的机会？"克莱恩隐约猜到了什么，呼吸都下意识地变重了。

邓恩收敛笑容，表情庄重而严肃道："你希望成为一位非凡者吗？不过，只能从不完整序列里挑选。"

"当然，你也可以放弃这次机会，选择积攒功劳，直到足以让你成为'不眠者'，也就是女神亲赐的黑夜守卫的最初，教会掌握的完整序列的起始。"邓恩补充说。

果然……克莱恩心头一喜，暂时未表露出犹豫的情绪，主动问道："那我能从哪些序列9里面挑选？"

总得有详细的情报，才能确定是放弃，还是接受，以及具体选择哪个！

邓恩转过身体，仿佛披着洒落的绯红轻纱，看着克莱恩的双眼，缓缓地说道："除了'不眠者'，教会还有三种序列9的魔药配方，一种叫'窥秘人'，也就是老尼尔所在的序列，呵，罗珊应该对你提起过，她总是管不住自己的嘴巴。"

克莱恩尴尬一笑，不知道该怎么回答，幸好邓恩并未在意，继续说道："我们的'窥秘人'魔药配方和部分不连贯的后续配方是从摩斯苦修会得到的。据说那时候，他们还没有堕落，还坚持着道德和戒律，坚持着对知识的追求，并严格保守秘密。凡是入会者，在成为'窥秘人'后，都要禁语五年，学会静默，以便修行和提高专注。'为所欲为，但勿伤害'这句'窥秘人'格言就是从他们那里传出来的。

"'窥秘人'在魔法、巫术、占星术等神秘知识上有着初步但全面的了解与掌握，懂得不少仪式魔法，但很容易感知到隐藏于事物背后的某些存在，必须小心翼翼，对非凡力量充满敬畏。我们缺乏这个序列的大部分配方，比如它的序列8，以至于零散串不成链条，当然，或许圣堂有。"

这几乎符合我一切的要求……克莱恩微微点头，有选择的冲动。

还好，他还记得问问别的："另外两种呢？"

"第二种叫'收尸人'，南大陆那帮崇拜死神的邪教徒有不少人选择它，服用这种魔药后，会被无智慧的亡灵误认为同类而免遭袭击，能忍耐寒冷、腐烂和死亡气息的侵蚀，能直接看见部分恶灵，了解诸多不死生物的特点和弱点，以及获得一些身体素质上的提高。我们拥有它后续的序列8和序列7，呵呵，它的序列7你应该能猜到，‘通灵者’！这是戴莉当初的选择。”邓恩颇为详细地描述道。

“通灵者”看起来确实又神秘又酷炫，然而，我最想要的是掌握神秘学知识……克莱恩没有插言，静静听着。

邓恩·史密斯侧头望了眼绯红月光道：“第三种我们只有序列9，圣堂有没有藏着别的，我就不清楚了，它叫作‘占卜家’。”

“占卜家”？克莱恩瞳孔微缩，想起了罗塞尔大帝在日记里留下的那句话。

——后悔当初没在“学徒”“偷盗者”和“占卜家”之中选择！

第七章

CHAPTER 07

新的生活

克莱恩努力不让自己表现出异常，抱着货真价实的好奇心态问道："'占卜家'有什么能力?"

"你的问题不够准确，应该问，服用了'占卜家'魔药后会获得什么能力。"邓恩·史密斯摇头一笑，灰眸与面孔都背对着红月，藏在了阴影里，"比如占星术、卡牌占卜、灵摆、灵视以及类似的很多东西。当然，不是说你服下魔药，就能立刻了解并掌握了它们，魔药只是让你具备学习这些的资格和能力。因为缺乏直接的对敌手段，呵，你应该能够想象到，仪式魔法需要太多准备，根本不适合遭遇战，所以相应地，在神秘学知识上，'占卜家'会比'窥秘人'更博学、更专业。"

听起来也挺符合我要求的，就是缺乏直接对敌手段有些让人犹豫啊……而且黑夜女神教会大概率没有之后的序列……不过低序列的直接对敌手段未必比得上枪械……克莱恩陷入沉默，脑海内的天平左右摇摆，时而是"窥秘人"，时而是"占卜家"，至于"收尸人"，他已经不作考虑。

邓恩·史密斯见状，笑了笑道："不要急着选择，周一上午告诉我答案，不管你想选择哪个，或是打算直接放弃，在我们值夜者内部都不会有多余的声音。"

"平静一下，询问自己的心灵。"说完，他摘下帽子，微微鞠躬，缓步越过克莱恩，走向了楼梯口。

克莱恩没有说话，没有立刻给予答案，沉默着行礼，沉默着目送。

虽然他时时刻刻都在希冀着成为非凡者，但当机会真的降临在面前，他还是充满了犹豫：之后序列的缺少、非凡者的种种失控、罗塞尔大帝日记的可信度、让人疯狂引人堕落的虚幻耳语，一起混杂成了阻碍前行的沼泽。

他深深吸了口气，又缓慢吐出。

"堪比成绩不好也不坏的学生高考填志愿了……"克莱恩自嘲一笑，收敛住发散的思维，小声开门，回到家里，躺在床上。

他躺在那里，睁着眼睛，静静看着染上了淡淡绯红的上铺床底。

窗外醉汉踉跄路过，远处有辆马车在空荡的街道上飞快行驶，这种种杂音没有破坏掉夜的宁静，反倒使它更加幽远、更加深沉。

克莱恩的情绪沉淀了下来，想起了地球上的种种往事，想起了喜欢锻炼身体，说话总是大嗓门的父亲，想起了有慢性疾病却总是为自己忙东忙西的母亲，想起了从小一块长大，从一起踢足球打篮球进化到打游戏搓麻将的死党们，想起了那位已模糊了长相的告白失败对象……这些就像沉静流淌的河水，没多少涟漪，没太深感伤，却无声无息淹没了心灵。

或许只有失去了才会懂得珍惜。

当绯红褪去，天边火烧，金黄浮现时，克莱恩已经做出了决定。

他起床去公共盥洗室洗了把脸，让自己精神起来，然后拿上一苏勒的纸币，去温蒂太太那里用九便士买了八磅黑麦面包，补充昨晚吃完的主食。

“面包的价格开始稳定了……”早餐之后，班森一边换衣服，一边发表评论。

今天是周日，他和梅丽莎终于获得了休息的机会。

早就一身正装的克莱恩坐在椅子上，翻看着昨天带回的过期报纸，颇感意外地念道：“这里有房屋出租的广告。北区文德尔街3号，独栋房屋，一共两层，楼上六个房间、三个盥洗室、两个大阳台，楼下一个餐厅、一个客厅、一个厨房、两个盥洗室、两间客房，以及一个地下储藏室……在房屋之外，前方有两公亩的私有草坪，后面是一个小花园，可出租一年、两年或者三年，每周租金一镑六苏勒，有意者请至香槟街16号，找古雪夫先生。”

“这是我们将来的目标。”班森戴好黑色半高礼帽，微笑着说道，“报纸上的房屋租金都偏高，廷根市改善住房公司有更便宜而且不比它们差多少的选择。”

“为什么不去找廷根劳工阶层住房改善协会?”梅丽莎手拿一顶破旧纱帽，换了条缝补过几次却依旧是最拿得出手的灰白色轻便长裙，从隔间里面走了出来。

她沉静内敛，却难掩青春的气息。

班森哈哈笑道：“你是从谁那里听说廷根劳工阶层住房改善协会的？詹妮？罗切尔太太？还是你的好朋友赛琳娜?”

梅丽莎看了眼旁边，小声回答道：“罗切尔太太……昨晚洗漱的时候，刚好遇上她，她问克莱恩面试的情况，我大概说了一些，然后她就建议找廷根劳工阶层住房改善协会。”

班森见克莱恩也是一脸疑惑，含笑摇头道：“这是针对贫民……呃，准确描述是下层民众的住房协会，他们修建和改造的房屋基本都是公用盥洗室类型，只提供三种选择，一居室，两居室和三居室，难道你们希望继续住在类似的地方?”

“廷根市改善住房公司和他们有相同的业务，同时也给中下阶层提供了选择的机会。坦白地讲，我们现在比中下阶层好一点，但比真正的中产又要差一些，不是薪水的问题，主要在于缺乏积累的时间。”班森总结道。

克莱恩明白过来，收起报纸，拿上礼帽，站起身道：“那我们出发吧。”

“我记得廷根市改善住房公司就在水仙花街。”班森边开门边说道，“他们和廷根劳工阶层住房改善协会一样，叫‘百分之五的慈善’，知道为什么吗？”

“不知道。”克莱恩提起手杖，走在梅丽莎侧方，柔顺黑发披至背心的女孩也跟着摇了下头。

班森往外迈步道：“这种改善住房的协会和公司都是受贝克兰德的影响而成立的，它们的资金有三种来源，一是由慈善基金募集；二是通过申报，从政府公共事务贷款专员那里拿到年息仅有百分之四的优质贷款；三是接受商业性投资，通过收取一定房租，每年给予对方百分之五的回报，所以叫‘百分之五的慈善’。”

噔，噔，噔，兄妹三人下了楼梯，缓步走向水仙花街。

他们打算确定了房屋后再去找现任房东弗兰奇先生，免得出现那边还没法入住，这里又不得不搬离的情况。

“我听赛琳娜讲，还有那种纯粹的慈善性改善住房公司？”梅丽莎仿佛在思考般说道。

班森呵呵笑道：“有的，德维尔爵士捐款成立的德维尔信托公司就是，他修建了针对劳工阶层的公寓，并提供专门的物业管理，却只收取相当低廉的房租，然而，要求非常严格。”

“听起来，你不是太喜欢？”克莱恩敏锐察觉，含笑反问。

“不，我很尊敬德维尔爵士，但我想他肯定不知道真正贫民的生活是什么样子，他对公寓的入住要求就像牧师给予的希望，太不符合实际了。比如，必须接种部分疫苗，必须轮流打扫盥洗室，不能将房屋转租或用于商业，不能乱扔垃圾，不能让孩子们在楼道里玩耍……女神啊，他希望把每个人都变成绅士和淑女吗？”班森用他惯常的口吻回答。

克莱恩疑惑地皱眉道：“听起来没有任何问题，都是很好的要求。”

“嗯。”梅丽莎附和点头。

班森侧过脑袋，看了他们一眼，呵呵笑道：“也许是我把你们保护得太好了，导致你们从没真正见识过贫民的生活。你们觉得他们有钱去接种疫苗吗？免费的慈善医疗组织排队能排到三个月以后。你们觉得他们的工作稳定，不是临时性的？如果不能将房屋分摊出租收取一定费用，失业的时候该怎么办？再重新搬出去？而且很多女士会在家里帮人缝补衣物和糊制火柴盒以维持生计，这属于商业应用，难道要把她们都赶出去吗?”

“大多数贫民都在用尽一切精力去维持生活，你们觉得他们会有空闲去管教孩子，让他们不要在楼道玩耍?大概只能把他们锁在屋里吧，等到七八岁，就送去愿意接受童工的地方。”班森语气平平地描述着，没什么形容词，却听得克莱恩略有点毛骨悚然。

这就是底层民众的生活?

他旁边的梅丽莎也陷入了沉默，良久之后才语气缥缈地说道:“搬去下街以后，詹妮就不愿意再让我去她家里找她了……”

“希望她的父亲能从伤势的阴影里走出来，重新找到稳定的工作吧，不过我见过太多从此用酒精麻痹自己的醉鬼……”班森语气沉重地嗤笑了一声。

克莱恩不知道该说些什么好，梅丽莎仿佛也处于同样的状态，兄妹三人在无言里走到了水仙花街，找到廷根市改善住房公司。负责接待他们的是位笑容和蔼的中年人，没穿正装，没戴帽子，只穿着白衬衣和黑马甲。

“你们可以称呼我斯卡特，不知道几位需要什么样的房屋?”他瞄了眼克莱恩镶银的手杖，笑得愈发和煦。

克莱恩看了看口才好的班森，示意由他来回答。

班森非常直接地开口:“联排的房屋。”

斯卡特翻了翻手中的文件和档案，嘴角上翘道:“目前还未出租的有五处——老实说，我们的客户更多是那种真正住房困难的群体，六个、八个甚至十个、十二个人挤在一个房间里的劳工和他们的孩子，手上的联排房屋并不多。一处就在水仙花街2号，一处在北区，一处在东区……每周租金十二到十六苏勒不等，你们可以看看具体的介绍。”

他将手中的文件推给班森、克莱恩和梅丽莎。

浏览了一遍，兄妹三人对视一眼，同时指了指纸张上的某个位置。

“我们先看水仙花街2号的。”班森开口说道，克莱恩和梅丽莎跟着点头。

这附近勉强算是他们熟悉的区域。

水仙花街2号、4号和6号是联排的房屋建筑，采用多边形四坡屋顶，整体外观灰蓝，三个烟囱醒目耸立。这里当然没有草坪和花园，也没有门廊，入口直接面对着街道。

廷根市改善住房公司的斯卡特拿着一串铜制的钥匙，边打开大门边介绍道:“我们的联排房屋都没有门厅，进门就是起居室，有一个朝向水仙花街的凸肚窗，采光相当不错……”

映入克莱恩、班森和梅丽莎眼眸的是一组沐浴着金色阳光的布制沙发和宽敞堪比他们之前两居室的空间。

“这个起居室也能当作客厅，它的右侧是餐厅，左侧墙上有供你们冬天取暖的大壁炉。”斯卡特熟稔地介绍着。

克莱恩扫了一眼，确认这是粗糙的开放式格局，餐厅和客厅没有丝毫隔断，但又远离了凸肚窗，显得光线相当暗淡。餐厅摆放着一张不大的红色长方形木桌，周围有六把软垫硬木的靠背椅环绕，而左墙位置的壁炉样式与克莱恩以往看过的外国电影、电视剧里的一模一样。

“餐厅后面是厨房，但我们不提供任何用具，起居室对面是小客房和盥洗室……”斯卡特迈开步伐，将一楼其余的布局详细介绍了一遍。

盥洗室分为内外两间，外间是洗漱的地方，里面是厕所，有折叠门分隔，客房说是小，但也有梅丽莎目前住的隔间那么大，看得她有些发愣。

看完一楼，斯卡特领着兄妹三人来到盥洗室旁边的楼梯道：“往下是一个地底储藏室，里面的空气非常沉闷，每次进去前记得要先通风。”

班森不动声色地点了点头，跟随斯卡特沿阶梯来到二楼。

“我左手边是一个盥洗室，与它同侧的还有两间卧室，我右手边也是同样的格局，只是盥洗室在靠近小阳台那里。”

说话间，斯卡特打开了盥洗室的门，并侧过身体，让克莱恩、班森和梅丽莎能毫无阻碍地打量。

这个盥洗室比一楼的多了浴缸，马桶旁边同样有折叠门，虽然积了些灰尘，但并不肮脏，也不恶臭不拥挤。

梅丽莎怔怔地看着这里，直到斯卡特走向旁边的卧室，她才收敛目光，缓步跟随。走了几步，她又回头望了一眼。

见过世面的克莱恩对此也是相当欣喜和期待。哪怕房东先生经常监督大家清扫，公共盥洗室依然不够洁净，常常让人想呕吐，更别说某些着急的时候还容易遇上排队。

另外的盥洗室和这个一样。四间卧室只有一间空间稍大一些，多摆放了一个书架，其余的面积都差不多，有床、有桌、有衣橱。

“阳台很小，每次不能晒太多衣物。”斯卡特站在走廊尽头，指着带锁的门隔开的地方道，“这里还有下水道、瓦斯管道和计费器等全套设施，非常适合你们这样的绅士和小姐居住。每周只需要十三苏勒的租金和五便士的家具使用费，另外，需要四周的押金。”

没等班森开口，克莱恩好奇打量着周围道：“如果想买下来，这栋房屋大概需要多少镑？”

作为大吃货国的穿越者，买房置业的渴望始终存在于他的心里。

听到这个问题，班森和梅丽莎都吓了一跳，用看怪物的眼神望向克莱恩，斯卡特则坚定地回答道："买？不，我们不会出售房产，只提供租赁。"

"我只是想了解一下，明白吗？了解一下。"克莱恩尴尬地解释道。

斯卡特犹豫了几秒道："刚好上个月，水仙花街11号的房主出售了类似的房屋，以地契年期的方式，十五年三百镑，这比直接租要便宜很多，但不是谁都能一下拿出那么大一笔钱的，如果要完全购买，房主的标价是八百五十镑。"

八百五十镑？克莱恩飞快开始了心算：我周薪是三镑，班森是一镑十苏勒……房租十三苏勒，加上每天的饮食费，一周大概接近两镑。还有服装置办、交通费用、人际交往开销等等，一周顶多能攒下十几苏勒，一年就是三十五镑左右，八百五十镑需要二十几年……就算只是地契年期方式的三百镑，起码也得八九年……这还不考虑将来结婚、分家、生孩子、外出旅游等事情……在这个没有个人住房贷款的世界里，大部分人应该都只能选择租房了……

有所明悟的他退后一步，瞄了眼哥哥班森，示意他去交涉房租价格。至于梅丽莎的意愿，光看她一直晶亮的眸子就明白了！这个瞬间，克莱恩有种"关门，放班森"的感觉。

班森用他没有镶银的手杖点了点，左右望了一眼道："我们应该再去看看别的房屋，这里餐厅的采光太差，阳台又很小，另外你们看，只有那间卧室有壁炉，而且家具都太陈旧了，我们搬进来得换一半以上……"

他语速不快不慢地挑了一堆毛病，用十分钟的工夫成功"说服"了斯卡特，让他把价格降到了房租十二苏勒，家具使用费三便士，押金也凑整为两镑。

没再浪费时间，兄妹三人跟着斯卡特返回廷根市改善住房公司，签署了一式两份的合同，并到廷根市公证所找了公证员公证。交了押金和首周房租后，克莱恩和班森剩下的钱加起来还有九镑二苏勒八便士。

站在水仙花街2号的门口，他们分别拿着一串铜制钥匙，一时竟移不开眼睛，心里翻滚起各种情绪。

"感觉像是做了一场梦……"过了一阵，梅丽莎抬起头，望着之后的"莫雷蒂家"，嗓音低而飘地说道。

班森吐了口气，微笑道："那就不要醒来。"

克莱恩没有他们感触那么深，点了点头道："我们得尽快把大门和阳台门的锁换掉。"

"这个不用着急，廷根市改善住房公司的信誉非常好。剩下的钱还要给你置办一套正装……不过，在此之前，我们得去弗兰奇先生那里一趟。"班森指了指公寓方向。

回家凑合着啃了黑麦面包，兄妹三人又前往铁十字街上街的联排公寓，敲响了房东的大门。

“你们应该知道我的原则，绝对不允许拖欠租金！”个子矮小的弗兰奇先生坐在沙发上，很有气势地宣称。

班森身体前倾，微笑开口道：“弗兰奇先生，我们是来退租的。”

这么直接？这样谈判真的好吗？克莱恩在旁边听得一阵诧异。过来的路上，班森说过，他的底线是赔偿十二苏勒。

“退租？不！我们有合约的，还有半年！”弗兰奇瞪着班森，挥舞起手臂道。

班森认真地看着弗兰奇，等到他的愤怒平息之后才沉稳地说道：“弗兰奇先生，您应该很清楚，您应当赚得更多。”

“赚得更多？”弗兰奇摸了下自己瘦削的脸庞，很感兴趣地反问道。

班森坐直身体，含笑解释：“两居室租给我们三个人，是五苏勒六便士，但如果您将它租给那些有两个甚至三个人在工作拿薪水的五口或者六口家庭，我想他们肯定愿意为此支付更多房租，而不是去下街那种治安非常差的地方。五苏勒十便士，或者六苏勒，我认为是合理的价格。”

见弗兰奇眼睛发亮，喉咙蠕动，他继续说道：“而且，您肯定知道，最近几年，房屋的租金一直呈上涨趋势，我们住得越久，您损失越多。”

“可是……我需要时间来寻找新的租客。”靠继承遗产得到公寓的弗兰奇先生明显心动了。

“我相信您很快就能找到，您有这个能力和资源，也许两天，也许三天……我们会赔偿您这段时间的损失，就用我们交的押金，三苏勒，这很公道！”班森当即拍板。

弗兰奇满意点头：“班森，你真是一个有良心，做事诚实的年轻人。好吧，我们签署中止合约。”

克莱恩在旁边看得发愣，彻底明白了弗兰奇先生有多容易说服。

这也太好说服了吧……

解决掉之前合约的问题，三兄妹先去给克莱恩买了正装，然后开始忙碌着搬家。

他们并没有什么沉重又庞大的家具，那些都属于房东先生。所以，班森和梅丽莎联合驳回了克莱恩雇用马车的想法，自己动手，在水仙花街和铁十字街之间来回了一趟又一趟。

窗外烈日西斜，多了点柔和味道的金黄穿过凸肚窗，洒在书桌表面，克莱恩看了眼架子上摆放得整整齐齐的书籍和笔记，将墨水与钢笔轻轻放在已擦拭干净的书桌上。

总算忙完了……他吐了口气，感觉到了肚子的饥饿，边放下卷起的袖口，边走向门边。

他有了张只属于自己的床，床单和被子都是白色的，陈旧但干净。

克莱恩拧动把手，走出卧室，正待开口，就看见对面两扇门齐齐打开，显现出班森和梅丽莎的身影。

看着彼此脸上都有的灰色尘埃和肮脏污迹，克莱恩和班森忽然笑了起来，笑得异常畅快。梅丽莎轻咬着嘴唇，渐渐被他们感染，小声发出了笑声。

第二天清晨，克莱恩站在没有裂缝的穿衣镜前，认真整理衬衣的领子和袖口。

这一套正装包含白衬衣、黑燕尾服、半高丝绸礼帽、黑色马甲和裤子、皮靴、领结，总共花费了他八镑，花得他异常心疼。不过效果也很好，克莱恩只觉镜中的自己书卷气质更加浓厚，似乎变帅了一点。

啪嗒！他合拢怀表，放入内侧口袋，然后拿上手杖，藏好左轮，乘坐轨道公共马车抵达了佐特兰街。

快进入黑荆棘安保公司时，他才想到自己习惯了之前的生活方式，今早竟然没给梅丽莎多余的钱，任由她继续走路去学校。

摇了摇头，记下此事，克莱恩步入黑荆棘安保公司，看见棕发女孩罗珊正在那里冲泡咖啡，弄得浓香四溢。

“早上好，克莱恩，今天天气不错啊。”罗珊笑吟吟地招呼道，“老实说，我一直很奇怪，这样的天气里，你们男士穿正装不会觉得热吗？我知道，廷根的夏天没法和南边相比，不够炎热，可还是属于夏天啊。”

“这是风度的代价。”克莱恩幽默地回答，“早上好，罗珊小姐，队长先生呢？”

“老地方。”罗珊指了指里面。

克莱恩微不可见地颔首，通过隔断，敲响了邓恩·史密斯办公室的门。

“进来吧。”邓恩的嗓音和语气一如既往低沉温和。

看见克莱恩换了套不错的正装，他微微点头，灰眸含笑道：“考虑好了吗？”

克莱恩深吸了口气，郑重回答：“是的，我已经做出了选择。”

邓恩缓缓坐直，表情迅速变得严肃，灰色眼眸深邃不变道：“告诉我你的答案。”

克莱恩毫不犹豫地回答：“‘占卜家’！”

邓恩·史密斯的灰眸直视着克莱恩的眼睛，足足一分钟没有说话。

在这样的沉默、这样的目光压力下，克莱恩没有退缩，没有移开眼睛，坚定地回看着对方。

“你应该明白，一旦服用了魔药，就没有后悔的机会了。”终于，邓恩又一次开口，嗓音低沉，不含情绪。

克莱恩笑了笑道：“我知道，但我尊重我内心的声音。”

首先，“不眠者”不符合自己的需求，塔罗聚会时了解到的“观众”，听描述也不符合，其他非凡途径则不知道什么时候才能接触到，缓不济急，没有必要等待。同样的道理，“收尸人”跟着被排除，只剩下“窥秘人”和“占卜家”两个选项。

在序列魔药同等危险这个大前提下，在自身无法获得更多信息的情况下，在“窥秘人”和“占卜家”都很符合要求的事实前，不管罗塞尔大帝是不是随便一写，是不是真的后悔没选择“学徒”“偷盗者”和“占卜家”之一，他的那句话足以让自己内心的天平发生倾斜。

而且从他的日记里可以看出，只要能弄清楚“消化”与“扮演”的真谛，就可以最大程度规避魔药带来的负面影响，至于那引人堕落让人疯狂的低语呢喃和虚幻诱惑，哪怕自己还没成为非凡者，也已经接触到了！

“好的。”邓恩·史密斯站了起来，拿上半高的黑色礼帽，边戴边说道，“跟我去地底吧。”

克莱恩点了下头，感激地行了绅士之礼。

哒，哒，哒，两人下行，脚步声回荡在寂静空荡的楼梯和过道上。

克莱恩霍然有了些紧张，没话找话说：“队长，您说服用魔药后，并不会直接获得对应的神秘学知识，只是拥有了学习并掌握它们的资格，那最初的神秘学知识是从哪里来的？是先贤们冒着生命危险，一点点摸索出来的，还是来自别的？”

每次来到地下，他都能感觉到这里的空气颇为清新，显然通风状况非常良好，只是在这种环境里，偶尔吹过一阵风委实让人胆寒。

邓恩侧头看了他一眼，灰色的眼眸在昏暗里显得异常幽邃。

他平淡地回答道：“一是你说的探索、总结和改进，二是神灵的恩赐，三嘛，呵，那些别人听不到的危险耳语，并不总是癫狂梦呓，毫无意义。偶尔还是会讲些关于神秘的事情，但据我所知，真去聆听这些并长期聆听的人，都毫无例外地疯了，或者堕落成怪物了。当然，我们得感谢他们，他们留下的笔记是神秘学领域宝贵的财富。”

人形小白鼠吗……地底阴冷侵袭，克莱恩突地打了个寒战：我那变成了“交友魔法”的转运仪式，之后会不会总是附带那些疯狂又恐怖的耳语，会不会带来同样不好的影响？

到了十字路口，邓恩既没前行去查尼斯门，也未转往武器、材料与文献库，而是带着克莱恩，向左侧圣赛琳娜教堂走去。走到一半，他停下来，不知触动了什么，打开了一扇暗门。

“这是我们值夜者小队的‘炼金室’，我会让老尼尔去查尼斯门内领取‘占卜家’魔药的配方和相应材料。呵，你运气不错，女神庇佑着你，‘占卜家’的相关材料应该还剩两份，否则你就要等很久了。”邓恩指着门内的房间说道，“你在这里等待，然后旁观老尼尔配制魔药的全部过程，这是神秘学最基础的东西，嗯……不要乱动里面的物品，它们要么很危险，要么很昂贵，要么又危险又昂贵。”

说到这里，邓恩与之前一样补充道：“对了，我又忘记件事情，你成为非凡者是基于应对危险和寻找笔记的需要，功劳只占其中一部分，所以，你暂时还不能转为正式的小队成员，依旧是文职，依旧领对应的薪水，依旧做我之前安排的事情，只是要额外跟随老尼尔学习很多神秘学知识，你们自己安排时间。”

“好的。”克莱恩除了对没涨薪水有些怨念，其他都举双手双脚赞成。

按照邓恩的说法，自己服用了魔药，如果还没经过学习和掌握的过程就成为正式队员，参与有关超自然事件的任务，那真是不知道“死”这个单词怎么写。

邓恩转过身体，往十字路口走了两步，忽又回身道：“还有件事情。”

我就知道……克莱恩已经习惯了队长的说话风格。

“我们之前对密修会的行动有了一定收获。”邓恩表情如常地说道，“短时间内，他们应该不敢再招惹我们了，但你也不要大意，因为暂时无法确认那本安提哥努斯家族笔记对他们的重要性。从我们的发现看，他们确实保留着某些古老的习俗，可以确认与所罗门帝国，以及那时候的堕落贵族有关。”

“我知道了，谢谢队长。”克莱恩吐了口气道。这也是他不愿意等待，有成为非凡者的机会就迫不及待抓住的原因之一！

目送邓恩远去，确认他不会再回头补充后，克莱恩缓步走入了炼金室。这里摆着一张张长条桌，其上有试管、滴管、天平和烧杯，分外像他上辈子见过的化学实验室，只是更加简陋古老。除此之外，还有大铁锅、黑木勺、晶莹剔透的水晶球和随处可见的黑夜圣徽等，凭空渲染出几分神秘的色彩。

克莱恩颇感兴趣地四处打量着，但没有手贱地乱碰乱动。

过了一阵子，脚步声传来，老尼尔提着一个有复杂花纹的银制小箱走入，他依旧穿着不符合时代特色的古典黑袍，戴着顶同色圆边毡帽。

“小家伙，没想到你会选‘占卜家’。”老尼尔边放下银制小箱，边用略显浑浊的暗红眸子扫了克莱恩一眼，“简直和我当年一样有性格，不从众，不错。你把这几盏煤气灯点亮，把暗门关上。”

“好的。”克莱恩忍住战栗，将炼金室内的煤气灯一盏盏点燃，让蒙着暗淡的光明重新统治了这里。

吱呀一声，暗门关闭，他回身来到头发花白、眼角嘴角皱纹很深的老尼尔旁边，看见对方用绑着的几根奇怪树枝刷了刷黑色大铁锅。

“序列魔药的配制都非常简单，至少序列7以下是这样的，不需要特别的火焰，不需要额外的仪式，甚至不需要咒语，也不需要自身灵性的参与。只要按照配方上的顺序，将材料分量准确地依次加入，再搅拌一下，就可以了。”老尼尔笑得皱纹似花儿在绽放。

“真的？”克莱恩颇为诧异地反问。这听起来就像自己那个转运仪式一样简单……嘶，想想有点恐怖啊……

“或许这就是神灵的恩赐，赞美女神。”老尼尔动作极不规范地在胸口画了个圈。接着，他打开银制小箱，取出一卷有古旧感的羊皮纸。

黄褐色的羊皮纸一寸寸展开，露出了上面的单词，克莱恩望去，发现是自己熟悉的赫密斯文。它们用血一般的墨水书写而成，似乎还在流淌，除此之外，并没有其他非凡的感觉。

“‘占卜家’，一百毫升纯水加十三滴夜香草汁液加七片金薄荷叶子……”

克莱恩默念着配方的内容，可后续的部分刚好被老尼尔手肘挡住，无法看到。

“纯水就是反复蒸馏过的水，刚好我之前有制作，不用浪费时间了。”老尼尔边介绍，边熟稔地拿过长桌上一个有刻度的密封大玻璃瓶。他将盖子打开，随意倒了约一百毫升纯水进大铁锅里。

克莱恩没敢发问，怕影响对方的配制过程，毕竟弄出来的魔药得自己喝。

“十三滴夜香草汁液，这个可以先萃取成精油保存。”老尼尔从银制箱子里拿出一只棕色小瓶，借助滴管，动作轻松地往大铁锅内滴了十三下。

一股淡而安神的芳香弥漫了出来，克莱恩的心情不自觉就变得平和。

“七片金薄荷叶子……”老尼尔拿起有银色花纹的锡罐，揭开盖子，赤着手就拈出几片，撒入大铁锅里，清新又刺激的味道隐约可闻。

“四，五，六，七，刚好。”老尼尔呵呵一笑，又望了眼羊皮纸上的魔药配方，“三滴毒堇汁……这东西你可不能乱喝，会浑身麻痹，僵硬着死掉，在古代，它可是自杀的最好选择。”

我又不傻……克莱恩腹诽了一句。

老尼尔换了根滴管，将毒堇汁滴入大铁锅，锅中混杂出让人头脑清醒的古怪味道。

“九克龙血草粉末。”老尼尔不慌不忙地将手深入银制小箱，提起一支透明的试管，里面的粉末深黑如铁。

他用烧杯、天平等物品称量了九克粉末，随手倒入了大铁锅，并拿黑木勺搅拌了两下，看得克莱恩一阵胆颤，总觉得不太靠谱。

“其实，前面这些材料都是辅助，加多点加少点，都不影响最后的效果，要不我再放点?”老尼尔开了句玩笑，“剩下两种才是关键，分量可以稍微少一点，但不能太偏离，否则你的晋升将会失败，嗯……它们的分量绝对不能多，哪怕只是一点点，不然你服用后就得去治疗精神问题了，直接死掉的也不是没有。”

克莱恩当即绷紧了神经，看着老尼尔从银制箱子里拿出一个黑色玻璃瓶。

“拉瓦章鱼的血液，十毫升。这种章鱼属于超凡物种，有明显变异，身上长满了神秘的象征，它的血液在太阳照射下会迅速分解，失去非凡价值，必须用不透光的容器保存。”老尼尔语气不再轻松，动作飞快又小心地用试管取了十毫升血液。

那血液有着天空一般的蔚蓝色，时不时咕噜咕噜地冒出虚幻泡沫，仿佛连通着灵性世界。

“将试管内的血液滴入，壁上残留的那点不用管，这是防备过量。”老尼尔低声说道。

蔚蓝的血液刚一滴入铁锅，与之前的液体接触，里面顿时就响起了哗啦哗啦的声音，四周光线随之染上淡蓝，让克莱恩有种遥远又熟悉的奇怪感受。那似乎是在母体内的经验，让人灵魂如有攀高。

“最后一样，星水晶，五十克。”老尼尔的嗓音响在克莱恩耳畔，让他回过神，重新望向长桌。

这位老先生的手里，多了一块纯净到极点的水晶，而且这水晶呈现胶状，仿佛地球上的果冻，缺乏足够的硬度。它在淡蓝的光芒照耀下，反射出点点辉芒，体内仿佛藏着一片璀璨的星空。

“这是制作占卜水晶的上佳材料……稍微少一点，考虑误差。”老尼尔边称量边用有花纹的银制小刀切取着。

“纯水加夜香草汁液加金薄荷叶子加毒堇汁加龙血草粉末加拉瓦章鱼血液加星水晶……”这个时候，克莱恩不由自主地回想了一遍配方。

“占卜家”魔药配方

辅助材料：100毫升纯水，13滴夜香草汁液，7片金薄荷叶子，3滴毒堇汁，9克龙血草粉末。

主材料：10毫升拉瓦章鱼血液，50克星水晶。

准备完毕，老尼尔将几小块星水晶丢入了大铁锅。

嗞！虚幻的雾气瞬间冒出，让炼金室一片迷蒙。在这雾气里，克莱恩仿佛看到了星空，也似乎感受到了某些无形存在的注视。

几秒之后，雾气消退，老尼尔用黑木勺从大铁锅内舀出了黏稠的深蓝色液体，它们有着奇怪的特性，彼此相连，绝不分离，以至于黑色铁锅内没有半点剩余。

深蓝色液体被倒入一个不透明杯子内，老尼尔指着它道：“好了，你的‘占卜家’魔药。”

克莱恩看着那很难说是一杯还是一块的黏稠的深蓝色液体，艰难地吞了口唾沫道：“就这样喝下去？不需要另外的准备吗？比如仪式、咒文或者祈祷语？”

老尼尔“呃”了一声道：“准备？有的，你先来杯因蒂斯的奥尔米尔葡萄酒，再抽上一根迪西雪茄，然后哼一节悠扬的旋律，跳一段轻快的宫廷舞，你喜欢踢踏舞也可以，最后再来局昆特牌……”见克莱恩的表情越来越呆愣，老尼尔笑笑，给出对前面描述的总结，“如果你感觉紧张。”

你还挺幽默嘛……克莱恩嘴角抽搐了两下，忍住了拔枪的冲动。

他放好手杖，伸出右手，仿佛握着沉重物品般端起那不透明的杯子，魔药的气味清清淡淡，虚幻似无。

“年轻人，不要犹豫，越犹豫，越紧张，越害怕，越影响后续的吸收。”老尼尔背对克莱恩，状似随口地说道。

他不知什么时候已走到旁边的水槽前，拧开龙头，哗啦啦地清洗着双手。

克莱恩默默点头，深吸了口气，就像小时候捏着鼻子吃药般，将那不透明的杯子凑到嘴边，一个仰头，咕噜喝下。清凉滑腻的感觉飞快充塞了他的口腔，接着滑过食道，滑入了胃里。

那黏稠而深蓝的液体仿佛长出了一根根细而长的触手，冰冷与刺激瞬间钻入了克莱恩的每个细胞。他不由自主抽搐了起来，眼前景象迅速变得模糊，一切颜色加重，红的更红，蓝的更蓝，黑的更黑，色块浓郁，胡乱拼凑，如同印象派大师画笔下泼洒的油画。

这样的场景，克莱恩之前曾经历过，那是被“通灵者”戴莉询问时他看见的画面。此时此刻，他视线模糊，思维飘忽但清晰，好像一个漂浮在海上的遇难者。渐渐地，他看清楚了周围的景象，所有的颜色彼此分明地互相重叠着，灰蒙而虚幻的雾气淡淡弥漫。在他的周围，是一个个难以描述形体，甚至透明到仿佛不存在的事物；在深处，有一道又一道不同颜色的明净光华，这些光华仿佛有着生命，或是蕴藏着无穷无尽的知识。

这和转运仪式时的所见有点像了……克莱恩本能往下一看，发现自己还站在原地，身体一抽一抽的。

霍然之间，他有了明悟，意识猛地下沉，与身体合一。

轰！迷雾飞快散去，色块同时正常，明净的光华和不存在般的物体刹那消失。

炼金室内的场景恢复了正常，但克莱恩感觉脑袋在膨胀，以几乎被撑裂般的程度胀痛着，看什么事物都有着数不清的重影，耳畔则传来不知何物发出的缥缈低语："霍纳奇斯……弗雷格拉……霍纳奇斯……弗雷格拉……霍纳奇斯……弗雷格拉……"

克莱恩额头一阵刺痛，心里迅速充满了想要发泄，想要破坏的冲动。他皱起眉头，连续甩动着脑袋。

"视线是不是不正常了？并且听到了之前听不到的声音？"旁边的老尼尔含笑问道。

"是的，尼尔先生，我该怎么做？"克莱恩忍住强烈的躁狂，开口询问。

老尼尔呵呵笑道："这是因为有魔药的力量溢出，而你缺乏控制的办法……好了，按照我说的做，在脑海里想象一件物品，常见的，简单的，容易的。"

克莱恩集中注意力，在脑海内勾勒出自己那顶半高的黑色丝绸礼帽，想着摩挲它的感觉，想着它具体的形状。

"将所有的注意力都放在它上面，不断地重复，不断地勾勒，是不是感觉好一点了？"老尼尔的声音穿透而入，仿佛安魂的歌曲。

克莱恩将注意力一点点转移到想象出来的那顶丝绸礼帽之上，只觉耳畔的低语逐渐变小，直至消失，而眼中的重影也慢慢叠合，不再模糊。

"好多了。"克莱恩平复着心底的杂乱情绪，吐了口气道。

他低头看了看自己的身体，没发现任何异常情况。

又动了动手脚，克莱恩半是期待半是疑惑地问老尼尔："我成功了？算是'占卜家'了？"

老尼尔从旁边抽出一面镀水银的镜子，凑到他的面前道："看眼睛。"

克莱恩凝目望去，只见镜中的自己头戴黑色礼帽，面部轮廓较深，五官普通，除了满脸的汗水，与之前似乎没什么区别。他根据老尼尔的提示，认真看向眼睛位置，这才发现自己原本呈褐色的眸色加深了不少，深得仿佛没有丝毫光亮的黑夜，深得像是能吸收别人的灵魂。

——正常而言，深褐色瞳孔很容易被看成黑色，不仔细分辨，克莱恩自己都难以察觉。

"这是魔药力量的外显，等你学会了冥想，懂得收敛，眼睛就会恢复正常。"老尼尔微笑伸出了右手，"恭喜你，新的非凡者，我们的'占卜家'。"

"谢谢。"克莱恩伸手与对方握了握，"尼尔先生，我什么时候可以学冥想？"

"现在就可以，初步的冥想相当简单，对非凡者来说，更是如此。"老尼尔笑笑说道，“刚才你在脑海内勾勒物品来转移注意，收束溢出的力量，其实就是冥想的第一步，你再做一遍。”

克莱恩闭上眼睛，再次于脑海描绘那顶半高的黑色丝绸礼帽。他的注意力似乎比以往更容易集中了，很快，一些杂念涌现，又纷纷落下，只留那勾勒出的礼帽。

“让脑袋略微发空，接着用这个世界上不存在的，凭空想象出来的物品，将勾勒出的物品替换掉。”

“一定得遵守这个规则，只有这样你才能进入冥想，才能一点点与超越的‘我’，无限的‘我’，宇宙的‘我’合而为一，得到对真理的洞见与启示，获得只能自身才可以体悟的知识，在神秘学领域，这叫‘密契经验’。”老尼尔用安抚的语气说道，“后面的描述，你暂时只需要听一听，目前最重要的是进入冥想。”

这个世界上不存在的，凭空想象出来的……地球上的算不算？克莱恩尝试着用电视上看到的、土绿色的、又长又粗的洲际弹道导弹来替换那顶半高的黑色礼帽。可是，不管怎么勾勒，怎么想象，他始终都只能让注意力集中在礼帽上。

看来不行……克莱恩不得不重新发挥想象，先勾勒出了一个光球，然后又勾勒出了很多个类似的事物，并将它们靠拢在一起。

光球重叠，充满幻想的感觉，克莱恩的思绪渐渐发空，似有飘忽。

他的身体和心灵都宁静了下来，之前那布满不存在的物体和明净光华的虚幻灰雾与混杂色块重新呈现，静静悬浮于天空，触手可及。

灵性一点点延伸，一寸寸展开，克莱恩静静俯视着它，感受着它，收束着它。

“很好，不愧是‘占卜家’，进入冥想很顺利，只比我当初差一点，一点点。”老尼尔呵呵笑道，“既然这样，我开始教你神秘领域最常用，掌握最简单，后续也最有前途的能力，灵视！”

他将煤气灯一盏盏关闭，又打开了炼金室的暗门，让克莱恩所处的地方异常昏暗，但不至于连物体的轮廓都看不清楚。

“好的，继续现在的状态，把你的双手抬起，放在眼前，食指相对，但不要碰到。睁开你的眼睛，直到适应黑暗。”

按照老尼尔的描述，克莱恩一步步完成，看见了自己相对的手指和周围物品的轮廓。

“本来该躺下来，让身体彻底放松的，但既然你冥想的效果不错，那我们就继续吧。”老尼尔笑了一声，“将你视线的焦点放在手的后方，必须是后方，接着慢慢移动手指，保持相对又不碰到的状态，也不要让它们离开视线。”

克莱恩平静听完，将目光落在手掌后面的虚空位置，让相对又未碰到的两根食指在视线范围内缓慢移动。一次，两次，三次……突然之间，克莱恩看到自己手指之间多了一点火红的颜色。

“咦……”他发出了声音。

“看到颜色了？不错，这就是初步的灵视，看到的颜色是你自己的气场。”老尼尔呵呵笑道，“不要急，多来几次，稳定一下，之后再去看别的地方，我也趁这个机会，给你讲讲不同颜色的含义。”

“好的。”克莱恩来回移动着手指，专注审视那点火红。

老尼尔思考了一下道：“简单来说，神秘学的主流领域将每个人非肉体的部分分为四层，最核心叫精神体，也就是每个人最根本的灵性，万物有灵派认为，凡是生物都有灵性，都有精神体。别的我不清楚，但对窥秘人来说，冥想的目的和提升力量的方式都指向精神体。

“精神体之外是星灵体，它是前者与灵界、与星空沟通的方式，属于前者的外在表现，而且与你自身的意志和当前的情绪直接相关……你服食魔药后看到的景象，就是星灵体游荡灵界所见的画面，那里不遵守物质世界的规则，涉及超越的‘我’、无限的‘我’、宇宙的‘我’，过去、现在和未来都有可能重叠，这就是占卜的根源。在灵界，你所看到的只是意象，只是象征，必须经过解读，才能弄清楚具体的意思。占卜和别的许多魔法都是通过星灵体施展的，它和精神体的关系与区别一定不要弄错。”

一个为体，一个为用嘛……克莱恩继续看着手指尖的气场，简洁地总结。

“再往外是心智体，从这里开始，与肉体有了结合……它牵涉头脑，属于你推理能力、思考能力、洞察能力和认识事物能力的综合呈现，有的魔药主要就是提升这个，不少魔法也会针对它。”老尼尔相当详细地讲解着，“最外层是以太体，它是你生命能量和肉体状态的表现。你看到的气场颜色，就是以太体的外显象征，也就是说，你用灵视除了能直接看到一些灵体、鬼魂和怨灵——呵呵，也许包括某些不该被看见的存在，还能看到别人的以太体，或者说气场，从而通过它不同的厚度、亮度、颜色来判断对方的健康和情绪状态。等你灵视提升，掌握更多神秘学知识之后，还可以发现更加细节的东西，能以此判断对方的寿命长短。”

“对了，我刚才说到的情绪状态，星灵体也会有一点外在的呈现。等序列变高，灵视到了相当强的阶段，你甚至能看见对方的星灵体，那就可以知道更多的东西了，这属于类似‘占卜家’和‘窥秘人’的非凡者才可以达到的高度。某些家伙甚至宣称最强状态的灵视可以看见任何地方的任何事物，包括过去与未来，不过，我是不太相信的。”

听起来很厉害的样子……克莱恩都快产生向往之情了。

老尼尔咳嗽了一声，继续说道：“我们回到以太体，或者说气场的颜色吧。你手脚等涉及运动的地方，会呈现红色，头部与脑部表面会呈现紫色，排泄排毒的位置会呈现橘色，消化系统的对应位置会呈现黄色，心脏与调节系统之外会呈现绿色，喉咙与部分神经系统会呈现蓝色，整体的平衡则会让身体笼罩白色……这些就是健康的象征。一旦它们变得暗淡，或者厚度变薄，颜色改变，那就说明对应的部位出问题了，处于疲惫或者生病的状态。

“另外，内层的星灵体对应颜色表示当前情绪，红色是热情亢奋，橘色是温暖满足，黄色是快乐外向，绿色是平静祥和，蓝色是冷静，处在思考之中，白色是光明，积极向上，暗色是忧郁，悲伤，沉默，紫色则表示灵性占据主导，冷淡疏离……”

克莱恩默默记着，稳定了自己的初步灵视。

“好了，你可以看别的事物了。”老尼尔没再多讲，点头说道。

克莱恩缓慢转头，望向老尼尔，果然发现他身上有着不同颜色、或厚或薄的气场，头部的紫色最为明亮，手脚的红色相对暗淡，整体的白色也有些稀薄。

果然是上了年纪吗……克莱恩无声自语了一句。直到这个时候，看见了这些，他才真正有了自己成为非凡者的感觉！

“我是非凡者了！”

他移动目光，仔细打量着老尼尔，可突然之间，却看见对方背后的虚空里有一双没长睫毛、冷漠无情、趋于透明的眼睛！这双近乎虚幻的眼睛正静静注视着老尼尔，注视着自己！

这……克莱恩打了个寒战，张了张嘴，脱口而出道：“你背后有双眼睛！”

老尼尔愣了一下，旋即挤出笑容道：“不用管它。”

老尼尔话音刚落，他背后昏暗里的那双虚幻眼睛就迅速消失不见，即使处于灵视状态的克莱恩，也无法再发现它曾经存在过的痕迹。

“这是一个仪式魔法的表征。”老尼尔呵呵解释道。

有点神奇……灵视就是加强版的阴阳眼？克莱恩就像得到了新玩具的孩子，兴致盎然地移开视线，打量起房间的每个角落，想看看现在的炼金室和之前的炼金室有什么区别。

克莱恩在昏暗中勾勒出物品的轮廓，长桌、试管、天平、杯子、橱柜等与他开启灵视前没任何不同，也未散发出丝毫光彩。

没有生命的物体没有灵性？克莱恩暗自嘀咕，目光扫过了桌上的银制小箱。霍然之间，他看见里面有光华呈现，或蔚蓝如同天空，或璀璨近似星辰，或赤红仿佛火烧！

“来源于超凡物种的材料还有某种生命，呃……活性？哪怕原主已经死掉？”克莱恩斟酌着用词，满是好奇地请教老尼尔。

“准确的描述是，它们的灵性会残留，这是魔药配制成功的关键之一，也是非凡者失控的根源之一，邓恩应该告诉过你。”老尼尔坦然解释道。

他不知想起了什么，忽然发出了笑声：“我记得‘收尸人’的配方里有风干的成年黑斑青蛙，想要服用这份魔药，需要非常大的勇气。”

克莱恩想象了下，觉得有点恶心，没附和老尼尔，将目光转向了周围缺乏足够光照的昏暗之中。然而，那里没有他期待的、近乎无形的灵体和鬼魂等事物。

“不是说灵的世界无处不在吗？”他疑惑地开口。

老尼尔嘿了一声道：“小家伙，跟着我重复一遍——这里是值夜者小队的总部，这里是黑夜女神教会的地底，这里有着不少非凡者！你觉得我们会放任灵和魂在这里游荡？而且灵的世界和灵是两个概念。”

克莱恩一时有点尴尬，转过了脑袋，假装眺望暗门入口的些微煤气灯光芒：“我明白了。”说话的时候，他的眉心忽然开始抽动，不受控制，仿佛痉挛。

怎么回事？克莱恩正待转身询问，突地看见暗门靠里位置，明黄光芒的边缘，有道接近透明的身影静静屹立，它呈现人形，气场颜色与昏暗环境完美融合，难以分辨。

嘶！克莱恩眉心猛地抽痛，视线随之混乱，他再集中注意力望去，却哪有什么人形！奇怪……他回过身道：“尼尔先生，我眉心位置在抽搐，有点疼。”

“哈哈，这很正常，你是刚晋升的非凡者，灵视会对你的精神体造成很大负担，并一直产生消耗，外在就呈现为眉心抽搐、脑袋刺痛、过于敏感、出现少许幻觉等症状。而且在灵视状态下，你很容易对陌生的环境感觉不舒服，也很容易被别人的情绪影响，这都是需要注意的事项，必须通过反复的练习来适应和排除，另外，节制使用，及时结束。”老尼尔微笑回答。

怎么感觉你有种喜闻乐见的情绪……克莱恩连忙请教道：“那该怎么退出灵视状态？”

他本来想提一句刚才看见的无形身影，但听到症状里有“出现少许幻觉”后，又打消了这个念头。结合眉心的抽搐和刺痛，老尼尔的回答完全可以猜想到！

“和刚才一样想象物品，集中注意力，接着切换至冥想状态，闭上眼睛，控制灵性，反复告诉它中止，之后再睁开眼睛，就能发现灵视结束了。”老尼尔悠闲地描述着，临到末尾才补充，“当然，这是最烦琐、最笨拙的方法，我们可以通过练习，在冥想里反复暗示自己，反复影响灵性，留下简单的‘开关动作’，比如我轻敲眉心两下，就能简单地开启灵视，再轻敲两下，又可以简单地结束掉它，具体怎么设置，看你自己的习惯和爱好。”

“明白了。”克莱恩想了想，打算模仿老尼尔，用轻敲眉心两下的动作当灵视的开关。

“一下”容易和本能的敲头动作混淆，“三下”在危机情况中则可能浪费宝贵的时间，至于打响指等动作，太过有个性，容易引人察觉。

他集中注意力，观想起聚拢的一个个光球，重新进入冥想状态。

在老尼尔的指导下，他经过反复的暗示和练习，总算设置好了开关动作。轻握拳头，用食指根部关节在眉心敲了两下，克莱恩眼前霍然多了厚薄不同、颜色不同的气场光亮；又敲了两下，一切恢复原状，再没有丝毫特异。

“总算掌握了……”他欣喜地感慨道。

直到这个时候，他才发现自己疲倦得像是随时能睡过去，而脑袋则仿佛熬了三个通宵般发空发痛。

老尼尔笑笑说道：“我们不是‘不眠者’，每次过分练习或者过分使用灵视后，都需要一段睡眠来恢复。你现在就可以回家了，好好休息，下午可以去韦尔奇住所到铁十字街的路上逛逛，争取尽早发现安提哥努斯家族笔记的线索。等到明天，我们再继续神秘学知识的教导，当然，你也不能忘记阅读那些历史文献。”

“好的。”克莱恩对老尼尔的安排举双手双脚赞同。

拿上手杖，出了炼金室，看着暗门合拢，老尼尔返回武器库那边，克莱恩揉了揉眉心和太阳穴，按着扶手，一阶一阶地沿着楼梯往上。

这时，邓恩·史密斯从后面过来，嘴角微翘、目光深幽地说道：“听老尼尔讲，你很适应，不管是冥想，还是灵视。”

“也许只是‘占卜家’比较特殊。”克莱恩谦虚地回答。

他猜测邓恩刚才在替老尼尔看守武器库。

邓恩放慢了脚步，只比克莱恩领先一点，沉默几秒后，他没有转身，只是说道：“你要记住，好奇心会害死猫，也会害死非凡者，不要试图去探究那些不该听到的耳语和不该看见的存在。”

“好的。”克莱恩知道这是关于非凡者失控的再一次提醒。

回到黑荆棘安保公司，克莱恩和明显还不知道他已经成为非凡者的罗珊打了声招呼，慢悠悠地走出大门，来到街上，乘坐无轨公共马车返回了水仙花街，途中差点睡着。

此时还属于上午，气温也就二十六七摄氏度，克莱恩从腰带处取下铜制钥匙，打开了自家的大门。

屋子内，很多物品还没添置，起居室和餐厅都空空荡荡，班森和梅丽莎一个上班一个读书，也是早就出门了。

克莱恩顾不得别的事情，反手关好门，快步上了楼，进入属于自己的、有书架的卧室。脱掉燕尾服并挂到衣帽架上后，他迫不及待地倒向床铺，后脑勺刚一沾到枕头，他就沉沉睡了过去。

克莱恩是被灿烂阳光照醒的，他侧过脑袋，缓慢睁眼，发现外面烈阳正好。

“几点了？不会错过下午的塔罗聚会了吧？”他挣扎着起床，走向衣帽架，因为怀表还装在燕尾服内侧的口袋里尚未取出。他不仅忘了怀表，还忘了关卧室的门，忘了拉拢凸肚窗的窗帘。

啪！克莱恩掏出怀表，按开一看，顿时放下心来。这才十二点多，距离约定的下午三点还有不少时间。

——今天是周一，是他和“倒吊人”“正义”聚会的日子。

克莱恩做思考状，敲了两下眉心，眼前又一次变化，他看见自身气场恢复了明亮的色泽。又敲两下，退出灵视，他轻松走到一楼，烧了壶水，放了点劣质茶叶，就着它和少许奶油，啃掉了一条黑麦面包。

之后，克莱恩翻出历史教材和原主笔记，悠闲地进行起复习和巩固。

下午两点五十七分，克莱恩合拢书籍，盖上钢笔帽，唰的一下拉拢了窗帘。紧接着，他反锁卧室的门，让房间变得异常昏暗。他又轻敲眉心两下，开启灵视，环顾起左右。

确认这房间内没有无形灵体后，克莱恩结束灵视，掏出怀表，核对时间。

滴答，滴答。在离三点还差一分钟的时候，他迈开双脚，与之前一样，逆时针走了四步，走成一个正方形，而每一步都用汉语默念着对应的咒文。

只不过，他这次没准备主食。

克莱恩闭上眼眸，感觉手背有点发痒，那里构成小正方形的四个黑点似乎在凸显，在浮现。

疯狂的嘶喊和诱惑的低语开始回荡，但克莱恩发现头疼不像上次那么严重了。不是他不受影响，而是他能竭力控制自己不去主动聆听。

成为非凡者的他，在这样的环境里，多了点自控能力。

很快，他身体变轻，飘浮往上，看见了弥漫的、灰白的、无垠的、朦胧的雾气，看见了那一颗颗深红色的星辰，而其中两颗和他似乎有着微妙联系，让他感觉异常熟悉。

克莱恩看了看模糊的自身，疑惑低语了一句：“老尼尔所说的星灵体？”

他平静了几秒，再次于灰雾之上变幻出那座恢宏的神殿，那张位于宽广穹顶正下方的青铜长桌，以及那二十二把有不同星座象征的高背椅。

克莱恩安静地走到上首坐下，让身体和脸部笼罩着更加浓郁的灰雾，接着伸出右手，遥点那两颗熟悉的深红星辰，构建奇妙的联系。

第八章

CHAPTER 08

扮演

没有窗户的地下室内，面部轮廓粗犷而深刻的阿尔杰·威尔逊坐在一张摆放着各种器皿和羊皮卷轴的长桌旁边。

他的身前，一根燃烧了半截的蜡烛屹立着，昏黄而暗淡的火焰将四周的物品和长桌的表面照得光影浮动，影影绰绰。

阿尔杰的头发像海草般凌乱，色泽深蓝近黑，他身穿绣有闪电花纹的长袍，双手交握，拇指相对，前倾凝视着蜡烛左侧的一瓶漆黑液体。

呜——呜——呜——

哗啦！哗啦！哗啦！

那密封的瓶子内时而传出狂风呼啸的声音，时而响起大海澎湃的动静，而漆黑液体未曾淹没的地方，淡淡的雾气弥漫蠕动，仿佛长出了眼睛和嘴巴。

阿尔杰侧头瞄了眼墙上的挂钟，看见时针正指向三点。

他捏了下太阳穴，眼眸突然幽黑，桌上的各种器皿也浮现出微妙的光泽。

就在这个时候，深红的光芒如潮水般凭空涌现，一下就将他淹没！

…………

贝克兰德，皇后区，霍尔家豪华别墅内。

打发走了舞蹈教师的奥黛丽反锁住房门，端正地坐到梳妆台前。

窗外阳光灿烂，花开明艳，桌上一册用淡褐色精致羊皮纸装订成的空白笔记本静静摊开，在它的右边，有一支尖端金黄、笔身镶嵌着红色宝石的钢笔。

奥黛丽试了试，确定自己一脱离聚会，就能以最快时间拿起钢笔，记录配方。

“真是期待啊……”她吸了口气，按捺住激动的情绪，抿嘴望向镜子。

可是，她没能看见映照出的自己，只有深红而虚幻的光芒从四周、从体内，同时爆发！

…………

灰雾之上，宏伟仿佛巨人王居所的神殿内。

青铜长桌两侧深红绽放，喷泉一般上涌又纷纷扬扬下落，雕琢出了两道模糊的身影，他们的位置和上次一样，没有丝毫变化。

金发柔顺，个子高挑的奥黛丽本能地望向上首，只见浓郁灰雾笼罩中的身影向后靠坐，一手平放触碰着桌沿，一手虚握轻捻着下巴。

“下午好，‘愚者’先生！”奥黛丽语气轻快地喊道。

接着，她转过头，看向对面，用同样的口吻发声：“下午好，‘倒吊人’先生！”

这姑娘还真是没心没肺啊，就这么确认我是好人，一点也不害怕了？被保护得很好的贵族少女？克莱恩笑了笑，保持着高深莫测的形象道：“下午好，‘正义’小姐。”说话的同时，他微低脑袋，上抬虚握的左手，在眉心轻敲了两下。

视野所见，瞬间不同，他看到了“正义”与“倒吊人”身上散发出的气场光彩！而周围的灰雾与深红星辰并无变化，没出现什么仿佛不存在般的事物和似乎有着一定生命的明净光华。

目光轻转，克莱恩只见“正义”的气场颜色完全符合老尼尔的描述，该红的红，该紫的紫，该蓝的蓝，该白的白，而且光泽明亮，厚度恰当，一看就是充满活力的少女。

“她的情绪颜色有红有黄，快乐，热情，亢奋……”克莱恩作出判断，将注意力投向“倒吊人”。

和“正义”相同，“倒吊人”的气场颜色没什么特殊，只是情绪为蓝色，夹杂几分橘色。

“冷静、思考、谨慎，和一点点满足？”初次尝试，克莱恩不是太有信心地下了结论。

就在他要将目光移开时，却突地发现了一件奇怪的事情——“倒吊人”的气场最内层，色彩和感觉似乎完全统一了！

克莱恩凝聚精神仔细再瞧，隐约看见“倒吊人”的以太体深处是一片深蓝如同海水的颜色，给人狂风和浪潮的感觉。

“他的星灵体？或者说星灵体表层？这么看来，他真是非凡者，而且似乎比老尼尔还要强大。”克莱恩思绪纷呈，心中充满了疑惑。

“也不一定，或许只是因为这种特殊的环境，只是因为这是我的主场，我才能看到这些，并非老尼尔没有类似的表现。”他又转头望了眼“正义”，确认那是非凡者才会具备的特殊力量。

这时，阿尔杰也完成了问候。

奥黛丽轻吸了口气，隐含期待地问道：“‘倒吊人’先生，那瓶鬼鲨的血收到了吗？”

阿尔杰望了眼克莱恩，只见他轻敲眉心，仿佛在思考什么事情。

“非常感谢，它完美符合了我的所有期待。我真的没想到你能这么快将它送过来，鬼鲨的血并不是一般的超凡事物。”阿尔杰坦然回答。

奥黛丽谦虚浅笑道：“我很高兴看见这个结果。”

因为从小就喜欢神秘学相关的事情，她在贵族圈子里也结交了一些有同样爱好的朋友，彼此会交换信息、书籍和稀罕物品，但在此之外，还没有人获得过超自然能力，成为真正的非凡者；倒是几位王子有暗示过，如果她愿意成为王妃，将获得想要的礼物。

不过这一次的鬼鲨血是她直接从家族宝库里拿到的，反正清单上登记的是“一大瓶”，没记录多少毫升，也没说满没满。她相信倒走一小半的一小半，肯定不会有人发觉，就算出现意外，事情败露，父母应该也不会追究。

阿尔杰又深深看了被灰雾笼罩着的“愚者”一眼，回过头来，笑笑道：“根据协议，我将告诉你‘观众’这份魔药的配方了。”

“我准备一下，好了，开始吧。”奥黛丽吸了口气，集中起全部的注意力。

“低序列的魔药配制非常简单，按照给出的顺序依次放入就行了，但必须记住，材料的分量宁愿少，不要多，那会出大问题的，你应该听说过非凡者的失控，不用我再重复一遍吧？”阿尔杰先讲了注意事项。

奥黛丽轻轻点头道：“我完全了解。”

说话的同时，她侧头看了“愚者”先生一眼，想知道这位神秘强者有没有补充，可惜，在她的视线中，“愚者”只是安静地坐在那里，就像是一尊雕像。

阿尔杰想了下道：“少一点也不意味着可以太过偏离……如果你没有帮手，我建议先花时间熟悉化学实验。”

“我有这方面的家庭教师。”奥黛丽毫无负担地回答。

阿尔杰又讲了讲偏离的最大程度等事项，接着才流畅地背诵道：“‘观众’，序列9魔药，八十毫升纯水，加五滴秋水仙精华，加十三克牛齿芍药粉末，加七瓣精灵花，加一对成年曼哈尔鱼的眼睛，加三十五毫升羊角黑鱼的血液。后面两样是主要材料，都来自海洋类超凡物种，一定要谨慎。”

“嗯。”奥黛丽边回想边重复了起来，“八十毫升纯水，五滴秋水仙精华，十三克牛齿，牛齿……”

“牛齿芍药粉末。”阿尔杰给予了提醒。

在对方帮助下，奥黛丽逐渐以正确的顺序背下了配方，但她还是不太放心，在那里小声嘀咕着，重复了一遍又一遍。

“你懂冥想吗？”阿尔杰见“正义”点头，继续说道，“我不知道你了解的冥想是什么样子，我先描述一遍……服食魔药后，尽快开始冥想，控制住灵性和力量……必须每天练习，以真正掌握魔药的力量，挖掘出它的象征意义和更多神秘之处，只有这样，你才能最大程度规避失控的危险，而魔药象征意义的重点在它的名称，比如‘观众’！”

克莱恩静静旁听着他们的交流，原本没打算插嘴，只暗自记忆和学习，可听到这里，心中忽然一动，有了个想法。

奥黛丽认真听着“倒吊人”的讲解，正打算开口询问几个细节问题，却突地听到轻敲桌子的声音。她和阿尔杰同时转头，望向坐在上首的“愚者”先生。

只见这位神秘的强者手指轻敲，低沉开口道：“不是掌握，是消化。不是挖掘，是扮演。魔药的名称不只是象征，还是意象，更是消化的‘钥匙’。”

奥黛丽听得又呆愣又茫然，不太明白“愚者”先生想要表达什么。

她下意识用眼角余光去看“倒吊人”的反应，却愕然发现对方身体一颤，僵硬在那里，如同普通人听到巨大而突然的雷声。

“消化，扮演……消化，扮演……消化，扮演，钥匙……”阿尔杰一遍又一遍地低语着，仿佛抓住了什么关键，或是中了古怪的魔咒。过了一阵，他才抬起脑袋，沙哑着嗓音道：“感谢您，‘愚者’先生，您的提示和我的生命一样珍贵，这让我弄清楚了不少事情。当然，我相信我还没有完全理解，完全明白。”

克莱恩保持着神秘高深的形象，笑笑说道：“这是预付的报酬。”

其实他自己都不是很明白刚才那几句话的确切意思，只是肯定罗塞尔大帝比一般非凡者强，比“倒吊人”强。

预付的报酬……奥黛丽看见“倒吊人”的反应，知道了刚才提示的珍贵，一边回味，一边问道：“‘愚者’先生，您想让我们做什么？”

对面的阿尔杰跟着点头道：“您有什么事情委托？”

克莱恩往后微靠，分别看了两边一眼，嗓音低沉而舒缓地说道：“帮我搜集罗塞尔·古斯塔夫的秘密日记，哪怕只有一页。”

罗塞尔·古斯塔夫的秘密日记？罗塞尔大帝？果然，只有这种事情才值得“愚者”先生这种层次的强者关注……奥黛丽先是一愣，旋即发现自己竟丝毫不感觉意外。

据说罗塞尔大帝曾经看过亵渎石板，据说他制造的秘密纸牌内蕴藏着二十二条神之途径，这是每一位高序列强者都肯定会在意的事情！

“日记？那是日记？”阿尔杰微皱眉头，敏锐察觉到一个细节。

“愚者”先生用肯定的口吻称罗塞尔·古斯塔夫遗留的物品为日记！他怎么知道的？他怎么确认的？难道他掌握了“罗塞尔秘文”的解读办法？

面对“倒吊人”的疑问，收获到预想效果的克莱恩后靠至椅背，将双手交握起来，语气轻松地回答：“我们先暂时将它视为日记。”

他既没有否认，也没作肯定。

“据说罗塞尔大帝的，嗯，日记，是用他自己发明的秘密文字或者说符号书写的？”奥黛丽听其他贵族子弟提过这件事情，但从未真正见识，一时颇感好奇，发声询问。

“对。”阿尔杰简单回答道，“有人认为那是一套独有的神秘学符号，有人相信那是一种象形文字，但直到今天，依旧没有人找到正确的解读方式，至少在我知道的范围内是这样。”

说到后面，他侧头望向克莱恩，似乎想寻求某种肯定，又像是在怀疑什么。

那是衍化过好几代的文字，早不复最初的象形，按照你们的思路，怎么可能解读得出来……克莱恩情绪平和，暗自嗤笑了一声。

至于当作神秘学符号来处理的说法，让他一瞬间想到了一些荒唐又好笑的场景——一位穿着黑色带兜帽长袍的邪恶法师，挽起袖口，露出文在胳膊上的、据说来自罗塞尔大帝遗留的、有神秘力量的符号，那是两个青色的、硕大的简体字：“逗比”！

克莱恩嘴角缓慢上翘，心情愈发不错。

听完“倒吊人”的描述，奥黛丽为难地问道：“我们看不懂的符号或者文字……那我们怎么在这里转述给您，“愚者”先生？或者说，寄到某个地方？”

这倒是个重要的问题……我现在还没有能隐秘接收事物的渠道……克莱恩没急着回答，交叉握住的双手上，拇指分开又触碰，触碰又分开。

很快，他找到了一个思路——既然我能根据自身想法，在这里制造出神殿和桌椅，那可不可以让别人把脑海内呈现的内容直接拓印出来？

不如试一试……

这时，奥黛丽和阿尔杰看见浑身笼罩浓郁灰雾的“愚者”先生缓缓坐直道：“‘正义’小姐，我们来做个尝试，你想象一段文字，并给予迫切想写出来的情绪，嗯……你拿起旁边的钢笔，书写在纸张上。”

克莱恩话音未落，奥黛丽就看见面前多了一张黄褐色的羊皮纸和一支暗红色的钢笔。她疑惑又好奇地拿起钢笔，按照吩咐，在脑海内想象出罗塞尔大帝曾经写过的一句诗歌：“如果冬天来了，春天还会远吗？”[1]

她审视完这段文字，拿起钢笔，给予将它们全部呈现出来的想法。

1 出自雪莱《西风颂》。

克莱恩感受到了这种“情绪”，于是以钢笔为媒介，做出引导。

奥黛丽刚落下钢笔，就看见羊皮纸上多了一行语句：“如果冬天来了，春天还会远吗？”

“女神啊，这太神奇了！”奥黛丽惊讶出声，满是感慨。

接着，她有些恐惧地望向克莱恩：“‘愚者’先生，您能读出我心里的想法？”

“不，我只是一个引导者，简化了你将单词写出来的流程，拓印出了你脑海中的想法，如果你本人不想，不愿意表达，便不会有任何痕迹呈现。”克莱恩用低沉的嗓音给予安抚。

“这样啊……那我们只要记住那些符号或秘文的样子，就可以根据意愿，直接将它们呈现出来？”奥黛丽松了口气，恍然问道。

“是的。”克莱恩简短回答。

“这真是不错的方式，‘正义’小姐，不要怀疑自己的记忆力，成为‘观众’后，你在这方面将获得很大程度的提升。”阿尔杰旁观了刚才的尝试，只觉“愚者”比自己想象的还要神秘和强大。对于自己的记忆力，他相信随着接下来的晋升，也能获得足够的增强。

对此，奥黛丽欣喜地点头道：“这真是让人高兴的提示，‘倒吊人’先生，对于‘观众’，你还有什么可以教导我的？”

说到这里，她又转头看向上首：“‘愚者’先生，我会努力完成您的任务，尽量搜集到更多的罗塞尔大帝秘密日记。”

“我说过，我是一个喜欢等价交换的人，刚才预付的报酬只相当于每人两页日记，如果有多余的，我会额外再给予。”克莱恩用一种不占小孩子便宜的口吻平静地说道。

至于额外的报酬从哪里来，当然是新的罗塞尔大帝秘密日记，这将形成一个良好的循环。

“您真是一位慷慨的先生。”阿尔杰默然几秒，以手抚胸，微微鞠躬。

行礼之后，他转向“正义”道：“我再强调一遍，观众永远只是观众。

“我知道，很多观众喜欢假想自己是主角或者别的角色，从而投入非常多的感情，以至于随着戏剧哭，随着戏剧笑，随着戏剧愤怒，随着戏剧悲伤，但这不是你这位‘观众’该做的事情。

“面对世俗社会里的一场场‘戏剧’，面对那一位位自觉或不自觉扮演着某个角色的人物，你必须保持一种绝对旁观的态度。只有这样，你才能冷静地、客观地审视他们，发现他们习惯的动作，察觉他们撒谎的口癖，嗅到他们紧张的味道，从种种细微的线索把握住他们真实的想法。

“相信我，每个人因情绪的不同，会自然地分泌不同的事物，散发出不同的味道，但只有真正的‘观众’才能嗅出。一旦投入了感情，你的观察就会受到影响，你对别人情绪的感应就会发生偏离。”

奥黛丽认真倾听，眼眸愈发明亮：“听起来很，很……很有趣！”

克莱恩在上首则听得心中一动。

“观众”魔药的要求概括起来似乎就是“做一位绝对中立的观众”，这相当于某种程度上扮演了……扮演？难道罗塞尔大帝说的“扮演”是指这个意思？那我需要扮演“占卜家”，从而一点点消化掉魔药？

就在克莱恩陷入思考时，阿尔杰讲解完了他所知道的“观众”的要求，沉吟一下道：“好像没什么事情了？也许我们可以随便聊一聊，说说身边发生的事。也许对自己很平常的消息，在别人那里会是非常重要的线索。”

“可以。”克莱恩回过神来，微微颔首。

他已经打算离开灰雾之后就尝试着扮演一位“占卜家”，反正这看起来不会有什么不好的影响。

“那从‘倒吊人’先生您开始？”奥黛丽颇感兴趣地赞同。

阿尔杰想了想道：“自称‘路德维尔上将’的那位大海盗，又开始了探索苏尼亚海东方尽头的航行。”

“唔，‘黑色郁金香’号的主人？”奥黛丽斟酌着反问。

“是的。”阿尔杰颔首回答。

我都不知道是谁……克莱恩旁听着，心里在考虑自己该说什么消息，既不会暴露自身又能获得情报反馈的消息。

很快，他有了决定，维持着“愚者”的高深形象，手指摩挲青铜长桌边缘道：“据我所知，密修会丢失了一本安提哥努斯家族的笔记。”

这个情报并非只有廷根市的值夜者才掌握，密修会以及与他们关系紧密的非凡者同样知道。

“安提哥努斯家族的笔记？”阿尔杰重复了一遍，低笑着摇头，“我真好奇黑夜女神教会知道这个消息后的反应。”

为什么只说黑夜女神教会？克莱恩敏锐察觉到问题，但又不好开口。那样会破坏“愚者”神秘高深的形象。

这个时候，奥黛丽疑惑开口了：“你为什么好奇这个？女神的教会会有什么特别的反应吗？”

阿尔杰笑笑道：“安提哥努斯家族正是被黑夜女神教会覆灭的。具体时间是在第四纪尾声，还是当前纪元的初期，我就不太清楚了。”

这…… 克莱恩眼眸一缩，体内忽地涌现一阵凉意。

这么看来，值夜者对那本安提哥努斯家族笔记的重视远超我的想象！

他们之所以提议我成为非凡者，“有一定功劳”和“预防危险”应该只是很小一部分原因，他们希望的是我能提高灵感，这有助于找到笔记。这一点，队长没作隐瞒，有提到过，但当时我并没有在意……

“真没想到还有这种事情……”听完“倒吊人”的解释，奥黛丽兴趣浓厚地接着说起来，“好吧，轮到我了，我想想该说点什么。”

她略微偏头，以手扶额，轻笑着开口道：“昨天，我的礼仪老师在教导我怎么晕倒，怎么优雅而不失礼貌地晕倒，这是在社交场合逃避一些尴尬情况和可恶家伙的实用技巧……呵呵，我刚才是在组织语言，我真正想说的是，自从拜朗东海岸的战争失利，国王、首相和所有的先生，都感受到了极大压力，有着迫切改变的愿望。”

奥黛丽边回想父亲和哥哥讨论局势时的话语，边自行发挥道：“他们认为现在政府的结构太过混乱，每次选举完毕，只要出现党派更替，都会从上到下换一批人，让事情变得一团糟，效率极其低下，这不仅造成了战争的失利，还给民众带来了极大不便。”

克莱恩很清楚，因为没有参照对象，此时的鲁恩王国还没有衍化出公务员考试制度，政党执政形式依旧处于初级阶段。所以，在选举胜利后，不少所谓的事务性岗位会奖励给党派成员和支持者。

嗯，罗塞尔大帝在因蒂斯竟然没有发明这种制度，这不符合他的性格啊……难道说，后期他将重心转移到了别的地方？

“倒吊人”阿尔杰听到这里，低笑着插了一句：“他们认为？他们的感觉还真是迟钝啊，也许他们被黑蚊叮咬之后，得过上一年才会觉得痒。”

黑蚊是鲁恩王国南方的一种生物，以毒性强烈，让人恨不得挠破皮著称。

奥黛丽伸出手掌掩了下嘴巴，没管“倒吊人”的嘲讽，抛出了刚才消息的核心：“可惜，他们暂时找不到替代这种制度的好办法。”

克莱恩静静听着，感觉话题进入了自己擅长的领域，微微一笑道：“这是一个简单的问题。”

大吃货帝国，和学习大吃货帝国的腐国，都有着非常成功的先进经验。

“简单？”奥黛丽略感诧异地反问。

虽然她的家教课程不包含政治，但经常旁听父亲、哥哥等人讨论的她，对于时局形势等等还是有着足够的了解。

克莱恩仿佛回到了以前的论坛，从容地笑道：“考试，就像大学入学考试一样，举行一场面对所有公众的考试，这可以分为两轮，或是三轮，用最客观的方式筛选出精英。”

“可是……”奥黛丽隐约知道这会招来怎样的反对。

没给她整理语言的机会，克莱恩继续说道：“之后，用这些精英填充内阁、郡政府、市政府和各个镇的事务性岗位，嗯，也就是直接做事的位置，比如内阁高级秘书。针对不同位置的不同要求，可以在第二轮或第三轮里进行分开的、有区别的考查，专业的事情得交给专业人士去做。而大臣、郡长和市长这些政务性的位置就留给选举获胜的党派，这是他们理应分得的蛋糕。”

旁边对这个问题缺乏足够兴趣的阿尔杰不知不觉侧过了脑袋，认真倾听，奥黛丽则微皱眉头，陷入了沉思。

“不要急着一次就替换掉所有人，内阁和各级政府会瘫痪的，可以每年或者三年举行一次考试，逐渐更替，之后，再视王国扩张的情况和政府雇员辞职、老迈带来的空缺，有计划地核定名额。”克莱恩充分发挥了自己“键盘政治家”的特色，末了摊手说道，“这种设计，可以最大程度上将王国内有见识的精英纳入政府，而且不管哪个党派上台，不管大臣是谁，事务官们都能让王国维持基本的，也相对有效的运转。”

当然，副作用是诞生官僚主义这个不死的恶魔。

奥黛丽边思考边疑惑地问道：“也就是说，即使那些大臣变成卷毛狒狒，也不会有太大影响？”

“不。”阿尔杰主动插嘴道，“我认为，卷毛狒狒是比现在大臣更好的选择。”

他顿了下补充道：“毕竟卷毛狒狒只需要吃，睡，以及交配，不会给出愚蠢的主意，不会坚持没有脑子的计划。”

“倒吊人”先生，听起来你有个不太好的上司……克莱恩坐在上首，含笑摇头。

奥黛丽回味着“愚者”先生刚才的描述，好一阵子才愕然道：“这听起来似乎真的管用……很简单，却很有效的办法！”

她望向克莱恩，诚心诚意地赞叹道：“‘愚者’先生，您一定是位人生经验丰富，智慧出众的长者！”

克莱恩嘴角抽动了一下，看了看“倒吊人”和“正义”，沉默几秒道：“今天的聚会就到这里吧。”

如果“正义”小姐能够影响她的亲属，推动这件事情的发生，我就提前引导班森，让他有机会成为“公务员”。

仔细想想，班森确实挺适合这行的。

不过，“正义”应该不会主动去做，因为那样一来，我和“倒吊人”打听一下是哪位贵族提出的建议，基本就能猜到她真实的身份了。

当然，她可以绕个圈子，用更隐蔽的办法。

“遵从您的意志。”奥黛丽和阿尔杰同时起身道。

克莱恩往后微靠，切断了联系，只见“正义”和“倒吊人”虚幻模糊的身影迅速破碎消散。

灰雾之上，神灵居所般的宏伟大殿里，一下子只剩安静坐在青铜长桌上首的克莱恩。

克莱恩没有像上次一样，直接坠入灰雾，离开这里。已成为非凡者的他还有足够的精神，之所以提前结束塔罗会的碰面，是因为他知道了值夜者对安提哥努斯家族笔记的真实态度，决定等下得做出一副认真寻找的样子，而不是直接躺倒睡觉，那会被邓恩·史密斯他们怀疑自己在家里搞什么鬼。

而且，今天的收获也不算少了。

克莱恩坐于青铜长桌上首的高背椅，双臂搁在扶手上，十指交叉目光沉然地打量起那片无垠灰雾，只觉这里空旷寂静，仿佛千万年来都无人踏足。

他在建立联系，召唤“正义”和“倒吊人”的投影时，敏锐地察觉到一件事情。那就是身为非凡者的自己，有余力再触碰另外的深红星辰！

“也就是说，能再召唤来一位？”克莱恩回想起那种感觉，几乎确信地自问了一句。

但他刚才并没有冲动尝试，因为不知道拉来的新人会是什么身份，会有什么态度，毕竟不是谁都能像“正义”和“倒吊人”一样因独特的性格飞快融入，各取所需，也似乎愿意隐瞒真实身份。如果拉来了一位类似邓恩·史密斯那样的官方非凡者，那自己这个刚成立的神秘组织就会立刻暴露在教会的注视下了，作为“邪恶”组织大BOSS的自己将前途堪忧。

克莱恩知道这片灰雾非常特殊，不是邓恩·史密斯这个等级的非凡者能够看破的，但问题是，既然有非凡力量了，就不得不考虑神灵的存在。

克莱恩目前谨慎地相信七位正统神灵都切实存在，当然，他更倾向于认为这些神灵只是比高序列者更强更厉害一点而已，并且受着某种规则的严格限制，至少第五纪以来，除了几份神谕，祂们再未有神迹呈现。

“呵，强行拉人也是不好的事情，谁会愿意莫名其妙地被卷入神秘事件……还是等以后再看看吧……”克莱恩叹了口气，站了起来。

他展开自身的灵性，感应着自己身体的存在，然后开始模仿那种急速下坠的沉重感。

眼前光影当即变幻，灰雾和深红瞬间远去，克莱恩像穿透了无穷无尽的水膜，终于看见了现实的世界，看见了满屋的昏暗。

这一次，他完全清醒，认真体验着过程。

“奇怪……灰雾和灵界还是有点不同……”克莱恩动了动手脚，感受到血肉的真实。

他认真体悟了一阵，摇头走到书桌前，伸手拉住了窗帘。

唰！帘布退缩，阳光照入，一室光明。

望着凸肚窗外的街道和来来往往的行人，克莱恩吸了口气，无声地自语道：“该出去干活了。我该怎么扮演‘占卜家’？这个不能太急……我暂时还只会灵视……”

贝克兰德，皇后区。

奥黛丽·霍尔看见了镜中的自己，看见了激动到绯红的双颊和明亮得让人不敢直视的眼睛。

她顾不得审视这些，赶紧回想之前默念了许多遍的语句，然后提起镶嵌宝石的钢笔，唰唰唰在精致的羊皮纸上书写起“观众”这份魔药的配方。

“观众”魔药配方

辅助材料：80毫升纯水，5滴秋水仙精华，13克牛齿芍药粉末，7瓣精灵花。

主材料：一对成年曼哈尔鱼的眼睛，35毫升羊角黑鱼的血液。

呼……奥黛丽吐了口气，反复看了几遍，终于确认无误。她又有了跳舞的冲动，但告诉自己要矜持。

想了想，她开始在魔药配方周围书写各种化学物品的名称，将这一页伪装成了繁杂、混乱的科学知识。嗯……只要不是有意识地仔细阅读，随意翻看的人肯定发现不了我隐藏的细节，真棒！奥黛丽自我表扬了一句，将思绪转到如何获取材料的事上。

“先在家族的几个宝库里找，没有的部分试试能不能从其他人那里交换到……如果这样还是凑不齐，只能在下次聚会时找‘愚者’先生和‘倒吊人’先生帮忙了，该拿什么作为报酬呢？”

考虑了一阵，奥黛丽合拢笔记，将它放到卧室内的小书架上，接着步伐轻快地来到门边，拉开了房门。

一条金毛大狗正乖巧地坐在外面。

“苏茜，你的任务完成得很好！”奥黛丽嘴角上翘，露出灿烂如同阳光的笑容，

“报纸上的连载故事里，侦探先生总是有一位得力助手。我想，真正的‘观众’身后，也需要跟随一条大狗！”

…………

只有一点烛光摇曳的地下室内，阿尔杰·威尔逊抬起手掌，仔细看了看。许久之后，他发出一声感慨：“还是那么神奇，完全把握不到细节……”

哪怕自己提前做了充分的准备，依旧没能洞悉“愚者”是怎么完成召唤的。他目光下移，望向了长桌上的羊皮卷轴。在那片黄褐色的抬头位置，深蓝色墨水书写出了一行赫密斯文：7. 航海家。

…………

顶着下午的烈阳，克莱恩走出了家门。

因为要从铁十字街一直走到韦尔奇的住所，他换掉了正装、礼帽和皮靴，改成了亚麻衬衣、陈旧棕色外套、同色圆边毡帽和老旧皮鞋，这样就不用担心汗水会污染那套价值不菲的服装了。

沿着水仙花街，他缓步往铁十字街前行，途经拐角广场时，下意识地望了一眼。那一顶顶帐篷已经消失，之前的马戏团早已完成演出，离开了此地。

克莱恩本来还想象过那位帮自己占卜的驯兽师其实是隐藏的强者，因为发现了自己的特殊之处，专门前来引导，后续肯定还会有碰面和暗示。然而，一切都没有发生，她跟着马戏团开始了下一段旅程。

哪有那么多套路……克莱恩失笑摇头，转向了铁十字街。

铁十字街并非只有一条，而是如它名字一样，由两条道路交错形成。以十字路口为核心，它分为左街、右街、上街和下街，克莱恩、班森和梅丽莎之前所住的公寓就位于下街。

不过住在公寓和公寓周围的民众都不认为附近是下街，而是自创了“中街”这个称呼，以此与两百米之外道路延伸处的贫民聚集地作区别。在那里，一间卧室里可能挤着五口、六口甚至十口人。

克莱恩走在左街街道边缘，思绪发散开来，想起了那本安提哥努斯家族的笔记，想起了它的不知所终，想起了值夜者的重视，想起了由此而来的那场血案。他的心情慢慢变得沉重，脸色阴郁了下来。

就在这时，一道熟悉的声音传入了他的耳朵：“小克莱恩。”

嗯？克莱恩疑惑转头，发现自己走到了斯林面包房的门口，头发灰白的温蒂·斯林正带着柔和的笑容扬手招呼。

“你看起来不太开心？”温蒂和煦地开口。

克莱恩揉了下脸庞道：“一点点。”

“不管有再多的烦恼，明天终究会来临。”温蒂太太微笑说道，“来，帮我试一试我新制作的甜冰茶，我不知道它是否适合本地人的口味。”

“本地人，难道斯林太太您自己不是？”克莱恩好笑地摇头。

试一试……应该就是免费的意思吧？

温蒂·斯林扬了下嘴角道：“你猜对了，我其实是南方人，跟着我丈夫来到廷根，那是四十多年前的事情了。呵呵，那时候班森还没有出生，你父亲和母亲甚至都还没有认识……我对北方的食物风格一直都有点不习惯，总是想念家乡的食物，想念猪肉香肠，想念土豆面包，想念烤薄饼，想念猪油炸蔬菜，想念特色酱汁的烤肉，嗯，也想念甜冰茶……”

克莱恩听得泛起了笑容：“斯林太太，这真是让人饥饿的话题啊……不过，我感觉好了很多，谢谢。”

“美食总是能治愈悲伤。”温蒂递给了克莱恩一杯棕红色的液体，“我根据回忆调制的甜冰茶，你来尝尝好不好喝。”

克莱恩道谢之后，抿了一口，只觉这饮料有些像地球上冰红茶的口感，但没那么刺激，茶味更浓，清爽感更甚，一下就驱散了烈阳照耀带来的灼热。

“非常棒！”他赞叹道。

“那我就放心了。”温蒂笑得眯起了眼睛，神情和蔼地看着克莱恩将那杯甜冰茶喝完。

和斯林太太闲聊了一阵搬新家的事情后，克莱恩回到了最熟悉的那条街道。下午时分，这里的街贩少了很多，他们要到五点半之后才会重新聚集，剩下的那些也没什么精神，蔫蔫的样子。

刚拐入这里，克莱恩的心情突然变得莫名阴郁，有种说不出的压抑、低落和灰暗感。

怎么回事？他敏锐察觉到自身的不对劲，当即停下来，左右打量，可是，并没有看到什么奇怪的事物。

想了想，克莱恩抬起手，状似思考般在眉心轻敲了两下。他视线所及当即发生了变化，那一位位街贩和几个行人的气场呈现了出来。

克莱恩还没来得及审视他们健康的颜色，就被那象征着情绪的浓郁暗色所吸引。他无法判断被观察者具体的想法，但那种悲观、麻木和沉郁的印象深深刻在了他的心头。

环顾一圈，他发现附近都是这种昏暗的色调，哪怕阳光都无法驱散——这是不知多少天多少月多少年染上的压抑。

看到这里，克莱恩一下明白了原因。

就像老尼尔说的那样，开启灵视的自己很容易因为进入陌生环境而感觉不舒服，也很容易被别人的情绪感染，类似的道理同样能用在“灵感”这个能力之上——这是成为“占卜家”后，不需要额外学习就能获得的能力，它属于被动且无法拒绝的感应，可以让人直接察觉到一些异常情况。而察觉肯定会有一定程度的交互，所以在类似“通灵者”的非凡者眼里，每个人的灵感强弱是如此明显，就像黑夜里的火炬；而高灵感的非凡者也会很自然、很容易地被异常且强烈的氛围影响，只能通过反复的练习来把握，来控制，来适应。

“这样压抑的色调恐怕得很长时间才能形成吧？”克莱恩叹息摇头，有所触动。他又轻敲了眉心两下，并努力收束住灵性。

哒，哒，哒，克莱恩一步步走向公寓，感应着其他可能存在的异常和微妙联系，以此寻找被自己藏起来的安提哥努斯家族笔记。

街道与往常一样，有脏水，有垃圾，一直到公寓门口，才算干净了起来。

克莱恩推开半掩的大门，于阳光未能企及的阴暗里在一楼转了一圈。随后他一阶阶上行，木制的楼梯不断发出吱呀吱呀的声音。

二楼一如既往地缺少光亮，克莱恩放纵着灵感，直视着昏暗。然而，他不仅没能发现笔记的线索，连无形的灵体都未看到一个。

“要是能这么容易遇见，绝大多数普通人也就不会察觉不到非凡事物的存在了……”克莱恩感叹了一句。

他已经明白大多数“灵”不是以灵体的形式存在，而是灵性，必须是“通灵者”才能进行有效沟通。

到三楼转了一圈后，克莱恩离开公寓，沿着记忆里的道路，步行前往韦尔奇的住所。

他足足走了一个小时，依旧没能在途中有所发现。

立在那栋花园别墅外面，克莱恩隔着紧锁的铁门，注视着房屋，暗自嘀咕道：“韦尔奇家应该不用找吧？队长和戴莉女士肯定地毯式搜查过了，而且我又没有这里的钥匙，总不能翻墙吧……明天换另外一条路线过来试试……今天走了这么多路，却没有步数排行榜……”

腹诽之余，克莱恩回身前往附近的街区，打算坐公共马车去黑荆棘安保公司，将今日份的三十发子弹领出来，抓紧时间进行练习。

“占卜家”缺乏快速又有效的攻击手段，只能靠左轮和手杖来弥补了！

韦尔奇住所附近的区域相当干净，街道两旁有着不少窗明几净的店铺。

拐过路口，克莱恩正待寻找公共马车点，目光忽地扫到了对面二楼位置的几个招牌：“哈罗德百货商店”“退伍军官俱乐部”“占卜俱乐部”……

“占卜俱乐部……”克莱恩默念着这个名称，突然想到自己要扮演“占卜家”的事情。

“嗯，过去看一看……寻找寻找新想法……”

思绪纷呈间，克莱恩穿过街道，来到对面，登上二楼，进入大厅，站在前台负责接待的漂亮女士前方。

这位女士盘着棕黄色的头发，打量了克莱恩一眼，微笑说道：“先生，您是想占卜，还是想加入我们俱乐部?”

“加入有什么条件?”克莱恩随口问道。

“填写详细资料，缴纳会员年费，初次是五镑，之后每年一镑，放心，我们不像那些政治或商业俱乐部那样，必须获得正式成员的推荐才能加入。”棕黄色头发高高盘起的女士熟稔地介绍道，“会员可以免费使用俱乐部的会议室和各种占卜房、占卜工具，免费享用我们提供的咖啡和茶水，免费阅读我们订的报纸和杂志，成本价购买午餐、晚餐、酒类饮料和一些占卜教材、占卜材料。而且，我们每个月至少会请一位有名的占卜者来讲课，为会员答疑解难。最重要的是，您能找到一群有相同爱好的朋友，能互相交流经验。”

听起来还不错，然而我没有钱……克莱恩自嘲一笑，转而问道：“如果想占卜呢?”

听到克莱恩的问题，棕黄长发优雅盘起的漂亮女士一点也没有不耐烦的表情，保持着礼貌的微笑道：“我们的会员可以自由地在俱乐部帮人占卜，并自己决定价格，我们只抽取很低比例的场地费用。您如果想占卜，可以看一下这份图册，上面有愿意替人占卜的会员的介绍和价格。不过，现在是周一下午，我们绝大部分的会员都在上班，都在忙碌，只有不到五位过来……”

她一边说，一边请克莱恩在接待厅靠窗位置的沙发坐下，然后于对面翻开图册，指出目前在俱乐部的会员：“海纳斯·凡森特，廷根有名的占卜者，常驻俱乐部的导师，擅长各种方式的占卜，每次收费四苏勒。”

好贵……这都能让我和班森、梅丽莎吃两顿丰盛的晚餐了……克莱恩暗自咋舌，没做回答。

那位发髻棕黄的女士见状，继续往后翻页，一一进行介绍：“……最后一位，格拉西斯，今年刚加入俱乐部的会员，掌握了塔罗占卜，每次收费两便士。先生，您想选择哪位?”

克莱恩一点也没有客气地回答：“格拉西斯先生。”

负责接待的漂亮女士沉默了两秒道：“先生，我必须预先提醒您，格拉西斯先生只能算初学者。”

“明白，我会对自己的决定负责。”克莱恩微笑点头。

“……那请您跟着我来。”漂亮女士起身，引着克莱恩进入接待厅旁边的大门。

门后有一条不算太长的走廊，尽头是敞开的会议室，里面阳光充足，有桌有椅，摆放着报纸、杂志、纸牌等事物，淡淡的咖啡香味从中飘出。

距离会议室还有两间房的时候，负责接待的漂亮女士示意克莱恩停下，自己加快脚步，走到尽头，嗓音轻柔地喊了一声：“格拉西斯先生，有人找您占卜。”

“我？”一道充满惊讶和疑惑的声音当即响起，伴随着椅子挪移的动静。

“是的，您要使用哪间占卜房？”漂亮女士不带情绪地回应道。

“黄水晶房，我喜欢黄水晶。”格拉西斯出现在了会议室门边，好奇地望向等待于不远处的克莱恩。

他是位三十来岁的男子，肤色较深，瞳孔呈暗绿色，头发淡黄而柔软，身穿白色衬衣、黑色马甲，胸口挂着一只单片眼镜，气质颇为不错。

负责接待的漂亮女士没有多说，打开了紧挨着会议室的黄水晶房。

里面窗帘紧闭，光线昏暗，似乎只有这样才能得到神与灵的启示，获得准确的占卜结果。

“你好，我是格拉西斯，我完全没想到你会挑选我来替你占卜。”格拉西斯以绅士的方式行礼，快步进入房间，坐到了长桌后面，“坦白地讲，我只是尝试着替人占卜，还没有丰富的经验，就目前来说，我并不是一位好的占卜者，你还有反悔的机会。”

克莱恩还礼之后，跟着入内，反手关上了房门。他就着穿透帘布的光芒，微笑说道：“你真是位诚实的先生，但我是一个对自己的选择非常坚持的人。”

“请坐。”格拉西斯指了指对面的位置，想了几秒又说，“占卜只是我的爱好，呵呵，人的一生时常会得到神灵的指点，而普通人却无法准确地解读主的意思，这就是占卜存在的意义，也是我加入这个俱乐部的原因。在这方面，我对自己还没有足够的信心，我们就当接下来的占卜是一场交流，免费的交流，这个提议怎么样？给予俱乐部的费用由我自己承担，毕竟才四分之一便士。”

克莱恩没有说好，也没有摇头，转而笑道：“看得出来，您有份不错的、体面的工作。”

说话的同时，他身体略微前倾，右手握拳抵住额头，轻敲了两下。

“但这不能提高我占卜的准确性。”格拉西斯幽默回答，沉吟着问道，“你头疼？想占卜有关健康的问题？”

“一点点，我希望占卜的是一件物品的下落。”克莱恩早就想好了说辞，身体缓缓后靠。

在他的眼里，格拉西斯的气场清晰呈现，肺部的橘红色暗淡而稀薄，并且影响到了其余的亮度。

这不属于疲惫的表现……克莱恩微不可见地点头。

“寻找遗失的物品？”格拉西斯思索了几秒，“那我们先进行一个简单的判定。”

他将黑色桌面上那沓整整齐齐的塔罗牌推向克莱恩，说道：“平静下来，在心里回想那件物品，默念‘是否还能找到它’这个问题，与此同时，洗牌和切牌。”

“好的。”克莱恩其实并不记得那本古老笔记的样子，只能自行拓展了需要默念的问题：是否还能找到那本安提哥努斯家族的笔记？

重复之中，他熟练地完成了洗牌和切牌。

格拉西斯从最上面拈起一张，横着推到了克莱恩面前：“将它顺时针转成竖直，然后翻开，如果是逆位，也就是牌上的图案倒着朝向你，就表示那件物品找不回来了，如果是正位，那我们继续后面的占卜，寻找它的具体下落。”

克莱恩按照提示，将横放的牌朝顺时针方向转为了竖直。随后他捻住这张塔罗牌的边缘，将它翻了过来。

这是一张图案倒放过来的逆位牌。

“很遗憾。”格拉西斯叹了口气。

克莱恩没有做出回应，因为他的注意力都放在了面前那张塔罗牌上。

这张逆位牌上的图案是穿华丽衣物、戴绚烂头饰的愚者！

又是愚者？不会这么巧吧……按照“倒吊人”和老尼尔的说法，占卜是灵性与灵界，与更高层次的“我”沟通的结果，塔罗牌只是方便解读“象征性启示”的工具，理论上来说，用什么占卜物品都无所谓，都不影响结果……克莱恩微皱起眉头，考虑了一阵道：“我能再占卜一下那件物品是否已经被别人得到了吗？”

“完全可以，按照刚才同样的方式，重新来一遍。”格拉西斯兴致浓厚地点头。

克莱恩重新洗牌、切牌，并默想着问题。

抽牌，横放，顺时针转成竖直，他表情认真地做完了准备。

吸了口气，克莱恩伸出手去，翻开了那张塔罗牌。

千万不要又是愚者啊……祈祷的心情里，他忽地放松下来，因为牌面呈现为“星星”，逆位！

“看来那件物品还没有被别人捡到。”格拉西斯微笑着解读道。

克莱恩点了点头，抬起右手，思考般轻敲了眉心两下，然后从裤兜里拿出两枚有暗黄铜泽的便士，推给了格拉西斯。

“我不是说免费吗？”格拉西斯眉头一皱道。

克莱恩笑笑起身：“这是对占卜的尊重。”

“好吧，感谢你的慷慨。”格拉西斯站起伸手。

握了握手，克莱恩退后两步，转过身体，走向门口，拧动了把手。

即将出去时，他忽地回头，“嗯”了一声道：“格拉西斯先生，我建议你尽快去看一下医生，主要是肺部的问题。”

“为什么？”格拉西斯愕然反问。这是不满意占卜的结果，在诅咒我吗？

克莱恩想了想道：“这是从脸色上看出来的症状，你，嗯……你眉心发黑。”

“眉心发黑……”格拉西斯还是初次听见类似的描述。

克莱恩没再解释，笑笑走出房间，顺手关上了木门。

“他是位无照医生，还是乡野药师？”格拉西斯好笑地摇头，顺手拿起了占卜用银镜。

他仔细一瞧，发现自己的眉心确实发黑。

不过这是环境的问题，穿透窗帘的暗淡光芒下，他何止眉心发黑，整张脸都是发黑的！

“一个不那么让人喜欢的玩笑。”格拉西斯低语了一句。

他不太放心地给自己占卜了健康，确认没什么问题。

离开占卜俱乐部时，克莱恩的脑中已经多了一个未来规划。那就是尽快攒钱缴纳年费，成为俱乐部的一员，从而开始扮演所谓的“占卜家”。

之所以不自己单干，是由于暂时没资源，没渠道，又不可能去街边摆摊，好歹是个体面人，要脸的。

过了几分钟，他等到了公共马车，花费两便士，抵达了不算太远的佐特兰街。

推开黑荆棘安保公司的大门，他没看见熟悉的棕发女孩，只发现那位有诗人气质、黑发绿瞳的伦纳德·米切尔坐在接待台后方。

“下午好，罗珊呢？”克莱恩脱帽行礼后问道。

伦纳德微笑着指了指隔断门：“她今晚轮值武器库。”

不等克莱恩再问，伦纳德仿佛在思考什么问题般道：“克莱恩，我有件事情一直很疑惑。”

“什么事情。”克莱恩一脸茫然。

伦纳德站了起来，语气舒缓地笑道：“为什么韦尔奇和娜娅是当场自杀，而你是回到家里？”

“应该是那未知的存在想让我将安提哥努斯家族的笔记带走，隐藏起来。”克莱恩说出公认的推测。

伦纳德踱了几步，忽地转身直视着克莱恩的双眼：“如果让你们自杀是为了灭口，抹去线索，那为什么不直接让你当场毁掉那本笔记?”

事实上，我并不知道那本笔记是被毁掉了还是被隐藏了……不过可以反向推理一下，如果要毁掉，完全可以当场做，没必要让我带走再进行……

听到伦纳德的问题，克莱恩瞬间开启了“键盘侦探”模式，沉吟道:“也许我和韦尔奇、娜娅接触到的未知存在，既享受生命的献祭，又希望继续有类似的事情发生，所以，在‘自杀事件’肯定会被发现的情况下，那位存在让我先带走笔记隐藏起来，为第二次的‘享受’做准备，只是过程中不知出了什么问题，我最后没有自杀成功。”

这是克莱恩根据上辈子看过的那些涉及邪恶祭祀的资料、小说、电影和电视剧而进行的合理猜测。至于过程中出了什么问题，他非常清楚，那就是多了自己这个穿越者“变量”。

“不错的解释。但我想，或许还有另外的可能性，比如韦尔奇和娜娅的自杀献祭让那位未知的存在有了降临的可能性，那本笔记就承载或者孕育着邪恶，让你带走它隐藏起来，是担心在‘诞生’或者说变强大之前，被我们发现，直接毁掉。”伦纳德·米切尔阐述着另一个可能性。

说到这里，他盯着克莱恩的双眸，微微一笑道:“当然，笔记也许已经被毁掉，目的是为了掩盖上面的内容，掩盖真正承载或孕育邪恶的事物。这样一来，你的自杀未遂就有足够的理由解释了。”

什么意思？这是在怀疑我？怀疑原主的身体承载或孕育着邪恶？不，他承载或孕育的是穿越者……“孕育”这个词可还行……克莱恩愣了愣，边暗自吐槽边斟酌着说道:“我不为自己辩解，毕竟我真的遗失了那段记忆。但无论是队长，还是戴莉女士，都确认我没有别的问题，你的笑话并不好笑。”

“我只是在探究这么一种可能性，也不排除那位未知存在降临时遭遇了打击，以至于你自杀失败，我们要相信，女神始终庇佑着我们。”伦纳德笑笑，转移了话题，“你下午有什么发现?”

经过刚才的对话和之前的事情，克莱恩对伦纳德有了很深的戒备，但表面却不动声色地回答:“没有，我明天下午会换一条路线。”他指了指隔断道，“我得去武器库领取子弹了。”

射击俱乐部一直开到晚上九点，毕竟很多会员得下班才有空闲。

“愿女神庇佑你。”伦纳德微笑着在胸前画了一个象征绯红之月的圆圈。

目送克莱恩通过隔断，听着他走下楼梯的脚步声，伦纳德脸上的笑容逐渐消失，碧绿的眼眸内尽是疑惑。

他低声说了些什么，语气有点不满。

下了楼梯，克莱恩沿着煤气灯静静照耀的走廊拐向武器、材料和文献库。

这里铁门敞开，棕发女孩罗珊正站在长桌前，和一位留着浓密黑须、头戴半高礼帽的中年男子交流着什么。

“下午，不，晚上好——这里永远都像是半夜，克莱恩，听老尼尔讲，你成了非凡者？叫什么‘占卜家’？”罗珊侧过头来，语速飞快地问道。

她没有掩饰自己的好奇与关心。

克莱恩含笑点头：“下午好，罗珊小姐，这里虽然总是黑夜，但让人感觉宁静。你刚才的描述不够准确，应该这么讲，我服食的序列魔药的名称是‘占卜家’。”

“你还是选择了成为非凡者……”罗珊叹息着说道，一时陷入了沉默。

克莱恩望向旁边的中年男子，礼貌性问道：“这位是？”

是别的值夜者队员，还是我没见过的另外两位文职人员之一？

罗珊抿了下嘴唇道：“布莱特，我们的同事，他想和我调换值班的顺序，将后天晚上空出来。他要和他夫人去北区大剧院看《傲慢者》，庆祝他们的结婚十五周年纪念日，真是一位浪漫的绅士啊。”

布莱特微笑着向克莱恩伸手道：“有罗珊小姐在，所有的事情都不需要重复了。你好，克莱恩，没想到你这么快就成了非凡者，而我……呵，或许永远也没有这个勇气。”

“大概是无知者无畏吧。”克莱恩自嘲了一句，同样伸手与对方握了握。

“这不是坏事。”布莱特摇头笑道，“曾经有位非凡者临死前告诉我，永远不要去探究那些奇怪而危险的事情，知道得越少，活得越久。”

这时，罗珊插话道：“克莱恩，你不用太在意，我听老尼尔讲，你的‘占卜家’属于辅助，相对安全不少，只要你不试图沟通未知的存在……你怎么穿这样的衣物？一点都不绅士！你来这里做什么？”

“领取今天的三十发子弹。”克莱恩没有回答罗珊前一个问题，他相信这位姑娘很快就会忘记此事。

“好的。”罗珊指着桌子道，“布莱特，都交给你了，你应该清楚钥匙和子弹的位置，唉，老尼尔真是小气啊，都没有把手磨咖啡留下来，他承诺今天让我喝到满足的……”

她絮絮叨叨间，克莱恩领到了子弹。

两人结伴离开地底，于佐特兰街上分别，一个乘坐公共马车回家，一个走入射击俱乐部。

…………

乓！乓！乓！

握枪，抬臂，射击，甩出转轮，退掉弹壳，塞入子弹……克莱恩一遍遍重复着这个过程，熟悉并记忆着射击的感觉。当然，他中间休息了好几次，以进行总结和修正。

练习完毕，克莱恩又利用场地，做了类似俯卧撑的诸多运动，努力锻炼身体，提高体质。

等到一切结束，乘坐无轨公共马车回到家里，他才发现已接近七点，天色早已昏暗。

正当克莱恩打算去市场或街边购买晚饭的食材时，却发现大门打开，梅丽莎拿着装文具书本的袋子回来了。除此之外，她还提着不少菜。

“……我想你和班森今天都会回来得比较晚，早上出门时从你们藏钱的地方拿了一苏勒。”看见哥哥疑惑的目光，梅丽莎习惯性地认真解释道。

“你都拿了钱，怎么不坐公共马车去学校?”被提醒的克莱恩想起了早上疏忽的事情。

梅丽莎微皱眉头道:“为什么要坐公共马车？到学校得四个便士，来回就是八便士，算上你和班森，我们一天就要在公共马车上花费二十四便士，整整两苏勒。一周，嗯……不算周日，就是十二苏勒，略等于我们的房租了!”

停停停，不要炫耀你的数学水平……克莱恩好笑地压了下手。

梅丽莎先是停顿，接着又补充了一句:“我走路去学校挺好的，老师说每个人都要经常锻炼，而且我还能在路上捡到一些破损的零件。”

克莱恩轻笑一句道:“那我们再算一算，公共马车费用十二苏勒，房租十二苏勒三便士，一共才一镑四苏勒三便士，用班森的薪水就可以支付了，还会有不少剩余，嗯……他已经领取到上周的薪水了。而我每周还能领取一镑十苏勒，即使每天吃肉，即使算上煤气、煤炭、木材、调料等的花费，在午餐节俭一点的情况下，依旧有剩余，甚至还可以订份晨报，每天才一便士。等到两个月后，我弥补完预支的薪水，就可以攒钱给班森和你添置新的衣物了。”

“可是，可是，我们得考虑意外。”梅丽莎坚持着她的观点。

克莱恩含笑看着她道:“那我们可以少吃点肉，你不觉得每天花费五十，不，一百分钟在路上，很浪费时间吗？完全可以利用它多看些书，多思考，多提升自己的成绩。这样一来，梅丽莎你就能以优异的成绩毕业，找到薪水不错的工作，到时候，还担心什么呢?

“……”

他发挥着以前在论坛和人辩论的经验，终于说服了梅丽莎，让她同意坐公共马车去学校。

呼，总算忽悠住了，不，怎么能叫忽悠，这叫以理服人……克莱恩腹诽一句，接过梅丽莎买的菜，叹息道："明天记得买牛肉或者羊肉、鸡肉……吃饱，吃好，才能有健康的身体和聪明的大脑应对艰难的学习。"

光是说说，都有点想流口水……

梅丽莎抿了抿嘴，默然几秒道："好的。"

第九章

CHAPTER 09

第一次任务

第二天清晨，监督着梅丽莎上了公共马车，克莱恩和班森于街口分别，各自抵达了公司。

克莱恩刚跨入大门，就看见老尼尔与罗珊在接待台那里闲聊，前者依旧是一身古典的黑色长袍，丝毫不在意别人的目光，后者则换了套嫩黄色的轻便长裙。

“早上好，尼尔先生，罗珊小姐。”克莱恩脱帽行礼道。

老尼尔促狭地看了他一眼：“上午好，昨晚没听见什么不该听见的声音吧？”

“没有，我睡得很好。”克莱恩对此也颇感奇怪，他只能归结于自己灵感还不够高……

“哈哈，不用在意，其实没那么容易听见的。”老尼尔指着隔断道，“去武器库那里，今天上午继续我们的神秘学课程。”

克莱恩点了点头，跟着老尼尔走下楼梯，进入地底，来到武器库，替换了昨晚值夜的布莱特。

“今天需要学什么？”克莱恩好奇问道。

老尼尔长长地“嗯”了一声道：“复杂又基础的知识，不过在此之前，先教你一个有趣的技巧。”

他指了指手腕上缠绕的银制链条，而链条尽头垂着一枚纯净的白水晶。

“有趣的技巧？”克莱恩非常好奇地问道。

老尼尔嘿嘿一笑道：“我去巡视一遍武器、材料和文献库，你用桌上的两个杯子泡两杯咖啡，在其中一杯里放入不好的事物，具体是什么，你可以自己拿主意，发挥你的想象力，唯一的要求是，不能浪费太多的咖啡粉——那是我用高原特产的咖啡豆自己手磨的！”

“好的。”克莱恩虽然不太明白老尼尔想做什么，但还是愉快地答应了下来。

看着对方拿出铜制钥匙，打开武器库的铁门，听到里面回荡起悠长的脚步声，他慢悠悠地摆好杯子，确认了壶里有热水。

揭开镶银锡罐的盖子，克莱恩用泛着金属光泽的小勺分别往两个杯子里抖了一勺香味浓郁的咖啡粉，接着倒上热水，熟稔地搅拌。作为一名从物资丰富的时代过来的穿越者，他对咖啡不算陌生，虽然仅限于速溶。

做完这一切，克莱恩思考片刻，坐了下来，跷起右腿，用手拈取了些许皮靴鞋底沾染的泥土，并放入自身左侧的杯子里。然后，他又仔细搅拌了一次，直到两杯咖啡从外观颜色和香味上毫无区别。

过了几分钟，老尼尔甩着钥匙串，走出了武器库，哐当一声关上了铁门。

“弄好了？”他略显浑浊的暗红眼眸转动，望向了桌子对面的克莱恩。

“好了。”克莱恩点头回答。

老尼尔笑了一声，边解开手腕缠绕的银链，边坐了下来。他的表情很快变得沉静，左手持握链条伸出，让银链竖直垂于自身右侧的咖啡杯之上，那枚纯净的白水晶只差一点就要沾到液体。一阵令人放松的安宁里，那枚白水晶莫名开始轻微摆动，带着银链做起了小幅度的逆时针运转。

“这杯是放过不好事物的。”老尼尔用肯定的口吻说道。

不等克莱恩确认，他收起银链，拿起旁边那杯咖啡抿了一口：“你喜欢喝苦咖啡吗？我的习惯是一勺糖一勺牛奶。”

克莱恩没有搭腔，而是兴趣浓厚地问道：“您的占卜结果很准确，是依靠那枚白水晶吗？是白水晶吧？”

“这是占卜里的垂摆法，又叫灵摆法，依靠自身星灵体与灵界、星空的联系，借助一些自然材质与灵性的沟通，比如水晶、宝石和特殊金属，来占卜事物的好坏……让我们回到刚才那两杯咖啡，逆时针摆动为坏，顺时针为好，不动就是不好也不坏。你也可以将事件写在纸上，注意，是事件，不是问题。”老尼尔放下手中咖啡杯，详细讲解道。

克莱恩仿佛在思考般道：“也就是不要用疑问句？”

“对，比如不能用‘谁谁谁是否愿意做我的未婚妻’，要用‘谁谁谁愿意做我的未婚妻’，将它写在纸上，平放于桌面，然后用非惯用手拿住摆链，注意，是非惯用手。”老尼尔呵呵笑道，“这个时候，将手臂打直，调整摆链长度，让水晶刚好垂在纸张正上方，几乎接触我们书写的事件，然后闭上眼睛，于心里默念那段话语七遍，默念完，睁开眼睛，看灵摆是否有转动，没有，就再次闭上，重复之前的过程，直到有摆动。”

克莱恩微微点头道：“逆时针为否，顺时针为是？”

“也可以解读为不顺利和顺利。”老尼尔纠正了一下，将灵摆占卜的其他用法和细节教给了克莱恩。

克莱恩回味几遍，发现这是一个非常实用的占卜技巧，比如到了陌生环境，能用它快速确认食物是否有毒，不需要额外再学习野外生物学之类的技能。当然，这种占卜的形式太过简单，得到的答案也只有两三种，无法进行深入的探究和解读，比如某些东西虽然对人体有害，但经过一定处理，又会变得非常有益；比如有的食材，对人体确实有损害，但并不严重，在快要饿死的情况下，吃一吃其实没太大问题，而这些都无法用灵摆法来判断。

“我得尽快攒钱买水晶或纯银来制作灵摆了……”克莱恩叹息出声。

老尼尔诧异地看了他一眼：“你可以直接申请的，这属于非凡者，尤其我们这种偏辅助类型的非凡者的制式装备，武器库里还有一枚黄水晶和一根纯银的灵摆。”

“可我还不算小队的正式成员啊……”克莱恩怦然心动，略有犹豫。

老尼尔轻笑道：“对于非凡者，尽管不是正式成员，没涨薪水，也肯定要从其他方面给予一定便利。”

“用‘福利’可能更恰当，我等下就向队长申请！”克莱恩暗自握拳，做出了决定。

不试一试，又怎么能知道队长是否同意呢？

“好的。”老尼尔笑笑道，“我们开始正式的神秘学课程，它的基础之一叫‘象征’，知道什么是象征吗？”

克莱恩回忆着之前听到的只言片语和自己在灵界、灰雾之上的所见所闻，斟酌着说道：“无论是灵界，还是虚幻的星空，以及那些未知的领域，都处于我们感官世界之外，不是耳朵、鼻子和眼睛获得的信息可以准确描述的，我们得到的只能是难以言说的直观启示和经验，它们又外显为抽象的符号和图形象征，这些象征就分别代表着不同事物或不同含义。”

“很准确，不愧是‘占卜家’。”老尼尔严肃地点头道，“只有掌握了解读象征的能力，才算真正进入神秘学的大门。嗯……塔罗牌上的图案，图案上的每一个元素，都是一种象征，人为规定的象征，以帮助我们理解和解读原始的‘启示’。”

他抽出一张纸，拿起旁边的钢笔，画了条不长的弧线。紧跟着，他在弧线下方唰唰添了几条竖线，抬头望向克莱恩道：“知道这个象征代表什么吗？”

克莱恩看了又看，好 会儿才犹豫着说道：“眼睫毛？”

老尼尔无语一阵，吐了口气道：“这是丰收星座的象征，这是雷鸣星座的，这是白霜星座的……”

他随手又画了好几个象征符号。

克莱恩一边记忆，一边忍不住开口道：“这些星座的名字，真是……真是特别质朴，对，质朴！”

好乡土好原始……

老尼尔露出笑容道:“当初罗塞尔大帝也是这么认为的，他一直打算将星座名称改成什么处女座、巨蟹座、天蝎座……可惜，他还是没能抗衡住传统的力量，至少这些星座的古老名称和各自代表的日期能指导耕种，指导收获。”

“不得不说，罗塞尔大帝是个有想法的人。”克莱恩不知该如何吐槽。

嗯，罗塞尔大帝生前应该是个体面人……

老尼尔无法理解克莱恩的幽默，继续讲解起各种基础的象征符号，比如各种星座的，比如太阳、红月、褐星、赤星和蓝星的。讲这些的时候，又穿插着教导了占卜星盘的画法和注意事项，水晶球的制作与材料、咒文的选择，听得克莱恩有应接不暇的感觉。若非发现“占卜家”魔药有小幅度提升自己的记忆力，他早就让老尼尔停止，专注于自身消化所得了。

“今天的神秘学课程就到这里，你自己思考思考，有什么疑问都可以来找我。”老尼尔拿出一块金色怀表，啪地按开看了一眼，“不要忘记阅读我给你准备的历史资料，坦白地讲，我看到它们就感到畏惧。”

“好的。”克莱恩拿过老尼尔书写着象征符号的那些草稿，先将今天学到的神秘知识快速过了一遍，免得遗忘。

老尼尔抿了口重新冲泡过的咖啡道:“光靠记忆不行，必须经常使用，这样才能将知识化为你的本能，还有，冥想也得每天进行。只有多练习，多使用，才能真正掌握魔药的力量，挖掘出它潜藏的神秘，消弭掉不好的影响。”

提到这个，克莱恩就想起了“扮演”，想起了占卜俱乐部，试探着说道:“我魔药的能力与占卜有关，只靠一个人练习是不行的，必须和大量的人接触，分别给他们占卜，才能尽快掌握。我打算有了额外的钱，就去加入占卜俱乐部，北区豪尔斯街上的那个，做一位真正的‘占卜家’。”

这件事情将来肯定瞒不过值夜者们，提前铺垫一下比较好。

“你的想法和戴莉很像啊，她一直说要做个真正的‘通灵者’。”老尼尔摇头笑道，“可为什么要等有了钱再去？你可以写申请给邓恩，让他批准费用啊!”

“占卜俱乐部之类的组织也许会混入邪教徒和邪恶组织的成员，你作为值夜者小队的文职人员，标准的非凡者加入他们，方便进行监控，属于工作需要啊！我们之前还会定期巡察这些地方，只是因为人手不足，难以长时间地埋伏，现在正好交给你。”

还有这种操作？看着老尼尔一本正经的表情，克莱恩简直惊呆了。这是光明正大地找理由给自身私事报销费用啊！我对类似的事情真是一无所知……我果然只是一个“键盘强者”……

“你希望用自己的金钱去做这件事情？”老尼尔见状，含笑补了一句。

克莱恩当即摇头，语气坚定地回答：“我等下就打报告给队长！”

老尼尔满意颔首，望了眼尚未倒掉的、有不好事物的那杯咖啡道：“你究竟在里面放了什么？”

克莱恩不好意思地笑了笑：“只是，只是皮靴鞋底的一点污泥，它的颜色和您的咖啡粉差不多……”

老尼尔怔了一下，忽然用手抵住嘴巴，低声吼道：“还不把它拿去倒掉！”

倒了咖啡，回到武器库拿上老尼尔整理的厚厚一沓历史资料和讲解草稿，克莱恩沿着墙上一盏盏煤气灯的照耀，拐向了通往黑荆棘安保公司的阶梯。

哒，哒，哒，脚步声回荡在密封而空寂的地底。克莱恩走完盘旋的楼梯，推开房门，稍作辨认，直奔对面的第二间办公室。

经过两天的熟悉，他已大致弄清楚了黑荆棘安保公司的布局：刚入门是宽敞的接待厅，有一组沙发和桌椅；通过隔断是内侧区域，走廊左侧由近及远分别是属于奥利安娜太太的会计室、摆放着几张沙发床的休息室、通往地底阶梯的空间；右侧三个房间由近及远则分别为队长邓恩·史密斯的办公室、配备打字机的文职人员办公室、值夜者小队正式成员的娱乐室。

克莱恩之前就看见伦纳德·米切尔在娱乐室和另外两位小队成员玩纸牌，他猜测是斗地主，当然，罗塞尔大帝已将它重新命名，叫作“斗邪恶”，玩法和克莱恩知道的斗地主没有任何区别。

布莱特值夜后会有一天的补眠福利，已经离开了，罗珊待在接待台那里，负责购买、申领物资和兼职马车夫的西泽尔·弗朗西斯一如既往地外出了。当克莱恩推开文职人员办公室的房门时，里面三张桌子全部空着，机械打字机静静安放于办公桌上。

“阿克森公司的1346型打字机……”在导师办公室和韦尔奇家里见过类似物品的克莱恩低语了一句，只觉那隐约可见的复杂控制系统充满了机械的美感。

他走到有打字机的办公桌前坐下，酝酿了一阵，尝试起打字。最开始，他总是本能地处理成拼音，等到消化掉原主相应的记忆碎片，才渐渐熟悉，不再出错。

嗒，嗒，嗒！有节奏的键盘敲击声仿佛一曲来自金属、来自工业的刚硬乐曲，在这种旋律的伴随下，克莱恩飞快弄好了申请经费的文件。

但他没急着去找邓恩·史密斯，而是调整心情，认真阅读起老尼尔提供的历史资料，既是复习，也是学习。

临近中午，他活动了下脖子，收起资料，根据神秘学课程的草稿，温习并巩固了一遍上午学习的内容。直到这个时候，他才拿上申请书，来到隔壁办公室，轻缓敲响了房门。

邓恩正在等待午餐送餐，看见克莱恩递过来的文件后，嘴角略微上翘道：“老尼尔教你的?”

“嗯。”克莱恩一点也没有犹豫地出卖了老尼尔。

邓恩拿起那根暗红钢笔，唰唰签了个字道：“正好要向教会和郡警察厅申请7月、8月和9月的经费，我将你这个列进去，等审批下来再找奥利安娜太太支取，灵摆下午就可以领了。”

“好的。”克莱恩简洁有力地回答道。他的语气和目光，都染上了明显的喜意。

告辞之前，他随口问了一句：“7月、8月和9月的经费，不是应该6月就申请了吗?”

哪有到了7月，再申请7月经费的事情?

邓恩沉默了几秒，端起咖啡杯抿了一口道：“6月连续遇上三起案子，忙得，忙得有些事情都遗忘了。”

不愧是记忆力欠佳的队长……克莱恩知道自己问了不该问的问题，干笑两声，赶紧出门。

就这样，他开始了简单而规律的生活——清晨半个小时的冥想，上午两个小时的神秘学课程，一个半小时的历史资料研读，午餐之后，在休息室小睡一会儿，恢复精力。接着，领取子弹，去射击俱乐部练习，练习完毕，再散步去不算远的韦尔奇住所，更换路线，走回铁十字街，这样能省掉一趟公共马车费。如果还有空闲，就熟练灵视、灵摆等技能，并顺便买个菜。

一间仪器和物品齐全的私人化学实验室内，个子高挑、金发柔顺的奥黛丽凝视着手中的杯子，只见无数气泡冒出，让氛围都变得宁静。

最终，杯子里的液体沉淀成银白色的黏稠物。

“哈哈，我果然有神秘学的天赋，一次就成功了！之前还担心失败，准备了足足两份材料!”少女欣喜地自语道。

她将从家族宝库中拿到的以及从别人那里交换来的各种剩余材料收好，深吸了口气，眼睛一闭，准备喝下那杯“观众”魔药。

就在这时，实验室外传来“汪汪汪”的叫声，奥黛丽一下子皱起了眉头。她将那轻轻荡漾着银白液体的杯子放入阴暗的角落里，转过身体，走到门边。

“苏茜，谁来了?”奥黛丽拧动把手，问着门口端坐的金毛大狗。

金毛大狗苏茜摇着尾巴，一脸讨好，贴身女仆安妮则出现在了附近的走廊上。

奥黛丽走出实验室，反手拉拢大门，看向安妮道：“不是说过吗？不要在我做化学实验时打扰我。”

安妮苦恼地回答道：“可有份公爵夫人的邀请，黛拉夫人的。”

“尼根公爵的夫人？”奥黛丽往前走了几步，靠近安妮道。

“是的，她请到了宫廷烘焙师威薇女士，邀请夫人和您去品尝下午茶。”安妮说着请柬的内容。

奥黛丽微不可见地鼓了下腮帮子道：“告诉我母亲，说我头晕，或许是阳光太强烈了，有点脱水，请她代我向黛拉夫人说声对不起。”说话间，她做出一副虚弱的样子。

“小姐，这不仅仅是下午茶，还是一个文学沙龙。”安妮补充道。

“但这不能治好我的头晕，我需要休息。”奥黛丽坚定地拒绝道。

与此同时，她在心里默默地念叨：如果坚持，那我就晕倒给你们看，礼仪老师说我这个动作做得非常完美……嗯，好像里面有什么声音？

“好吧。”安妮吐了口气道，“需要我扶您回房间吗？”

“不需要，我先收拾实验室。”奥黛丽恨不得立刻返回，服食魔药，但她还是按捺住性子，目送安妮远去，然后才返身走回实验室。

突然，她发现本该待在外面的金毛大狗苏茜不见了，而实验室的大门半敞着。

“我忘记苏茜会开有把手的门了……什么声音？不好！”奥黛丽听到里面传来清脆的动静，忽然有了一个联想，猛地冲进了实验室。

她视线所及是摔碎在地上的杯子，是金毛大狗苏茜舔掉的最后一滴银白液体。

奥黛丽傻在了门口，仿佛一尊雕像。

金毛大狗苏茜则乖巧端坐，用无辜的眼神望向主人，摇起了尾巴。

…………

普利兹港的外海位置，一个总是笼罩风暴的岛屿上，一艘古代帆船停于港口。

有着柔软黄发、身穿闪电花纹长袍的男子看着对面的阿尔杰·威尔逊，非常不解地问道：“阿尔杰，你完全可以回到王国，成为代罚者小队的队长或者一位体面的主教，为什么要选择出海，选择成为幽蓝复仇者号的船长？”

阿尔杰粗犷深刻的脸庞没有多余的表情，庄严肃穆地回答道：“大海属于风暴，这是主的国度，我愿意遵循主的意志，替祂巡视这片国度。”

“好吧。”黄发男子握拳击胸道，“风暴与你同在。”

“风暴与你同在。”阿尔杰回以标准的礼节。

他站在没有几名船员的甲板上，看着同伴离开幽灵船，越走越远。

“赛恩斯，你不明白是因为你知道得不够多……”阿尔杰无声低语了一句。

与此同时，奥黛丽胆战心惊地完成了她的第二次魔药调制。

看着和之前没什么区别的银白魔药，她感动得差点流下眼泪。

呼，她小口而快速地喝下了“观众”魔药。

周五，一场暴雨袭击了廷根，哗啦啦的雨点敲打着窗户。

黑荆棘安保公司内，克莱恩、罗珊和布莱特坐在接待厅的沙发上，享受着桌上的午餐。

因为这里只有烧水的炉子，没法热剩菜，克莱恩又不可能天天吃黑面包，或者坐公共马车回去——那样他下午从铁十字街走到韦尔奇的住所后，还得考虑坐车返回，非常浪费钱，所以就跟着罗珊等同事吃所谓的办公室伙食。

——附近的老维尔餐厅每天十点半会准时派一位服务生过来，询问这里有几位需要午餐，确定份数后，他们会在中午十二点半送来，用类似于饭盒的器皿盛放，下午三点则再来问是否订晚餐，并回收餐具。

这样的伙食有肉，有菜，有面包，虽然分量都不是很多，但勉强可以让一个人吃饱，一顿从七便士到十便士不等，有不同的档次。克莱恩厚着脸皮，每次都选七便士的，一般有半磅燕麦面包，一小块不同做法的肉，一勺有蔬菜的浓汤，以及少许奶油或者黄油。

“今天竟然只有一位值夜者在……”罗珊用勺子将浓汤送入口中。

“听说是金梧桐区出了件案子，涉及教派因素，所以警察部门请了两位值夜者过去……”布莱特放下面包道。

克莱恩用剩下的燕麦面包蘸着最后的肉汁，塞入口中，没有说话。他左手袖口内的手腕上，隐约缠绕着一根吊着黄水晶的银制链条。

就在这时，半掩的大门处传来咚咚咚的敲击声。

“……请进。”罗珊愣了一下，放好勺子，快速用手帕擦了擦嘴，起身说道。

大门被推开，进来了一位头戴半高礼帽，黑色正装的左侧肩膀位置被淋湿的男子。他鬓角花白，手提收起的雨伞，看向克莱恩等人道：“这里就是以前的佣兵小队？”

“可以这么说。”罗珊熟稔地回答。

那位高瘦的男子咳嗽了一声道：“我有件任务想要委托。”

有件任务想要委托……您恐怕找错地方了……这家安保公司的牌子真的就只是牌子而已……

听到来者的话语，克莱恩顿时憋了满满一腔心理活动，只恨这里没有论坛和弹幕等可以交流。

不过，他迅速想到了自己曾经问过类似的事情，队长的回答是:“如果有空闲，为什么不接呢?”

——赚的钱能当作队伍的小金库和参与者的福利。

罗珊眼眸转动，思考片刻道:“我们的安保人员都出任务了，最快的至少也要一个小时以后才能回来，如果您的事情不紧急，可以考虑等一下。”

六位值夜者正式成员里，队长邓恩·史密斯被主教请去了教堂，不知道商量什么事情；伦纳德·米切尔正在替他看守查尼斯门;“收尸人”弗莱和“不眠者”洛耀·莱汀已前往金梧桐区，配合警察部门调查一桩涉及教派因素的失窃案；另一位“不眠者”科恩黎·怀特轮休；另一位“午夜诗人”西迦·特昂则去了北区郊外的拉斐尔墓园进行日常巡视。

而剩下的两位非凡者，老尼尔年岁增长，身体衰弱，很久没出过任务了；克莱恩则还属于初学者，各方面都是真正意义上的半吊子。

“都不在……”鬓角花白，手提雨伞的高瘦男子脸色一暗，取下帽子，躬身行礼道,“打扰了，告辞。”

他转过身体，走向门外，在哗啦啦的雨声和呼啸的风声里，沿着楼梯离开了佐特兰街36号。

“真是不凑巧啊。”罗珊目送刚才那位先生离去，惋惜地叹了口气。虽然获得的佣金不会有她的份，但肯定少不了一顿大餐的分享。

“没办法，查尼斯门必须时刻有人看守。”克莱恩满足地放下了刀叉和勺子，哪怕是他不太喜欢的芜菁和蔬菜混合的浓汤，都被喝得干干净净,“难道你想让布莱特去出任务？或者，自己?”

罗珊眼珠一转，嬉笑道:“布莱特不行，你可以啊，我们的‘占卜家’先生……”

话未说完，她忽地醒悟，连忙住嘴，因为此时大门尚未合拢，要是被外面路过或来访的人听到非凡者的事情，那就属于泄密了。

“还好队长不在……”罗珊望了下门口，暗自吐了吐舌头,“要不然又得去悔过了!”

布莱特和克莱恩同时哈哈大笑，相顾一眼后开始收拾餐具。

弄好这一切，见暴雨未停，没有带伞的克莱恩选择留在黑荆棘安保公司。他拿了份报纸，坐到软绵有弹性的沙发上，悠闲地进行午休。

“从贝克兰德到迪西海湾的飞空艇航线开通了……”

“《大侦探芒森》整理成册，即将出版……”

“劳格拉斯武器店的广告？一把制式左轮手枪带六发子弹，三镑十苏勒，一杆双筒猎枪两镑……”

克莱恩翻看着《廷根市老实人报》，忽然发现了一条新闻：“……杀害韦尔奇先生和娜娅女士的罪犯已全部落网，相信弥漫在北区、金梧桐区和东区的恐慌气氛将得到极大的缓解……韦尔奇的父亲银行家麦格文先生，护送着他小儿子的尸体返回了康斯顿城，即将举行一场隆重的葬礼……”

反复阅读几遍，克莱恩忽然叹了口气。看来韦尔奇的父亲已经相信了警方的说辞，没有再请私家侦探来调查……他失去小儿子的心情，肯定没有我爸和我妈失去独生子难过……

情绪一下低沉，克莱恩坐在那里，良久没有动静。

至于韦尔奇和娜娅的葬礼都没有邀请自己的事情，他一点也不觉得奇怪，也没有感到郁闷。

等到一切平息，再找机会去他们两人的坟前献上一束花……克莱恩正待去休息室小睡片刻，接待厅的大门突然又被敲响。

“请进。”脑袋正一点一点的罗珊顿时清醒。

虚掩的大门被推开，之前那位身穿正装、鬓角花白的高瘦男子又一次走了进来。

“我能在这里等待一阵吗？你们的佣兵，不，安保人员应该快回来了吧？”他努力隐藏起焦急的表情，诚恳地问道。

“可以，您先在那里坐一会儿。”罗珊指了指旁边的沙发。

克莱恩则颇感好奇地问道：“您是从哪里听说我们安保公司的？是谁介绍您过来的？”

以至于在大雨滂沱的中午来回两趟，并且愿意等待？

嗯，一定是值夜者小队成员们非常轻松就解决掉了别人眼里的困难任务，在这行累积出了足够的声望……

那位高瘦男子将雨伞靠在门外，边走向沙发，边苦笑回答：“我将附近几条街的佣兵，呃，安保公司和私家侦探社全部拜访了一遍，他们完全没有人手接别的任务了，只有你们这里还有一线希望……坦白地讲，如果不是遇到一位送餐的服务生，我真想不到这里还有间安保公司。”

和我想的完全不一样……克莱恩呆了呆。

罗珊则插言问道：“他们很忙？那么多任务？”

那位鬓角花白的高瘦男子坐了下来，叹息着说道：“你们是佣兵小队，不，安保公司，应该听说过豪尔斯街区的入室抢劫杀人案吧？”

豪尔斯街区……入室抢劫杀人案……好吧，很不幸，我就是当事人之一……克莱恩略感沉重地点了点头：“是的。”

“因为罪犯的凶恶和残忍，附近街区乃至于整个廷根市的富翁都感到害怕，他们除了增加自身的护卫，又额外请了非常多的安保人员和私家侦探，让这一行出现了明显的人手空缺。”高瘦男子条理清晰地回答道。

标准的连锁反应……克莱恩和罗珊对视一眼，皆看到了对方脸上的自嘲。安保行业进入“黄金时期”，黑荆棘这边竟然没有一点感受，可见这家公司开得有多么失败。

当然，从某种意义上来说，也证明了值夜者小队隐藏得很成功。

又等了二十多分钟，眼见暴雨将停，克莱恩准备收拾离开，去射击俱乐部练习左轮射击。

就在这时，黑发绿瞳的伦纳德·米切尔从隔断出来，疑惑地看向沙发位置：“这位是？”

“委托者。队长回来了？”罗珊欣喜地问道。

“回来？”高瘦男子听得一愣一愣。自己就坐在这里，盯着门口，怎么没发现有人回来？

罗珊的表情顿时僵住，忙呵呵笑道：“作为安保公司，我们不会只有前门。”

“明白。”高瘦男子恍然点头。

至于“队长”这个称呼，他完全不觉得奇怪，安保公司就是以前的佣兵小队或小型佣兵行会，有一个队长是相当正常的事情。

伦纳德的白色衬衣没有扎进裤子里，黑色马甲也是随意披着，他看了眼高瘦男子，忽然打了个响指道：“我是黑荆棘的安保人员，你怎么称呼？有什么事情想要委托？”

或许早听说过佣兵的放浪不羁，高瘦男子并没有被冒犯的愤怒，反倒松了口气。他看着伦纳德坐下，组织语言道：“我叫刻利，是烟草商维克罗尔先生的管家。维克罗尔先生唯一的儿子小艾略特于今早被绑架了，我们已经报警，并且得到了足够的重视，但维克罗尔先生还是不放心，希望能通过你们佣兵，呃，安保人员的渠道以及你们对廷根的了解，从另外的方向进行调查，确保小艾略特被安全解救。如果你们能找到绑匪藏身的地方，维克罗尔先生愿意付出一百镑的报酬，如果你们有办法且顺利地解救出小艾略特少爷，他愿意将报酬翻倍，一次性给予两百镑。”

伦纳德·米切尔悠然笑道：“维克罗尔先生似乎只希望我们找到绑匪藏身的地方？不然也不会觉得顺利解救出他唯一的儿子只值一百镑了。和南部种植园有密切关系的烟草商可不会只拿得出两百镑作为报偿。”

“不，维克罗尔先生只是一个普通的商人，不属于富豪，而且，解救的事情，他相信警察部门更加专业。”老管家刻利坦然回答道。

“好的，没问题。”伦纳德又打了个响指。

他碧绿的眼眸望向罗珊道："美丽的小姐，麻烦你去拟定一份合约。"

"不要总当自己是诗人，事实上，你只会吟诵别人的作品。"罗珊习惯了和伦纳德互相嘲讽，一下忘记还有客人在场。

当然，黑荆棘安保公司也不会在乎什么委托者，有很好，没有也无所谓。

罗珊离开接待台，进入文员办公室，嗒嗒嗒的敲击声随即响起。

克莱恩看得嘴角抽动了一下，只觉他们实在太不专业了，竟然没有制式的、现成的合约！

"这真是一件悲伤的事情……而更让人悲伤的是，这么不专业的公司竟然是我的公司……"

他念头纷呈间，罗珊拟好了简短到只有几个条款的合约，让管家刻利和伦纳德·米切尔分别签上了字。等到刻利盖好章，她拿着合同，进入会计室，找奥利安娜太太盖上了黑荆棘安保公司的章——这枚印章几乎没什么作用，邓恩一般都交给奥利安娜保管，遇到周日，就给罗珊等人。

"等着你们的好消息。"接过其中一份合约，管家刻利站起身，脱帽鞠躬道。

伦纳德没有回应，仿佛在思考什么一样沉默了十几秒。他忽地转头，望向克莱恩，露出一抹微笑道："我需要你的协助。"

"啊？"克莱恩一下愣住。

"我的意思是，这个任务由我和你一块完成。"伦纳德嘴角微翘地解释道，"我擅长格斗、射击、攀爬、感应和吟唱，以及一些辅助工作，但不包括找人。你总不会希望老尼尔在这种天气里出门吧？"

他说到"感应"时，嗓音一下变得含糊，让人根本无法听清。

"好吧。"克莱恩有想要尝试新能力的冲动，也有对伦纳德·米切尔的一点警惕。

呼，希望能顺利完成……不知道我的"占卜家"能力可以发挥多大作用……他带着些许期待地想着。

看着克莱恩，伦纳德碧眸含笑地点头道："那你需要他们提供什么？"

他和老尼尔等人合作过多次，自然明白占卜需要媒介，尤其占卜对象不在的情况下。

克莱恩想了想，望向管家刻利道："我需要艾略特最近穿过还没有浆洗的衣物，如果能有他曾经随身佩戴过的饰品就更好了。"

他尽量挑选正常的媒介，而非那种会引起普通人瞎想的事物。可就算是这样，老管家刻利也是一脸的疑惑。

"为什么？"问完，他又补充道，"我有携带小艾略特少爷的照片。"

为什么？因为我们要通过占卜来寻找他的下落……克莱恩一时竟不知该怎么

回答。如果照实说，不提会不会违背保密条款的事情，老管家刻利多半也会扭头就走，直接撕毁合约，并在心里大骂道："这帮骗子！如果这都能有用，我还不如去找阿霍瓦郡最有名的通灵者！"

旁边的伦纳德·米切尔轻笑出声道："刻利先生，我的同伴，嗯……同事，养了一只奇特的宠物，它的嗅觉比猎犬还灵敏，所以我们需要小艾略特穿过的衣物和他曾经随身佩戴的物品来帮忙寻人，你知道的，线索往往只会锁定在一个大概的范围。至于那张照片，我们同样需要，我和他必须知道小艾略特长什么样子。"

老管家刻利接受了这个解释，缓缓点头道："你们是在这里等待，还是和我一起去维克罗尔先生在城里的住所？"

"一起过去，节约时间。"克莱恩简洁地回答。

他既想试试自身的非凡者本领，又有着拯救他人的朴素情怀。

"好的，马车在楼下。"老管家刻利边说边从口袋里取出一张黑白照片，递给了伦纳德。

这是艾略特·维克罗尔的单人照，看上去十岁左右，头发略长，几乎遮住了双眼，脸上有着明显的雀斑，长得不算太有特色。

伦纳德瞄了一眼，就顺手递给了克莱恩。

克莱恩仔细看了看，将照片收入口袋，然后拿上手杖，戴好帽子，跟着前方两人离开黑荆棘安保公司，进入停于楼下的马车。

这辆马车的内部相当宽敞，铺着厚厚的地毯，有摆放物品的小桌。

因为老管家刻利的存在，克莱恩和伦纳德都没有说话，安静地听着马车在渐小的雨滴中，在积水的路面上平稳前行的声音。

"不错的马车夫。"不知过了多久，伦纳德打破了沉默，含笑赞了一句。

"嗯。"克莱恩敷衍以对。

老管家刻利则挤出笑容道："您的夸奖是他的荣幸，我们快到了……"

因为担心被绑匪察觉，马车并未靠近烟草商维克罗尔的住所，而是停在了附近的一条街道旁。

老管家刻利撑着雨伞，独自返回。

等待的时候，伦纳德又自顾自对克莱恩说道："我上次推测原因，并没有别的目的，只是想告诉你，那本笔记肯定会再次出现，也许很快。"

"这真不是一个让人愉快的推断。"克莱恩扬了扬下巴示意外面车夫的位置，提醒有别人在的情况下，不要讨论敏感话题。

伦纳德吹了声口哨，转头望向窗外，只见一滴滴雨水滑过玻璃，留下了朦胧的印记，让外面的世界完全模糊。

过了一阵，刻利提着一袋东西返回，因为走得太急，裤脚满是泥水，身前多有湿痕。

“这是小艾略特少爷昨天穿过的衣物，这是他之前佩戴的风暴护符。”

克莱恩接过看了一眼，发现是一套缩小版的绅士正装，小衬衣，小马甲，小领结等等。而那枚风暴护符以青铜为底座，雕刻着象征狂风和海浪的符号，但并未触动克莱恩的灵感。

“我现在将小艾略特少爷被绑架的经过详细说一遍，方便你们锁定目标……”老管家刻利坐了下来，重复了上午的噩梦经历，希望好不容易找到的“佣兵”能有所帮助。

克莱恩和伦纳德对具体的经过毫无兴趣，只关心绑匪有几人，有没有表现出不同寻常的地方，有没有携带武器。

“三个”“正常”“有枪”……得到想要的信息后，他们告别老管家刻利，在附近雇用了一乘两轮的轻便马车。

和公共马车不同，这种雇用马车有四轮，也有两轮。计费可以按公里算，也可以根据时间。前者是城内一公里四便士，郊外一公里八便士；后者是一小时两苏勒，不到一小时的，按一小时算，超过一个小时，每十五分钟加六便士，不足十五分钟，按十五分钟收费，遇到恶劣天气，或是需要加快速度的紧急情况，价格还会上浮。

克莱恩听阿兹克教员说过，在首都贝克兰德，出租马车夫以胡乱要价闻名。于他而言，这是相当奢侈的享受。不过，他目前不用担心此事，因为伦纳德直接丢给了马车夫两张一苏勒的纸币。

“按时间算。”伦纳德吩咐完便关上了车厢门。

“你们要去哪里?”拿着两张钞票的马车夫又欣喜又茫然地问道。

“等一下。”伦纳德将目光投向克莱恩。

克莱恩微微点头，拿出艾略特的衣物，将它们铺到马车地板上，然后将那枚风暴护符缠于自己的手杖杖头。他握着那镶银的黑色手杖，将它笔直杵在艾略特的衣物之上。

脑海中光球凝聚，克莱恩心情轻快宁然，眼眸的褐色随之转深，进入了半冥想的状态。他只觉身体的灵有变轻飘浮的迹象，隐约看见了那无处不在的灵之世界，于是在心里默念“艾略特的位置”。

七遍之后，他的手离开了那根黑色的手杖，而手杖竟然没有倒下，始终竖直屹立在那里，哪怕车厢在轻微晃荡！

四周传来细密而无形的动静，克莱恩仿佛感受到了一双双漠然眼眸的注视。

这段时日里，他偶尔会在冥想中，在灵视状态里出现类似的感受。

带着些微的毛骨悚然，他用深黑色的眼眸凝望着手杖，于心中又一次默念起来：“艾略特的位置。”

他刚默念完毕，那根镶银的黑色木制手杖倒下了，倒向正前方。

“直走。”克莱恩握住手杖，低沉开口，他的嗓音略带缥缈，似乎能穿透到未知的世界。

这就是他掌握的占卜能力之一，叫作“卜杖寻物”，道具必须是木头、金属或两者的混合。正常来说，这必须用两根真正的卜杖——形状类似于一根没有弯曲的铁丝掰成直角，需要占卜者握住较短一侧，以转动来确定方向。但身为“占卜家”非凡者，克莱恩经过练习，发现自己可以用手杖来代替卜杖，它倒下的方向就是要寻找的事物的方向。

至于安提哥努斯家族的笔记，因为克莱恩完全记不得它的模样，没有印象，自然无法寻找。

“直走。”伦纳德高声吩咐车夫，“该转向的时候会告诉你。”

马车夫完全不理解为什么要这样做，但内侧口袋里的钞票和对方毫不犹豫给钱的形象，让他没有开口，选择接受。

马车缓缓行驶，走过了一条又一条街道。途中，克莱恩好几次使用“卜杖寻物”来校正方向。

等到马车绕着一栋建筑转了一圈，他终于确认艾略特就在里面，此时距离告别老管家刻利，刚过去三十分钟。

打发走马车夫，克莱恩没有再用艾略特的衣物，直接将缠绕着风暴护符的手杖杵在地面上。

他的眼眸又一次变深，四周不多的雨滴忽然原地打旋。

手杖倒向斜前方，克莱恩指着一个楼梯口道：“那里。”

“有的时候，我很羡慕老尼尔，同样地，现在也很羡慕你。”看着这一幕，伦纳德含笑叹息道。

克莱恩瞄了他一眼，语气平淡地回答：“这个不算困难，你只要愿意，肯定能学会……你的灵感应该非常高吧？”

伦纳德点了下头，轻笑道：“这可不是好事情。”

他加快脚步，在只剩尾声的雨水里走入那个楼梯口。克莱恩怕淋坏正装，几乎是一路小跑跟随。

这栋建筑只有三层，类似于地球上的单元楼，每个入口的每层楼梯处只有两间房屋，克莱恩在一楼和二楼又分别用了一次“卜杖寻物”，而手杖都稳稳不动，直指上面。

两人放轻脚步，抵达三楼，克莱恩又将那根镶银的黑色手杖轻立于地面。

呜！一阵微风吹过楼梯，他的眼眸改变了颜色，深黑得仿佛能吸人灵魂。

呜呜呜！四周似乎有无形的哭泣声响起。

克莱恩的手掌松开，那根缠绕着风暴护符的手杖神奇屹立。

又默念了一遍“艾略特的位置”，他看着自己的黑色手杖倒了下去，落地无声地指向了右侧的房间。

“应该就在里面了。”克莱恩一边拾起手杖，一边轻敲了自己眉心两下。

各种颜色的加深中，他望向了右侧房门，直接看到了里面的各种气场。

“一，二，三，四……三个绑匪加一个人质，数量吻合……其中一个的气场矮小，应该就是艾略特……刻利先生说过，他们有两杆猎枪，一把左轮……”克莱恩低声说道。

“让我给他们吟唱一首诗歌吧。”伦纳德呵呵一笑道，“为什么要做绑匪，愉快地当文明人不行吗？”

他放下装着艾略特衣物的袋子，向前走了两步，表情瞬间变得宁静而忧伤。

磁性低沉的嗓音缓缓荡了开来：

“啊，恐惧的威胁，绯红的希冀！

“起码一事是真：此生飞逝。

“一事是真啊，其余皆谎，

“花开一度后将与世长辞……”

伦纳德的吟唱像是安眠的歌曲，轻渺地回荡于左右房门之间，回荡于蜿蜒的木制楼梯内。

克莱恩顿时一阵精神恍惚，似乎看见了幽静的月光，看见了安宁微荡的湖面，他的眼皮迅速变重，仿佛站着也能睡着。在这样的知觉模糊里，他又感受到了来自背后的、无形的、诡异的、漠然的注视，就像自身在遨游灵界。

一种莫名的似曾相识的感觉泛起，克莱恩霍然找回了思绪，靠着自身强大的灵感和熟悉到极点的冥想，勉强摆脱了“午夜诗篇”的影响。但他依旧身心宁静，难以产生别的情绪。

很快，伦纳德停止了吟唱，侧头一笑道：“我考虑申请一把费内波特琴，吟唱怎么能没有伴奏？……呵呵，开玩笑的，我听到他们都睡着了。”

这位黑发绿瞳、有诗人气质的值夜者小队成员迈开脚步，走到绑匪和人质所在的房门前，忽地摆动肩膀，猛然出拳，轰在了门锁上。

咔嚓！门锁周围的木板碎裂，声音非常微弱。

“这需要精准的控制。”伦纳德一边回头说笑，一边将手伸入破洞，打开了房门。

已恢复清醒的克莱恩没有他那么自信，而是将手伸入腋下拔出手枪并调整转轮，保证可以立刻击发。随着房门敞开，他看见了一位趴在桌上睡觉、手枪落于脚边的男子，看见了一位迷糊着揉动眼睛，想要站立起来的男子。

噔！伦纳德一个滑步靠近，打晕了即将醒来的劫匪。

克莱恩正打算跟着进入，忽然像是感应到什么，猛地转过身体，正对向楼梯。

哒，哒，哒，脚步声由下往上，逐渐清晰。

一位身穿棕色外套、没戴帽子的男人，怀抱一纸袋的面包，绕过楼梯拐角往三楼进发。突然，他停了下来，看见泛着金属光泽的枪口正俯视着自己。

他的瞳孔里映照出了一位头戴半高丝绸礼帽、身穿黑色正装、打着同色领结的年轻男子，映照出了对方靠在栏杆处的手杖，映照出了那把危险的左轮手枪。

“停下你所有的动作，举起你的双手，三，二……”克莱恩语气低沉而舒缓。

他双手持握着左轮，试图将对方当成练习用的靶子。

紧绷的气氛里，身穿棕色外套的男子丢掉那袋面包，缓缓举起双手。

“先生，您是不是误会了什么？”他死死盯着克莱恩放在扳机上的手指，挤出少许笑容道。

克莱恩暂时无法判断他是绑匪同伴，还是隔壁邻居，但脸上没有流露出一点异常，沉声说道：“不要试图挣扎，等下会有人来鉴别是不是误会。”

这时，处理好屋内绑匪的伦纳德走了出来，瞄了楼梯拐角处的男子一眼，悠闲地说道：“原来绑匪还有一名同伴，负责接应和购买食物的？”

听到这句话，身穿棕色外套的男子瞳孔一缩，突然起脚，将落在身前的那袋面包踢了起来，试图挡住克莱恩的视线。

克莱恩仿佛没受影响，就像练习一样，冷静地扣动了扳机。砰！那名男子的左肩冒出了一团血花。他顺势一滚，就要往二楼逃去，但伦纳德早就伸手撑住栏杆跳了下来。

噗的一声闷响，伦纳德从天而降，落在那名男子的身上。

那名男子昏迷了过去，伦纳德拍了拍沾上的些许血迹，抬头望向克莱恩，呵呵笑道：“枪法还不错。”

我想打的是他的腿……克莱恩嘴角微不可见地抽搐了一下，鼻端闻到淡淡的鲜血味道。

他发现服用“占卜家”魔药后，虽然自己的视力、听力和触觉都未得到提升，但依旧能“看”到被挡住的事物，能“听”见微弱的脚步声，从而提前作出判断。

这属于灵感的范畴？克莱恩若有所思地点头，看着伦纳德从绑匪同伴的身上搜出一把锋利的匕首，看着他将对方拖到了房间内。

一手持枪，一手提杖，克莱恩步入绑匪所在的屋子，看见艾略特·维克罗尔被枪声惊醒，身体从蜷缩变为打直，并缓缓坐起。

原先的三名绑匪被伦纳德用他们对付艾略特的绳索绑得结结实实，串成一串，丢到了角落里，绳索不够的部分，还撕了他们的衣物代替。被枪击中肩膀的那位正昏迷着接受包扎，但伦纳德嫌脏，没有帮他取出子弹。

“你们……你们是?”艾略特看见眼前的一幕，隐含惊喜地结巴道。

“对，你猜得很对，非常准确。”半蹲着的伦纳德随口回答。

想不到这家伙还有点幽默感……克莱恩垂下左轮，望向艾略特道：“我们是你父亲请的佣兵，你也可以称呼我们安保人员。”

“呼，真的吗？我得到解救了吗?”艾略特满含喜悦又不敢胡乱动弹地问道。

看得出来，从被绑架到现在的短短几个小时内，他吃了不少苦头，连小小年纪该具备的冲动都没有表现出来。

伦纳德站了起来，对克莱恩道：“你去下面找巡逻的警察，让他们通知那位烟草商，我可不想像个绑匪一样带着小孩子和这四个家伙出门。”

正想着怎么处理后续的克莱恩点了下头，收起左轮，提着手杖，走向楼梯。

一阶阶往下走时，他隐约觉得自己遗忘了什么，随即又听见伦纳德对艾略特说道：“不用紧张，你很快就能见到你父亲、母亲和那个老管家刻利，要不我们来局昆特牌?”

克莱恩忍着笑意走到外面街道上，根据路人的指点，找到了两位巡逻的警察。他并未使用特殊行动部的徽章和证件，而是以专业安保人员的名头，将事情原原本本讲述了一遍。至于持械的问题，他一点也不担心，因为前天他刚拿到了全类武器使用证——通过内部渠道申请，审批会非常快。

两位警察互相看了一眼，分出一人去通知帮手和维克罗尔一家，剩下那位则跟着克莱恩返回了绑匪所在的房间。

等待了四十多分钟，趁警察不注意的机会，伦纳德对克莱恩使了个眼色，让他跟着自己溜出了房间。

“相信我，去警局非常浪费时间，我们先离开吧。”这位有诗人气质的值夜者一脸轻松地解释道。

克莱恩抱着天塌下来有高个子顶的心态，没有反驳，跟随于后。

又差不多过了五分钟，几辆飞快奔驰的马车冲到了绑匪所在的建筑物前，老管家刻利陪伴着他肥胖的主人维克罗尔走了下来。直到这个时候，他都还处在一片迷茫之中，不敢相信好消息来得这么快，快得就像一场梦境。

突然，他听到了啪的一声脆响，下意识扭头望了过去——一辆双轮马车驶过，窗户敞开，黑发绿瞳的伦纳德打了个响指。

越过维克罗尔家的马车后，伦纳德关上窗户，转过身体看向克莱恩。

他微笑着抬起右手道：“合作愉快！”

我们好像不熟……克莱恩礼貌性地与对方击了下掌。

他也没想到绑架案能这么快解决，只能暗自感慨非凡者果然是非凡者，即使自己这个半吊子的序列9，也能做到很多不可思议的事情。

“这是贵族们在击剑后表达庆祝的动作。”伦纳德含笑解释道。

“我知道。”克莱恩有不少贵族同学。

他望了眼窗外，微皱眉头道：“我们不和刻利先生确认一下吗？如果他认为是警察解救的艾略特，我们的酬金会少一半的。”

足足一百镑！

至于提供绑匪下落这件事情，因为刚才的“见面”，不会有什么疑问。

“不用在意，对我们的人生来说，金钱并不是那么重要。”伦纳德摊手笑道。

对我来说，它非常重要！克莱恩挤出礼貌的笑容道：“不少诗人都是因为贫穷而早逝。”

伦纳德笑了一声：“我相信艾略特不会在这件事情上说谎，我看得出来他还残留着纯真，不过，就算拿到两百镑酬金，你也分不了多少啊。”

“我能分多少？”克莱恩当即问道。

“按照一直以来的、不成文的规矩，报酬要交一半给奥利安娜太太作为小队的额外经费，剩下的由参与队员平分，可惜，你不是正式成员，大概只能拿到百分之十。”

十镑？也不错啦……克莱恩假装自己没有心疼，转而问道：“你不担心绑匪苏醒后，认为自己受到了非凡力量的影响吗？”

“他们不会怀疑的，他们只会认为是天气太好，太适合睡眠，才会忍不住倒下，他们甚至会相信吟唱只存在于梦境里，这是我们验证过的事情。”伦纳德非常自信地回答，“倒是你的那枚猎魔子弹，会让人觉得奇怪，当然，一个喜欢神秘学的怪人是非常合理的解释。”

“嗯。”克莱恩不再担心，只觉得自己遗忘，或者说忽略了什么。

回到佐特兰街，克莱恩没等待刻利前来结算，直接散步去了韦尔奇住所，换了条路线回家，顺便买了牛肉、甘蓝等晚餐的食材。

照旧是愉快的晚餐，照旧是兄妹三人伴随着学习的悠闲聊天，只是多了一位敲门的访客，是来取走瓦斯计费器里所有一便士铜币的工作人员。

夜色渐深，兄妹三人互道晚安，各自回房。

克莱恩睡得正香，忽然被外面窸窸窣窣的声音吵醒，他疑惑地开门，来到无人居住的那间卧室外。推开斑驳的房门，克莱恩看见了一张灰色的桌子，桌子上摆放着一本笔记，封皮由硬纸制成，完全染上了黑色。

莫名的似曾相识感浮现于心头，克莱恩走了过去，打开了那本笔记。

摊开的那页画着一个图案，那是穿华丽衣物、戴绚烂头饰的愚者！愚者下方，写着一行赫密斯语:“所有人都会死，包括我。”

克莱恩心中一惊，忽然发现愚者的嘴角勾了起来！

呼！

他霍地坐起，看见了透过窗帘的绯红月光，看见了书架和书桌，看见了自己卧室的轮廓，发现自己做了个噩梦。

身为一名“占卜家”，他明白梦境总是揭示着什么，于是认真回味了一遍。

回想之中，克莱恩一下僵住，因为他知道自己今天忽略了什么了！

沉浸于伦纳德的吟唱时，自己感受到了无形的、漠然的、来自背后的注视。这种注视与正常冥想和使用灵视的体会都不相同，给自己一种似曾相识的感觉！而按照队长邓恩的说法，一旦出现类似的感觉，往往就意味着……

克莱恩猛地坐直，确认了感受。

对，是它，那本笔记！那本安提哥努斯家族的笔记！

那本笔记就在绑匪对面的房间内！

第十章

CHAPTER 10

笔记的下落

虽然这很巧合，但克莱恩相信自己的感觉没有错。

他当即翻身离床，两三下脱掉睡觉时穿的陈旧衣物，拿过旁边的白色衬衣，披到身上，飞快地从上往下扣着纽扣。

一颗，两颗，三颗……他忽然察觉少了颗扣子，而左右两边好像也不太对称。仔细一瞧，克莱恩才发现自己从一开始就对错了纽扣，使衬衫变得扭曲。他无奈摇头，深吸了口气，又缓缓吐出，运用些许冥想技巧，让自身恢复了一定冷静。

穿好白色衬衣和黑色长裤，他勉强算是沉稳地配上腋下肩带，将藏于松软枕头底下的左轮手枪拿出，放置于内。顾不得打领结，他披上正装，一手拿帽一手提杖地走到门边。

戴好半高的丝绸礼帽，克莱恩动作轻柔地拧动把手，打开房门，进入走廊。

小心翼翼地合拢卧室木门，他就像个小偷似的近乎无声地下了楼梯，用起居室的钢笔和纸张写下两行留言，表示昨晚忘记说公司有事，今天需要早到。

走出大门，克莱恩顿时感受到了一阵清爽的凉风，整个人都宁静了下来。

眼前的街道，昏暗寂静，没有行人，只煤气路灯的光芒静静照耀。

克莱恩从内侧口袋里拿出怀表，啪地按开一看，发现刚到六点，绯红的月光尚未完全褪去，但天边已有了一抹透亮。他正打算雇用昂贵的出租马车，突然看见一辆双马四轮的无轨公共马车驶了过来。

“这么早就有公共马车了？”克莱恩略感诧异，迎了上去，招手叫停。

“早上好，先生。”马车夫熟练地让马匹停了下来。

他旁边负责收费的工作人员用手掩住嘴巴，打了个哈欠。

“去佐特兰街。”克莱恩边说边从裤兜里掏出两个1便士和四个1/2便士。

“四便士。”负责收费的工作人员毫不犹豫地回答。

递过车费，克莱恩上了马车，只见里面空空荡荡，竟没有别的客人，于昏暗里透出明显的冷清。

“你是第一位。”车夫笑笑说道。

两匹棕色的马迈开步子，相对轻快地前行了起来。

“坦白讲，我没想到这么早就有公共马车了。”克莱恩坐到靠近车夫的位置上，随口回答了一句，以此分散注意，缓解内心的紧绷。

车夫自嘲道：“每天六点到晚上九点，可是，我周薪才一镑。”

“没有休息的时间吗？”克莱恩诧异询问。

“每周轮换休息一天。”马车夫的语气变得沉重。

他旁边的收费员补充道：“我们负责早上六点到中午十一点，接着去午餐，去午休，等到晚餐后，也就是六点，再替换同事……即使我们不用休息，两匹马也需要。”

“以前不是这样的，自从发生过马车夫太累，出现不应该的失误，使马匹失控，车厢翻倒的事件，才有了这样的轮换制……那群吸血鬼怎么可能突然变得善良！”车夫嗤笑了一声。

在晨曦的照耀里，这辆公共马车向着佐特兰街驶去，沿途只上了七八位乘客。

克莱恩稍微缓解内心的紧绷后，便不再说话，闭上眼睛，脑海内一帧一帧地闪回昨天的经历，看有没有遗漏。

等到烈阳完全升起，天空真正明亮，公共马车抵达佐特兰街。

克莱恩左手按着帽子，连走带跳地下了马车。

他快步进入佐特兰街36号，沿楼梯抵达了黑荆棘安保公司的门外。

此时，大门关闭，尚未打开。克莱恩从腰间取下钥匙串，找到黄铜色泽的对应钥匙，塞入孔洞咔嚓一扭。

他往前一推，让房门缓缓后敞，看见黑发绿瞳的伦纳德·米切尔在轻嗅最近流行的卷烟。

“事实上，我更喜欢雪茄……你看起来很急切？”这位诗人般的值夜者轻松惬意地问道。

“队长呢？”克莱恩不答反问。

伦纳德指了指隔断：“他的办公室里。作为一个从‘不眠者’晋升的非凡者，他只需要在白天休息两个小时，我想那些工厂主、银行家肯定最喜欢这种魔药。”

克莱恩点了点头，快步通过隔断，看见邓恩·史密斯已打开办公室的门，站在入口处。

“有什么事情？”他身穿黑色风衣，提着把镶嵌黄金的手杖，表情沉稳而严肃。

“我出现那种‘似乎在哪里见过’的感觉了，应该是那本笔记，安提哥努斯家族的笔记。”克莱恩竭力控制自己，使回答显得条理清晰。

“在哪里？”邓恩·史密斯的脸色并未有明显改变。

但克莱恩的灵感告诉他，对方似乎出现了一个明显的、无形的波动，这也许是灵的闪耀，也可能是情绪的变化。

“就在昨天我和伦纳德解救人质的地方，在绑匪的房间对面，当时我并没有察觉到，直到做了一个梦，获得了启示。”克莱恩没做任何隐瞒。

“看来我昨天错过了一个非常大的功劳。”不知什么时候走到隔断位置的伦纳德轻笑了一声。

邓恩微微颔首，神情肃穆地吩咐道：“让科恩黎去替换老尼尔看守武器库，让老尼尔、弗莱和我们一起过去。”

伦纳德没再表现得轻浮，当即通知了值夜者娱乐室内的科恩黎和弗莱，他们一个是“不眠者”，一个是“收尸人”。

五分钟之后，在行人还不算多的清晨，隶属于值夜者小队的双轮马车快速奔驰在道路上。

伦纳德戴着毡帽，身穿衬衣和马甲，充当着临时马车夫，时不时凭空甩动鞭子，让它发出脆响。

车厢内，克莱恩和老尼尔坐在同一侧，对面是邓恩·史密斯和弗莱。

这位“收尸人”的皮肤白皙到像是许久没晒过太阳，或是严重缺血，他大概三十来岁，黑发蓝眼，鼻梁高挺，嘴唇很薄，气质冰冷而阴暗，身上隐约有些许常年触碰尸体留下的淡薄味道。

“你将事情再详细地说一遍。”邓恩理了理自己黑色风衣的领子。

克莱恩摩挲着被袖子遮掩的黄水晶吊坠，从接受委托开始，一直讲到了梦境，旁边的老尼尔嘿嘿笑道：“你和那本安提哥努斯家族的笔记似乎有着某种宿命的羁绊，这样也能遇上。”

是啊，这未免也太巧合了！要不是伦纳德刚才提到，艾略特被绑架案的初步审讯结果表明，没有隐秘势力或神秘力量的操纵，只是一起单纯地为钱财铤而走险的案件，我都怀疑这是被什么人刻意安排了……克莱恩对此也是颇感奇怪。

太过巧合了！

邓恩没发表意见，仿佛在沉思什么，同样身穿黑色风衣的“收尸人”弗莱保持着沉默。直到马车停下来，克莱恩所说的那栋建筑出现于窗外，这种沉凝的气氛才被打破。

“我们上去吧，克莱恩，你和老尼尔走在最后面，小心，必须小心。”邓恩下了马车，从怀里掏出一把枪管明显偏长偏粗的奇怪左轮，将它塞于右手口袋里。

“好的。”克莱恩哪敢冲在最前面。

等伦纳德找到人看守马车，一行五位非凡者前后有序地进入楼梯口，步伐很轻地来到三楼。

“就是这里？”伦纳德指了指绑匪对面的房间。

克莱恩轻敲眉心两下，开启了灵视。在这种状态下，他的灵感又有提升，只觉那扇门似曾相识，自己似乎进过那间屋子里面。

“对。”他肯定地颔首。

老尼尔也开启了灵视，仔细观察后道：“里面没有人，也没有魔法的灵光。”

“收尸人”弗莱沙哑地补充道：“没有恶灵。”他无须开启灵视，也能看见许多灵体，包括恶灵和怨魂。

伦纳德上前一步，就像昨天那样，一拳击在了门锁上。

这一次，不仅周围的木板碎裂，就连门锁也啪地弹飞，哐当落地。

克莱恩只觉某种无形的密封瞬间消失了，紧跟着，他闻到了一股浓烈的恶臭。

“尸体，腐烂的尸体。”“收尸人”弗莱冰冷地陈述道，他完全没有不适的表现。

邓恩伸出戴上黑手套的右手，缓慢地推开了房门，当先映入众人眼帘的是一个壁炉，在廷根7月初的天气里，里面充斥着不正常的闷热。

壁炉前方，摆着一张摇椅，一位穿黑白相间衣裙的老妇人脑袋低垂地坐在上面。她整个人不正常地变大了许多，浑身皮肤黑绿，鼓胀到发亮，似乎只要戳一下，就会爆裂开来，喷出腐烂臭气，而一条条蛆虫在血肉和尸液间，在衣物和褶皱里爬进爬出——灵视之下，它们就像一个个光点，簇拥着一团熄灭的“暗沉”。

啪，啪。老妇人的两个眼珠脱落，掉在地上滚了几圈，留下几道黄褐色的痕迹。

克莱恩一阵反胃，再也无法克制恶臭的影响，躬身呕吐了起来。

呕！呕！克莱恩蹲在那里，难以遏制地呕吐着，因为没吃早餐，很快就吐光了存货。

这时，一个很像卷烟盒子的锡铁色方形小壶出现在了他的眼前。拔掉了瓶塞的口部散发出类似于烟草、消毒水、薄荷叶等混杂的味道，让克莱恩的鼻子霍然发呛，整个人都精神了起来。

浓烈的恶臭依旧缭绕于四周，但克莱恩不再觉得反胃，呕吐很快停止。

他顺着那锡铁色方形小壶往上，看见了一只苍白不像活人的手，看见了黑色风衣的袖管，看见了气质冰冷阴暗的“收尸人”弗莱。

“谢谢。”克莱恩彻底缓了过来，以手撑膝，重新站起。

弗莱没有表情地点了点头：“习惯就好了。”

他将锡铁小壶的瓶口塞好，放入口袋里，转身走向了那具高度腐烂的老妇人尸体，在没戴手套的情况下，直接开始进行检查。而邓恩·史密斯和伦纳德·米切尔正绕着房间漫步，时不时触碰一下桌面和报刊。

老尼尔则捏着鼻子，立在门外，瓮声瓮气地抱怨道："太恶心了，我这个月要申请补贴!"

邓恩回过头来，边用戴着黑色手套的右手摸了下壁炉旁边的墙灰，边望向克莱恩道："这里熟悉吗?"

克莱恩屏住呼吸，于脑海勾勒出自身银白怀表的样子，使身心宁静下来。

本就处于灵视状态的他立刻就有了不同的感受，眼前霍然闪过了一幕来自记忆最深处的画面——

壁炉，摇椅，桌子，报纸，锈迹斑斑的门上铁钉，镶嵌着白银的锡罐……这画面昏沉阴暗，就像地球上的纪录片，但更加模糊，更为虚幻。它迅速与克莱恩眼前所见的一切重叠，那似曾相识的感觉愈发明显，虚幻又飘忽的嘶喊又一次穿透无形的壁垒而来："霍纳奇斯……弗雷格拉……霍纳奇斯……弗雷格拉……霍纳奇斯……弗雷格拉……"

"有一点点熟悉。"克莱恩如实回答，脑袋有些刺痛，只好赶紧在眉心轻敲了两下。

霍纳奇斯……原主日记里出现过的霍纳奇斯山脉?那是从安提哥努斯家族笔记里解读出的内容……刚才的耳语和以前某次很像，都涉及了"霍纳奇斯"这个名词……这，这是在引诱吗?

克莱恩悚然一惊，不敢再深思，怕自己步入失控的轨道。

邓恩微微点头，走到橱柜前方，忽地伸手，拉开了上面的木门。内中的面包上长了霉菌，旁边僵死着七八只灰色的、绒毛发硬的老鼠。

"伦纳德，你下楼去找巡逻的警察，弄清楚这里的情况。"邓恩吩咐起队员。

"好的。"伦纳德转身离开了屋子。

邓恩随即打开两间卧室的门，仔细搜查了一遍。

等他确认没有发现安提哥努斯家族的笔记或相关线索后，"收尸人"弗莱直起腰腿，用随身携带的白色手帕擦拭着双手道："死亡超过五天，没有外伤，也没有超凡力量造成的显著影响，具体原因必须等待进一步的检查。"

"你们有没有发现什么?"邓恩转头望向老尼尔和克莱恩。

早脱离灵视状态的两人同时摇头。

"除了有个死人，这里一切正常……不，刚开始有某种无形的力量密封了这个房间，你知道的，我们使用仪式魔法时，常常有相仿的操作。"老尼尔想了几秒，补充说道。

邓恩正要开口，忽然望向门外，过了几秒，克莱恩和老尼尔才察觉到什么，转身看着楼梯拐角。又过几秒，细微的脚步声逐渐变大，伦纳德和一位警员走了上来。

这位警员闻到恶臭，脸色微变，当即配合特别行动部的同事敲开二楼住户的门，大致问清楚了三楼的情况。

片刻之后，戴着银色二V肩章的他看着摇椅上的死尸道："凯蒂·斯蒂芬娜·比伯，五十五岁到六十岁之间，寡妇，和儿子瑞尔·比伯共同租住在这里超过十年，她的丈夫生前是位珠宝匠人。瑞尔·比伯大概三十岁，没有妻子，继承了他父亲的事业，周薪一镑十五苏勒左右，据他们的邻居讲，已经超过一周没遇到他们了。"

描述到这里，克莱恩已知道接下来的重点在什么地方——失踪的，更准确说是不知道去了哪里的瑞尔·比伯！那本古老的笔记很可能就在他的身上！

"有瑞尔·比伯的照片吗？"邓恩望向警员，他假扮的是位高级督察。不过这也不能叫假扮，因为在警察部门的档案上，他确实是高级督察，薪水与补贴都是按照这个来的，当然，不包含教会那部分。

警员略显紧张地摇头道："不知道……必须回分局寻找一下，正常来说，我们不可能留存每个居民的照片。"

"我明白了，你继续去询问一楼的住户，详细询问。"邓恩下了命令。

看着那名警员，他关上大门，转头对老尼尔道："接下来交给你了，否则就得让这里的住户安眠，从他们的梦境里寻找瑞尔·比伯的模样了，嗯……我不是太信任根据口述完成的肖像。"

老尼尔点了点头，从那身黑色古典长袍的腰间暗袋里取出几个拇指大小的瓶子，将里面的液体按照一定顺序洒向了四周。紧接着，他又拈出一把粉末，绕着自身撒了一圈。

奇怪的、刺鼻的味道蒸腾散发，并未受到房间内恶臭的影响，而克莱恩却突然感觉老尼尔身周多了一圈无形的力量，将他与环境、与自己等人分隔开来的力量，就像这间房屋之前的状态。

老尼尔半闭住眼睛，嘴巴翕动，念起了低沉而含糊的咒文，克莱恩一下没准备好，只隐约听见了"我祈求女神的力量""我期待黑夜的眷顾"……

呜！突然刮动的风从窗户钻入，吹起了那些粉末。

克莱恩心头忽地一震，皮肤上的疙瘩全部凸了出来，只觉某种难以描述的、让人不敢直视的、极端恐怖的气息迅速弥漫。他的脑袋有所混乱，又紧绷着无法放松，就如同做了一套高难度数学题后的状态。

突然，老尼尔的眼睛睁开，眼眸一片漆黑。他从口袋里取出一支吸水钢笔，就着桌上的废纸，唰唰唰画了起来，动作快得整个身体都在颤抖。

克莱恩凝目望去，只见一张深眼窝、高鼻梁的面孔迅速在纸上呈现了出来。

等到天然卷的短发完成，老尼尔在画像下方书写了一行单词：黑色的头发，深蓝色的眼睛，嘴巴左侧有颗全瓷假牙。

啪嗒！老尼尔手中的钢笔倒于纸上，他的身体随之抽搐了几下。

“这就是房间内残留的瑞尔·比伯的模样。”眼眸颜色很快恢复正常的老尼尔低语着说了一句。

然后，他回到刚才的位置，缓慢地原地转了一圈，那种无形的、间隔的力量顿时消散，化作一阵微风吹开。

“赞美女神。”老尼尔在胸口连点了四下，凑成绯红之月的形状。

克莱恩的精神放松了下来，观察得更加仔细，发现瑞尔·比伯的五官没什么特殊，气质也相当平和，只是鼻子两侧的法令纹明显下垂。“我试一试能不能用卜杖寻物法。”说着他拿起那张画像，翻找出卧室内的男性衣物，将它们都铺于地上。

邓恩、伦纳德和老尼尔都没有阻止，看着他将镶银的黑色手杖杵在衣物和画像之上，“收尸人”弗莱一如既往地沉默着。

褐眸转黑，克莱恩目光幽深地完成默念，松开了手掌。黑色手杖安静屹立，就像插入了地板。

“瑞尔·比伯的位置。”克莱恩于心中再次默念。

呜呜的风声里，那手杖倒了下去，可倒下的过程中，它一直改变着方向，最终变成了绕支点小幅度旋转。在没有任何外在力量帮助的情况下，这根镶银的黑色手杖又重新站稳了。

克莱恩试了几次，都是同样的结果，只能对着邓恩和老尼尔摇了摇头。

有诡异的力量干扰了自己的占卜……

邓恩将黑色手套取下，对伦纳德和克莱恩道：“你们拿着瑞尔·比伯的画像去询问这里的住户，做最后的确认，接着以谋杀母亲的名义通缉他。”

“好的。”克莱恩握住手杖，弯腰拾取了那幅画像。

等到邻居们都确认画像上的人确实是瑞尔·比伯，邓恩让伦纳德和警员去警局完成手续，自己则和弗莱前往廷根市的几处酒吧，通过地下渠道找人。

克莱恩和老尼尔坐公共马车返回了黑荆棘安保公司，这时还不到八点，罗珊尚未到岗。

关上大门，克莱恩侧头看向老尼尔，半是疑惑半是请教地问道：“为什么我会将安提哥努斯家族的笔记送到瑞尔·比伯家里?”

这与韦尔奇住所到铁十字街完全不是一个方向。

老尼尔走到沙发位置，呵呵笑道：“这不是非常明显吗？你们不知道是触动了笔记内的力量，还是出于好奇进行了它描述的某些仪式，总之招惹到了不该招惹的诡异存在，而这力量，这存在的目的是将笔记送给瑞尔·比伯，并且断掉所有线索，不让任何人发现。于是，除了被挑中的你，韦尔奇和娜娅都当场自杀了。而你，坦白地讲，我到现在也不明白你为什么能活下来。”

“我也不知道……”克莱恩跟着他坐下，故意苦笑着回答，“您对事情经过的猜测，我也想到了，只是不明白为什么一定要把笔记给瑞尔·比伯。”

老尼尔摊手道：“或许他的出生灵数符合要求，也或许他是安提哥努斯家族仅存的后裔，总之，有太多的可能性……那本笔记为什么会被卖到我们廷根市，应该也有类似的原因。”

“我认为是后裔这一种。”克莱恩一下恍然，旋即叹息道，“可惜我没有第一时间察觉，瑞尔·比伯和那本笔记都不见了。”

老尼尔笑了笑道：“这是邓恩需要烦恼的问题，对你来说，是一件好事。”

“为什么这么说？”克莱恩疑惑地皱眉。

老尼尔揉着太阳穴道：“你们自杀的原因大概弄清楚了，那本笔记也到了瑞尔·比伯的手里，事情已经暴露，不管你是活着还是死亡，都很难再影响后续的事件发展。我想，我认为，造成这一切的诡异存在或者说神秘力量，不会再重视你，就像你不会在意地上的蚂蚁，呵呵，只要你不试图让‘祂’想起你。

“而我们通缉瑞尔·比伯的事情很快就会传到密修会那里，他们应该能够猜想到，这与安提哥努斯家族笔记的下落相关。相信我，这些存活了上千年的隐秘组织，肯定有着各种各样的消息渠道，所以，他们的重心会转向瑞尔·比伯的下落，试图抢在我们之前找到笔记，不会也不可能再来骚扰你，跟踪你，对付你。

“年轻人，恭喜你，摆脱了过去的阴影，即将迎来充满阳光的新旅程。”

克莱恩听得频频点头，又是欣喜又是放松地说道：“希望是这样。”

从穿越到这边就笼罩在自身头上的阴霾，好像真要消散了……

不过，坦白地讲，克莱恩还是有些忐忑，因为自己与那本笔记之间似乎有着某种程度的羁绊，以至于做正常的解救人质任务时，都会异常巧合地发现它残留的痕迹。他真害怕有一天，邮递员忽然送来一件包裹，自己拆开一看，发现是那本安提哥努斯家族的笔记！

希望一切能按照老尼尔描述的那样发展……他无声地祈祷了一句。

老尼尔听到他的回答，顿时嗤笑了一声：“你似乎不是女神虔诚的信徒，这个时候，不是应该在胸前画红月，说一句‘愿女神庇佑我们’吗？”

“尼尔先生，你好像也不是，真正的信徒不会说‘迎来充满阳光的新旅程’。”经过这段时间的神秘学课程，克莱恩和老尼尔建立起了不错的友谊，于是毫不客气地讽刺了回去。

两人对视一眼，默契地笑了几声，几乎同时在胸口点了四下道："赞美女神！"

就在这时，拨片、弹珠等转动的声音响起，黑荆棘安保公司的大门被打开了。

秀气文雅的奥利安娜太太将时髦的卷发盘了起来，轻荡着浅绿裙摆走入接待厅。"早上好，尼尔先生，早上好，克莱恩。"她手拿小牛皮制成的提包，笑意盈盈地打了声招呼，"今天又是晴朗的一天，不错的一天。"

"早上好，奥利安娜，你还是和十几年前一样美丽。"老尼尔笑呵呵回应道。

奥利安娜眼眸一横，板起脸孔道："尼尔先生，你的赞美依旧和过去十几年一样让人生气。"她在"十几年"这几个单词上发了重音。

"是吗？"老尼尔很是不解地望向克莱恩，脸上写满了疑惑。

千万不要提能让女士记起自己年龄的事情……作为一名什么都懂一点的"键盘强者"，克莱恩瞬间就明白了奥利安娜太太在意的点，轻笑开口道："早上好，奥利安娜太太，你每天都是这样美丽。"

"谢谢，我们优秀的霍伊大学毕业生。"奥利安娜浅笑颔首，转而说道，"那位老管家已经支付好委托任务的报酬，按照规定，一半属于额外经费，一半给你和伦纳德，不过你还不是正式队员，只能拿到那一半的百分之十，等下就可以来签字领取了。"

"他支付了多少报酬？"克莱恩又是高兴又是心疼地问道。

"两百镑。他当时是这么说的，'主啊，风暴在上，我真是无法想象，无法相信，这件事情就这样解决了！这不比我们做一场梦更困难！你们这间安保公司为什么会没有名气？这简直是整个行业的耻辱！'"奥利安娜太太模仿着老管家刻利略带南部特色的口音。

克莱恩认真地想了几秒，幽默地说道："这对那群绑匪其实不太公平。"

两位非凡者用可以描述为轻松和惬意的方式迅速解决了问题……这就像全副武装的大人在欺负几个小孩子……

"他们太不走运了，一定是失去了神灵的庇佑。"奥利安娜低笑道，"我告诉那位老管家，这次委托只是我们足够幸运，刚好有线人见到那群绑匪带着孩子进入藏匿地点，所以，千万不要对我们抱有太多期待，我们真的只是一家很普通的安保公司。"

一般来说，越是强调普通，越是不普通……克莱恩含笑腹诽一句，目送奥利安娜太太通过隔断，进入会计室。

老尼尔在旁边咂吧了一下嘴唇，隐含羡慕地说道："你真是一个幸运的小伙儿，才加入我们多久，就能遇上价值两百镑的委托。"

“这很罕见吗？”克莱恩疑惑反问。

他之前不是在学习历史，学习神秘学，就是在外面闲逛，用灵感寻觅线索。

“据奥利安娜的统计，我们一周都未必能遇上一次委托，而大部分委托的价值在二十镑以下。”老尼尔搓着手腕上的白水晶吊坠，叹息回答。

接着，他隐含期待地望向克莱恩：“如果以后再遇上类似的委托，请一定记得通知我。”

听着老尼尔的话语，克莱恩忽地泛起一种奇怪的感受，于是直接开口问道：“尼尔先生，你似乎很缺钱？你每周能拿多少薪水啊？如果不方便讲，就请忽略掉我的问题。”

老尼尔往后倚住沙发的靠背，呵呵笑道：“这不是需要隐瞒的事情，我在这里待了很多年，目前每周可以从教会和警察部门分别领取到一份薪水，总计十二镑。”

“周薪十二镑？”克莱恩愕然脱口。

周薪十二镑，每年五十二周，那一年就是六百镑以上了！

之前看《廷根晨报》和《老实人报》时，上面介绍说高级大律师的薪水也就才每年八百到一千镑的样子，那可是高级大律师啊！

而班森他们进出口公司的经理，周薪才六镑，这已经算是相当体面的人物了。

“对，这样的薪水其实足够丰厚，而且我们不用交所得税。”老尼尔微笑补了一句。

克莱恩听哥哥班森提过，周薪达到一镑以上，需要交E类税，也就是政府和公司雇员的薪水所得税，一镑到两镑的部分为百分之三，两镑到五镑的部分为百分之五，五镑到十镑为百分之十，十镑到二十镑为百分之十五，二十镑以上为百分之二十。除此之外，他在报纸上还看到有另外四种所得税：A类是土地、住房和其他实物增值利润税，包含地租和房租；B类是农业收入所得税；C类是债券、基金和股票利润税；D类是商业、金融业和专职行业收入所得税。

“让人赞赏的一点。”克莱恩附和着老尼尔的话语。

“不过。”老尼尔摇了摇头，“对我们这种需要经常探索隐秘，经常进行练习，尝试仪式的非凡者来说，薪水总是不够。”

“材料不都是可以申请领取的吗？”克莱恩诧异地问道。

老尼尔嗤笑了一声：“那是有限额的，有的时候，还必须给予足够正当的理由。要想在神秘领域多练习，多尝试，只能自己花钱购买材料，这可以在内部买，也可以去一些地下交易市场。”

克莱恩精神为之一振，当即问道：“有非凡材料的地下交易市场？我以为……我以为教会肯定不允许它们存在的。”

自己正缺乏足够的材料获取渠道！背后有着一个隐秘组织雏形的自己，总不能事事都在值夜者内部解决吧？

“这种事情根本无法管制，嗯……在神秘学的观点里，万物有灵，万物同源，我们使用的材料不仅仅来自超凡物种，还来自正常的动物、植物和矿物，比如你那瓶‘占卜家’魔药里的毒堇、金薄荷和夜香草，在日常生活里就经常能遇到，它们或许没有非凡的性质，但都有着属于自身的特性，经过调配和融合，能达到一定的效果。所以，这不是教会想禁止就能够禁止的交易。”老尼尔详细地解释了一句。

不等克莱恩开口，他继续说道：“而且，超凡物种的各个部位都具备用处，就像拉瓦章鱼，除了血液，它的眼珠、表皮、触手都是不错的材料。除非教会全部用自己人去捕获，否则要想完全囤积，控制外流，将是非常大的经济负担，越是低阶的非凡材料越是这样，只能尽量让比较特殊的那些不进行流通。”老尼尔忽地笑了一声，“另外一个重要的原因是，我们知道的地下交易市场总比我们不知道的好，在隐秘组织未被完全消灭的前提下，这是一个不错的策略，而且还可以帮助我们获得短缺的材料。当然，有地下市场的存在，自然也会有违禁物的出现，只要不是太夸张，太危险，我们都假装没有看见，最多用它们来丰富我们的宝库。”

“还有几大教会互相牵制，无法采取太激烈的手段的原因吧？”克莱恩揣测道。

老尼尔“嗯”了一声，没做具体的展开。

“我是‘占卜家’，将来肯定也需要反复的练习，需要更多的材料，尼尔先生，你能带我去那些地下交易市场看一看吗？”克莱恩用正当的理由请求道。

老尼尔露出为难的表情：“其实在那些地方活跃的家伙，大部分不是非凡者，有喜欢神秘力量的贵族，有向往这方面的有钱人……呃，好吧，其实是我有笔三十镑的账单即将到期，我暂时不方便过去。”

“好吧……”克莱恩完全没想到是欠钱未还这个原因。

过了一会儿，他斟酌着开口道：“尼尔先生，需要借钱吗？我有十镑的报酬。”

“哈哈，不需要，我有办法解决的。”老尼尔拍了下沙发，缓慢站起道，“哎，年迈真是生物最无法对付的敌人，昨晚的值夜让我非常疲惫，嗯……今天上午你自己复习之前的课程，阅读更多的文献，等到明天，我开始教你仪式魔法的基础。”

“好的。”克莱恩跟着起身，脱帽送别。

到了下午，见队长邓恩还未回来，克莱恩假装自己依旧在寻找那本笔记，又一次晃荡在大街上。有了十镑报酬的他，无须再等待经费的下拨，可以直接去占卜俱乐部了！冥想、灵视中时不时就会出现的耳语和幻景，让他迫不及待地想要开始扮演占卜家。

廷根市北区，豪尔斯街13号，位于二楼的占卜俱乐部。克莱恩又一次见到了那位负责接待的漂亮女士，她依旧盘着棕黄色长发，显得成熟而典雅，仅从外表很难判断她的具体年龄。

“您好，格拉西斯先生今天不在，您是否要换一位占卜者？”这位漂亮的女士含笑说道。

听到这句话，刚将脱下的丝绸礼帽重新戴好的克莱恩顿时诧异了：“你居然还记得我？”这都是五天之前的事情了！

棕发女士抿嘴笑道：“您是第一位找格拉西斯先生占卜的客人，也是到今天为止唯一的一位，我很难不留下深刻的印象。”

贪小便宜吃大亏的印象吧？克莱恩自我吐槽了一句，沉吟着问道：“格拉西斯先生上次来俱乐部是什么时候？”

棕发女士瞄了他一眼，仿佛在思考般地回答：“老实说，我们无法掌握会员前来的规律，他们有着自由的意志和各种各样的事务……唔，我记得那天给您占卜之后，格拉西斯先生应该就没有再来过俱乐部了。”

祝他好运，愿女神庇佑他……克莱恩祈祷了一句，没再多问，转而笑道：“我这次不是来占卜的，我想加入俱乐部。”

“真的吗？这是我们的荣幸。”棕发女士适时表现出了惊喜的神色，“初次成为会员，请缴纳五镑年费，之后是每年一镑，详细的情况不需要我重新介绍了吧？”

克莱恩从内侧口袋里掏出新领取的一张5镑纸币，看着亨利·奥古斯都一世的头像远离自己。

认真检查过防伪水印，棕发女士郑重收起钞票，拿出一张表格递给克莱恩：“您填写一下详细信息，我给您开收款凭据。”

能开发票吗？抬头是黑荆棘安保公司……克莱恩被自己的想法逗乐，拿起桌上的蘸水笔，就着蓝黑色墨水将自己的姓名、年龄、所住街道和公司名称等信息填写完毕。

不过，他故意空缺了出生年月日，对一位“占卜家”来说，这是关系着自身奥秘的灵数，不能轻易透露。

开好收款凭据，登记完会员情况，棕发女士伸出右手道：“欢迎加入廷根市占卜俱乐部，我是安洁莉卡·巴雷哈特，你们勤劳的服务者，这是您的会员袖钉，上面有我们独特的铭文，能证明您的会员身份。”

“你好，安洁莉卡女士。”克莱恩轻握了对方的手掌一下，接过那枚暗金色的袖钉。

他发现袖钉上面的独特铭文使用了赫密斯语里一个单词的词根，那个单词是

“占卜者”。

安洁莉卡收回左手，想了几秒道：“不知道您擅长什么占卜术，或者说，想要在俱乐部学习什么占卜方法？我们会考虑请对应的知名占卜者来授课，也会给您介绍有类似特长的会员，让你们愉快交流。”

“每一种占卜术，我都懂一点，不需要特别考虑我。”克莱恩稍作修饰地回答，并且询问道，“我现在就可以替人占卜吗？我并不是一个刚开始学习的菜鸟。”

他是来扮演占卜家，而不是来学习普通人都能接触到的占卜方法。

安洁莉卡保持着礼节性的微笑道：“您随时都可以在俱乐部自由地帮人占卜，只是在确认您的水准前，我们不会在顾客询问时帮您说好话，您希望的占卜收费是多少？”

“两便士吧。”克莱恩打算在没什么名气时以价格取胜。

“我们会按照总价八分之一的标准，抽取四分之一便士的费用……”安洁莉卡先将各种规定说了一遍，然后才把克莱恩的信息写入那本供顾客挑选的占卜者图册。

做完这一切，她微笑指着走廊尽头的会议室道：“海纳斯·凡森特先生正在讲解星盘占卜，您可以安静地找个位置旁听，也能举手提问。”

“好的。”克莱恩颇感兴趣地走向会议室，想听听海纳斯·凡森特和老尼尔讲的有什么不同。

这时，安洁莉卡追了上来，压低嗓音道：“莫雷蒂先生，您需要咖啡还是茶？我们免费提供锡伯红茶、南威尔咖啡和迪西咖啡。”

最近常常看报的克莱恩知道这些咖啡和红茶都属于中等偏下的水准，但也明白它们肯定好于家里的劣质品类，于是想了想道：“一杯南威尔咖啡，三勺糖，不放牛奶。”

鲁恩王国南威尔郡最著名的是啤酒和红酒，不少大人物都相当喜欢，而咖啡相对就没什么名气了。

“好的，等下给您送进来。”安洁莉卡伸手指向会议室。

克莱恩缓步来到半掩的门口，听见那带有浓厚的阿霍瓦郡口音的讲解人正说道：“星盘占卜在所有占卜术里也属于相当复杂的一种……”

这仅是相对普通人而言……克莱恩默默帮对方补了一句，看见会议室的五六张长桌围成了半圆形，簇拥着位穿黑色古典长袍的中年男子，海纳斯·凡森特。这位先生有着明显的黑眼圈，褐色头发浓密而刚硬，它们一根根倔强地竖立着，就像在扮演刺猬。除此之外，讲解星盘占卜的他没什么明显特点。

看见克莱恩进来，海纳斯·凡森特微微点头，没有中断课程，只是稍微放缓了语速。

克莱恩一手插兜，一手提杖，随着找了个边缘位置坐下，舒服地往后一靠，就着下午依旧灿烂的阳光环顾了一圈，看见这里有六位会员，四男两女。他们有的专注做着笔记，有的低声交流着什么，有的则向克莱恩回以苦笑。

放好手杖，克莱恩按了按半高的丝绸礼帽，屈起手指在眉心轻敲了两下。他的目光投向海纳斯，看见了对方的气场，看见了那不同的颜色、亮度和厚薄。

"暗红色，情绪上有点焦虑……其他部位都很健康，就是那里有点问题，不知道是什么情况……"克莱恩边悠闲听课，边默默自语。

这时他右手成拳，抵住了嘴巴，免得笑声外泄出去，因为他突然感觉自己像个无证老中医。对于灵视这个能力，他现在相当满意，虽然只能以此判断大概的情况，无法分辨具体细节，但也足以获得很多有用的信息。

又环视一圈，他再次轻敲了眉心两下，仿佛在思考海纳斯刚才的话语。

星盘占卜属于占星术的一种，但普通人也能尝试进行解读，比如最基本的"出生星盘"，就是根据询问者出生时太阳、月亮、蓝星和赤星等星星分别处在天空的哪个位置，将它们的象征符号标注于星盘上正确的地方，并附加各种星座的相应状况，最后以此来解读命运。这要求占卜者必须懂得倒推计算行星和星座的状态，这种计算相当复杂，当然，也有人出版工具书，供人查询，也有人直接简化，只用星座等做最模糊的解读。

克莱恩安静听着，没有插言，没有提问，时不时摩挲袖口里的黄水晶吊坠，抿上一口安洁莉卡送进来的南威尔咖啡。

过了许久，海纳斯揉了揉眉心道："你们也许可以尝试着绘制自己的星盘，有什么疑问可以来找我，我在白水晶房。"

目送他离去，一位白衬衣、黑马甲的年轻男子笑着起身，走到了克莱恩旁边："你好，我是爱德华·斯蒂夫。"

"你好，克莱恩·莫雷蒂。"克莱恩起身还礼。

"星盘实在太复杂了，每次听到，我就忍不住想开始一场梦境。"爱德华·斯蒂夫自嘲道。

克莱恩笑了笑道："这是因为凡森特先生总是忍不住将他掌握的知识全部教给我们，就像一下子给我们一桌因蒂斯大餐，这太不利于消化了。"

"如果是我，我能吃完一桌因蒂斯大餐，他们总是用很大的盘子装一点点食物。"爱德华呵呵一笑，顺势坐了下来，好奇地问道，"你是新会员吧？我这两年都没见过你。"

"今天刚加入俱乐部。"克莱恩坦然回答。

“你擅长什么？我最擅长塔罗和扑克占卜。”爱德华随口问了一句。

“我都懂一点，也只懂一点。”克莱恩将以前对自己的形容用在了这里。

他不是谦虚，在占卜领域，自己确实还有太多未曾掌握的神秘知识。

就在其他会员想过来交流星盘占卜时，安洁莉卡走入了会议室：“斯蒂夫先生，有人找你占卜。”

“好的。”爱德华·斯蒂夫微笑起身。

“看起来你是位优秀的占卜者。”克莱恩望着对方道。

“不，这只是因为我的价格最合适。”爱德华低笑道，“普通人前来占卜，绝对不会直接挑选那些最昂贵的，而除非他脑袋被驴踢过，否则肯定也不会放心最便宜的几位，价格处在中央的最容易获得机会。”

我就是你说的脑袋被驴踢过的……看着对方离去，克莱恩忽然摇头苦笑。自己的价格定位似乎出现了问题……

他站起身，拿上手杖，走出会议室，再次找到安洁莉卡：“我希望更改占卜价格，嗯，八便士。”

安洁莉卡深深看了他一眼道：“我们会满足您的要求，但也会告诉顾客，您刚加入我们俱乐部。”

“没问题。”克莱恩并不介意地点头。有的时候，神秘也是“占卜家”吸引顾客的重要元素。

改好资料，克莱恩返身走向会议室。这时，他看见海纳斯·凡森特从白水晶房出来，手里拿着一面镀银的镜子。

这位知名占卜者对会议室内的三男两女五位会员道：“我最近刚掌握了一门新的占卜术，魔镜占卜，你们希望学习吗？”

魔镜占卜？这可不是什么安全的占卜方法啊……身穿黑色正装的克莱恩停在会议室外面，皱起了眉头。

作为一名刚进入神秘学大门的“占卜家”，克莱恩不敢说自己懂得很多，但他肯定比普通人了解不少，清楚各种各样的占卜术可以按照某个标准分为三大类，而这个标准就是“启示的来源”。

第一种占卜方法包括塔罗、扑克、灵摆、卜杖和梦境占卜等类型，借助询问人本人灵性与灵界沟通获得的启示，来解读占卜的结果。只是灵摆和卜杖法对灵性、精神体和星灵体的要求很高，不是非凡者无法得到准确且明显的启示；而纸牌占卜是用预先提供固定象征元素的思路，让普通人懵懂交感到的启示也能获得体现；梦境则介于它们之间。

第二种占卜方法有灵数、占星，以及它们衍化出的所有类型，占卜者通过询问人或自然变化提供的客观信息，计算、推测、解读出相应的结果，主动权不在询问人，在占卜者。

第三种占卜方法是借助占卜者和询问人之外的第三方力量，克莱恩上辈子知道的“碟仙”和“笔仙”就属于此类，通过一定的仪式，请求未知的、神秘的存在直接给予答案，虽然普通人大概率不会成功，但要是出现万一，且沟通到充满恶意或光是接触便让人崩溃的存在，就往往会酿成惨剧。

海纳斯·凡森特刚才提到的“魔镜占卜”就属于第三种方法——在神秘学里面，镜子是通向未知、通向奇诡、通向灵性世界的大门，所以克莱恩停在会议室外面，打算听一听这位知名占卜者会怎么讲解，以决定是否通报队长，半夜去“抄”对方的瓦斯计费器。

当然，魔镜占卜也有安全的办法，那就是向七位正统神灵祈求答案，即使普通人很难得到真正的启示，可至少不会产生危险或者后遗症。而被值夜者、代罚者等严格管制的那种魔镜占卜，就是向某些组织信奉的邪神或神秘存在祈求帮忙的。此外，自身随意杜撰的祈求对象也不行，说不定某个单词、某个特质就会引来某位未知的关注。在这个有着非凡力量的世界里，类似的占卜总是会向着极坏的结果发展，克莱恩甚至怀疑，原主和韦尔奇、娜娅根据安提哥努斯家族的笔记，做了一次类似的“黑占卜”。

这个时候，海纳斯也向五名会员讲解清楚了魔镜占卜的原理，开始描述具体的过程:“首先，根据自身信奉的神灵，挑选适合的日期和时间，这可以通过《占星手册》来决定。比如我们都知道，周日是黑夜女神的象征，是休息的体现，而凌晨两点到三点，上午九点到十点，下午四点到五点，晚上十一点到零点，是月亮时，被黑夜女神主宰着，所以，信奉黑夜女神的占卜者，可以在周日的这些时间段进行魔镜占卜。”

基础很扎实嘛……克莱恩借助会议室半掩之门的遮挡，微微点了点头。

不得不说,在七大教会互相制衡的情况下,有的神秘知识确实外泄了,比如《占星手册》就提供了很多象征的含义，只是在没有魔药或非凡力量的情况下，普通人几乎无法获得想要的效果。

“其次，我们需要仔细擦拭镜子，必须是镀银的镜子，将它摆在家里象征月亮的位置……”海纳斯用手中的道具进行着演示。

不，这个时候需要的是灵摆法，先选一个位置，在心里默念七遍“这里适合魔镜占卜”，然后看吊坠转动的方向，顺时针为正确，逆时针是错误……当然，你要是向有恶意的、未知的、神秘的存在祈求，位置就不是关键了，祂感不感兴趣才是重点……克莱恩无声纠正道。

这个时候，他有种自己是听课老师的感觉……

海纳斯·凡森特听不到克莱恩的心里话，语气正常地将事前需要做的准备详细说了一遍。

等会员们写好笔记，他继续讲解道："完成沐浴后，确认窗帘全部拉拢，房门反锁紧闭。接着，点一根蜡烛，摆放在镜子前面，虔诚地向你信仰的神灵祈求，问题尽量简单，不要用复杂的修饰……祈求七遍后，拿起你的镜子，将它轻摔在地上，必须很轻……记住镜面破碎的样子，这是神灵给予的启示……我将几种主要的象征具体讲一讲。"

呼，这是正统的魔镜占卜。克莱恩松了口气，缓步走入会议室，坐到之前的位置上，将剩下那点南威尔咖啡一口喝完。

所谓正统，就是确实能得到启示，但基本没法真正解读。而非凡者在进行这个步骤时，如果得到了回应，就能直接从镜子里看见一定画面，获得较为清晰的信息！

因为破碎后形成的象征很多，海纳斯讲了很久，直到爱德华·斯蒂夫帮人占卜完毕，回到会议室，他都还未收尾。

克莱恩没有询问爱德华帮人占卜了什么，用的是什么方法，这属于占卜者之间不成文的规定，扮演占卜家的他当然要严格遵守，除非对方主动提及。

"我发现很多时候，我们的解读都太过模糊，似乎在迎合不同的需求，让不同的人都能从解读里找到契合自身的描述。"爱德华喝了口锡伯红茶，低声叹息道，"比如遇到很多波折，有太多的厄难，但最终会看见曙光，呵呵，谁也不知道曙光什么时候会到来。比如你这趟旅程不是太顺利，但肯定能活着抵达……嘿，死人是不会来反驳我的。"

爱德华直接忽略了海纳斯的课程，开始兀自聊其他的话题。

"幸存者偏差。"克莱恩微笑着补充道。

幸存者偏差的大概意思是很多统计资料往往只来自活着的、幸存下来的人，忽略了死者，结果会与事实有明显的偏差。

"对，罗塞尔大帝真是一位哲学家。"爱德华赞叹出声。

"……咳。"克莱恩端起没有了咖啡的咖啡杯，假装抿了一口。

整个下午，会员们都沉浸在星盘和魔镜占卜里，偶尔也会过来找克莱恩、爱德华讨论。而这种时候，克莱恩都尽着值夜者小队非正式成员的职责，努力地引导他们避开可能涉及非凡力量、涉及危险的思路。但是，他最想做的事情却未能实现，来来往往好几位询问人，都没有挑选他帮忙占卜。

"或许我下次得主动去打招呼，来上几句'你厄运缠身''你最近将有不幸''你任何事情都不会顺利’的话语？不，这不像是占卜家了……”想着这些，克莱恩不由得摇头自嘲。

他拿上手杖，站了起来，告辞离开。

五点半，爱德华·斯蒂夫穿好外套，正待走出占卜俱乐部，忽然看见了一道熟悉的身影。

“下午好，格拉西斯，好久不见。”他含笑招呼道，只见这位有相同爱好的朋友穿着惯常的正装，打上了黑色的领结，胸前口袋处则悬挂着一副单片眼镜。紧接着，他注意到对方的脸色相当不好，就连淡黄柔软的头发都有干枯的迹象。

“下午好，爱德华……咳咳。”手拿帽子的格拉西斯突然用拳头抵住嘴巴，咳嗽了几声。

爱德华关心道：“你好像生病了？”

“一场很严重的疾病，之后甚至转成了肺炎，如果不是我妻子刚好遇上一位厉害的药师，给了我一些神奇的药剂，你恐怕得到墓园才能看见我。”格拉西斯的语气里满是后怕和庆幸。

“主啊，我简直不敢相信，你之前是那么的健康，瞧瞧，瞧瞧，你现在是如此的虚弱！我记得上周给你占卜过，并没有迹象表明你会得严重的疾病。”爱德华动了动手杖，诧异地感叹道。

“我自己的占卜结果也和你给出的一样，也许我们还不算合格的占卜者，而且，而且……”格拉西斯忽地想起了周一的事情，神情变得异常凝重。

就在这时，漂亮女士安洁莉卡迎了过来，笑意温柔地行礼。

互相致意后，她先关注了格拉西斯的健康，提供了一些建议，接着才随口提道：“格拉西斯先生，上次找你占卜的那位莫雷蒂先生也加入了俱乐部。”

“上次找我占卜的那位？”格拉西斯的眼睛一下发亮，“主啊，他在哪里？”

“他已经离开了。”安洁莉卡和爱德华都无法理解格拉西斯的异常反应。

格拉西斯激动地踱了两步道：“如果他下次前来时，我没有在俱乐部，请一定问清楚他什么时候还会来！”

“格拉西斯，这是怎么回事？那位克莱恩·莫雷蒂先生对你做了什么吗？”爱德华疑惑地问道。

格拉西斯扬了扬手臂，直视着爱德华和安洁莉卡打探般的目光，语气激昂地回答：“他是一位非常，非常，非常神奇的……”手臂挥下，连用了三个“非常”来形容的格拉西斯朗声说道，“医生！”

第十一章
CHAPTER 11
赞美女神

晚上七点半，莫雷蒂家的餐桌旁。

“克莱恩，为什么你作为顾问也需要早到？安保公司的紧急事务会不会比较危险？”班森叉了块土豆炖牛肉里的土豆，隐含关心地提起了清晨的事情。

克莱恩小心地吐出香煎肉鱼的刺，早有准备地回答道：“一批需要立刻转运去贝克兰德的历史文献，我必须到场清点，确认没有遗漏。你知道的，那些只会挥舞拳头的家伙根本不认识古弗萨克文。”

听到他的回答,咀嚼完嘴里食物的班森不由得感慨了一句:“知识真的很重要。”

趁此机会，克莱恩拿出剩下的那五镑钞票，递给了班森：“这是我今天获得的额外报酬，你也需要一身体面的衣服了。”

“五镑？”班森和梅丽莎同时出声。

班森拿起那张钞票，看了一遍又一遍，半是惊讶半是疑惑地说道：“这家安保公司还真是慷慨啊……”

他一周的薪水是一镑十苏勒，四周刚好六镑，仅仅比这额外的报酬多一镑！而靠着那样的薪水他养活了弟弟妹妹，给予他们还算不错的住处，让他们每周能吃两三次肉，每年能获得几件新衣服！

“你们不怀疑我说的话？”克莱恩故意这么反问道。

班森呵呵一笑：“我想你没有那个能力，也没有那个胆量去抢劫银行。”

“你不是一个会撒谎的人。”梅丽莎停下刀叉，认真回答。

我，我现在是一个习惯撒谎的人……克莱恩顿时有点羞愧。虽然这是现实所迫，但妹妹的信任还是让他一阵惆怅。

“今天的事务比较紧急，也很重要，我在里面发挥了相当关键的作用……这就是价值五镑的原因。”克莱恩略作解释道。

从某种意义上来讲，他说的都是真话。

至于即将下发的五镑经费——之前准备用来加入占卜俱乐部的那笔，他打算隐瞒下来。一是又拿五镑回家，真的会吓到哥哥和妹妹，让他们怀疑自己在做什么不合法的事业；二是他得为“占卜家”的学习和神秘学知识的掌握，积攒一些购买额外材料的金钱了。

班森满足地撕咬了一口燕麦面包，想了十几秒道：“我现在的工作不需要太体面的衣服，嗯，准确地说是，布料太好的衣服。家里的这些足够了。”

不等克莱恩劝解，他主动提道：“有了这笔额外的收入，我们就真正有了积蓄，我打算再买几本会计方面的书籍，进行更深入的学习。克莱恩，梅丽莎，我不希望再过五年，我的周薪还在两镑以下。呵，你们知道的，我的老板和我的经理，脑袋里都灌满了大便，一张嘴就是一股恶臭。”

“非常棒的想法。”克莱恩赞同道，顺势引导了一句，“为什么不看一看我房间内的文法书籍呢？要想成为真正的体面人，获得足够丰厚的报酬，这是相当关键的因素。”

也许，用不了多久，公务员考试就会在鲁恩王国出现，提前准备一下能占不少便宜……

班森听得眼睛一亮：“我确实遗忘了这件事情，来，让我们为美好的未来干杯。”

他并没有喝黑麦啤酒，而是将牡蛎清汤倒入三个杯子，与弟弟、妹妹同时轻碰了一下。

喝掉清汤，克莱恩看向与香煎鱼肉奋战的妹妹，低笑一声道：“除了班森的书籍，我想梅丽莎也需要一条新的裙子了。”

梅丽莎抬起脑袋，不断摇头道：“不，我认为最好……”

“存起来。”克莱恩帮她补充道。

“嗯。”梅丽莎重重点头。

“其实，如果不追求布料和最新的设计，并不会太贵，剩下的钱我们就攒起来。”克莱恩以不容拒绝的态度说道。

班森也附和了一句：“梅丽莎，难道你想在赛琳娜的十六岁生日晚宴时，还穿旧的裙子？”

赛琳娜·伍德是梅丽莎的同学兼好朋友，家庭条件还算不错，哥哥是事务律师，父亲是贝克兰德银行廷根分行的资深雇员。不过他们所谓的晚宴，也就是请朋友们共享晚餐，以及聊天、玩纸牌。

“好吧。”梅丽莎低下脑袋，嘟囔着回答，然后狠狠叉起了一块炖牛肉。

沉默一阵，她忽然记起一件事情，忙抬头说道：“隔壁的肖德太太让女仆送了张名片过来，希望周日下午，也就是明天下午四点，半正式地拜访我们，认识新的邻居。”

“肖德太太?”克莱恩完全茫然地望向哥哥和妹妹。

班森用手指轻敲着餐桌边缘，状似思考般道:“水仙花街4号的肖德太太?我见过她的丈夫，是一位资深的事务律师。”

“资深的事务律师……也许他认识赛琳娜的哥哥。”梅丽莎略有几分欣喜地说。

我们是水仙花街2号……克莱恩微微点头道:“认识邻居是必要的事情，不过你们知道的，我周日依旧要去安保公司，只有周一才能休息。替我向肖德太太说声抱歉。”

说到这里,他想起了上辈子小时候的邻居,想起了住在铁十字街公寓时的邻居,好笑地轻叹道:“半正式地拜访……邻居不是应该自然认识，自然接触吗?”

“哈哈，克莱恩，你不明白的，你最近看了不少报纸，却没有接触过那些提供给家庭或妇女的杂志。他们将年入一百镑到一千镑间的家庭称为中产阶级，宣扬这是整个王国的支架，并赞美中产阶级没有贵族和富豪的傲慢，也不像低收入阶层那么粗鲁。”班森轻松而愉快地解释道,“这些杂志将贵族交往间的不少仪式简化，以此作为中产阶级的标志，亲密拜访、半正式拜访和正式拜访的区别就来源于这里。”

说着说着，他摇头失笑道:“一般来说，将自己视为这个阶层的先生、夫人和小姐，都会特别在意类似的细节，她们对邻居和朋友的拜访在下午两点到六点，称为晨访。”

“晨访?”克莱恩和梅丽莎都诧异地反问道。下午两点到六点的拜访算是什么晨访?

班森放下刀叉，摊手笑道:“我也不知道为什么，我仅仅看了几本女同事带来的杂志，嗯，也许是因为要穿晨礼服来拜访……”

原本的晨礼服是弥撒、集会时的礼服，后来代指日间正装，与晚礼服区别。

“好吧，你们明天上午记得去买些好的咖啡粉和茶叶，再从斯林太太那里买点小松饼和柠檬蛋糕，不能在邻居面前失礼。”克莱恩笑了一声，将剩下的面包蘸上肉汁夹入土豆，放进口中。

第二天，也就是周日清晨。

克莱恩喝完最后一口劣茶，放下报纸，戴好半高丝绸礼帽，拿上镶银的黑色手杖，慢悠悠地出了大门，乘坐公共马车抵达佐特兰街。

他与刚结束值夜,打算去休息室睡觉的罗珊打了声招呼,一路下行,来到地底。

在拐角处，他遇上了一名值夜者小队成员,“不眠者”洛耀·莱汀。这是位看起来很冷淡的女士，眉毛细长，眼睛很大，头发漆黑顺滑如同丝绸。

“早上好，莱汀女士。”克莱恩含笑行礼道。

洛耀用深蓝色的眸子望了他一眼，微不可见地点头致意。

两人快擦肩而过时，洛耀忽然停步，目视前方说道：“仪式魔法是件很危险的事情。”

啊…… 克莱恩愣了一下，再转过身体时，就只能看见对方远去的背影。

“谢谢。”他皱起眉头，对着洛耀·莱汀的背影轻喊了一声。

往左拐弯，他很快见到了武器库值守室内的老尼尔，以及本来不该出现于这里的布莱特。

“走吧，去我家，我已经领取好对应材料了，布莱特也答应帮我看守。”老尼尔笑呵呵说道。

克莱恩顿时诧异了：“不在这里？”

老尼尔提着银制小箱，啧了一声：“这里没有练习仪式魔法的空间。”

克莱恩不再多问，跟着老尼尔返回了地面，接着，两人乘坐公共马车，一路来到北区城郊。

老尼尔的家是一处独栋房屋，前方的花园内种植着玫瑰、金薄荷等“材料”。

一进入就是铺着地毯的玄关，摆放着两张高背椅和一个伞架。通过玄关是宽敞的客厅，墙面贴着浅色的墙纸，地板刷成了深棕色，中间铺着有印花图案的小地毯，摆放着一张质地厚重的圆桌。圆桌周围环绕着舒适的长椅、座椅，以及一台钢琴。

“我过世的妻子非常喜欢音乐。”老尼尔指着钢琴，随口提了一句，“沙发和茶几在起居室内……我们今天的仪式魔法教学就在客厅吧。”

“好的。”克莱恩有些拘谨地回答。

老尼尔放下银制小箱，笑了笑：“我先给你演示一个仪式魔法，你注意观察和记忆。”

说话间，他从银制小箱内取出了一张仿羊皮纸，用专门调制的、有宁静香味的黑色墨水在上面画着奇怪的图案。克莱恩看了又看，发现老尼尔似乎、大概、可能在画一张账单！

等到老尼尔于对应位置填上“30”这个数字和相应的“镑”符号后，克莱恩再也控制不住自己，又疑惑又茫然地问道：“尼尔先生，你要进行什么仪式魔法？”

老尼尔咳嗽了两声，非常严肃地回答：“我今天要用仪式魔法解决那三十镑的债务。”

这样也行？克莱恩眼睛瞪大，嘴巴半张。

用魔法解决账单？是要直接咒死债主，还是伪造钞票？我没法解决问题，但我可以解决你？……各种各样的想法在克莱恩脑中跳跃，他看向老尼尔的眼神都变得有点不对劲。

他认真考虑起报警，不，通报值夜者小队的可能。

老尼尔瞄了他一眼，没好气地说道："从你的眼神里，我看见了无知，看见了愚蠢，看见了薄弱而可耻的信任，难道邓恩没有告诉你窥秘人的格言吗？'为所欲为，但勿伤害'！

"虽然这句格言最早是从一个邪恶的隐秘组织——摩斯苦修会内部传出来的，但选择'窥秘人'道路的非凡者都用自己的经验证明了它的正确，只要严格遵守，并充满敬畏，失控的风险就会降到最低，相反的推论同样成立。你的怀疑是对我，对'窥秘人'的侮辱！"

"对不起。"克莱恩毫不犹豫地道歉。他确实忘记了邓恩·史密斯曾经提过的这句格言。

老尼尔并未真的生气，转眼就笑呵呵说道："可惜，挑选'占卜家'的非凡者太少了，没有对应的格言帮助你。"

但我有罗塞尔大帝的日记……嗯，严格遵守格言本身就有扮演的味道啊……克莱恩忽生联想，思索着点了下头。

老尼尔没再多说，将沉重圆桌上的花瓶等事物拿走，放到角落。紧接着，他边从银制小箱内取出一赤红一深黑的蜡烛，边随口讲解道："如果普通人想要尝试仪式魔法，必须根据占星结果或翻阅对应手册，挑选适合的日期，适合的时间，比如象征女神的周日，比如祂所主宰的月亮时。但对我们非凡者，尤其是擅长这方面的非凡者而言，并不需要这些，我们蓬勃的灵性，我们强大的星灵体，才是最关键的要素。当然，如果你对自己想尝试的仪式魔法没有把握，那挑选适合的日期，适合的时间，能有效提高成功率。"

"啊对，有个前提，你必须牢记，并严格遵守！"老尼尔放好两根蜡烛，侧过身体，看向克莱恩，非常严肃地说道，"低序列者自身还不够强大，能进行的仪式魔法几乎都是向外在祈求力量，请求帮助，所以，只能考虑女神、风暴之主等正统神灵。绝对，绝对不要试图沟通未知的、难以预料的存在，哪怕有人信奉祂们，哪怕记载的承诺充满诱惑！"

"相信我，不要抱有侥幸的心理，只要尝试过一次，你就会不可避免地滑向深渊。一切的努力，一切的抗争，都只是延缓堕落的速度，无法扭转趋势。"

"我会牢记的！"克莱恩沉声回答，心头却一阵发虚。

自己的转运仪式似乎就是在向某个未知的、难以预料的存在祈求力量，而且真的获得了让"倒吊人"这个资深非凡者都难以置信的力量，将他们拉入灰雾之上的力量，嗯，他应该是资深的非凡者……值得庆幸的是，我还没疯，还没有失控的迹象……

忧虑着这件事情，他主动转移了话题，问：“所以，值夜者们最好是向女神请求帮助?”

“如果你想祈求风暴之主，不会有谁阻拦你，只是祂未必会回应，甚至可能会充满恶意地回应，那会让我们仪式魔法的结果扭曲到难以预知的方向。”老尼尔用玩笑的方式打消了克莱恩的侥幸念头。

没有所谓的“最好”，只有“必须”！

叮嘱完毕，老尼尔拿起那根赤红色的蜡烛道：“用月亮花、深红檀香等制作的蜡烛，在仪式魔法里象征女神的绯红之主身份。”他又指着深黑色的蜡烛道，“夜香草、深眠花等制作的蜡烛，象征黑夜。”

说话间，他把黑色那根摆在圆桌的左上方，红色那根置于右上方。

“为什么象征女神的蜡烛只有两根？祂还是隐秘之母，厄难与恐惧的女皇，安眠和寂静的领主啊。”

“不错，这就是我希望你问的问题。”老尼尔笑了一声，“在堕落前，摩斯苦修会和教会的关系很好，他们在仪式魔法上的一些观念和成果深深影响了我们。”

“他们认为万物皆数，每个数字都有灵性，而在仪式魔法里，0代表未知，代表混沌，象征世界诞生之前的状态；1表示开始，代表最初的造物主；2象征从祂体内诞生的世界和诸位神灵；3表示神灵与物质接触，万物成形。在这里，用两根蜡烛象征女神，将第三根留给我们自己。具体用哪两根蜡烛，哪两种象征，要根据仪式魔法本身想要达到的效果决定。”

三生万物？万物皆三？克莱恩不由得想到了上辈子接触到的一些东西。

见他认真倾听，老尼尔拿住第三根蜡烛道：“这是象征‘我’的蜡烛，很普通的蜡烛，只是添加了点薄荷，记住，玫瑰、柠檬、薄荷、月亮花、夜香草和深眠花等植物都受到女神的喜爱和宠幸。三根蜡烛，在另一方面也象征着每个人的肉体、灵性和神性。”

描述完毕，老尼尔将第三根蜡烛放在圆桌正中央，又相继取出调制好的“满月精油”、一个铭刻有黑暗圣徽的大釜、一把有华丽花纹的银制小刀、一杯清水以及一碟粗盐。

“对于不擅长仪式魔法的非凡者而言，这个时候还需要铃铛、水晶球、银杯、熏香等物品辅助，但‘窥秘人’和‘占卜家’不用，这些器物足够了。”

老尼尔将画着账单的仿羊皮纸放在位于正下方的大釜旁，并用特制的羽毛笔压住一角。

他侧身对克莱恩道:“仪式魔法需要一个干净的、没人打扰的灵性环境，而这必须由我们自己来制造，方法是先进入冥想，积蓄精神，接着靠辅助物品将我们的力量引导出来，构建于四周，比如我在瑞尔·比伯家用过的‘圣夜粉’，以及我即将使用的仪式银匕。

“整个过程里，我们必须根据想要的结果确定象征符号和对应咒文，咒文最好用赫密斯语，因为古赫密斯语来源于自然，类似于古龙语、古精灵语，效果非常直接，但缺乏必要的隐蔽和保护，容易让使用者陷入危险，这是它被改进的缘由，不过，它也确实更有效。

“好了，我要专心进行仪式魔法了，不会再给你讲解，你注意看和听，并记下问题，等一切结束再向我请教。”

“好的。”克莱恩退后两步，专注地看着老尼尔。

老尼尔的眼眸迅速转深，周围有无形的风开始打旋。他默然一阵，按照从左往右，从上到下的顺序，用精神与物质摩擦，依次点燃了三根蜡烛。

接着，他拿起那把银制小刀，将它插入了粗盐里，并口诵赫密斯语书写的咒文:

“我圣化你，纯银之刃!

“我清洁和净化你，让你在仪式里侍奉我!

“……

“以黑夜女神、绯红之主的名义，

“你被圣化了!”

诵完一个个简短有力的古老单词之后，老尼尔抽出银制小刀，将它插入那杯清水，然后提了起来，指向圆桌之外的空间。他用刀尖对准了外圈，接着迈开步伐，绕圆桌行走，每走一步，克莱恩都能感受到无形的力量从银制小刀之上喷薄而出，它们充满灵性，与空气勾连，形成了一堵密封之墙。

一圈之后，祭台所在就与周围隔离开了。

老尼尔站到圆桌前方，将银制小刀放下，拿起那瓶满月精油，分别往黑色、深红和普通的蜡烛上滴了一滴。

滋!淡薄的雾气弥漫，一切似乎变得神秘起来。

老尼尔放下玻璃瓶，看着那张仿羊皮纸，静默了两分钟，然后拿上羽毛笔，在“账单”上描绘出控制的符号——一个框住了所有内容的方形，表示自身控制住了债务。接着，他又画了一个叉，表示消除。

到了这里，他一手拿上仿羊皮纸，一手轻敲眉心，打开了灵视。

又有无形而蓬勃的力量焕发，老尼尔低声吟诵道:

“我祈求黑夜的力量;

“我祈求绯红的力量；

“我祈求女神的眷顾；

“祈求带给我支付这笔账单的款项。

“夜香草啊，属于红月的草药，请将力量传递给我的咒文！

“月亮花啊，属于红月的草药，请将力量传递给我的咒文！

“……”

克莱恩在旁边听得目瞪口呆，心里各种想法互相激荡。这样的咒文也行？虽然它是用赫密斯语书写和念出的……但未免也太直接太朴素太接地气了吧？女神会不会恼怒，让账单翻倍啊？

这时，蜡烛光芒霍然变亮！

老尼尔念诵完毕，闭目两分钟，又往三根蜡烛上分别滴了一滴满月精油。紧接着，他抓住那张仿羊皮纸，将它凑近了象征“我”的蜡烛，点燃后，立刻丢入大釜。

老尼尔再一次闭上眼睛，似乎在感受着账单的燃烧。过了一阵，他眼眸睁开，望向有黑色圣徽的大釜，只见仿羊皮纸已完全燃烧，只剩灰烬。

“赞美女神！”老尼尔在胸口点了四下，绘成绯红之月，然后依照逆序熄灭了蜡烛。

做完这一切，他拿上银制小刀，将四周的无形之墙戳破。[1]

一阵大风突然刮起，之后老尼尔明显松了口气道：“好了。”

“这就好了？”克莱恩愕然发问，“账单解决了？怎么解决的？”

“我也不知道，总之，它会被解决的，以合理的方式。”老尼尔摊手笑道。

这……克莱恩不知该用什么表情和语言来应对了。这会不会有点不靠谱？

“不要再想那该死的账单，让我们讨论仪式魔法吧。”老尼尔神情轻松地将蜡烛、大釜和银制小刀等物品收起。

克莱恩很想学上辈子的外国人那样耸耸肩膀，但最终还是没做这不够绅士的动作。他将注意力转回到仪式魔法上面，把之前有所疑惑的细节性问题一一抛出，并获得了足够准确的回答，比如，诵念的咒文都有一定格式，只要满足格式，并用赫密斯语表达清楚了关键意思，那其他部分就可以随意发挥，当然，亵渎的、不够尊崇的描述是绝对禁止的。

这堂神秘学课程一直持续到了中午，老尼尔轻咳两声道：“我们必须返回佐特兰街了。”说到这里，他含糊不清地抱怨了一句，“为领取那些该死的材料，我错

---

1 原注，此处魔法仪式改编自“威卡魔法书”。

过了可爱的早餐。”

克莱恩好笑又疑惑地向左右看了看道：“尼尔先生，你家里没有厨师吗？或者负责做饭的女仆？”

周薪十二镑足以负担好几名佣人了！

据报纸所述，在提供住宿和食物的情况下，请一位普通厨师的周薪只需要十二到十五苏勒，连一镑都不用，杂活女仆更加便宜，周薪才三苏勒六便士到六苏勒之间，当然，也不能去指望她们的做菜手艺。

呃，也不对，以尼尔先生还欠着三十镑外债的状态，不请厨师和佣人才正常……我似乎又问了不该问的问题……

克莱恩后悔之时，老尼尔却一点也不介意地摇头道：“我经常在家里尝试仪式魔法，研究非凡物品和对应的文献，不会也不可能聘请普通人担任厨师、男仆和女佣，只是定期让人前来打扫，而如果不找普通人……你认为他们会愿意做类似的工作吗？”

“我似乎问了一个愚蠢的问题，这或许是因为我不会在家做涉及神秘学的事情。”克莱恩自嘲着解释道。

老尼尔早已站了起来，戴上圆边毡帽，边往门外走边嘟囔道：“我仿佛闻到了香煎鹅肝的味道……等账单彻底解决，我一定要好好来一份！我肯定能吃下一整块配苹果调味汁的烤猪肉，不，这还不够，必须再来一根配土豆泥的香肠……”

说得我都饿了……克莱恩吞了口唾沫，快步跟上老尼尔，前往附近的公共马车点。

回到佐特兰街，老尼尔刚走下马车，忽然“嗯”了一声：“我看见了什么？女神啊，我看见了什么？”

他突然敏捷得像个十七八岁的小伙子，飞快来到路边，捡起一样物品。

克莱恩疑惑靠拢，仔细一看，发现那是一个做工考究的皮夹。以他的眼光和见识很难分辨这暗棕色的钱包究竟是牛皮还是羊皮，只注意到上面绣有一个浅蓝色的小型纹章，纹章之上是一只展翅欲飞的白鸽。

这是克莱恩第一眼的印象，而从第二眼开始，他就被鼓胀的皮夹里那一张张钞票粘住了视线。

那是灰底黑纹的金镑，至少二十张以上！

老尼尔展开皮夹，抽出那些钞票，仔细瞧了瞧，顿时“嘿”了一声：“10镑的纸币，让人尊敬的‘立国者’‘保护者’威廉一世，噢，女神啊，整整三十张……还有几张5镑、1镑和5苏勒的纸币。”

三百多镑？这是真正意义上的巨款啊！我也许十年都攒不到这么多钱……克

莱恩的呼吸不由自主地变得沉重起来。金镑的价值很高，捡到这么一个皮夹，就跟后世捡到了一提箱钞票一样。

“不知道是哪位先生掉的……肯定不会是普通人。”克莱恩冷静分析道。这样的皮夹明显不属于女士。

“不用在意他是谁。”老尼尔轻笑道，“我们又不会试图占有这些不属于我们的金钱。我们在这里等一下吧，我想那位先生很快就会回来寻找，对任何人来说，这都不是容易放弃的事物。”

克莱恩暗自松了口气，对老尼尔的道德品质有了全新的认识。他之前还挺担心对方拿着“女神赐予”的借口，用这笔钱去偿还账单，正苦苦思索该如何阻止，该怎样劝说。

这就是“为所欲为，但勿伤害”？克莱恩突然有了些许领悟。

两人在街边等待了不到一分钟，就看见一辆豪华的四轮马车飞快驶来，侧面的浅蓝色纹章上正是一只张开了翅膀的白鸽。

马车停了下来，一位穿黑色正装、打同色领结的中年男子离开车厢，看向那个皮夹，脱帽行礼道：“两位先生，这应该是我主人的钱包。”

“你们的纹章证明了一切，但我还需要再验证一次，这是对所有人负责。请问，皮夹里有多少钱？”老尼尔客气地回应道。

那位中年男子怔了怔，旋即自嘲地笑道：“作为一名管家，不应该清楚主人的皮夹里还剩多少钱。抱歉，请允许我去问一下。”

“这是你的自由。”老尼尔做了个“请”的手势。

中年男子回到车厢旁，通过窗户，与里面的人交流了两句。

他重新靠近克莱恩和老尼尔，微笑着说道：“比三百镑多，不到三百五十镑，我主人并不记得具体的数额。”

并不记得……还真是狗大户啊，我要有这么多钱，肯定数了一遍又一遍……克莱恩对此充满了艳羡。

老尼尔点了下头，将皮夹递了回去：“女神证明，这是属于你们的。”

中年男子接过皮夹，大概点数了一遍，然后从里面抽出了三张10镑的钞票：“我家主人是德维尔爵士，他说你们的品质让他赞赏，这是诚实者应该获得的报酬，请不要拒绝。”

德维尔爵士？那位成立“德维尔信托公司”，为底层劳工提供廉价出租房的德维尔爵士？克莱恩一下记起了这个名字。他是那位哥哥班森既尊敬，又认为做事不够贴近现实的爵士。

“感谢爵士，他是一位善良的、慷慨的绅士。”老尼尔没有客气，接过了那三张纸币。

目送德维尔爵士的马车远去后，他见四周无人，遂转头看向克莱恩，轻甩着钞票，笑了一声道：“三十镑，账单解决了。我说过，它会以合理的方式被解决，这就是魔法的力量。”

这算什么魔法的力量！这也行？克莱恩又一次目瞪口呆。

缓了几分钟，进入楼梯口，向安保公司行进的他疑惑地问道：“尼尔先生，你为什么不祈求更多的金额？”

“不要贪心，举行仪式魔法时尤其不能贪心，节制是每一位‘窥秘人’活得足够久的关键要素。”老尼尔轻松愉快地解释道。

巨大的宴会厅内，几座吊灯上竖立着一根根燃烧着的蜡烛，它们散发出让人心情舒畅的香气，用数量累积出不比煤气灯逊色的光芒。

一张张长条桌上摆放着香煎鹅肝、烤牛排、烤仔鸡、煎鳎鱼、迪西牡蛎、炖羔羊肉、奶油浓汤等美味的食物，另外，还有一瓶瓶迷雾香槟、奥尔米尔葡萄酒和南威尔红酒，它们在灯光照耀下散发出诱人的色泽。

一位位身穿红色马甲的仆人则端着放水晶杯的盘子，穿梭于打扮或高雅或华丽的绅士和女士之间。

奥黛丽·霍尔穿着立领、高腰、羊腿袖的浅白色长裙，上身被紧束，腰部被勒得极细，多层次的蛋糕式剪裁则被鲸箍完美撑起。她的金色长发优雅地盘束起来，耳饰、项链和戒指皆闪烁着亮眼的光芒，脚下是一双镶有玫瑰和钻石的白色舞鞋。

“里面有四条、五条还是六条衬裙？”奥黛丽用戴着白纱手套的右手摸了下裙撑，她的左手正端着一杯颜色晶莹的香槟。

奥黛丽没有像以往一样，置身于宴会的中心，成为所有人的焦点，而是避开热闹，静静站在落地窗的帘幕阴影里。她抿了口香槟，用一种不属于这里的姿态，抽离地望着前方的人们。

沃尔夫伯爵的小儿子正与康纳德子爵的女儿聊天，他喜欢用挥舞小臂的方式加强语气，嗯……他挥舞的幅度越大，说话的内容越不可信，这是经过验证的结论……他总是忍不住抬高自己，贬低别人，但又难以掩饰心虚，这会从他说话的方式、肢体的语言表达出来……

黛拉夫人今天一次又一次用左手遮掩笑声，哦，我知道了，她在炫耀她左手上那枚纯净的海蓝宝石……她的丈夫尼根公爵在不远处和几位保守派的贵族议论局势，从宴会开始到现在，他只主动用视线寻找过他的黛拉夫人一次……他们几乎没有真正的目光接触……也许他们并不像表现出来的那么恩爱……

帕尼斯夫人被拉里男爵逗笑了七次，这很正常，并不奇怪，可为什么她要用心虚的眼神望向她的丈夫……唔，他们分开了……不对，他们去的地方都能通往花园……

在这奢靡的宴会里，奥黛丽看出了许多往常根本不会注意到的细节。

有那么一瞬间，她几乎真的相信自己在观看一场戏剧。

“每个人都是不错的戏剧演员……”她无声叹息，目光清冷。

就在这时，她忽有所感，猛地扭头，望向了落地窗外的宽敞阳台，望向了宽敞阳台的阴暗角落。

在那片阴影内，一只金毛大犬安静端坐，目光幽幽地看着里面，看着奥黛丽，半个身体藏于黑暗中。

苏茜……奥黛丽嘴角一抽，表情瞬间垮塌，再也维持不住“观众”的状态。

…………

风暴肆虐的大海之上，一艘古老的三桅帆船正随着波浪起伏。它的速度并不快，体积也不够大，在这天与海浑然一体的灾难场景里就如同离开了树木的枯叶，但是，不管飓风如何猖狂，海浪怎样恐怖，它都安然航行，未见倾斜。

阿尔杰·威尔逊站在空旷的甲板上，眺望着周围如山如峰的巨浪，不知在思考些什么。

“又要到周一了……”他无声低语了一句。

那是属于大地母神的一天，是新一轮繁荣和枯败的起始。但对阿尔杰而言，那还有着另外的意义，那属于一位永远笼罩在灰白雾气里的神秘存在。

至少我还没有变成疯子……他收回目光，自嘲一笑。

这个时候，他仅有的几名船员之一靠拢过来，恭声问道：“主教大人，我们这次出航的目标是什么？”

阿尔杰环顾一圈，语气没什么起伏地回答：“追捕一位极光会的‘倾听者’。”

…………

风暴散去，雾气弥漫，有火炮位但依旧不符合时代潮流的奇异帆船上。

一位年龄八九岁、黄发柔软服帖的男孩胆战心惊地看着周围毫无纪律的海盗们，看着他们享用大桶的啤酒，看着他们借助绳索荡来荡去，看着他们互相嘲讽，甚至挥拳对殴。

他转头望向阴影里屹立的黑袍男子，压低嗓音道：“父亲，我们要去哪里？”

五天前，他自有记忆以来第一次见到了自己的父亲，自称冒险家的父亲。

要不是母亲遗留的那幅油画证明了对方的身份，要不是孤儿院正为自己敞开大门，他绝对不愿意离开家乡，跟随这位近乎陌生的至亲。

那位站在阴影里的男子低下脑袋，看着儿子，神情和蔼地回答道：“杰克，我带你去一个神圣的地方，造物主曾经居住的‘圣所’。”

“那是神的国度吗？我们凡人只有得到恩赐，才能进去……”小杰克被母亲教导得很好，拥有足够的常识，此时又是惊讶，又是恐惧。

屹立于阴影里的男子有着一张线条深刻到让人难以忘记的面孔，就像是最出色的大师完成的石雕。他将手放至耳边，摆出倾听的姿态，用一种近乎梦呓的口吻回答：“杰克，‘凡人’是一个错误的概念。造物主创造了这个世界，祂无处不在，祂存在于每个生灵的体内，所以，万物皆有神性，神性丰厚到一定程度就能成为天使，现在的那七位伪神只不过是更为强大的天使。你看，我现在就能听到造物主的教诲，啊，那是何等非凡的启示！生命，只不过是一场精神的旅行，当精神足够强大，足够坚韧，我们就能找到自身的神性，并与更多的神性合而为一……”

小杰克听不懂这复杂的描述，摇了摇头，询问起之前没有来得及问的另一个问题：“父亲，我听妈妈讲，造物主在创造这个世界后，就分化成了万物，并没有实际存在，那为什么还有祂的圣所？”

作为一个七八岁的小孩，他的逻辑足够清晰。

脸庞线条宛若雕刻的那名男子怔了一下，脑袋又侧了几分，仿佛听到了更多的耳语。突然，他趴了下去，双膝跪在了甲板上，裸露于外的皮肤凸显出一根又一根青黑色的事物。

他双手捂住脑袋，脸孔扭曲到了异常，极其痛苦地喊道：“他们在撒谎！”

用过午餐，在老尼尔保证下次去地下交易市场会带上自己后，克莱恩慢悠悠地回到黑荆棘安保公司，纠结是在文职人员办公室阅读文献，练习能力，还是趁队长邓恩尚未禁止的时候继续外出游荡，到占卜俱乐部扮演占卜家。

然而，他还没来得及做出决定，就看见邓恩·史密斯从外间进来，身穿黑色风衣，头戴半高礼帽。

“队长，情况怎么样了？”克莱恩想着安提哥努斯家族笔记的下落，关切地问了一句。

邓恩灰色的眼眸看不出丝毫疲倦，只道：“多方证实，安提哥努斯家族的笔记就在瑞尔·比伯的手里，不过，他彻底失踪了。我已经通过电报，将这件事情告诉了各个值夜者小队，请他们密切注意各个港口、蒸汽列车站点，印制的第一批画像也于昨天下午邮寄了出去，将会刊登在各大报纸上。”

这个时候要是有电话，有传真机，有监控摄像头，有大数据就好了……可惜，我都只是会用，连原理也仅了解一点点……克莱恩无声地吐了口气。

“不过，无论怎么样，我们也算找到了那本笔记的下落，而这是属于你的功劳。当然，这还需要进一步的确认。我已经向贝克兰德教区发去电报，请求他们派人护送2-049号封印物过来，那是曾经属于安提哥努斯家族的一件危险物品，它能帮助我们知道瑞尔·比伯是不是安提哥努斯家族的后裔。”

2级封印物……危险……谨慎且节制利用……克莱恩本想好奇地询问这件封印物是什么，有什么特殊能力，危险在哪里，但瞬间就记起自己的保密等级不够，只得无奈放弃。

“愿女神庇佑我们。”克莱恩在胸口点了四下，画了个满月。

邓恩边打开自己办公室的门，边微微点头道：“女神一直在庇佑我们，克莱恩，如果你之前没有选择‘占卜家’，等到这件事情确定，应该就能当上正式队员，成为‘不眠者’了，可惜啊……坦白地讲，我一直不理解你为什么会选择‘占卜家’。‘收尸人’虽然让人抗拒，但你见过戴莉，应该明白‘通灵者’是何等强大，而‘窥秘人’也是一个好选择，至少有老尼尔作为榜样，失控的风险会很低。”

对于这个问题，克莱恩最开始就准备好了答案，只是邓恩始终没问，直到现在才派上用场。

他组织了下语言道：“我考虑的是，‘占卜家’和‘窥秘人’属于辅助性非凡者，不用总是面对敌人，那样太危险了。而你和老尼尔也说过，在神秘和非凡的领域，好奇与探索常常会带来可怕的后果，‘窥秘人’的描述让我感到担心，所以……呵，你知道的，我在不久之前还只是一位普通的大学生，胆小是我这么选择的唯一原因。”

“不得不说，这是一个出乎我意料，但又让我觉得很有道理的答案。”邓恩揉了揉额角，轻笑了一声。

他半转身体，灰眸深邃，上下打量了克莱恩一眼：“这段时间，你继续外出，不用再局限于韦尔奇家到铁十字街的路线。也许你能感应到那本笔记，帮助我们确定瑞尔·比伯的下落。”

“好的。”克莱恩发现自己不用纠结了。

他告辞转身，心里开始默数：三，二……

“等一等。”邓恩开口喊道。

克莱恩回过头，微微一笑：“队长，还有什么事情吗？”

邓恩咳了一声道：“嗯，辅助性的非凡者也会有不得不面对敌人的时候，虽然‘占卜家’听起来能规避这些，但我们不可以疏忽，你必须继续进行枪械的练习，并且有计划地增强力量。”

“这正是我努力在做的事情。”克莱恩指了指外面，“我出去了。”

“好的，呃，等一下。”邓恩又一次喊住了他，边思考边说道，“或许我得考虑为你请一位格斗教师，当然，这件事情的前提是，你成为正式队员。”

克莱恩“嗯”了一声，谨慎问道：“队长，没别的事情了吧？”

“没有了。”看见克莱恩不太相信的眼神，邓恩摇头淡笑，强调了一遍，“真的没有了。”

克莱恩这才走出隔断，和罗珊、奥利安娜太太等人告别，先到射击俱乐部做了练习，然后闲逛了足足一个小时，认真完成队长交代的任务。

做完这一切，他来到占卜俱乐部，看见漂亮的安洁莉卡女士正悠闲地阅读着杂志。

《家庭》……克莱恩默念完名称，提着手杖走过去，微笑着打了声招呼：“下午好，安洁莉卡女士。”

“下午好，莫雷蒂先生。”安洁莉卡不慌不忙放下杂志，起身说道，“昨天您离开没多久，格拉西斯先生就来了，他刚从一场大病中康复。”

克莱恩松了口气，露出笑容道：“这真是一件让人高兴的事情。”

听到这句话，一直在悄然观察他的安洁莉卡忍不住压低嗓音，好奇地问道：“格拉西斯先生说，说您是一位非常、非常、非常神奇的医生，是吗？”

啥？克莱恩愕然看着对面的女士，怀疑自己出现了幻听。从哪里能看出来我是一位医生？我自己都不知道……

见克莱恩神情诧异，安洁莉卡顿时有点动摇：“不是吗？格拉西斯先生说您只靠观察，就看出他患有肺部疾病……

她越说越是小声，最终闭上了嘴巴。

观察？眉心发黑？克莱恩一下恍然，摇头失笑道：“我想格拉西斯先生是误会了。”

他本打算就这么敷衍一句，可突然想到昨天下午没人找自己占卜，导致扮演占卜家的过程非常不顺利，于是脑筋急转，略略解释道：“这其实是一种占卜。”

“占卜？可格拉西斯先生提到您只是观察了他的脸部，这也算是占卜？”安洁莉卡又惊讶又疑惑地反问道。

克莱恩从容笑道：“作为占卜俱乐部的一员，你应该知道手相吧？”

看手相并不是大吃货帝国的专利，即使在地球上，印度和旧欧洲也分别发展出了一套理论，更别提如今是个有着非凡力量的世界。

“知道，但是，您似乎也没给他看手相啊？偷偷观察的？”安洁莉卡好奇地询问道。

“我看的是面相。”克莱恩胡诌道，“它的原理和手相本质上没有区别。”

“真的吗?”安洁莉卡的眼神里写满了不信。

克莱恩为了占卜家事业的发展，轻笑一声，装作思考的样子，抬手轻敲了眉心两下。

凝神望去，安洁莉卡的气场呈现于他的眼眸中，头部紫色，手脚红色，喉咙蓝色……健康并没有什么问题，只是颜色都稍有暗淡，这属于处在疲惫状态中的正常表现。

克莱恩再看对方的情绪，只见橘色里夹杂着些许红色和蓝色，也就是温暖中带着一点兴奋与一点思考。

还好……没有发现异常状况，克莱恩打算关闭灵视，就在这时，他突然看见安洁莉卡的情绪颜色深处，藏着浓浓的灰暗。

“而且，她也缺乏一点白色的积极向上……”克莱恩若有所思地点头。

“莫雷蒂先生，您在看我的面相吗?”见身前穿黑色正装的年轻绅士突然沉默，认真打量着自己，安洁莉卡敏锐地察觉到了什么，半是好奇半是担忧地问道。

克莱恩没立刻回答，又轻敲了眉心，一副专心审视的模样。

就在安洁莉卡有些不安的时候，他温和地开口了:“安洁莉卡女士，有的悲伤，有的痛苦，不要密封于心里。”

安洁莉卡的眼睛一下睁大，嘴巴张了张，却没能说出话来。

她看着头戴半高礼帽、带有明显学者气质的克莱恩，听到对方用低沉、舒缓、让人感觉温暖的嗓音说道:“你需要一次登山，一场网球赛，或者一出悲伤的戏剧，让身体因运动而疲惫，让眼泪不用遮掩地流下来，然后痛哭，嘶喊，将那些情绪彻底地爆发出来，这对你身体的健康很有帮助。”

话语娓娓入耳，安洁莉卡仿佛变成了雕像，立在那里，一动不动。她努力地眨了眨眼睛，慌乱地低下脑袋，闷声说道:“谢谢您的建议……”

“今天似乎有不少会员?”克莱恩没再多说，就像刚才未做任何占卜一样，侧身望向了走廊尽头的会议室。

“周日下午……至少五十位会员……”安洁莉卡的嗓音还有些低哑，只是说了几个关键词。

她顿了顿，语速逐渐恢复了正常:“您是要红茶还是咖啡?”

“锡伯红茶。”克莱恩微微点头，礼节性地摘了下帽子，然后慢慢往会议室走去。

直到他消失在门边，安洁莉卡才缓缓吐了口气。

占卜俱乐部的会议室非常大，几乎相当于克莱恩高中教室的两倍。往常这里只有五六名会员，显得非常空荡，此时，几十位占卜者三三两两坐在不同的位置，一下就塞满了大部分空间。阳光从几扇凸肚窗照入，会员们或小声讨论，或围在海纳斯·凡森特周围请教，或埋头演练，尝试占卜，或独自喝着咖啡，阅读报纸。

这样的画面让克莱恩有种回到地球学生时代的感觉，只是那时候更热闹，更喧嚣，没有这份宁静的味道。他环视一圈，没看到格拉西斯和爱德华·斯蒂夫这两位熟人，于是随意取了本公用的占卜教材，找了个角落，悠闲地翻阅起来。

没过一会，安洁莉卡端着杯红茶进来，放到克莱恩面前的桌子上。她正要安静离开，忽然看见莫雷蒂先生从左手袖口内解下了一根造型别致的银链，上面吊有一枚纯净的黄水晶。

他要做什么？安洁莉卡不知不觉放缓脚步，凝望着克莱恩。

克莱恩左手持握住银链，将黄水晶笔直地垂到那杯锡伯红茶之上，让它和液体表面只差少许就能够接触。他神情宁静地半闭上了眼眸，四周的气氛顿时变得幽静。那枚纯净的黄水晶轻微地动了起来，带着造型别致的银链顺时针旋转。

看到这一幕，安洁莉卡只觉莫雷蒂先生异常神秘。

“你们的红茶还不错。”克莱恩睁开眼睛，微笑低语道。

他刚才的举动是故意做出来的，故意做给安洁莉卡看的。要想很快有人找自己占卜，负责接待和推荐的安洁莉卡是非常关键的因素。

既然要扮演占卜家，克莱恩也不再有什么顾虑，真正地投入了这个身份。

“……是的，凡纳斯先生对红茶的品质很挑剔。”安洁莉卡怔了怔道。

这时，克莱恩收回灵摆，将它重新缠好，然后端起白色有花纹的瓷杯，含笑遥敬了对方一下。

安洁莉卡回到接待厅，再没有心情阅读杂志，她坐于那里呆呆出神，不知在想些什么。

直到一阵敲门声传来，她才猛地惊醒，慌忙望向入口，看见了一位穿浅蓝长裙的小姐。

这位小姐取下了有粉蓝色缎带的纱帽，表情沉静而忧郁。

“下午好，尊贵的小姐，您是想加入俱乐部，还是找人占卜？”安洁莉卡熟稔地迎了过去。

“我想占卜。”眼睛漂亮却藏着忧郁的小姐咬了下嘴唇道。

安洁莉卡先请对方坐到沙发上，然后将会员占卜的情况详细介绍了一遍。

她取来图册，递了过去道：“您可以挑选任何一位。”

情绪低沉的小姐认真地翻起图册，因为今天在俱乐部的会员实在太多，可供挑选的余地实在太大，看得她一阵烦乱。

“你能推荐一位吗？这几页里面的。”她指着图册的中间部分，略去了价格在两苏勒以上和四便士以下的占卜者。

安洁莉卡拿回图册，看了几分钟，斟酌着说道：“我推荐这位先生。”

潜藏着不安的小姐凝神看去，发现是一位叫作克莱恩·莫雷蒂的占卜者。

“莫雷蒂先生刚加入俱乐部……水准值得信赖吗？”她不太放心地询问道。

安洁莉卡肯定地点头道：“我和一位会员都能确定莫雷蒂先生是出色的占卜师。如果不是因为刚加入俱乐部，他不会只收取这么低廉的费用。”

“我明白了。”忧郁的小姐点了点头，“那我就请莫雷蒂先生占卜。”

“好的，您等一会儿。”安洁莉卡拿上图册，起身走向了会议室。

她来到克莱恩身边，压低嗓音道：“莫雷蒂先生，有人请您占卜，您需要使用哪间占卜房？”

效果不错嘛，第一单生意上门了……克莱恩放下红茶杯子，平静点头道：“黄水晶房。”

“好的。”安洁莉卡缓步在前方引路，并打开了黄水晶房的木门。

克莱恩坐到放了诸多占卜器具的桌子后面，等待了几十秒，看见位身穿浅蓝色长裙、情绪低沉而忧郁的女子进来。

趁对方反手关门的机会，他轻敲了眉心两下。

“胃部的黄色有点暗淡……情绪的暗色非常重，以担忧不安为主……”克莱恩仔细看了一遍，往后微靠，抬手关闭了灵视。

“你好，莫雷蒂先生。”浅蓝色长裙的女子坐了下来。

“下午好，该怎么称呼你？”克莱恩礼节性地问道，并未抱有一定获得答案的期待。

作为一名“键盘强者”，他知道很多人在占卜时是不愿意使用真实姓名的。

“你可以称呼我安娜。”浅蓝色长裙的女子将纱帽放至一边，满含期待又多有怀疑地看着克莱恩道，“我想占卜我未婚夫的状况。他为了一桩生意，3月就去了南大陆，上个月3号，他发电报给我和他的家人说即将起航返程，可是，二十天过去，他依旧没有归来。我最初以为是狂暴海的天气原因，但直到今天，一个多月过去了，他乘坐的那艘苜蓿号还是没有抵达恩马特港。”

分隔北大陆和南大陆的海洋叫作狂暴海，以天灾众多、险流无数闻名，要不是罗塞尔大帝派人探索出了几条相对安全的航道，北大陆诸国直到今天都未必能开启殖民时代，更别说铺设海底电缆，完成有线电报的架构。

克莱恩看着自己占卜家生涯真正意义上的第一位客户，谨慎问道：“你希望使用哪种占卜方法？”

有双漂亮眼眸的安娜犹豫了十几秒道：“你可以选择你认为最灵验的任何一种，你是占卜师，我不是。当然，除了纸牌，包括塔罗，我在家里也尝试着研究过它们，总觉得那更像玩具，更像游戏。”

克莱恩略作思考，手肘抵住桌子边缘，双掌交握着置于嘴鼻位置，目光平静，语气沉然地说道：“那就用星盘占卜。”

他指着桌子上的蘸水笔和一沓白纸，道：“写下你未婚夫的名字以及外貌特征、居住地址、出生的年月日。如果能记得具体的时间，那就更好了。”

从穿着、打扮和气质看，他相信对方不是文盲。

安娜没有说话，伸手抽出一张白纸，拿起那支钢笔，蘸了点墨水，唰唰书写了起来，时而停顿思索。两分钟过去，她将那张白纸推给克莱恩。

克莱恩探手按住白纸，调转角度，将纸张上的信息纳入眼底：“乔伊斯·迈尔，1323年9月15日下午两点，廷根市东区斯蒂芬斯街8号，金色短发，老鹰嘴喙般的鼻子……”

只是这么瞄了一眼，克莱恩就速算出了对方的生日灵数：“1加5等于6”。

在神秘领域的灵数学里，生日日期相加得到的个位数叫作生日灵数，影响一个人二十七岁之前的人生，而生月灵数（出生月份的数字相加至个位）影响二十七到五十四岁，生年灵数（出生年份的数字彼此相加至个位）影响五十四岁以后。

今天是1349年7月，乔伊斯尚未满二十七岁，所以，克莱恩直接速算了生日灵数。而“6”这个数字表示人生均衡，协调，有一段付出了爱心、相对不错的婚姻或者准婚姻。

紧接着，他又算了对方的流年灵数。所谓流年灵数，就是以当年年份替代出生年份，然后与生日灵数、生月灵数相加，得到本年度的大概运势。

“1加3加4加9等于17，1加7等于8；8加生月灵数9再加生日灵数6等于23；2加3等于5。流年灵数是‘5’，表示会发生变化和意外，需要一定的冒险……”克莱恩结合实际情况，默默做出了判断，确定安娜提供的信息比较准确。

他将视线从纸张上收回，望着安娜道：“迈尔先生是6月3日启程的？”

“如果他没有撒谎，那就是这样。”安娜轻咬嘴唇道。

“好的。”克莱恩拿过钢笔，随手记下了这点。

他用深褐色的眼眸看向安娜，温和说道：“我要开始绘制相应星盘了，这需要一定的时间和绝对的安静，你能出去等待一会儿吗？安洁莉卡会给你一杯咖啡或者红茶的。”

“好的。”安娜知道某些占卜者会有怪癖，并不意外地起身，拿上镶有粉蓝缎带的纱帽，离开了黄水晶房。

克莱恩反锁了房门，回到桌边，根据年月日和时间点等，将事件星盘绘制了出来，包括星座、行星和宫位（天空位置的划分）等要素。这个过程里，他几乎没翻《占星手册》，纯凭记忆就全部完成。在这段时日的神秘学课程里，克莱恩发现只要是与占卜相关的内容，自己一旦学会，就能轻松掌握，迅速变成本能。

这或许就是“占卜家”吧……他绘完星盘，油然生出一种满足感，只觉身、心、灵都轻松了不少。

看着成果，他根据星座，根据行星落入的宫位，根据其他辅助的象征，粗略判断乔伊斯·迈尔会遭遇厄难，但最终能够平安。

到了这一步，占卜其实就算完成了，但克莱恩对第一单“生意”相当重视，希望累积口碑，方便之后的扮演，于是又拿起钢笔，在安娜书写的那张纸上重重落下一行赫密斯语：“乔伊斯·迈尔现在的状况”。

他默念着这句话，记忆着纸张上的出生年月日等信息，一遍又一遍。

七遍之后，克莱恩手抓这张纸，往后靠住了椅背。他脑海内勾勒出光球，眼眸转为深黑，整个人飞快进入了冥想状态。四周顿时变得空灵，上方似乎有无形的事物和虚幻的灰雾在延伸，无边无际。

克莱恩又回想了一遍纸张上的所有内容，然后放纵自己，在这样的状态里沉沉睡去。

他要用的是“梦境占卜法”——重复问题，牢牢记住，接着于梦中让自身的星灵体漫游灵界，获得启示。

对普通人来说，偶尔也会有类似的经历，只是梦中的象征复杂模糊，且难以记住，“占卜家”则不存在这个问题，能直观地看到一些画面。

一切开始模糊，克莱恩半是清醒半是浑噩。

扭曲、虚幻的世界里，他看见了一个有鹰钩鼻的金发年轻人正恐惧地于一片血海里疯狂游泳，好几次险些被吞没，但最终还是幸运地逃到了岸上。

画面破碎转换，克莱恩看到了一幢门口有玩具风车的灰蓝色房屋，那位鹰钩鼻的金发年轻人正缓步入内，神情欣喜。

就在这时，画面又转，克莱恩发现自己置身于一座巍峨的宫殿内。这里墙壁坍塌，破败不堪，有的地方甚至长满了青苔和杂草，透过四周的破洞，能看见外面的山峰和几乎贴近这里的白云。

宫殿最上首，有一张石头雕刻成的巨大座椅，它镶嵌着暗淡的宝石和黄金，似乎不是为人类准备的。这张巨大座椅之上空空荡荡，多有斑驳，仿佛经历了漫长岁月的洗礼。

克莱恩疑惑地左右四望，不明白自己为什么会梦到这样的场景。他的浑噩开始减少，下意识往宫殿之外走去，想确认这是什么地方。

突然，他感受到了注视的目光，来自背后的目光！

克莱恩猛地转身，看向那张巨大的石制座椅，只见那里似乎有无数的透明蛆虫抱成一团，缓慢蠕动，肆意生长。

嘶！他一下睁开了眼睛，从梦境里醒来。

水晶球、塔罗牌、绘制星盘的纸张映入他的眸子，现实飞快战胜了虚幻。

“开始的梦境是占卜的结果，后面的算什么？好像是针对我的？”克莱恩放下纸张，揉着太阳穴，皱眉思考道。

他可以确认的是这并非心里潜藏的恐惧在透过梦境表达出来，因为自己正在进行占卜，而不是真正做梦。

“一座山峰上的非人类宫殿……对我的无声注视……扭曲而古怪的蠕虫意象……”克莱恩回忆着之前，无声猜测着，“是转运仪式时沟通的那位，还是安提哥努斯家族笔记带来的……对了，那本笔记上提到过霍纳奇斯山脉的夜之国！刚才梦境里的宫殿就在山峰上！”

他略作解读，对自身选择了“占卜家”感到庆幸，根据老尼尔的说法，“窥秘人”也能进行梦境占卜，但肯定不如自己厉害。

呼，阴魂不散啊……只能希望早点抓到瑞尔·比伯……克莱恩调整情绪，拿上绘制有星盘的纸张，缓步走向门边。

他打开房门，来到接待厅，看见安娜凝望着窗外，完全忽视了面前的红茶。

“啊，莫雷蒂先生，你占卜出结果了吗？”余光扫到克莱恩，安娜慌忙站起身。

克莱恩没直接回答，反倒根据梦境里获得的启示画面问道：“你家，或者迈尔先生家门口，是否有一架玩具风车？”

安娜的眼睛陡地睁大，好半天愕然无言。

过了一阵，她才喃喃道：“那是他送我的礼物，就在我家的门口。你，你怎么知道的……”

这，这……这也能占卜出来？

克莱恩露出笑容，温和开口道：“恭喜你，安娜小姐，乔伊斯·迈尔先生正在你家做客，如果你立刻赶回去，应该还能遇上他。他经历了一场灾难，一次难以想象的痛苦经历，需要的不是询问，而是安慰和温暖的怀抱。”

“真……真的？”安娜不敢相信地反问道。

她所了解的占卜师从来不会说这么确定的话语，给出这么确定的结论。

“你立刻回家就知道了。”克莱恩语气柔和地笑道。

“噢，蒸汽之主，这是真的吗？我可怜的乔伊斯回来了吗？你真的确定吗？不，我无法相信……”安娜愣了一下，几乎语无伦次地说道。

她从提包里拿出了一张1苏勒的纸币，没等克莱恩找零，就小步近乎快跑地离开了占卜俱乐部，匆匆忙忙乘坐马车赶回家里。

“这包含小费吗?”克莱恩拿着那张钞票，摇头失笑道。

两轮马车轻快地驶过街道，进入东区。

安娜又是忐忑又是期待又是惶恐地望着窗外的街道飞快后掠，没过多久，那架玩具风车跃入了她的眼帘。

下了马车，她没在意自身的仪态，几乎踉跄地冲到门边，拉响了门铃。

房门吱呀一声打开,安娜看见了一位身穿黑色正装的金发年轻人,他脸色憔悴，目光愉悦，有着老鹰嘴喙般的鼻子。

“我还以为今天会与你错过。”乔伊斯含笑说道。

“……蒸汽在上啊,你真的回来了!”安娜揉了揉自己的眼睛，又惊又喜地喊道。

那位占卜师说的是真的！……不，那是真正的占卜家!

简直太神奇了!

想法涌动着、沸腾着，安娜噙住泪水，扑了过去，给予未婚夫一个温暖的拥抱。

灰蓝色的房屋外，两人静静相拥，玩具风车缓慢转动，所有的磨难似乎都已远去。

Story is going on.

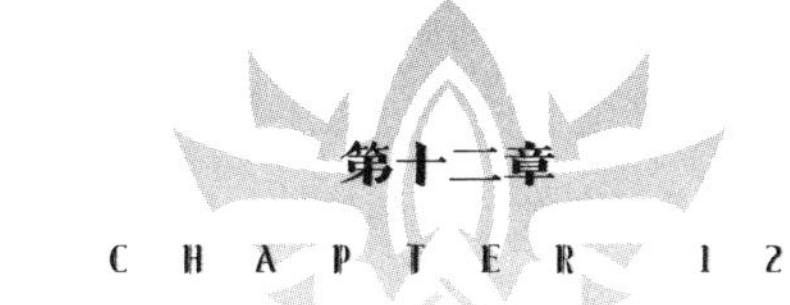

第十二章

CHAPTER 12

不属于这个时代的……

颇为宽敞的客厅内，结束了拥抱的安娜和乔伊斯分别坐在不同的沙发上，中间隔着女方父母。

乔伊斯神色满足地感叹道：“蒸汽在上，我是多么的幸运，能活着回来，能再次见到安娜。”

“我可怜的乔伊斯，你究竟遭遇了什么？”安娜再也忍耐不住，关心地打探道。

乔伊斯看了眼未婚妻，神情变得沉重：“我到今天都还感觉害怕，总是一次又一次从梦里惊醒。苜蓿号离开恺撒港五天后，我们遭遇了海盗，可怕的海盗，唯一值得庆幸的是，他们的首领是纳斯特。”

“自称‘五海之王’的那位大海盗？”安娜的父亲韦恩先生惊愕地反问道。

虽然乔伊斯在半个小时之前就已经过来拜访，但他始终没详细讲述自身的遭遇，表现得畏缩、忐忑和不安，直到安娜回来，与她拥抱之后，他似乎才真的走出了厄难。

“是的，‘五海之王’纳斯特宣称自己是所罗门帝国的后裔，恪守着不杀害俘虏的美德，正因为如此，我们只是被洗劫了钱财，并没有丢掉性命，他的手下甚至还给我们留有足够的食物。”乔伊斯回忆着这段时日的遭遇。

他的身体逐渐有些战栗，但还是坚持着将最深最沉的那场噩梦描述了出来：“我损失了不算太多的财物，我原本以为厄运已经过去，但在之后的航行里，苜蓿号的乘客和船员们爆发了激烈的内讧，从争执，到斗殴，再到拔出左轮，提起直剑，互相残杀……那几天，我的视野里都是血色，身边的人一个又一个倒下，睁着永远不会合拢般的眼睛，四肢、心脏和肠子溅洒得满地都是。

“不愿意成为野兽的我们，也就是理智的那部分人，没有地方躲避，没有道路逃跑，周围是深蓝色的波浪，是看不见边际的海洋……有人痛哭，有人求饶，有人出卖身体，但他们的脑袋还是被悬挂在了桅杆上。

“安娜，我当时充满绝望，以为再也见不到你了，幸运的是，在这样的噩梦里，依然有英雄出现。船长先生带领我们躲到了坚固的下层，靠着提前准备的清水和食物，撑到了那些疯狂家伙的极限，而特里斯先生鼓舞我们，勇敢地带头率领我们向那群杀人犯进攻……一场永生难忘的血战后，我们活了下来，但苜蓿号也偏离了航道，水手更是只剩下原本的三分之一。”

讲述人心最恐怖最黑暗的一面时，乔伊斯不由自主回想起了那位英雄，自称特里斯的英雄，他有着张圆圆的、和蔼的脸孔，性格腼腆，像个女孩，总是喜欢待在角落里，只有和他非常熟悉的人，才能明白他是一位多么健谈的人。可就是这样一位不起眼的男孩，在最恶劣最绝望的时候，坚定地站在众人前方。

“噢，蒸汽在上，我可怜的乔伊斯，你有一场多么让人心疼的遭遇。感谢神，膜拜神，祂让我们不用分离。”安娜的眼睛里有泪水在打转，不断地在胸口点着三角形的蒸汽与机械圣徽。

乔伊斯露出一抹略显苍白的笑容：“这是我们虔诚的回报。苜蓿号后来又经历了风暴，经历了迷航，闯过了一次又一次考验，终于抵达了恩马特港。因为船上发生过那么严重的血案，我们这些幸存者被警察控制了起来，分别审问，没机会向家里发电报通告情况，等到一切结束，也就是今天上午，我立刻找朋友借了笔钱，乘坐蒸汽列车返回。感谢神，让我重新踏上了廷根的土地，让我再次见到你们。”

说到这里，他有些疑惑地看向未婚妻：“安娜，你看见我的时候，我能感觉到你的喜悦和惊讶，但我不能理解的是，你下了马车后，为什么那样激动地冲向门口？呵，我原本打算给你一个巨大的惊喜。”

安娜回想之前的遭遇，依旧不可置信般道：“没有什么需要隐瞒的，乔伊斯，因为担心你，我今天去廷根市唯一的那家占卜俱乐部占卜，而那位占卜师，不，占卜家说，‘你的未婚夫已经回来了，就在有玩具风车的房屋内’。”

“什么？”韦恩夫妇和乔伊斯同时脱口而出。

安娜捂了下脸，摇头说道：“我也不相信我今天遇见的事情，但它确实发生了，蒸汽在上，也许这个世界上真的有奇迹。乔伊斯，那位占卜家要了你的姓名、特征、地址和出生日期，说是做星盘占卜。之后就问我，有玩具风车的是我家，还是你家，等我回答后，他就说，‘恭喜你，安娜小姐，你的未婚夫已经回来了，就在你的家里，不要询问他的遭遇，给他拥抱和安慰’。”

“神啊……”乔伊斯只觉这件事情简直无法想象，难以理解，“难道他认识我？难道有人给他发了电报？难道他和恩马特港的警察很熟悉？不，这还是无法解释，他怎么知道我到你家里来了？他怎么可能确定你要去占卜？你提前预约了？”

“没有，我是临时挑选的。”安娜神情茫然地回答。

“也许一位好的占卜家就需要掌握丰富的信息，哪怕短时间内用不上，也许，占卜真有神奇的地方。”安娜的父亲韦恩先生叹息总结道，“在已知的一千多年历史以及不太清晰的第四纪中，占卜始终存在，从未消失，我想肯定是有原因的。”

乔伊斯轻微地甩了下头，转而问道：“那位占卜家叫什么？”

安娜想了下道：“克莱恩·莫雷蒂。”

占卜俱乐部的接待厅内。

因为克莱恩控制了音量，安洁莉卡也识趣地没有靠拢，所以她只看见安娜失去了灵魂般地离开，只看见对方的表情显现出震惊和迷茫。

安洁莉卡小步走到沙发附近，好奇地问道：“一个好结果？”

她没敢问具体是什么结果，怕违反了占卜者们的潜在规则。

“嗯。”克莱恩点了下头，从裤兜里拿出三个铜币，“一苏勒的八分之一是一又二分之一便士？”

“是的。”安洁莉卡看了眼铜币，发现是一个1便士和两个1/2便士，连忙退了一个回去，“多了半便士。”

克莱恩微笑着虚按了下手道：“感谢你对我客人的照顾，她给了我小费，我也理应给你小费。”

这也是对你推荐的答谢……他心里默默补了一句。

“好吧。”安洁莉卡莫名有点惧怕克莱恩，见理由合适，也就没再拒绝。

克莱恩回到会议室，以为后续会有更多的求卜者。然而，直到五点四十分，他依旧没能等到第二位顾客。

这并不意味着占卜俱乐部生意不好，而是绝大部分人有明确的目标，自行指定了占卜者。

“他们应该是被人推荐来的，早就决定好了找谁占卜……总而言之，还是我的‘声望’不够啊……”克莱恩用游戏的术语自嘲了一句。

他喝完第三次添加的锡伯红茶，戴上半高礼帽，提着镶银手杖，慢悠悠地走出了会议室。

安洁莉卡想到格拉西斯的叮嘱，连忙迎了上去：“莫雷蒂先生，您下次来俱乐部是什么时候？格拉西斯先生希望当面感谢你。”

“我只要有空就会过来，如果命运让我们相遇，那他肯定能遇见我。”克莱恩用神棍的口吻回答道，有种入戏的感觉。

接着，他不管安洁莉卡的反应，迈步离开了占卜俱乐部，乘坐公共马车回到家中。

进了家门，克莱恩看见班森在阅读报纸，梅丽莎则就着傍晚的余晖，正在用零碎的齿轮、轴承和发条等物件拼凑东西。

“下午好，肖德太太有来拜访吗?”克莱恩语气轻松地问道。

班森没有放下报纸，只是抬起了脑袋:“肖德太太来坐了一刻钟，带了些礼物，对我们准备的小松饼和柠檬蛋糕非常满意，并邀请我们有机会去她家做客。她是位和善的、懂礼貌的女士，也很懂得怎么聊天。”

“唯一的问题是，他们一家都信仰风暴之主，认为女孩子不应该去学校，只能接受家庭教育。”梅丽莎小声嘟囔道。

看得出来，她对这件事情相当不满。

“不用太在意，只要她不干涉我们的生活，那依旧是位好邻居。”克莱恩笑着安慰妹妹。

鲁恩王国是多信仰的国度，不像北边的弗萨克帝国只信仰战神，也不像南方的费内波特王国唯独尊崇大地母神。风暴之主、黑夜女神、蒸汽与机械之神这三大教会的教众之间难免会有些观点和习惯上的冲突，只是千百年磨合下来，彼此都相对克制，并未出现无法共存的情况。

“嗯。”梅丽莎抿了下嘴，将目光重新投向那堆零件。

晚餐之后，克莱恩依旧复习着历史知识，等到梅丽莎和班森各自洗澡回房，他才去洗漱，进入卧室，并反锁了房门。

他要对这段时间的学习和出现的问题，进行一次梳理与总结，以免遗忘，忽略了关键，也只有这样，他才能用更清晰的思路应对后续的发展。

克莱恩摊开笔记本，拿上钢笔，用中文一字一句地书写起来:“为什么魔药消化的关键是‘扮演’?”

停顿一下，克莱恩继续写道:“解决魔药问题的本质是消化，而不是掌握，这个可以直观地理解。掌握，只是将魔药的力量当成外在的工具、被驯服的野兽，不管掌握得再好再熟练，它们依旧不真正属于自身，反噬的风险较大，而消化则是将喝下的魔药视作自身的一部分，分解它，融合它，吸收它，彼此统一为整体。

“这一点暂时不存在疑问，关键是‘扮演’为什么能有助于消化。根据今天的占卜家体验，先做两个猜想，等待进一步的验证。

“一，根据魔药名称的‘扮演’，能改变身、心、灵的状态，让它们逐渐贴近魔药核心残存的顽固精神，从而产生共振，一点点同化，一点点吸收。

“二，魔药核心残存的顽固精神就像防御完善的电脑主机，要想侵入它，攻破它，瓦解它，就必须找到BUG(错误)，找到漏洞，找到钥匙，而魔药的名称揭示了相应的线索，于是能通过扮演，调和身、心、灵，伪装成‘自己人’，骗过‘守卫’，大摇大摆进入，这个思路和罗塞尔大帝的描述比较类似。

“不管是哪种猜测，身、心、灵的状态都是绕不过去的要素，毕竟它们是‘扮演’与魔药力量之间唯一的桥梁。”

克莱恩放下钢笔，又看了一遍这段文字，一时竟想感谢大吃货帝国的应试教育。不管怎么样，身为理科生的自己具备一定的逻辑思维能力，否则也没办法成为“键盘强者”，没办法进行这样的分析和猜测。

“‘扮演’或许真的有效，具体变化待观察。”克莱恩做出了一个阶段性总结。

紧接着，他写下了第二个问题：“一条让人感觉奇怪的描述，为什么‘占卜家’在神秘学领域更博学、更专业，就会缺乏直接的克敌手段？博学和专业不是应该让‘占卜家’更强大，更能发现克敌制胜的办法吗？分析原因如下：

“第一种，就像以前看过的网文一样，我穿进了一个游戏世界，所以，不同职业之间必须各有特色，又相对平衡。但到目前为止，没发现数据化的迹象，也没有任务化的发展，这个原因暂时可以挂起，可能性极低。

“第二种，这个世界的底层规则是平衡，造物主以平衡为核心创造了这里。

“第三种，同一序列的魔药处在同一个能量级别上，这是先辈们探索、总结后发现的最好状态，超过这个能级，容易崩溃失控，低于这个能级，又无法得到想要的非凡力量，所以，在能级一定的情况下，一方面强一点，另一方面自然就会弱一点。

“第四种，万物同源，都是从造物主那里分化而来，都属于造物主的碎片，而彼此互补的潜在意思就是各有问题。

“目前倾向于第三和第四种原因，但后一种源于不确定的神话，只能作为参考。先以第三种为指导，通过当前的学习和后续的发现来验证。”

到这里，克莱恩已写满了整整两页，但他并没有停止，又落笔梳理起新的问题。

“从今天的学习来看，我的转运仪式属于典型的仪式魔法。

“类似的仪式魔法可以分成三个部分，第一个是取悦或者说引起对应存在兴趣的祭祀部分，第二个是描述了具体祈求对象的咒文部分，第三个是想要获得什么帮助的实质部分，这需要用格式化的对应语言和一定的象征符号来阐明。

“从这个出发，分析转运仪式，能发现一个明显的问题，没有第三个部分！

“它有放置主食，逆时针走四步成正方形的祭祀部分，也有标明了祈求指向的咒文部分，比如福生玄黄仙尊等。但它的后续只是闭目等待，并没有描述仪式的目的是转运，也就是说，这个所谓的转运仪式想要祈求什么，对应的存在根本不清楚，只能自由发挥……自由发挥……

“坑爹啊！那本《秦汉秘传方术纪要》也太坑了吧？我当时脑子一定是进水了，才会想着试一试……”

克莱恩停笔，吸了两口气，努力让自己平静下来。

呼……他吐出浊气，继续梳理道："可以考虑重新设计这个仪式，让它变得完整，而祈求的目的是回归地球，回归父母和亲朋所在的世界。

"那么问题来了，那位存在之前究竟是不是自由发挥？还是说隐含深层次的目的？更进一步，描述性咒文在地球上指向的那位，和在这个世界指向的那位，究竟是不是同一个存在？

"如果是，第一次和第二次仪式效果的不同可以解释为自由发挥，那第二次和第三次都能前往灰雾之上，都能连接'正义'和'倒吊人'，几乎没有区别，那又是因为什么呢？

"等明天下午的第四次仪式证明能稳定重复后，就意味着效果固化，意味着祈求的目标暗含在我还不清楚的环节，这样一来，再添加新的描述、新的祈求目的，就不会有明确回应，甚至只会让仪式变得混乱，产生不好的效果。

"第一次仪式的效果和后续的不同，在假设仪式祈求对象未变的情况下，是否意味着所在世界会导致回应的不同？就像在用不同的接口一样……那该怎么设计来达到我想要的效果？

"如果第一次和后面两次指向的存在实际上不同，前面的一些问题倒是能得到完满的解释。但同样的，第二次、第三次的效果稳定不变就意味着这个仪式依然隐含着祈求目的，是完整的，我暂时无从着手改变。

"最关键的一点，指向的存在究竟是谁，祂在哪里，怎么没有给我一点暗示和引导？

"祂在那灰雾世界的深处？

"咦，是不是可以将祂当作一个沉睡的存在，给予一定刺激就可以获得固定反馈的存在，除此之外，并不会干涉和影响我？

"那可以设计不同的仪式来刺激，来总结反馈的规律，最后找到正确的回归的办法。

"但问题在于，如果祂没有沉睡，那所有的试探都可能导致可怕的事情发生，非常危险。第一次的试探必须足够小心，从设计上就要避免激怒……

"真是伤脑筋啊，有待于进一步的学习。"克莱恩叹了口气，给出结论。

之后，他又零零散散记录了别的事情："总是有无形的声音在耳边回荡，嘶喊霍纳奇斯和，嗯……发音是弗来格拉还是弗雷格拉？

"霍纳奇斯是横跨鲁恩王国和因蒂斯共和国的山脉，它的主峰高达六千米。据安提哥努斯家族笔记记载，第四纪的时候，那里有夜之国……夜之国，黑夜女神，两者之间是否有什么关系？眷属，还是敌对势力？安提哥努斯家族被黑夜女神教会覆灭的原因是不是就和夜之国有关？

“我听到的耳语来自那本笔记，来自安提哥努斯家族长达一两千年的嘶喊？那费来格拉，嗯…… 弗雷格拉，又代表什么呢？

“一个有趣的问题，能留下那样的笔记，留下2-049号封印物，说明安提哥努斯家族掌握了相当强大的非凡力量，那么，他们手中的序列途径是哪条？完整，还是不完整？

“发现笔记在瑞尔·比伯手中的事情有点巧合，但又没有被安排的痕迹，这难道真是宿命的羁绊吗？

“……”

一个个想法落于笔端，克莱恩尽情书写着这段时间遇到的事情和自身的猜测。这一写，就是足足四张纸，正反面都有。

嘶啦！克莱恩忽地扯下了这四张纸，从头到尾又看了几遍，时而用钢笔圈点，时而添加几句。

时间飞快流逝，红月短暂被乌云遮掩，克莱恩拿起桌上的怀表，啪嗒按开，看了一眼。他放下怀表，取出抽屉内一盒火柴，唰地划亮一根，凑近那四张笔记。橘红色的火焰咬住了纸张，飞快蔓延。

克莱恩将这四页笔记放到了木制的垃圾桶上，看见灰烬飘浮掉落。

他松开手指，任由纸张坠下，不过十来秒的工夫，一切都消失不见，只有那还略微盘旋的灰烬和木桶底部的焦痕述说着往事。

因为有罗塞尔大帝的秘密日记在前，克莱恩不敢留下自己会写中文的证据——如果被老尼尔等人发现刚才那四张纸，事情就说不清楚了。而在写机密问题时，无论用鲁恩语、古弗萨克语，还是赫密斯语，克莱恩都担心被梦中注视着自己的那位看见并解读出内容，所以，他用中文来书写，来梳理和总结，等到完成了这个任务，又将纸张烧掉，不留痕迹。

而正因为无法保存，他给自己制订了一个计划，那就是每周总结一次，避免遗忘。

看着灰烬散落，克莱恩抽出一张白纸，于抬头写道：“尊敬的导师……”

他要写信询问科恩·昆汀资深副教授，问他那里有没有霍纳奇斯主峰的相关历史资料。

第二天，周一清晨。

轮休的克莱恩没有出门，而是将写给导师科恩·昆汀的信和超额的邮票费交给了梅丽莎，委托妹妹去廷根技术学校附近的邮局投递。

用完早餐，他悠闲地补足了上班期间缺失的睡眠，一直到接近中午，肚子咕噜叫唤，才重新起床。

热了热昨晚的剩菜，啃了条燕麦面包，克莱恩拿着份报纸，进入了二楼盥洗室内的卫生间。

每当这种时候，他就忍不住叹息：为什么这个世界没有手机。

七八分钟后，他神清气爽地出来，洗干净双手，回到卧室，反锁房门。

接着，克莱恩拉拢窗帘，点燃煤气灯，做了半个小时的冥想，练习了半个小时的灵视、灵摆和卜杖占卜，用回忆的方式复习了一个小时的神秘学知识。做完这些事情，他将废旧的报纸撕成十几片，分别写上“月亮花蜡烛”“满月精油”等材料名称，按部就班地模拟了仪式魔法的流程，以掌握其中的细节——在真正熟练掌握和学到更多知识前，他不打算贸然尝试仪式魔法，那既会浪费材料，又容易招来危险。

一遍又一遍练习后，克莱恩拿起有枝蔓花纹的银白怀表，按开看了一眼，发现时间刚过两点四十五分。

他考虑了几秒钟，将废旧报纸拿到一楼厨房焚烧，自身则借此调整状态，为塔罗聚会做准备。

再次反锁好卧室的门，克莱恩没有等待三点的到来，打算提前进入灰雾之上。

他要趁这个机会，好好探查那里！

就在克莱恩站至房间空位，即将开始逆时针步行时，他忽然从担忧“正义”和“倒吊人”有没有进入合适环境，会不会被别人打扰和发现之事上，想起了另一件事情——他说过要想个办法，如果“正义”和“倒吊人”在聚会召开时无法脱身，或者遭遇了其他状况，能让他们提前“请假”，缺席聚会。

对以前的克莱恩而言，这是一个几乎无法解决的问题，他总不能原地发明一个异世界即时通信网络吧，有线电报的方式则会暴露身份。而现在，他一下从仪式魔法里找到了灵感。

“借助外力型的仪式魔法，都是祈求不同存在帮忙，类似的咒文开头肯定会有明确的指向，比如黑夜之神、绯红之主，以及对那些未知的隐秘存在的描述。那我是不是可以修改咒文，让开头的描述指向我？

“指向我……这样一来，‘正义’和‘倒吊人’即使在异国他乡举行仪式，我也能获得相应的信息。”

克莱恩精神忽地一振，开始分析这个办法的可行性。

“两个难点。第一，我并非强大到了一定程度的高序列者，哪怕咒文的描述确实指向了我，我也不太可能接收到请求；第二，怎么确保咒文的描述能精准指向我，不会跑偏打错，命中别的符合描述的未知存在？那会带来极大危险的。”

克莱恩来回踱步，沉思着可能的解决办法。

脚步无声，他转了一圈又一圈，自然而然地将这件事情和灰雾之上的神秘世界联系到一起。

“我不能接收到请求，不表示那片灰雾不行，它和深红星辰的组合可是能直接将人拉入空间，无视距离的。可以考虑在进行指向性描述时，将我和那片神秘空间捆绑在一起……按照这个思路推理，我虽然无法在对方举行仪式时立刻收到请求，但只要进入灰雾之上，就能看到对应信息。简单来说，就是QQ在线消息和离线消息的区别。”

克莱恩越想越是兴奋，觉得这个思路可以尝试。

“嗯，那该用什么描述来精确指向我，指向那片灰雾世界呢？”他开始考虑具体的细节。

其实，他有肯定可以成功的咒文，那就是“福生玄黄天尊”的纯鲁恩语音译，但问题在于，这会导致他失去对灰雾之上的掌控，失去主导的地位，只能排除。

“……‘来自异世界的愚者’？不行，这倒是够精确，几乎不会有另外的存在符合条件了，但会暴露我最大的秘密……”克莱恩想了一条又一条咒文，但最后都否定了。

七八分钟后，他终于敲定了咒文里的第一句指向性描述：“不属于这个时代的愚者”。

这明显不够精确，克莱恩又飞快补了一句：“灰雾之上的神秘主宰”。

两者结合，差不多就能把指向限定在他的身上了，而且还将灰雾与他自身捆绑在了一块。

“还差一点，不排除灰雾之上有多个空间，多个主宰，不排除这个描述指向灵界……”克莱恩皱起眉头，打算再加一重保险。

嗯……他考虑了足足一分钟，终于想好了最后一句描述：“执掌好运的黄黑之王”！

这是对“福生玄黄上帝”的近似意译，如果单纯只有它，很可能跑偏打错，招惹来危险的未知存在，但有了前面两条的限定，有了自身靠类似咒文进入灰雾之上的事例，描述的对象就可以完全锁定了。

按照这三段描述来举行仪式魔法，克莱恩不知道会不会有效，但肯定不会因此引来其他存在的关注，不会让“正义”和“倒吊人”陷入危险之中。

克莱恩长长吐了口气，默念了一遍想好的咒文：“不属于这个时代的愚者啊，你是灰雾之上的神秘主宰，你是执掌好运的黄黑之王……”

他微不可见地点头，掏出口袋里的怀表，确定时间。

“两点五十八分了……”克莱恩不再多想，收好怀表，进入冥想，伴随着一句句咒文，逆时针走了四步，走成正方形。

最猛烈的噪音和最动摇人心的嘶喊又一次响起，他感受到了比服食“占卜家”魔药要更难以忍耐的头痛。这和头部被贯穿的剧烈伤痛不同，是一种让人躁狂，让人失去理智，让人混乱的涨痛。

克莱恩以冥想的方式控制着自己，努力不去聆听。

那些呢喃和低语如潮水般退去，他的身体变轻，他的灵性变轻，一切都飘忽了起来。

无边无际的灰雾出现于他的视线中，深红色的星辰或远或近，仿佛一只只眼睛。灰雾之上，巍峨如同巨人居所的宫殿依旧屹立，似乎存在于这里已经千百万年。

克莱恩只是心头一动，身影已消失在原地，坐到了有二十二张高背椅的青铜长桌上首。

“仪式效果确实固定了……”他低语一句，轻敲眉心，让灰白的雾气笼罩了自己，比以往更加浓密——按照“倒吊人”的描述，如果“正义”成为观众，那就最好不要将举止动作展露于她的面前。

没时间探查，克莱恩伸出右手，构造无形的联系，沟通那两颗熟悉的深红星辰。

深蓝肆虐的苏尼亚海上，一艘古老的帆船顺风而行。

阿尔杰·威尔逊将自己关在了船长室内，让幽灵船给予最高等级的防护。

他面前的怀表摊开，在黄铜色六分仪旁边，指针嗒嗒嗒地走着，不够欢乐，透着紧张。

时针、分针、秒针刚指向正确的位置，阿尔杰·威尔逊的眼前就爆发出一团深红，无视了一层又一层的防护。

唉……他的叹息回荡于船长室内。

…………

贝克兰德，皇后区。

奥黛丽·霍尔靠着天鹅绒枕头，又看了一遍手中的黄褐色纸张，宝石般的眼眸中仿佛藏着两个缓缓转动的灵魂旋涡。

她的目光平静而清冷，就像在等待一场戏剧的上演。

深红爆发开来，她以俯视的态度看着自己被吞没。

…………

灰雾之上，宏大的宫殿内，青铜的长桌斑驳而古老。

奥黛丽·霍尔的身影刚有所呈现，早已开启灵视的克莱恩便望了过去，不出意外地看见对方气场深处的颜色混为一体，变得纯粹、宁静，如同清晰倒映着事物的湖泊。

她果然成为非凡者了……克莱恩正待移开目光，突然发现属于“正义”小姐的那张高背椅有所变化。

椅背上的璀璨星辰飞快移动，构成了一个不属于现实的虚幻星座。在克莱恩眼里，这个星座是那样的熟悉，因为它是神秘学中的一个象征符号——象征着巨龙的符号！

“观众”……巨龙……克莱恩控制住自己想摇头的冲动，探究地望向了“倒吊人”的高背座椅。正常来说，以他视线的角度，肯定看不见椅背的情况，但这是他的主场，一切依据他的意志呈现了出来。座椅背后的星座没有变化，但神秘学已经入门的克莱恩不再像之前那样懵懂，他认出这是“风暴”的象征符号。

“水手”……海眷者……风暴……这倒是没问题……“倒吊人”气场深处的颜色又纯粹了不少……他晋升了？

对了，我座位背后的符号又是什么呢？

克莱恩忍着冲动，与之前一样，用手指轻敲了三下长桌边缘，微笑说道：“恭喜你，‘正义’小姐，你是一位非凡者了。”

他能够直接看出来？奥黛丽怔了一下，浅笑道：“谢谢，谢谢‘愚者’先生，谢谢‘倒吊人’先生。”

“比我想象得快。”阿尔杰·威尔逊坦然说道。

克莱恩没再继续这个话题，敲了敲眉心，含笑开口道：“女士，先生，你们是否有找到罗塞尔的日记？”

听到“愚者”的问题，奥黛丽没像以前那样第一时间回答，而是睁着晶莹的双眸，用审视的态度望了“倒吊人”一眼。

阿尔杰不自觉收敛了肢体动作，沉默几秒后开口说道：“我发现了两页罗塞尔大帝的日记，并记住了它们的内容。”

“我有一页。”视线被灰雾所隔的奥黛丽用一种旁观般的语气回答道。

“非常不错。”克莱恩没让欣喜和失望感染自己的声音。

他欣喜的是有整整三页，失望的是只有三页。毕竟第一次的搜集是对自身资源和渠道潜力的一次挖掘，相对容易，后续会越来越困难，会涉及更多的因素。

“我们现在就‘表达’出来？”奥黛丽平静地征询道。

“是的。”克莱恩简洁地点头。

他保持着之前的姿势，几乎没有改变。在“观众”面前，必须谨慎。

随着他的话音落下，奥黛丽和阿尔杰的身前就瞬间浮现出黄褐色的羊皮纸和暗红色的钢笔。

两人分别拿起书写工具，开始在脑海内回想记忆中的符号，并给予迫切表达出来的情绪。

无声无息间，黄褐色的羊皮纸上多了一行又一行文字，有的端正大气，有的秀气迤逦，有的七歪八斜。不到一分钟的工夫，奥黛丽和阿尔杰强行记下来的内容就全部拓印了出来。

克莱恩心念一动，那三页羊皮纸闪现至他的手中。目光扫过，他将日记浏览了一遍，发现语言顺序有颠倒，内容有漏字和错字。不过，实验证明，一定程度内的顺序错误并不影响汉语的阅读，而久经星号折磨的他对漏字和错字更是毫无畏惧。

4月8日，我站在“黑王座号”的船头张开双臂，对格林和爱德华兹他们说：“想要我的财宝吗？那就到迷雾海的尽头来寻找吧，我将所有的财宝都藏在了这里！”他们完全不懂我的幽默，竟然问我是不是真的有财宝。真是无趣啊，你们这样是做不了我的天启四骑士的！

4月11日，发现了一个不在安全航道上的无名小岛，上面有不少超凡物种，不，我更喜欢称呼它们为超凡种，这样显得很高级。除了它们，小岛上还有许多奇奇怪怪的生物，我想，如果达尔文穿越过来，肯定没办法再写出进化论。

4月15日，格林变得有点古怪，是受了什么感染吗？

出生于因蒂斯王国的罗塞尔大帝什么时候远航过？迷雾海应该就是因蒂斯共和国西边的那片海洋……嗯，得去图书馆找些历史资料进行对照了……克莱恩飞快看完一页，将目光投向下一页。

此时，他不再掩饰自身懂得罗塞尔大帝秘密符号的事情，因为这是符合“愚者”身份的行为。而奥黛丽和阿尔杰都没有说话，安静坐在那里等待，他们似乎此丝毫不觉诧异，甚至认为就该这样。

10月2日，他们竟然在事先没找我商量的情况下，决定让我和阿贝尔家族的玛蒂尔达订婚！天啊，我甚至都还没有见过她！不行，我要拒绝！我就算离家出走，就算从此自力更生，受尽打压，也要反抗这桩包办婚姻！

10月5日，玛蒂尔达小姐真漂亮啊。

10月6日，她的个性，她的气质，都是我喜欢的那种类型，我开始期待我们的婚礼了。

喂，大帝，你的节操呢……克莱恩后靠住高背椅，努力不让情绪穿透灰雾。

他发现早期的罗塞尔并不会每天都写日记，一般都是遇到了什么事情，需要吐槽，需要记录，需要抒发情绪，才会提笔。

目光下移，克莱恩看向了这页日记的最后一条：

10月9日，他们竟然称呼我为“蒸汽之子”，我很喜欢。

见前面两页的内容暂时没什么价值，克莱恩难免有点微小的失望。但他并没有丧气，将第三页日记换到了最上方，这一页的正反面都写着内容。

5月21日，工匠之神的教会给了我两个选择，两条序列途径的起始，一个是“通识者”，这属于他们自身所掌握的那个完整序列链条，一个是“窥秘人”，从摩斯苦修会得到，缺乏更高的序列。

5月22日，我的选择很简单，“通识者”！有完整序列的“通识者”！虽然掌握更多的神秘学知识有助于我找到回家的办法，但问题是，在自身不够强大的情况下，穿越这种事情必然借助外力，而外力是好是坏，是善意还是恶意，无法控制，非常危险。既然如此，还不如让自身变得强大，靠自己的力量回去，所以，完整的序列是我考虑的首要因素！

5月23日，我成了一位“通识者”，靠着魔药的力量，我竟然完整回想起了以前学过的知识，物理、化学，等等。

不仅回想起，我还深刻地理解和掌握了它们，哈哈，这简直是为我这个异域来客量身定做的“职业”嘛，能最大化发挥我的优势！不得不说，如果我以这样的状态回去，回到高三，一定能成为状元，要是再进行更规范更深入的专业学习，成为科学家也是指日可待啊。

5月26日，我很享受“通识者”这个身份。一件奇怪的事情，当我以“通识者”自居，做的事情都符合它的定位时，那些让我几乎发疯的耳语安静了不少，我时不时爆发的脾气也得到了控制，并想起了日记这件事情。这就是那位神秘的查拉图先生对我提过的“扮演”吗？这或许是解决魔药隐患的关键。

克莱恩看着这页日记，深感自己与罗塞尔大帝在性格和作风上都有着明显的差别。比如回家这件事情，自己更多是想着以深入掌握神秘学知识来规避危险，达成目的，而罗塞尔大帝的想法是靠自身，将危险掌握在手里。

“不得不说，有的时候，我还挺羡慕这种人的，也许，每个人都会渴求着自身不具备的东西……当然，我也要考虑让自身变得强大这件事情，两手抓两手都要硬……”一个个念头浮现在克莱恩脑海，让他一阵唏嘘。

而罗塞尔大帝对魔药隐患减少的描述，让他对昨晚的总结有了不少信心，对“扮演”的实质有了更明确的把握。

放下三页日记，克莱恩抬头望向“正义”和“倒吊人”，微微笑道：“抱歉，看得入迷了。”

奥黛丽抚平内心的艳羡，淡然笑道：“我能够理解，我期待着有一天能从您这里交换到罗塞尔大帝日记的内容。”

“那是需要付出代价的。”克莱恩含笑瞄了眼“正义”，顺势扫过了沉默未言的“倒吊人”。

奥黛丽双手交握，置于身前道：“‘愚者’先生，‘倒吊人’先生，我有三个问题想要请教，如果你们认为答案具备很高的价值，就告诉我你们想要什么，我会在之后尽量寻找。”

“没问题。”阿尔杰简单沉稳地回答。

克莱恩轻轻点头，向后靠得更加舒服。

奥黛丽思考了几秒道：“第一个问题，‘扮演’究竟是什么意思？我发现魔药内的残余精神对我的影响很轻微，是因为我这段时间都在扮演观众吗？”

阿尔杰没有开口，将目光投向了“愚者”，似乎也在等待着解答。

克莱恩用手指轻敲着长桌边缘，语气轻松地说道：“我用一个比较形象的事例来说明吧，序列魔药的核心力量，是一座守卫森严的城堡，那些残余的、会造成反噬的精神就居住于城堡内，我们的目标是解决它，真正成为城堡的主人。我们现在有两种方法，一是强行攻进去，这未必能成功，却肯定会伤害到自身，除非以绝对的优势碾压，但显然我们并不具备；第二种方法，我们有一张城堡主人给予的邀请函，这张邀请函能让我们通过守卫的盘查，顺利潜入城堡内，轻松解决掉敌人。但问题在于，这张邀请函上面有宾客的外貌特征和相应的气质描述，所以，我们必须进行伪装，扮演成被邀请的客人，明白了吗？”

阿尔杰像是早有猜测般，立刻反问道：“那张邀请函就是序列魔药的名称？”

“是的。”克莱恩给予了肯定的答复。

奥黛丽听得一阵恍然，觉得自己完全明白了“扮演”的含义。

而情绪稍有激动的她立刻就脱离了“观众”的状态，欣喜地赞美道：“真是出类拔萃的方法啊，我觉得，我觉得，它很符合您的称号，它的风格和‘愚者’非常契合……我完全没想到‘扮演’是这样发挥作用的，让人庆幸的是，我这段日子都在本能地扮演着观众。”

她顿了顿又道：“我认为这是一个非常有价值的解答，我没办法就这样安心地接受它，‘愚者’先生，您需要什么样的交换？当然，我记得我还欠您一页罗塞尔大帝的日记。”

“更多的罗塞尔日记，或者……”克莱恩停了一下。

他原本是想说有关“占卜家”序列的任何消息，但又觉得这种低层次的要求会破坏掉“愚者”的形象，于是临时放弃，打算以后找到机会再不着痕迹地询问。

反正我刚晋升没多久，还未彻底消化“占卜家”魔药……他如是宽慰着自己，不动声色地补充道：“或者安提哥努斯家族的任何情况，即使是我以前知道的部分，也可以。”

阿尔杰默然几秒，审慎地看了青铜长桌上首一眼，沉缓地开口道：“‘愚者’先生……那我现在就可以为您刚才的解答支付报酬了。”

“没问题。”克莱恩尽量让自己的语气低沉不变。

他将左肘支于高背椅扶手上，手指不太用力地撑住略微偏过来的额头，摆出一副平静倾听的样子。

阿尔杰斟酌了下语言道：“安提哥努斯是一个古老的家族，他们的历史甚至能追溯到第四纪之前的灾变纪元，与第二块亵渎石板有关。”

第二块亵渎石板？亵渎石板还能有第二块？它究竟有几块？克莱恩眸子微缩，险些改变了姿势。

按照“倒吊人”和“正义”之前的说法，亵渎石板上可是记载了二十二条神之途径的！

这么重要的物品竟然有两块，甚至更多？

二十二条神之途径……序列途径……呃，这两个名词之间是否可以画等号？每一条完整的序列途径就是通向神之宝座的道路？

刹那之间，克莱恩因“第二块亵渎石板”这个描述冒出了一个接一个的想法，他相信如果不是有浓郁的灰白雾气遮掩，自身的情绪反应多半已经被“观众”小姐发现了。

至于“灾变纪元”这个名词，身为专业人士的他并不陌生，这是第三纪的代称。经过这段时间的复习，克莱恩甚至知道了第三纪分为两个年代：光辉年代和灾难年代。

“第二块亵渎石板?”奥黛丽没有掩饰地表示了疑问。她还未平复心情，还未彻底回归“观众”状态。

问得好！克莱恩暗自为“正义”小姐喝了声彩。这是他以“愚者”身份不方便问的问题。

阿尔杰瞄了眼“愚者”，见对方的姿势未曾改变，也没有出声阻止，于是想了下道:“第一块亵渎石板出现于黑暗纪元，也就是我们人类在神灵庇佑下挣扎求生的第二纪，第二块亵渎石板出现于第三纪的末尾，甚至可以这么说，它的出现标志着灾难纪元的落幕。

“这两块亵渎石板的信息是七大教会严格保密的内容，我只知道一点，它们都涉及了神之途径，而它们彼此间有什么差别，我就不清楚了。”

“罗塞尔大帝看的亵渎石板是第一块，还是第二块?”奥黛丽好奇地问道。

听到这里，克莱恩回忆起了第一次聚会时阿尔杰对魔药名称的描述，他说序列魔药的名称都来自亵渎石板!

“同样地，队长也提过魔药体系的成形和完善有赖于亵渎石板的出世……这间接证明了神之途径就是序列途径!”克莱恩立刻对自己刚才的疑问做出了无声的回答。

这时,“倒吊人”阿尔杰简单直接地说道:“第二块。”

奥黛丽眸光转静,重又进入“观众”状态,没再发声追问,只是专注地看着“倒吊人”。

这看得阿尔杰颇不自在，他忍着心里的情绪，嗓音低缓地继续说道:“在第四纪的所罗门王朝时期，安提哥努斯家族虽然也是显赫的贵族，但并没有留下让人印象深刻的事迹，直到他们支持图铎帝国建立，才真正地站到了北大陆舞台的中央。那个时候,安提哥努斯、阿蒙、亚伯拉罕、雅各等古老的名字闪耀于人类的国度,但四皇之战后,图铎帝国的‘血皇帝’陨落,他们跌下顶峰,被如今的七神所追杀。具体的过程，我并不清楚，只知道安提哥努斯家族最终覆灭于黑夜教会手中,‘愚者’先生，您如果想知道更多，恐怕只能从黑夜教会那里得到了，或者接触那几个古老的隐秘组织，您知道我指的是哪几个。”

我不知道……克莱恩心里发苦地点了点头:“嗯。”

密修会算一个，队长和老尼尔提过的摩斯苦修会算一个，心理炼金会不知道算不算……

他默默盘点的时候，阿尔杰给出了最后的信息:“安提哥努斯家族掌握了哪条序列途径,我同样不知道,只是相关的描述里,有两个形容词反复出现,那就是‘诡异’和‘可怕’。”

诡异和可怕……想想那本笔记，想想原主和原主同学，还有瑞尔·比伯母亲的遭遇，确实比较贴切……克莱恩另一只手的指头轻敲长桌边缘，连续好几下。

接着，他才低缓开口道：“很好，这报酬我很满意。”

他之所以反复用手指轻敲长桌，就是要强化这个动作的印象，让“正义”和“倒吊人”相信自己有轻敲什么的习惯，以此遮掩灵视的开启与关闭。

“这是我的荣幸。”阿尔杰没顺口提及别的事情。

奥黛丽看了看“倒吊人”，又看了看“愚者”，浅笑道：“那我问第二个问题了。‘观众’的后续魔药分别叫什么？在哪里能找到线索？”

我也想这么直接地问，但不同的选择就要承受不同的难题……克莱恩没有开口，将目光投向了“倒吊人”。

阿尔杰沉默了几秒道：“这个问题我免费回答，因为是我引导你走上这条途径的。‘观众’后续的序列8叫作‘读心者’，序列7的古称是‘精神分析师’，现在被称为‘心理医生’。这是我从一位心理炼金会的成员那里知道的情况，我想他们应该拥有这个途径的不少魔药配方。”

心理炼金会……“通灵者”戴莉对他们的一些理论相当赞同，而队长则认为是邪恶的、疯狂的……克莱恩若有所思地旁听着。

“你知道那位心理炼金会成员现在的下落吗？”奥黛丽眼睛发亮地问道。无论是“读心者”，还是“心理医生”，都相当符合她的审美。

阿尔杰难得地笑了一声：“知道，他沉在苏尼亚岛附近，我亲手沉下去的。如果你想找心理炼金会，那我只能说声抱歉，线索断掉了。”

他并不担心“正义”会通过刚才的描述确定自己的身份，因为那件事情是他独自一人做的。

“沉……”奥黛丽不知道该用什么表情和语言来应对了。

她吸了口气，突然保持不住“观众”状态，有点腼腆地开口道：“第三个问题，如果，我是说如果，一只普通的动物喝了序列9的魔药，会发生什么事情？”

这是什么鬼问题……克莱恩撑着额头的手指不露痕迹地轻点了眉心两下。

很快，他从颜色的变化看出奥黛丽的情绪有点慌乱，有点紧张，有点羞愧。

难道她干出了类似的蠢事？克莱恩略显愕然又感觉不算奇怪地想道。

经过之前两次聚会，他确定“正义”小姐有这方面的基因。

“倒吊人”阿尔杰明显也愣住了，好一会儿才开口道：“普通的动物没有人类的头脑，没法第一时间学会冥想，所以，大概率会当场死亡，或者崩溃成怪物。但要是它们撑了过去，应该就能成为超凡生物，如果魔药能提高思维能力，它们甚至还会变得更聪明。”

“好的。”奥黛丽无声吐了口气，语调放松地点头，“我没有别的问题了。”

阿尔杰想了下，没提极光会和“倾听者”的事情，同样摇头道：“我也没有。”

“我有件事情。”克莱恩姿势不变，含笑说道，“这需要你们的配合。”

尚未关闭灵视的他立刻就发现“倒吊人”透出了明显的紧张，以前没心没肺的“正义”小姐也多了几分害怕和谨慎。

不等他们开口，克莱恩安抚道：“放心，一件小事，如果能够成功，对你们很有帮助，所以，我不会额外再支付报酬。”

“您讲。”奥黛丽本能就进入了“观众”状态，但她怎么看都看不穿“愚者”周围笼罩的浓郁灰雾。

“遵循您的意志。”阿尔杰稳定下来，沉声说道。

克莱恩手指轻动，微笑开口道：“我之前说过，要进行一些尝试，让你们能提前请假，不用担心周一下午处在不合时宜的场合怎么办。”

“这正是我们希望的。”奥黛丽的眉眼舒展了开来。

阿尔杰思考了一下道：“需要我们做什么？”

“你们可以在空闲的时间尝试一个仪式魔法，不用太正式，有个不被人打扰的环境就行……在祭台上摆放四根新蜡烛，分别位于四角，最好使用有檀香味道的……在左上方蜡烛那里放一份白面包，在右上方蜡烛那里放一份费内波特面，左下方用海鲜饭，右下方用迪西馅饼……使用银制小刀，制造一个密封的灵性环境……”

克莱恩描述出自己从转运仪式改版来的仪式魔法，并免费教导了“正义”小姐怎么制造灵性环境。

老实说，因为指向的目标是自己，克莱恩相信前面部分，也就是引起对应存在兴趣并取悦祂们的祭祀部分，可以直接省略，但他还是努力让这个流程看起来像是那么一回事。

当然，这并不符合老尼尔所言的神灵为二，加自身为三。

“……用月亮花、金薄荷、深眠花、金手柑和岩玫瑰混杂蒸馏，萃取成精油，往每根蜡烛滴上一滴……”

奥黛丽非常感兴趣地听着，记录着，末了问道：“那咒文呢？‘愚者’先生，对应的咒文呢？”

阿尔杰也停下手中的钢笔，跟着转头，望向“愚者”。

笼罩在灰白雾气里的克莱恩用手指轻敲着长桌边缘，平淡没有波澜地用赫密斯语回答道：“不属于这个时代的愚者啊，你是灰雾之上的神秘主宰，你是执掌好运的黄黑之王……”

“不属于这个时代的愚者……灰雾之上的神秘主宰……执掌好运的黄黑之王……”奥黛丽·霍尔默念着这三段描述，心里陡然翻腾起了狂风巨浪，再也无法维持“观众”的状态。

作为神秘学的爱好者，她在被拉入这片灰雾前，虽然没正式接触到非凡力量，但与同好贵族私下聚会时，还是会交流各自掌握的、不知真假的情况，会学习祭祀用的赫密斯文，会尝试一些别人口中的仪式。

那些仪式无一例外都没有产生效果，可也让奥黛丽对格式化的咒文有了一定了解。所以，她很清楚“愚者”所言的三段式描述在其他仪式里代表着什么：那代表着，那指向着，七位俯视整个世界的神灵！

——它与“绯红之主，隐秘之母，厄难与恐惧的女皇”近乎等价！

“愚者”先生是格莱林特他们提到过的、未知的、隐秘的、强大如同神灵的存在？是仪式里必须小心规避的危险源泉？奥黛丽很快回想起了朋友们想尝试又不敢尝试某些古怪仪式时的感叹，一时竟说不出话来。

比她知道更多、了解更多的阿尔杰·威尔逊则发自内心地战栗起来。

“如果‘愚者’设计的仪式魔法真能指向他，让他接收到我们的请求，那……那就必须用祂来尊称了，用这个形容神灵和类似存在的第三人称敬语……真是幸运啊，真是足够明智啊，我一直表现得很配合，没做一些愚蠢的事情，即使试探，也在正常范围内……祂也许是哪位古老的、隐秘的、恐怖的存在，只不过没用原本的面貌和真正的名称出现于我们眼前……原初的魔女，隐匿的贤者，还是好几个神秘教派共同信仰的真实造物主？”

阿尔杰明白自己现在看到的“愚者”不一定就是他真实的形象，对方甚至不一定有性别，不一定是人形生物。

克莱恩一手扶额，一手轻敲青铜长桌边缘，敏锐察觉到了“倒吊人”和“正义”的变化。但他装作什么都没有发生，表现出一切都在预料中的状态，自顾自地继续说道：

“我祈求您的帮助。

“我祈求您的眷顾。

“我祈求您让我拥有一个好梦。

“深眠花啊，属于红月的草药，请将力量传递给我的咒文。

“金手柑啊，属于太阳的草药，请将力量传递给我的咒文。

“……”

他一句句描述完属于另一种格式的咒文，末了笑道：“女士，先生，记住了吗？”

“啊……”奥黛丽轻呼一下，连忙捂嘴，开始认真回想。

靠着“观众”的强大记忆力，她很快便记忆完毕，并出口重复，以求确认。

阿尔杰则表现得比她正常很多，不管心里怎么想，手中的钢笔始终未曾停顿。

克莱恩肯定了奥黛丽的记忆后，微微一笑道：“这个尝试如果成功，那下次就可以稍微修改咒文，达到我们想要的目的。最迟不超过周三，我希望你们能找空闲完成这个仪式。”

他打算周四晚上再次进入这里，确认仪式魔法是否有效果。

之所以不让“倒吊人”和“正义”直接祈求缺席，是因为克莱恩担心这会无法分辨他们是真的想请假，还是尝试仪式魔法的结果，到时候是拉还是不拉呢？

“遵循您的意志。”奥黛丽和阿尔杰调整情绪，恭声回答。

“按照倒吊人上次的提议，正事之后是闲聊阶段，谁先开始？”克莱恩给出“请”的手势。

奥黛丽沉吟了一下道：“‘愚者’先生，您上次给出的考试筛选、事务政务分离的建议，得到了不少议员的认同，也许，它真有可能变成现实。当然，以王国政府的效率，方案最快也要半年后才有可能出现。”

她并不担心“倒吊人”会依据这件事情就查到自己的身份，因为她只是“偶然间”“随口”引导了两句，并让那些骄傲的夫人以为是她们卓越的头脑发挥了作用，让她们迫不及待地去向她们的丈夫、父亲和兄弟炫耀。

那一刻，奥黛丽觉得自己看见了一只只开屏的金孔雀。

她相信那些夫人会不断地自我暗示，将这件事情的荣誉归于自身，并彻底遗忘自己的作用，互相争执是谁最先提出来的。

而用这种巧妙的方式改变王国的局势，让奥黛丽有种奇怪的成就感，似乎找到了“观众”影响戏剧情节的方式。

“但愿如此。”“倒吊人”阿尔杰语气嘲讽地回了一句。

他停顿几秒，望了青铜长桌上首的“愚者”一眼，斟酌着语言道：“最近几十年，各个隐秘组织的活动次数呈增长趋势，甚至出现了好几个新生的、成规模的、有一定非凡力量的组织。”

你是想从我这里打探出原因吗？我都还没开始接触“非法组织”的资料……

克莱恩只是笑了笑，没有直接评论“倒吊人”的消息，转而模棱两可地说道：“有些古老的力量在苏醒。”

比如安提哥努斯家族笔记所代表的力量……

“是吗……”阿尔杰低声自语，似乎想到了什么。

克莱恩用目光依次扫过“倒吊人”“正义”，含笑说道：“如果没有别的事情分享，那今天的聚会就到这里吧。”

“遵循您的意志。”奥黛丽和阿尔杰同时起身。

克莱恩手指滑动，断掉了与深红星辰的联系，看着两道身影消失于巍峨大殿。

他站了起来，转至自身高背椅，也就是青铜长桌最上首座位的背后，望向那里的星座符号。

璀璨的星辰勾连出了一个古怪的符号，一个不在克莱恩目前神秘学知识范围内的符号。他仔细辨认一阵，从里面看出了象征隐秘的“无瞳之眼”，又看出了象征变化的“扭曲之线”，两者各自缺少了一部分，互相重叠着，形成了新的象征符号。

“不完整的隐秘，不完整的变化……加起来是什么意思?”克莱恩皱眉低语，暂时想不出答案。

他收回目光，绕着恢宏、古老的神殿行走，视线没放过任何一个角落。

“我当初就是那么随便一想，只给出了粗略的概念，根本没具体描述宫殿、长桌和椅子的形状……那它们的样子是依据什么而来的?最优化选择?初始范本?或者现实映射?”克莱恩看着看着，突地想到了以前忽略的一个问题。

哎，不得不说，作为一名“键盘强者”，我在很多事情上确实缺乏经验，不够敏锐，以至于后知后觉……有了这样的自我检讨，克莱恩在灰雾之上、神殿四周的区域认真进行检查，但没有找到其他生物，也没有发现别的诡异之处。

至于更远处的、仿佛无边无际的虚幻地方，他暂时不敢深入，怕彻底迷失于虚幻之中。

“呼,这里果然充满了神秘……等我更加强大,不知道会不会有新的变化……”克莱恩叹了口气，展开灵性，包裹自身，模拟出急速下坠的感觉。

一切飞快流逝，各种幻影支离破碎，他穿透灰白雾气，看见了现实世界，看见了自己卧室内的书桌、窗帘和衣帽架。

Story is going on.

第十三章

C H A P T E R 1 3

首宿号的真相

贝克兰德，皇后区。

奥黛丽看见了墙上挂着的油画，感受到天鹅绒枕头的柔软。

她没有立刻起身，而是认真回味了一遍今天的聚会，就像在看重新上演的戏剧。

“‘愚者’先生说尝试那个仪式的时候，给出神秘主宰、黄黑之王等描述性咒文时，他的语气有一定的自信……自信……”无声分析的奥黛丽突地吸了口气，身体隐有颤抖。

算了，既然无法对抗，那就不去考虑……“愚者”先生一直表现得都很和善，应该是守序的存在……奥黛丽的心情飞快变好，想到了自己的扮演，想到了魔药的微弱反噬。

她哼了一段轻快的旋律，离开大床，朝房门外行去，并主动调整状态，化身为“观众”。

打开房门，她看见了对面路过的女仆，看见了对方手上的老茧、脸上的晒斑，以及诸多类似的细节，这能让她推测出不少事情。

就在这时，奥黛丽忽有感应，忙扭头望向了背对阳台的阴暗角落。

她看见金毛大犬苏茜蹲在那里，静静地观察着自己，就像自己观察女仆。

女神啊……奥黛丽嘴角一抽，好想掩住脸孔，长长叹息。

…………

苏尼亚海上，被重重保护的船长室内。

阿尔杰清醒过来，发现周围并没有任何变化，就像什么事情都未曾发生一样。

他叹了口气，于心中自语道：“一位古老的存在吗？”

脱离仪式的克莱恩拉开窗帘，拿出笔记本，又一次开始了书写。

他回忆着罗塞尔大帝几份日记的内容，通过这样记录的方式，加强对知识的印象，免得将来遗忘。

写完之后，他看了一遍又一遍，最终还是将默写出的笔记撕毁，烧了个干干净净。

每周这么来一次，应该就不会忘记关键点了……只不过，随着时间推移，任务会越来越繁重……可惜啊，暂时没有别的好办法，我可没学过密码学……克莱恩收敛思绪，活动了下颈椎，打算出门去占卜俱乐部。

——“占卜家”在不同人心里，有不同的标准，谁也无法说别人一定错误。克莱恩并不清楚什么样子的“占卜家”才最符合魔药的需求，只能通过一次次实践来校正，来确定！

出门之前，克莱恩抓紧时间，用小刷子和手帕一丝不苟地清理了正装和礼帽，然后洗了白色衬衣，换上了另一件亚麻材质的衬衫和原先唯一体面的廉价外套，快步来到街上。

先是梅丽莎的裙子，接着是班森的正装，最后才能考虑我的第二套正装，钱总是不够花啊……另外，必须一件件积攒招待客人的釉瓷餐具了……而且还得为购买各种神秘学材料存钱……克莱恩坐到公共马车上，心算着家里的财政情况，越算越是摇头。

他估计至少得一年，才能让自己，让哥哥和妹妹过得像所谓的中产阶级。当然，这是在没考虑升职加薪的情况下。

公共马车驶过一条条街道，停在了豪尔斯街占卜俱乐部的对面。

克莱恩按住黑色非丝绸的半高礼帽，半跳半走地下车，沿着熟悉的道路，进入位于二楼的俱乐部大门，看见了头发棕黄的漂亮女士安洁莉卡。

她的眼圈有着残留的红肿，但整个人显得非常放松。

克莱恩抬起手，轻敲了眉心两下，仔细审视了一番，发现安洁莉卡情绪颜色深处的浓浓灰暗消散了许多，且平添了几分阳光般的白亮。

看完之后，克莱恩才走了过去，脱帽致意道：“安洁莉卡女士，今天真是阳光灿烂的一天，对吧？”

安洁莉卡抬起头来，短促地惊呼了一声，旋即冲克莱恩绽开笑容。“你和凡森特先生的那只猫真像，走路都没有声音……您看得出来？呵呵，我忘记了，您是一位擅长看面相的占卜师……”她停顿了下，轻咬着嘴唇行了一礼，“谢谢，谢谢您昨天给的建议，我感觉好多了，这一年来，我从没像现在这样放松、愉快，以及满足。”

听着对方诚挚的道谢，克莱恩也被那份喜悦和快乐感染了，嘴角上翘道：“能帮助到你是我的荣幸。”

说话的同时，他只觉自身的灵性都轻松活泼了不少。

这就是魔药想要的“占卜家”？能真切帮助到询问者的“占卜家”？克莱恩仿佛在思考般捏了捏眉心，悄然点了两下。

不得不说，他已经在实践中发现目前开启和关闭灵视的动作还是不够隐蔽，但问题在于，他短时间内也想不到更好的替代方案。因为他才成为“占卜家”没多久，灵性还未增长到当前极限，自身对灵性的掌握也同样如此。所以，必须是能有效刺激到灵性的位置才能作为“开关”的媒介，而这样的部位并不多，眉心是相对适宜的选择。

等彻底消化了魔药，成为真正的“占卜家”，应该就可以设计更隐蔽的“开关”动作了……克莱恩微不可见地点点头，往大门半开的会议室走去。

“咖啡，还是红茶？”安洁莉卡连忙问了一句。

“迪西咖啡。”克莱恩抱着各种饮料都尝一尝的心态回答道。

这时，他看见会议室内有六七名会员，但并不包括之前一直在这里的海纳斯·凡森特。

“凡森特先生没来？”克莱恩停住脚步，随口问了一句。

安洁莉卡怔了怔道：“凡森特先生并不会每天都来，他接受邀请，去恩马特港一个占卜组织讲课了，您有事情找他？”

“没有，只是好奇，毕竟我之前每次过来都能看见他。”克莱恩含笑摇头。

与此同时，他发现那七名会员里有自己熟悉的面孔——为自己占卜过的格拉西斯！

格拉西斯正戴着单片眼镜看桌上的资料，忽地察觉到有人在注视自己，于是抬起脑袋，望向视线的由来。

他的脸上霍然浮现出明显的喜悦，双手一撑，站立起身，几步冲到克莱恩面前：“下午好，莫雷蒂先生，我刚才一直在想，您今天会不会来。听安洁莉卡说，您不是医生，而是一位擅长看面相的占卜师？”

克莱恩笑笑道：“我并不只擅长这个，格拉西斯先生，你似乎已经彻底摆脱了疾病？”

他捏了下额头，轻点眉心两次，发现格拉西斯的健康颜色都恢复了正常。

“是的，我当时真的非常后悔，后悔自己没听您的建议，还好，还好我家附近有位非常厉害的药师，他给了我妻子相当神奇的药剂，这让我远离了死亡。”格拉西斯感慨道。

作为值夜者小队的准成员，克莱恩很有职业敏感性地反问道：“非常厉害的药师？相当神奇的药剂？”

神奇？多神奇？是否属于非凡的范畴了？

“他说是伦堡那边的一种民俗药剂，总之，对我的病症有很大帮助。”格拉西斯没感觉异常地回答道。

民俗草药师？克莱恩仿佛在思考般敲了敲眉心，问道：“他叫什么名字？住在哪里？你知道的，占卜师没办法保证自己不会生病，也许将来我还要去他那里购买药剂。”

克莱恩通过导师和同学们知道，这个世界的现代医疗体系才刚刚成形，对很多疾病几乎没有办法，所以，神奇的药剂和厉害的药师还大有市场，了解一下不会错，说不定以后就有需要的时候。

格拉西斯坦然回答道：“他叫罗森·达克威德，在东区弗拉德街18号有家小店，店名是罗森的民俗草药店。”

“谢谢。”克莱恩默默记下，诚挚地开口。

格拉西斯转过身体，引他到自己旁边坐下，这时，安洁莉卡也泡好咖啡端了过来。

比起南威尔咖啡，迪西咖啡的香味更加浓郁，但口感相对较差……克莱恩抿了一口，品味片刻。

格拉西斯见他放下了白釉杯子，忙斟酌着语气道：“莫雷蒂先生，我能请您帮我占卜一次吗？我会按照您确定的价格支付报酬的。”

“八便士足够了，我不会临时提价的。”克莱恩正希望有人找自己占卜，“需要到占卜房去吗？”

“好的，黄水晶房。”格拉西斯比他更熟悉地率先过去。

进了占卜房，反锁上木门，克莱恩坐到长桌之后，沉然问道：“格拉西斯先生，您想占卜什么事情？”

“我有一个投资的机会，但牵涉的金额太大，如果失败，我和我的家庭都会遭遇沉重打击，我想占卜它是否能够顺利。”格拉西斯主动提道，“我自己用塔罗牌占卜过一次，嗯，是纯净心灵后的占卜，得到的结果还不错……是的，是我自己做的解读，不过我并没有违反那些象征原则。”

克莱恩想了想，好奇地说道：“那你将事情具体描述一遍，再给出自身的信息，如果能有对方的就更好了，我们做星盘占卜。”

“好。”格拉西斯整理了一下语言道，“兰尔乌斯先生在霍纳奇斯山脉考察时，发现了一处藏量丰富、品相很好的大型铁矿，他花光积蓄买下了那块地，并请专业的公司做了勘察，得出了让人鼓舞的结论。他缺乏后续的开发资金，于是成立了一家钢铁公司，打算用这个项目向银行申请贷款，并同时发行一定比例的股票来募集初始资金。这个计划暂时还在私下筹备的阶段，给出的回报非常丰厚。”

最近常看报纸，又是“历史专家”的克莱恩知道这个世界有股票，更知道股票的概念源于罗塞尔大帝……嗯，对，又是他。在殖民南大陆的过程中，他建立西拜朗公司，通过发行股票向公众募集资金，顺利解决了财政上的问题，成功攫取到殖民利益的第一桶金。

因为回报是丰厚的，从那以后，类似的事情一件接一件，比如铁路股票、矿山股票、蒸汽开发利用股票，等等。这里面有成功的，也有失败的，于是催生了贝克兰德证券交易所等组织。除此之外，罗塞尔大帝还弄出了国家债券、信托基金等东西，前者沿袭到今天，成为最稳定的投资方式，每年有百分之四到百分之六的回报。

克莱恩记得哥哥班森曾经说过，如果能继承三千镑的财产，那就不用再辛苦工作了，因为稳定的年金收益就有百分之五左右，大概一百五十镑，略等于克莱恩目前的年薪。

这就是所谓的食利阶层啊……克莱恩暗叹一声，斟酌着问道：“你确定这件事情没有问题？兰尔乌斯值得信任吗？”

“我看过他的地产文书和勘探报告，上面有西维拉斯郡政府的印章和专业公司的背书，而且兰尔乌斯先生的办公室里还有他和德维尔爵士、和市长先生的合影。”格拉西斯点头回答。

合影？合影什么都代表不了……生在信息大爆炸时代的克莱恩见过太多类似的事情，并没有因此而信服。不过，他信不信都没什么用处，只能拿起笔，根据格拉西斯提供的关键时间信息，绘制了对应星盘。

良久之后，克莱恩指着星盘道：“你自己应该也能看得出来，这件事情会很不顺利，表面的繁华之下是悬崖，是深渊，我的占卜意见是绕过它，避开它。”

格拉西斯陷入了沉默，嘴巴几次张开又重新合上。过了几分钟，他才苦笑道：“回家以后，我会认真考虑的。”

听到这样的回答，克莱恩只能摇头暗叹，体会到了一位“占卜家”应该有的无奈——占卜只能给出建议，无法替人做决定。

两人刚离开黄水晶房，安洁莉卡就走过来道：“莫雷蒂先生，有人找您占卜。”说到这里，她小声补了一句，“他没有让我推荐，也没有看图册。”

名声传出去了？克莱恩疑惑地转向接待厅。

前行几步，克莱恩看到了来占卜的客人，他身穿黑色正装，手拿镶金木杖，头戴半高礼帽，金色的短发从边缘顽强地露出，鼻尖微弯，仿佛老鹰的喙。

安娜的未婚夫，那位经历了可怕磨难的乔伊斯·迈尔……在梦境占卜中见过对方的克莱恩当即微笑开口道：“下午好，迈尔先生。”

“下午好，莫雷蒂先生。”乔伊斯取下礼帽，弯腰行礼，“感谢您对安娜的指点，她一直都在称赞您的神奇，几乎停不了嘴。”

克莱恩呵呵笑道：“我什么也没有改变，该感谢的是你自己，没有坚强的意志和对美好的向往，是无法战胜那些厄难的。”

客气之后，他忍不住在内心吐槽了一句：这算是商业互吹了吧？

“坦白地讲，我对自己能活着回来依旧感到梦幻，依旧不敢相信自己能闯过那一场又一场的厄难。”乔伊斯感慨摇头。

不等克莱恩再说，他好奇问道：“您刚才一看见我，就知道了我是谁，是我的鼻子太有特点的原因，还是您提前占卜到了我的拜访？”

“我有你的详细资料，对占卜家来说，这就足够了。”克莱恩故意含糊回答，摆出神棍的样子。

乔伊斯果然被震住了，十来秒后才堆出笑容道：“莫雷蒂先生，我想请您占卜。”

话音刚落，他忽然察觉了一件事情：克莱恩·莫雷蒂先生自称占卜家，而不是占卜师，占卜者！

“好的，我们到黄水晶房。”克莱恩做了个“请”的手势。

这个时候，他莫名觉得自己该穿一身黑色长袍，话语尽量不要多，以体现占卜家的神秘。

进了占卜房，乔伊斯·迈尔主动反锁住木门，并观察了周围环境，而克莱恩趁这个机会，悄然捏了眉心两下，开启了灵视。

乔伊斯坐了下来，放好手杖，拉了拉黑色的领结，沉着嗓音道：“莫雷蒂先生，我想请您解梦。”

“解梦？”克莱恩保持着一切都在预料之中的状态，确认般反问了一句。

他看见乔伊斯的健康颜色有不同程度的暗淡，但都还没达到疾病的程度，情绪颜色则以思考的蓝色为主，而色泽深暗，透露出明显紧绷。

乔伊斯郑重点头道：“从苜蓿号抵达恩马特港开始，我每晚都在做同一个梦，梦里充满了恐惧。我知道，这或许是厄难留给我的阴影，我应该去看心理医生，但我怀疑那不是正常的梦，正常的梦即使每晚重复，也肯定会有细节的不同，而这个梦，至少我记得的部分，从来没有发生过变化。”

“对于占卜家而言，类似的梦都属于神灵给予的启示。”克莱恩半是宽慰半是解释地说道，“你能将梦境详细描述一遍吗？”

乔伊斯握拳抵住嘴巴，沉思片刻道：“我梦见我从苜蓿号上跌落，跌向海洋，那海洋是深红色的，如同腐朽的血液。在我坠落的时候，我被船上的人拉住了，我看不清楚他的样子，只知道他的力气很大。而我也同样拉着一个人，试图避免他坠海的结局，这个人我认识，他是苜蓿号的乘客，尤尼斯·金。因为他的重量，因为他的挣扎，我再也无法承受，只能松开手，看着他哀号着坠入血色的海洋。就在这个时候，我上面的那位也松开了手，我挥舞着双臂，想要抓到什么，可什么都没有抓住，整个人开始急速坠落。再之后，我就会惊恐地醒来，背后和额头全都是汗水。”

克莱恩手抵额头，轻轻敲动，做出思考的样子，接着组织了下语言道：“迈尔先生，单纯的噩梦，相似的噩梦，连续的噩梦，属于心理上的问题，有对应的根源，而同样的噩梦反复出现，则是你的灵性对你的提醒，也是神灵给予的启示。”见乔伊斯流露出不解的神色，他深入解释道，“不要怀疑，普通人的灵性也会给予自身一定的提醒。我不知道苜蓿号上具体发生了什么，但看得出来，它是一场以血与铁为主角的悲剧，给你留下了很深很深的阴影。”

看到乔伊斯微微点头，克莱恩继续说明：“在船上时，你肯定很恐惧，很害怕，而在这种极端的情绪里，人类非常容易失去观察力，忽略许多不该忽略的细节，但这并不表示你没有看到它们，只是忽略了，明白吗？忽略了。在你的潜意识里，在你的灵性之中，被忽略的细节依旧存在，如果它指向的事情足够重要，那你的灵性就会提醒你，以梦境的方式。”

之前我记起忽略的感觉后，发现那本笔记落在了瑞尔·比伯手里，就是同样的案例……只不过我更敏锐，灵性更强，神秘学知识更加丰富，所以能第一时间就做出判断……克莱恩停顿了几秒，看着乔伊斯·迈尔的眼睛问道：“那位因你松手而坠入血色海洋的尤尼斯·金先生，是不是在船上祈求过你，但依旧没能逃脱宿命的结局？”

乔伊斯不太自然地扭动了下身体，张了几次嘴才回答道：“是的，但我并不同情他，也许几天，也许一周以后，您就能从报纸上看到他是一个多么残忍、多么让人憎恨的恶棍，他强暴并杀害了至少三位女士，将一个婴儿丢入了狂暴海，并领着一群失去理性的野兽大肆屠杀乘客和船员。他是狡诈的、强壮的、邪恶的，我不敢也不能同情他，那会葬送我的性命。”

“我并不质疑你做的这件事情。”克莱恩先给出态度，然后才解释道，“只是你的梦境告诉我，你在后悔，在遗憾，认为自己不该松手。既然你认为杀掉他是件正义的事情，那为什么会后悔和遗憾，以至于反复梦到松手的画面？”

“我也不知道……”乔伊斯迷茫地摇头。

克莱恩双手交叉，放在下颌位置，试探着解析道：“结合我刚才的描述，你是否在这件事情上忽略了什么，比如尤尼斯·金提到的事情，哀求的内容，展现的姿态，如此等等，我无法代替你回忆，请你好好思考。”

“没有……他当时只来得及说一声‘饶过我，我投降’……”乔伊斯满是疑惑地自语道。

克莱恩不知道具体的经过，只能结合梦境，给予引导：“那你是否认为尤尼斯·金活下来更有用，能证明一些事情，能解释一些事情？”

乔伊斯一下皱起眉头，好一会儿才开口说道：“也许……我始终觉得苜蓿号上的冲突来得太突然，发展得太激烈，就像所有人心里潜藏的恶欲一下就不受控制地爆发出来……这不正常……非常不正常……也许，也许我想审问尤尼斯·金，问他最初是为了什么，才会做出被恶魔附身了一样的事情……”

听着乔伊斯宛如梦呓的描述，克莱恩结合梦境，思绪豁然开朗，用神棍特有的语气道：“不，不只是这样。”

“什么？”乔伊斯仿佛吓了一跳。

克莱恩双手交叉，靠住下巴，目光沉然地盯着乔伊斯的眼睛，语气低缓却有力地说道：“你不只认为这件事情不正常，你还看到了一些被你忽略的事情，而这些被忽略的事情串联起来，可以推导出一个可怕的结论。于是，你的灵性告诉你，有个人有很大的嫌疑，很可能是真正的幕后黑手，也就是梦里拉住你但最终放开了手的那一位。

“你下意识不去怀疑他，所以看不见他的样子——他是你的同伴，他曾经主宰过你的生死，或者说，救过你！”

乔伊斯霍然向后一靠，撞得椅背发出闷响。他的额头慢慢沁出汗水，眼神里充满混乱。

“我……我看见了……”

哐当，乔伊斯猛地站起，让高背椅摇摇晃晃，险些倒下。

“特里斯先生……”他用尽全身力气般说出了一个名字。

那是一个和蔼、腼腆的圆脸男孩，那是拯救了幸存者的英雄……

克莱恩没去打扰对方，向后微靠，静静等待。

乔伊斯的脸色变幻了几下，最终恢复了正常，带着点苍白的正常。他露出一抹苦笑道：“我明白了，谢谢您的解梦，或许我得去趟警察局了。”

他拿出皮夹，取了一张1苏勒的纸币。

“我不认为金钱能体现您的价值，但只能按照您确定的价格给予，这是您的报酬。”乔伊斯将纸币推给了克莱恩。

你直接给十镑，我也不介意的……一苏勒，你和你未婚妻还真像啊……克莱恩保持着神棍的风采，什么也没说，含笑按住了钞票。

乔伊斯吸了口气，戴上礼帽，转身走向门口。

打开反锁时，他忽地回头，诚恳说道：“谢谢您，莫雷蒂大师。”

大师？克莱恩暗笑 声，日送着对方离开占卜房，无声自语了一句：“苜蓿号上似乎发生了什么了不得的事情……如果队长在就好了，他能从乔伊斯·迈尔的梦里弄清楚全部经过……”

周二清晨，贝克兰德，皇后区。

提前起床的奥黛丽找来金毛大狗苏茜，一本正经地说道：“苏茜，你也是非凡者了，我们是同类，呸，不是……我的意思是，我们必须更好地互相帮助，你等下守住门，不让任何人打扰到我，我要进行一个仪式。”

苏茜看着主人，无奈地摇了下尾巴。

吩咐完金毛大狗苏茜，奥黛丽来回踱了几步，似乎还不够放心，因为她也不清楚今天的仪式魔法会不会出现奇怪的事情。

“这样吧……”她眼神转静，用旁观者的态度审视了预想的过程，很快有了新的安排。

奥黛丽反锁上卧室的房门，对金毛大狗道：“苏茜，你蹲在这里，如果安妮她们想强行进入，就立刻到浴室通知我。”

为了防备一些意外，她的贴身女仆拥有能打开反锁的钥匙。

苏茜目光幽幽地看了她一眼，摇了三下尾巴。

“很好，我会任由你挑选今天的午餐！”奥黛丽握起拳头，轻轻晃动。

叮嘱完毕，她进入浴室，看见长宽都有三四米的正方形浴缸内早有清水微荡，白气弥漫，幻雾熏人。

奥黛丽将原本摆满瓶瓶罐罐的一张长方形桌子收拾得干干净净，然后回到外间，把蜡烛、祭品和白色长袍等物搬了进来。紧接着，她合拢了浴室的门。

做完这一切，奥黛丽松了口气，从四根蜡烛旁边拿起一个巴掌大小的浅蓝色半透明瓶子。

这个瓶子呈圆柱形，在灯光下闪烁着梦幻的光泽，里面正是她昨天蒸馏萃取出的仪式精油。

作为 名神秘学爱好者，她没少研究类似的东西，家里有着许多自己制作的纯露、花精、香膏、精油和熏香，因此很快就按照“愚者”的描述，做好了前期准备。

“月亮花、金薄荷、深眠花、金手柑和岩玫瑰……奇怪的配方……”奥黛丽小声嘀咕道，“嗯，仪式魔法前都得清洁身体，宁静心灵，这是对神灵，唔，祈求对象的尊敬。”

回想了一遍流程,她将仪式精油放到浴缸边缘,开始解起自己轻便居家的衣物。

一件件丝织物飘落于换洗筐内。奥黛丽盘起长发，先用手试了下水温，然后脚尖微踮，小心翼翼迈入，将身体沉进了温暖的怀抱。

“呼……”她舒服地吐了口气，只觉浑身暖洋洋的，异常放松。

真是连一根手指都不想动啊……奥黛丽强行打起精神，抓住旁边的浅蓝色半透明小瓶，将仪式精油滴了几滴进水里。

一阵芬芳外散，宁静里暗藏馨香，奥黛丽吸了几口，满意地点了下头。

“不错，很好闻。真是让人放松啊，好舒服……一点也不想动，真希望就这样安安静静地躺着……安安静静，安安静静……安静……静……”

不知过了多久，奥黛丽忽地听见了“汪汪汪”的狗叫。

她霍然睁开眼睛，迷茫地向左右看了看，发现苏茜不知什么时候已开门进来，蹲在浴缸外面，眼神相当无奈。

揉了揉眼角，奥黛丽感觉水温降低了不少。

“我，我睡着了?”她下意识问了一句。

苏茜看着她，没有汪汪叫，也没有摇尾巴。

“哈哈，那瓶仪式精油的效果真好，嗯，真好!”奥黛丽干笑两声，语气欢快地解释道。

她站了起来，取过浴巾，一边包裹和擦拭身体，一边对金毛大狗道:“苏茜，继续守着，不要让安妮她们进来!”

等到金毛大狗离开，她悄然吐了下舌头，丢掉浴巾，直接套上了那件干净的白色长袍。

关上浴室的门，奥黛丽认真回想了一遍自己记录的仪式。她拿起四根蜡烛，将它们分别摆放到了桌子的四个角落。

“左上方白面包，右上方费内波特面，好香啊，就是有点凉了……不，不是该想这些事情的时候!左下方海鲜饭，右下方迪西馅饼……”奥黛丽按照“愚者”的描述，认真布置起了祭台，其间摇了两次头。

做好准备，她依次点燃四根蜡烛，拿起银制小刀，将它插入了那碟粗盐内。

诵念完赫密斯语的圣化咒文，奥黛丽提起那把有华丽花纹的小刀，将它放进了盛有清水的杯子。积蓄好精神，她抽离这把银制小刀，冥想着灵性蔓延，自刀尖喷薄而出的场景。

无形的力量外涌，奥黛丽拿着小刀，绕祭台转了一圈，只觉周围确实竖立起了灵性的墙壁，将所有的不洁和干扰都排除在外。

她维持住“观众”的状态，不让心里的激动和雀跃影响到仪式。

放下银制小刀，奥黛丽拿起浅蓝色的晶莹小瓶，往每根蜡烛滴了一滴。滋！淡薄的香气弥漫，奥黛丽的身、心、灵都仿佛获得了安静。

她暗自吸了口气，尊崇地低下头，用赫密斯语诵念起了正式咒文：

“不属于这个时代的愚者啊；

“你是灰雾之上的神秘主宰；

“你是执掌好运的黄黑之王。

“我祈求您的帮助。

“我祈求您的眷顾。

“我祈求您让我拥有一个好梦。

“深眠花啊，属于红月的草药，请将力量传递给我的咒文。

“金手柑啊，属于太阳的草药，请将力量传递给我的咒文。

“……”

奥黛丽刚诵念完咒文，打算冥想祈求的内容，就感觉密封的灵性之墙内有风在刮动，就看见手背上那颗深红的星辰在流转。

她心头一跳，忙半闭上眼睛，静心勾勒，诚意请求。

等到一切结束，她略感疑惑地环顾四周，没发现其他古怪的现象。

“这样就行了？”奥黛丽微皱眉头，低语了一句。

“执掌好运的黄黑之王……不属于这个时代的愚者……”

幽蓝复仇者号的船长室内，一身风暴长袍的阿尔杰·威尔逊无声默念着下午听到的那三段描述，似乎想从里面找出有关对方身份的线索。

他摇了摇头，略显烦躁地起身，但最终什么也没有做。

对于幽蓝复仇者号这艘图铎王朝遗留下来的古老船只，阿尔杰并不太放心，虽然他自己已掌握了它的控制权，但总有一种直觉告诉他，这艘船还藏着很多秘密，就如同那位“血皇帝”一样。

所以，他会利用这艘船来试探“愚者”的能力，却不会在船上贸然尝试未知的仪式魔法。

阿尔杰沉思几分钟，离开船长室，来到甲板上，对那寥寥几位船员道：“我们即将抵达罗思德群岛，会在那里停留一天。”

船员们顿时欢呼了起来，高声喊道：“感谢主教大人！”

因为幽灵船不需要水手，船员很少，所以他们从来不担心补给，每天都能享用到保鲜的食物和清水，但日复一日的航行和几乎不会改变的景色，还是让他们的身体和心灵都感觉疲惫，仿佛总是在压抑着什么，忍耐着什么，直到再也控制不住。

而罗思德群岛是苏尼亚海上有名的殖民点，商业发达，各种行业都有。

“我简直不想再等待了！”一位船员耸了耸腰部，发出男人都懂的嘿嘿笑声。

前往佐特兰街的公共马车上，正悠闲看着报纸的克莱恩忽然怔住，似乎听见了一道道虚幻的呼喊。那无形的耳语回荡在他的脑海内，让他额头一跳一跳，难以控制。

这听不清楚内容的呼唤来得快，去得也快，只是十来秒的工夫便消失无踪，克莱恩扶住额头，对抗着来自大脑深处的抽痛。

“老尼尔说过的莫名存在的低语？灵感太高的原因？”

一个个想法闪现，克莱恩突然看见右手手背的四个黑点不知什么时候凸显了出来，像是天生的细痣，非常不显眼。这源于转运仪式的四个黑点很快沉淀，由深转淡，消失不见。

克莱恩怔怔望着它，对刚才的遭遇多了一个猜测：“‘正义’或者‘倒吊人’尝试了我给予的仪式魔法？我的思路真的对了？那三段描述确实能通过灰雾之上的神秘空间精准地指向我？但我还远不够强大，根本听不清楚祈求的内容……不知道灰雾之上有没有消息‘留存’……嗯，今晚进入，确认一下。”

克莱恩有些忐忑，又有些激动，忙竖起报纸，遮住脸庞，不让别人看见自己的表情变化。

很快，他抵达佐特兰街，进入了黑荆棘安保公司。

还未来得及和罗珊打招呼，克莱恩就看见队长邓恩·史密斯出来，手里拿着一张配有画像的纸张。

“你也看下这张内部通缉令，一位非常凶恶和残忍的非凡者进入了廷根。”身穿黑色风衣，没戴帽子的邓恩扫了这边一眼，顺手将那张纸递了过来。

克莱恩接过一看，首先映入他眼帘的是素描画像。画像的主人有张圆圆的脸蛋，气质亲和里带着点腼腆，年龄不算太大，也就十八九岁的样子。

“特里斯，疑似非凡者，初步评估为序列8‘教唆者’，不排除来自灵知会的可能性，或是苜蓿号惨案的制造者……有目击者证明，他离开恩马特港后来到了廷根，目前下落不明……”

特里斯……苜蓿号……竟然是非凡者作案？克莱恩霍然想起了昨天下午的解梦，想起了乔伊斯·迈尔的描述，于是立刻说道：“队长，我认识一位当事人，他可能是相当重要的证人。”

“我知道，乔伊斯·迈尔嘛，我昨晚被机械之心的小队请过去帮了个忙，在乔伊斯的梦里看见了你，也从很多细节确认了是特里斯一手制造了苜蓿号惨案。”邓恩灰眸无波，轻笑了一声。

真是无趣啊，队长……还好我昨天是休息日，不是在上班期间扮演“占卜家”……克莱恩腹诽一句，有种差点被顶头上司逮到摸鱼的恐惧。

他转而问道：“‘教唆者’是哪条序列途径的？灵知会又是什么组织？”

教唆别人互相残杀是特里斯消除魔药隐患的办法，还是晋升的需要？

邓恩想了几秒道：“刚好，你是时候接触非凡者和隐秘组织的相关资料了，不要总是被老尼尔指使着看历史文献。”

队长，你招我进来的理由不就是想要个“历史专家”吗？克莱恩没敢指出问题，认真点头道：“好的。”

拿着邓恩签字的文书，克莱恩来到地底，拐入了武器库。

“邓恩说得没错，你是时候了解不同非凡者和各种隐秘组织的事情了。”身穿黑色古典长袍的老尼尔看到纸条，并没有觉得诧异，反倒认真附和了一句，紧接着，他笑眯眯地补充，“毕竟你明天晚上要和我一块去地下交易市场。”

“明天晚上？”克莱恩没掩饰自己的惊喜，确认般反问道。

老尼尔点了下头，感叹道：“我是一个有债务就无法安心睡觉的人，总是希望能尽快还掉。”

之前你怎么不是这种表现，非得拖到最后关头才用仪式魔法解决……原来有拖延症的不止我一个啊……等等，有必要把“怕忍不住将还债的钱用掉”说得这么委婉吗？克莱恩没有揭穿老尼尔，转而催促道：“尼尔先生，麻烦你去查尼斯门后帮我取出对应的资料。”

武器库这边更多是考古资料和历史文献，涉及非凡者和隐秘组织的有，但并不多，且都属于基础性常识。

老尼尔慢悠悠地喝了口手工咖啡，咂吧了下嘴，然后才拿起有签名和印章的文件走出了武器库，克莱恩则代替他看守着这里。

过了十来分钟，身着古典黑袍的老尼尔拿着一大摞资料返回。

“只能在这里阅读，不可以带走。”他边将资料放在桌上，边叮嘱了一句。

“好的。”克莱恩重重点头，伸出双手，飞快地翻动起纸张，先整体性浏览。

很详细嘛……不愧是值夜者的内部资料……不愧是有三四千年甚至更长历史的女神教会……克莱恩的目光粗略一扫，发出感慨。

资料里面不仅有各种隐秘组织的介绍，还列出了许多序列途径，有的很完善，有的只书写了对应序列的魔药名称，有的仅描述了该序列的非凡者表现，有的则完全缺失，用空白代替。

按捺住激动，克莱恩寻找起“占卜家”代表的那条序列途径。

哗啦啦的纸张翻动声里，他很快看见了熟悉的单词。

然后，他欣喜的表情迅速凝固在了脸上，因为“占卜家”后面的序列8和序列7都没有对应魔药的名称！

还好，至少有这两个序列的非凡者表现……克莱恩无声吐了口气，缓和了下心情，认真阅读起那些描述：“序列8，魔药名称未知，对应非凡者擅长技巧性的格斗，而且都很狡诈。”

擅长技巧性的格斗？这是“占卜家”的进阶？怎么感觉怪怪的……我又不是“猎人”……难道要成为肉搏型的法师？狡诈是什么意思？智力提高，擅长蒙蔽人？克莱恩看得一愣一愣的，甚至怀疑值夜者的资料出现了错误。

后面是相应的案例，他反复看了几遍，但最终还是没找到合理的解释。

目光下移，序列7的描述映入了他的瞳孔：“魔药名称未知，对应非凡者掌握了许多能快速施展的法术，将自身技巧和超自然力量结合在了一起。”

这才对嘛！这才像是“占卜家”的进阶！克莱恩松了口气，暗自感叹了一句。

看完序列7的案例，他将目光移到了这条途径的总结性描述上：“这条序列途径最早成型于所罗门帝国的查拉图家族，在第四纪的纷争里，该家族并未被完全毁灭，第五纪的历史里偶尔还是能听到他们的名字……疑似与古老组织密修会有一定联系。”

查拉图？看到这个名字，克莱恩的瞳孔霍然收缩。

他昨天下午得到的罗塞尔大帝日记里出现过这个名字！罗塞尔的扮演法正是源于一位神秘人物查拉图的提醒！

“因为那位神秘的查拉图，罗塞尔大帝才后悔没选‘占卜家’？所以，间接影响到我，让我成为‘占卜家’，让扮演法回到了‘占卜家’的怀抱……真是有点宿命的味道啊……”克莱恩皱起眉头，觉得事情似乎多了些不一样的感觉。

光看逻辑链条，他认为所有环节都没什么问题，但在神秘学领域，类似的宿命感往往会昭示一些东西，会牵涉到一些问题。

再加上穿越这件事情的莫名其妙感……简直扑朔迷离啊……而且我附身的家伙，就是因为密修会遗失的笔记才自杀的……克莱恩想了半天，有非常多的猜测，但都缺乏更多的信息来证明。

呼……反复阅读这部分资料好几遍的他最终还是只能按捺下想法，继续看起别的记载。

他先找到了“水手”序列，发现它果然属于风暴之主。

对于这种可能不止两三千年的老对手，值夜者的内部资料记录得相当详细：

“序列8,‘暴怒之民’，古称‘风暴守卫’，当对应非凡者愤怒的时候，能爆发出超越正常许多的攻击，无论力量，还是速度，都会获得极大提升……面对他们，就像在面对一场风暴……

“序列7,‘航海家’，古称‘风暴牧师’，对应的非凡者也是天文地理的学者，他们对磁场，对洋流，对风向，对云朵，都有着直觉的把握……有‘航海家’的船只从来不会在大海上迷路……他们是海洋的更高品阶的眷者，他们在大海之上会获得全方位的提升……他们是水的朋友，能在水下自由活动超过半个小时……他们能有限度施展一些与水相关的法术，这有的来自本身的掌握，有的源于风暴之主的恩赐，比如……”

序列7“航海家”很强啊……克莱恩若有所思地点头。

他怀疑“倒吊人”不是“暴怒之民”就是“航海家”，从对方刚晋升这点来看，后者的可能性更大。

这也从另一方面表明,“倒吊人”如若不是代罚者成员，也会是被风暴教会暗中吸纳的海盗。

厉害，厉害……克莱恩往回翻了几页，找到“观众”的进阶，发现与“倒吊人”的描述完全一致。

“序列9的‘观众’和‘占卜家’一样，缺乏直接的克敌手段，只能通过观察目标获得的信息，把握到对方的真实想法，从而巧妙影响，暗中引导，让事情往自身希望的方向发展。

“序列8的‘读心者’是‘观众’的全面提升，他们的观察不再仅限于表面细节，而是深入到气场、以太体等神秘领域，两者的结合让‘读心者’能异常准确地掌握人心，似乎可以读到对方的念头。在‘读心者’的面前，很难有秘密。

“序列7的‘心理医生’，也就是‘精神分析师’，在前面的基础上更进了一步，开始能直接影响目标，比如，治疗对方的狂乱等问题，或是让对方变得狂乱，丧失理智。

“很难被别人发现的非凡者……”看完上述资料，克莱恩做出了肯定的判断。

了解过聚会成员的有关事情，他又翻到了“蒸汽与机械之神教会”，因为罗塞尔大帝选的是属于他们的“通识者”序列。

“序列9,‘通识者’，对应的非凡者相信知识就是力量，对神秘学有粗略的了解，对王水、硝酸甘油和复杂的齿轮装置等更加精通，他们似乎什么都懂。”

难怪罗塞尔大帝说这份魔药很适合他，能最大程度发挥出他的优势……克莱恩彻底恍然，目光随之下移。

几个案例的描述后，对应的序列8浮现于克莱恩眼中。

“‘考古学家’，拥有足够的历史知识、野外生存知识，以及遗迹相关的禁忌知识，有足够强壮的体魄和能力来面对这一切……

“序列7，‘鉴定师’，能直觉地把握到大部分超凡物品的能力和问题，能尽量规避危险地使用它们……”

因为克莱恩的保密等级不够，涉及序列途径的资料都只到序列7，让他心痒痒的又找不到别的办法，只能希望贝克兰德那边尽快将封印物2-049送来，确认瑞尔·比伯是不是安提哥努斯家族的后裔。

那样一来，他就有希望成为正式队员，获得更高的保密等级。

收拾好心情，克莱恩从头到尾地仔细阅读资料，知道了“收尸人”的后续是“掘墓人”和“通灵者”，知道了“窥秘人”的序列8缺失，不仅没有名称，连相应的描述也是空白，倒是序列7的记载里有着魔药的名称，“巫师”！

挺厉害的样子嘛……克莱恩缓慢翻页，看到了罗塞尔大帝念念不忘的“学徒”和“偷盗者”，它们相关的记载只到序列8，后续缺失。

“序列9，‘学徒’，能力颇为奇怪，只能确定是一个法师流派的初始，他们很少被困住，也很难被阻隔，总是有办法逃脱和通行……序列8，‘戏法大师’，掌握着各种各样奇怪但不强力的法术……

“序列9，‘偷盗者’，很难将这些非凡者和普通的盗贼、小偷区分开来，也许他们在手段上会更加厉害，而他们偷盗财物的目的不是为了享受，也不是为了生存，更像是在履行一个使命……序列8，‘诈骗师’，在一些诈骗案里，我们发现了非凡者的痕迹，他们以欺诈别人为乐……”

以欺诈为乐……这是潜移默化的改变型扮演吗？如果有得选，或许我会挑“学徒”……克莱恩默默心念一句，忽然发现了苜蓿号惨案的制造者特里斯的序列魔药名称，“教唆者”。

“序列8，‘教唆者’，擅长诱发每个人心底的恶欲，擅长激化矛盾，挑起冲突，制造血案……”

描述得不够详细啊，看来值夜者对这个序列的能力不算太了解……但确实符合苜蓿号惨案的特征……克莱恩视线上移，望向“教唆者”对应的序列9：“序列9，‘刺客’，能短时间内改变身体，拥有羽毛般的轻盈，且固化鹰般的视力和夜视能力，每一位‘刺客’都擅长躲藏在阴影里，有灵巧的步伐和将全部力量爆发在一击之内的能力……”

看完描述，克莱恩又一次陷入深深的迷惑。

“刺客”……“刺客”的进阶是“教唆者”？这和“占卜家”的进阶是擅长技巧性格斗的职业一样奇怪……有的序列途径是依次提升，非常正常，比如“观众”。

为什么有的序列途径似乎会违背直觉和逻辑？嗯，也不一定，或许某些暗含的共通点我没有发现……比如“刺客”和“教唆者”都会给别人带来灾难……

但“占卜家”那个，我怎么都想不通啊！嘿，难道是甘道夫甘老爷子那一脉？加一点辅助性魔法后，其他技能点全部往力量和技巧上堆？

克莱恩一边无声吐槽，一边默默摇头，将资料翻到了“教唆者”牵涉的隐秘组织灵知会那部分。

“灵知会，第五纪元，也就是本纪元初期才出现的隐秘组织，他们认为精神是人的本质，肉体只是束缚精神的牢笼，人会为恶，就是受到肉体的影响，必须通过灵性获得知识，让精神逐渐从肉体中解脱，再经过星体的层层考验，最终脱离物质的世界，回归最纯净最真实的自我，得到永恒的救赎。

“所以，灵知会的许多极端成员以消灭他人肉体为目标，制造了不少血色浓郁的案件……可以明显看出，他们掌握的序列途径分为两种，一种是他们内部较为常见的‘学徒’‘戏法大师’，一种是很少出现的‘刺客’‘教唆者’……暂时没任何证据表明灵知会拥有序列7及序列7之上的魔药。

“灵知会是如何建立起来的并不为人知晓，只能通过两种序列途径来分析他们可能的源头，‘学徒’‘戏法大师’很容易让人联想到第四纪图铎王朝的亚伯拉罕家族，也不排除与亚伯拉罕家族长期联姻的塔玛拉家族这一可能性，‘刺客’和‘教唆者’则指向魔女教派。”

亚伯拉罕家族、塔玛拉家族、安提哥努斯家族、查拉图家族、所罗门帝国“黑皇帝”、图铎王朝“血皇帝”、特伦索斯特帝国，以及“倒吊人”提过的雅各家族和阿蒙家族……第四纪被埋葬的历史里真的藏着非常多的秘密啊，也许还有非常多的真相……克莱恩看得感叹不已，深觉第四纪这段历史笼罩着浓重的雾气。而只是透过雾气看到的轮廓，就让人止不住胆战心惊，似乎可以想象出一个非凡鼎盛的时代，可以想象出一个血色与诡异共舞，恐怖和扭曲齐唱的纪元。

克莱恩无声吸了口气，前后翻了翻，没发现魔女教派的相应资料。

他抬起脑袋，望向正用滤纸捣鼓手磨咖啡的老尼尔，诚恳请求道：“尼尔先生，魔女教派又是什么组织？我在资料里没看到她们的介绍。”

老尼尔没急着搭理他，捣鼓告一段落后才呵呵笑道：“你的保密等级不够，即使有邓恩的允许，也无法阅读那部分资料。甚至可以这么说，很多资料只在圣堂，根本没有保存于廷根市的查尼斯门后。等到哪一天你成为值夜者小队的队长，前往圣堂接受训练，才能够接触。

“魔女教派的事情，我了解的也不多，只知道她们信奉‘原初魔女’，认为这位隐秘的存在才是造物主真正的继承者，是自混沌中孕育，从造物主体内诞生的最初者，也必将是结束一切的最终者。她们的序列途径与此相关，因为要获得原初魔女的恩赐，向这位隐秘的存在靠近，所以高层都是女性，这就是她们被称为魔女教派的原因。更多的情况不属于我这种正式成员能够接触的范畴，我只听说，魔女以散播灾难为使命。”

散播灾难……这倒是符合“刺客”和“教唆者”隐含的那个共通点……不过那位特里斯先生前途堪忧啊，这个途径后续的魔药似乎更适合女性……克莱恩微点脑袋，继续着阅读资料的历程。

看完之后，他发现隐秘组织比自己想象的多，但仔细考虑了一阵，又觉得这非常正常，毕竟这个世界有那么多年的历史沉淀，曾经又出现过非凡力量活跃的时代。

按照资料提供的内容，克莱恩以年代法将那些隐秘组织划分为三类：

一是第四纪就诞生的古老组织，包括但不限于摩斯苦修会、密修会、追随恶魔的拜血教以及资料上只提了一句的魔女教派；

二是第五纪，也就是本纪元初期诞生的隐秘组织，它们或多或少与第四纪那些可怕的家族和教派有些联系，比如灵知会，比如信奉死亡的灵教团，比如以师徒传承为主的生命学派和以血腥祭祀在非凡者圈子里闻名的玫瑰学派等；

三是近一两百年内才出现的新生组织，有极光会、铁血十字会、“要素黎明”和克莱恩最早听说过的心理炼金会。除此之外，还有些零碎的，没做过什么大事的组织。

“班森和梅丽莎肯定想象不到这个世界有多么危险，不只是战争……”克莱恩摇头低笑，将那些保密资料叠放整齐，推给老尼尔。

与此同时，他在心里默默补了一句：我的塔罗会千万不要“上榜”啊……

老尼尔根本没想到对面就坐了个隐秘组织的首领，笑呵呵地拿上资料，前往查尼斯门。

克莱恩坐在那里，想着自己要不要占卜一下“教唆者”特里斯的下落，可仅仅思考了十几秒，他就放弃了这个打算。毕竟只清楚对方大概的模样和一个不知道是真是假的名字，要是这都能让他掌握到行踪，这个序列就不叫“占卜家”，得叫“预言家”了！

等到老尼尔回来，克莱恩收敛起心思，继续自身的神秘学课程，以掌握更多的仪式魔法格式。

这一天，他都在学习和练习里度过，没参与搜捕“教唆者”特里斯的联合行动，只听说来自贝克兰德的封印物2-049由于一些特别因素，将延迟出发时间，具体日期待定。

因为昨天占卜赚了近两苏勒的钞票，克莱恩回家的途中，花费十便士给班森买了一桶两升的恩马特啤酒，给梅丽莎带了新鲜出炉的柠檬蛋糕。

“克莱恩，我知道你对我们的重视，但确实没有必要，没必要总是在这些事情上花钱。”班森看着装啤酒的小木桶，斟酌了下语言道。

梅丽莎站在旁边，无声点头，频频点头。

这大概就是我们消费习惯的不同……克莱恩好笑叹息道：“班森，梅丽莎，不用担心，这是我用额外补贴买的，嗯，每周大概能有两到四苏勒。”

我总不能告诉你们，这是我帮人占卜的收益吧……他于心中补了一句。

“……你的这份工作比我预想中好很多。”班森愣了一下，中肯评价道。

没错，甚至还能学占卜……克莱恩无声地调皮了一句，转身走向厨房。

在兄妹三人的通力合作下，丰盛的晚餐菜品一一出炉。

吃饱喝足，克莱恩、班森和梅丽莎就这样瘫在客厅里，好一会儿才起身收拾，闲聊并学习。

等班森和梅丽莎都睡了，我就前往灰雾之上看一看仪式效果……克莱恩边复习那些历史书籍，边分别瞄了哥哥和妹妹一眼。

西区，铁十字街下街。一栋三层楼的公寓沉浸于黑暗里，没有路灯，没有多余的光芒。

忽然，有道人影从三楼某个窗户跃了出来，就像一根羽毛般轻飘飘落地，几乎没造成什么动静。他身体一拐，忽地消失，仿佛融入了阴影里，只隐约呈现出轮廓。

一路疾行，这人影来到了码头区，来到了一个无人的堆货角落。认真观察了一阵，绕着那里转了两圈，这人影才离开黑暗，进入角落。

可以看到，他有着圆乎乎极具亲和力的脸庞，正是一手制造了苜蓿号惨案的“教唆者”特里斯。

“感觉怎么样？”角落阴影里走出一位穿黑色带兜帽长袍的神秘人物，嗓音有着明显的女性特点。

“很舒服，那正是我梦想和追求的场景。”特里斯露出和善又满足的笑容，“我想我已经完成了任务，并且做好了提升的准备。”

那穿黑色长袍的女子微不可见地点头道：“很好，依据承诺，我将给你序列7的配方和主要的三种材料，剩下的需要你自己搜集。”

“没问题。”特里斯早有准备般回答。

那神秘女子抬起手，将一件书籍状的事物递给了特里斯。

那样事物有着古老而斑驳的青铜外壳，旁边则挂了把奇怪的星形锁。

特里斯知道里面是配方和材料，心情顿时一阵激动。

他强忍着情绪，好奇地望向青铜外壳上书写的魔药名称。

“‘女巫’！”特里斯愕然出声，不敢相信那古赫密斯语书写的单词是这个。

“女巫”？我将晋升为“女巫”？开什么玩笑！

那名神秘女人捂住嘴巴，发出一阵低笑，好半天才回答道：“你不是一直都很奇怪吗？奇怪我们的高层为什么都是女性……这就是答案。”

第十四章
CHAPTER 14
封印物 2-049

高空的绯红之月安静地悬挂在黑暗中，照耀着逐渐归于沉寂的“大学之城”廷根市。

克莱恩立在书桌前，透过凸肚窗俯视着清冷无人的水仙花街，耳畔听到远处有马车飞快却不喧嚣地驶过。他拿起有枝蔓花纹的银白怀表，啪地按开，看了一眼，然后伸手将窗帘拉拢，让煤气灯偏黄的光芒更多地反射于卧室内。

克莱恩不快不慢地转身，反锁了房门，合拢了煤气闸阀。整间屋子顿时被黑暗笼罩，只些许透过窗帘的微红月光带来色彩，带来孕育了诸多民俗故事的深夜景色。

在这样的环境里，克莱恩拿出一把申请来的银制小刀，于脑海内勾勒出光球，预先进入半冥想的状态。

他集中精神，按照之前的练习，让灵性通过刀尖喷薄而出，并让它们跟着自身的移动，与环境奇妙结合，密封了房间。

他这是在防备等下可能出现的异常波动，害怕班森和梅丽莎因此被惊醒。

接着，克莱恩放下小刀，逆时针走了四步，每一步都伴随着来自地球的咒文。

不变的嘶喊和呢喃袭来，不变的疯狂与痛苦加身，他竭力控制着自己，在近乎半迷糊的状态下撑过了最难熬最危险的阶段。

灰白的雾气无边无垠，深红的星辰或远或近，巍峨的神殿仿佛死去的巨人般屹立，克莱恩眼前的一切与以往相比，没有任何变化，几千上万年积累的寂静与古老扑面而来。

不，还是有变化的！克莱恩默然自语，目光锁定了一颗位于自身近处的深红星辰。

那是象征着“正义”的星辰！

这颗星辰的深红光晕在反复收缩和膨胀着，幅度不大，但坚持不懈。

克莱恩小心翼翼展开自身灵性，往那深红蔓延而去。

两者刚有接触，他脑海顿时嗡了一声，看见了模糊而扭曲的画面，听见了虚幻而重叠的祈求声：

“不属于这个时代的愚者啊；

“您是灰雾之上的神秘主宰；

“您是执掌好运的黄黑之王。

“我祈求您的帮助。

“我祈求您的眷顾。

“我祈求您让我拥有一个好梦。

“……

“我祈求您让我拥有一个好梦。

“……

“我祈求您让我拥有一个好梦。

“……”

女性的声音不断回荡，层层交错，克莱恩的精神随之变得烦躁和杂乱，就像刚想入睡，却听见楼上正捶桌子砸地板地吵架。

他按捺住情绪，用冥想的办法抚平着冲动，仔细辨认起眼前浮现的模糊画面。

那是一个身穿白色长袍的女孩，有着一头柔顺亮丽的金发，她正立于四团摇曳的火光前，尊敬低头，不断诵念。

从扭曲的画面里，克莱恩勉强认出这是“正义”小姐。

到了这个时候，他已经完全可以确认自己构想的仪式咒文能精准地指向这里，指向自己！

这让他充满了成就感，觉得自己从无到有的摸索很有成效。

我就不自夸了不起了……克莱恩心情转好，只觉苍蝇般徘徊于耳边的祈求声都变得可以接受了。

他心中一动，尝试将脑海内勾勒的“回答”通过那微妙的联系传递给深红星辰：“我知道了。”

…………

眼前灰雾层层弥漫，一道扭曲而模糊的人影立在最深处。

他的双眼位置流转着深红，声音在空荡无物的世界里不断回荡：

“我知道了。”

“我知道了。”

“我知道了。”

…………

奥黛丽·霍尔突然惊醒，拥被坐起，脑海里尽是刚才梦到的画面。

她清楚知道，自己梦见的是“愚者”，那位高居灰雾之上的神秘“愚者”！

“这是对我清晨祈求的回应?”很快进入“观众”状态的奥黛丽冷静地分析着。

虽然她不理解“愚者”为什么不当场回应，非得等到夜里，但她还是被那仪式魔法有效，被那几段咒文真的有用这一事实深深震撼——以往她向黑夜女神祈求，可从来没得到过回应！

“愚者”先生即使还不是神灵，应该也相差不多了……奥黛丽缓缓吸了口气，又缓缓吐出。

既然对方是无法反抗的强大存在，她很快就将一些忧虑抛到了旁边，开始思考起接下来该做什么:“第一，彻底消化掉‘观众’魔药……我的扮演还算不错；第二，寻找心理炼金会；第三，看能不能从‘愚者’先生那里得到‘读心者’的魔药配方，或者心理炼金会的线索。不过，每一位神灵般的存在都有着属于自己的完整的序列链条，不一定知道其他序列途径的配方……心理炼金会这种新生的非凡组织，也不一定有资格得到‘愚者’先生的关注……”

…………

脱离接触，克莱恩心情不错地坐到青铜长桌最上首。

他浑身笼罩着灰雾，往后靠住椅背，手握成拳地抵住嘴巴，回想和审视刚才的过程。

此时，这片灰雾的世界，只有他一个生灵，除此之外，寂静无声。

“似乎只能传递信息过去，无法借此调动这里的力量……那看来我之前的一个取巧思路行不通了。”克莱恩不断轻敲嘴巴，无声地做着总结。

他原本的打算是如果设计的咒文和仪式有效，那就尝试能不能通过这种办法，将自身和灰雾世界捆绑在一块，以此撬动这片神秘空间的力量。

到时候，他就可以自己向自己祈求，从而取巧地绕过限制、谜团和危险，更加充分地利用灰雾世界。

比如，他可以先举行仪式，向自己祈求法术的赐予，接着，进入灰雾之上，自己响应这个祈求，给予恩赐。

“我还是想得太美了……我对这片灰雾世界的了解和掌握远没达到那种程度……”克莱恩摇头自嘲，准备离去。

就在这时，他看见象征“倒吊人”的那颗深红星辰也开始了收缩和膨胀，听到虚幻而无形的声音一圈圈荡开。

“正好遇上‘倒吊人’举行仪式?”克莱恩若有所思地点头。

他就坐在青铜长桌的上首，伸手虚点那颗星辰。

灵性蔓延而出，触碰到了那不断收缩和膨胀的深红。

他听见了“倒吊人”低沉重叠的祈求，也看见了模糊不清的画面。

画面里，“倒吊人”身披纯黑长袍，站在四团火光之前，周围灵性成墙，隔开外来的影响。

克莱恩没立刻回应，就这样静静看着，静静听着。

“……您是执掌好运的黄黑之王。

“我祈求您的帮助。

“……”

“倒吊人”祈求完毕，原地等待了片刻，见没有回应，便开始解除灵性之墙，熄灭火焰，收拾祭台。到了最后，他伸手一抹，水光弥漫，充当祭台的桌子立刻焕然一新。

“水性法术……风暴的恩赐……‘倒吊人’确实是，而且至少是‘航海家’……”克莱恩微微颔首，在画面消失之前，按照预计的方式，将回应传递进了那团深红的星辰。

阿尔杰·威尔逊正置身于罗思德群岛的首府“慷慨之城”。

他没和船员们一块去这里有名的“红剧场”，而是留在旅店内，紧闭住门窗，尝试起“愚者”描述的那个仪式。

熟稔地完成祈求，阿尔杰耐心等待了一阵，但并未获得任何回应。

“看来这个尝试不太成功啊……‘愚者’先生得换个办法了……”他又是庆幸又略感失望地想着。

处理好后续，阿尔杰打算去楼下要杯烈朗齐——酒精有助于发挥“暴怒之民”的能力，所以“风暴之主”的代罚者们都相当喜欢这种饮料。

拉开房门，阿尔杰刚要走出去，眼前忽地一花，看见走廊里充满了虚幻而无垠的灰雾，看见一道模糊的人影端坐于最深处，就像端坐于高高在上的王座。

“我知道了。”熟悉而低沉的嗓音回荡于阿尔杰的耳畔，让他愣在原地，脑袋略感抽痛。

阿尔杰的眼眸霍然转深，再看四周，却发现一切与之前并无什么区别，依旧是踩上去会吱呀作响的地板，依旧是有了些年头的墙壁烛台，依旧是不算太干净的走廊。

“我知道了”……阿尔杰的耳畔仿佛还有声音在回响。

他脸色变沉，握拳轻击胸口，但却没能说出对风暴之主的敬言。

沉默许久，阿尔杰的表情恢复如常，只是目光又幽深了几分。

灰雾之上，克莱恩没耽搁太久，等到残余的声音全部归于平静，他就以灵性包裹自身，坠入灰雾，坠入物质的世界。

眼前光影飞快闪烁，如同几十倍快放的电影画面，克莱恩脑袋一阵眩晕后，就看见了透着绯红月光的窗帘，看见了轮廓朦胧的书桌和书架。

他再次拿起银制小刀，解除了房间的灵性之墙，然后在一阵突如其来的风中，悄然打开门，望了眼走廊。

见哥哥班森和妹妹梅丽莎的房间都没有动静，他才彻底放松下来。

"这转运仪式简直是居家旅行必备啊……又隐蔽又神奇……"克莱恩无声低语了一句，重新关上门，走向卧床。

他明天的任务是和老尼尔一块去非凡物品的地下交易市场。

傍晚时分，车厢和马匹的影子被夕阳拖得很长。

已经向班森、梅丽莎交代过的克莱恩在黑荆棘安保公司用过晚餐，正与老尼尔一道乘坐公共马车前往码头区。

他穿的是原本那身廉价正装，因为担心类似的场合容易发生冲突——要是弄坏了平时小心伺候着的燕尾服，那就不只是心疼了。

当阳光染上燃烧般的感觉时，马车停了下来，依旧是那身古典黑色长袍和同色圆边毡帽的老尼尔毫不在意别人目光地走向了斜对面的恶龙酒吧。

哪怕酒吧隔得有点远，哪怕大门沉重合拢着，克莱恩还是能听到里面一浪高过一浪的呼喊，这似乎是在为哪位"英雄"加油。

刚走近，他忽生感应，扭头望向了酒吧对面的货物仓库，看见楼顶隐蔽处站着一位身材魁梧、身穿制服的男子。这男子背着一个硕大的灰白色机械箱，手里提着一把构造复杂的粗长步枪，而那灰白色的金属箱子与同色步枪之间则有明显的连接管道。

"高压蒸汽步枪？"克莱恩愕然低语，转头看着老尼尔道，"这家酒吧还能弄来这种武器？"

这可是军事管制品！

虽然使用的是提取的燃素，但高压蒸汽背包的大小和重量依然惊人，必须得是真正的铁血战士才能负担。而以它为动力推出的子弹拥有极高的速度，破坏力相当惊人，再配上合适的瞄准，几乎等于劣质的狙击步枪了。

"什么？"老尼尔眯着眼睛望了过去，同样一脸的疑惑，"这里出事了？"

出事？克莱恩环顾四周，果然发现还有几位手端连发步枪的男子正在搜寻着什么。

“怎么了?”老尼尔靠近酒吧，问着守在门外的彪形大汉。

那彪形大汉明显认识老尼尔，脸上肌肉一抖一抖的，只苦笑道:“刚才酒吧差点被拆了。据说有个被通缉的家伙来购买材料，被人认了出来，于是就成这样了……我的主啊，他到底做了什么，有多么危险，需要被这样对待?看到那些枪，我的腿都软了，比和红发珊妮鬼混整整一晚还软!”

他并不清楚被通缉者是什么身份，更不知道来这里购买材料的家伙们混杂着非凡者。

“被通缉的家伙?你知道他叫什么吗?”老尼尔颇感兴趣地问道。

“叫……叫特里斯?”彪形大汉不太肯定地回答。

“教唆者”特里斯?克莱恩恍然点头，明白了是怎么一回事。

特里斯之前并不知道自己已经被乔伊斯·迈尔怀疑上，于是大摇大摆到地下交易市场购买材料，结果被机械之心或是代罚者、值夜者队伍的线人认了出来，引发了一场激烈的冲突。

“他被抓到了吗?”克莱恩点了点镶银的黑色手杖。

看周围的架势似乎是还没有……

彪形大汉小幅度摇头，用下巴示意对面货物仓库的顶部道:“他抢在那些恐怖的家伙抵达前冲了出来，嚯，我没见过比他更能跑的人!”

其实你还没见到“刺客”的真本事，否则你就要被带去不可描述的地方接受再教育了……克莱恩腹诽了一句。

“交易市场还开着吗?”老尼尔转而问起重点。

“刚恢复。”彪形大汉肯定地回答。

“那就好。”老尼尔快走两步，伸出右手，推开了沉重的大门。

克莱恩紧随其后，跟了进去，差点被扑面而来的闷热和酒味熏倒。

恶龙酒吧的中央立着一个拳击台，两位赤裸着上身的男子正在激烈搏斗，周围好几十号酒客则为各自支持的对象纵声呐喊，其中不乏一些粗俗之语。

老尼尔没管他们，领着克莱恩绕过拳台，走向后面的一间桌球室。桌球室内有两个人拿着球杆，说说笑笑，看到老尼尔推门进来，顿时安静了几秒。确认过来人，他们悄然让开位置，任由老尼尔和克莱恩通过身后的密门。

连续穿行了好几个房间，克莱恩眼前豁然开朗，看见了一个有上辈子阶梯教室大小的地方。

这里有人摆着地摊，上面堆满瓶瓶罐罐，也有人行走于前者之间，或审视，或交流，或比价。

“所有的收益要给斯维因二十分之一，啊，他是恶龙酒吧的老板，前代罚者小队的队长，比我年纪还大，是一个希望死于酗酒的老家伙。”老尼尔嘴碎地介绍了一句。

克莱恩想了想，诚恳评价道：“一门相当赚钱的生意。”

因为成本就只是提供场地和庇护。

“如果你看中了某件物品，又没带够钱，那可以去找斯维因借，当然，他会收取非常高昂的利息……”说到这里，老尼尔一时有些咬牙切齿。

果然，就跟赌场一样，会提供高利贷服务……克莱恩拿着手杖，一边四下打量，一边好奇地问道：“斯维因先生是一位‘航海家’？”

代罚者小队的队长应该处在序列7这个位置。

“不，只是‘暴怒之民’，廷根并不属于沿海，在这里，女神的教会比风暴之主的强势。”老尼尔嗤笑了一声，“其实斯维因有机会成为‘航海家’的，但他害怕失控，选择了放弃。”

克莱恩正待问酒吧老板是不是有险些失控的经历，忽然感应到左侧有奇怪的现象。

那里仿佛潜藏着什么，在低语着，述说着。

克莱恩转头望去，看见了一位脸色苍白的年轻人，他穿着破旧的亚麻衬衣和劳工阶层特有的蓝灰色长裤，眼神非常涣散却透着疯狂，正不断念叨着什么。

“他的灵感好高……或者扭曲了？”克莱恩皱眉低语了一句。

刚才引动自己灵感的正是对方的灵感！

正常而言，灵感带来的觉察肯定会产生一定交互，几乎无法瞒过别人，但这个“别人”指的是施展了能力的“通灵者”，以及有类似特长的厉害人物，克莱恩这种非凡者其实很难以此辨别，只有对方的灵感高到了一定程度，或者出现不正常的扭曲，他才能发现。

视线接触，那个脸色苍白、黑发乱糟糟的年轻人迈开脚步，走了过来，带着一种半是梦游半是疯狂的表情。他停在克莱恩面前，怔怔望着对方。

忽然，他高声笑道：“哈哈，死亡的味道，死亡的……啊！”

他话音未落，突地惨叫了一声，两只眼睛紧紧闭上，流出了血色的液体。

“啊！该死的！”

这年轻人捂着眼睛，抱着脑袋，在地上挣扎翻滚，好一会儿才平静下来，躺在那里喘息。

而整个过程里，来往的顾客和摆摊的商贩竟没有一个人侧目。

克莱恩按住半高礼帽，目瞪口呆地望向旁边的老尼尔，用动作表示出诧异和请教的意味。

“不用在意，他叫阿德米索尔，一个孤儿，绰号是‘怪物’，他天生灵感很高，经常能看见不该看见的事物，听到不该听到的声音，所以常常胡言乱语，常常受到伤害。”老尼尔摇头解释道。

他看得出来我这具身体死过一次？克莱恩皱起眉头，压低嗓音，疑惑问道：“值夜者、代罚者，还有机械之心，都没想过吸收他进队伍吗？”

“不行，我们都没有适合他的序列魔药。”老尼尔叹息道。

对，这等于天生固化了半个序列起始……克莱恩好奇再问：“那他适合哪条序列途径？”

“他适合的序列9叫作‘怪物’，他的绰号就是从这里来的，可惜的是，这个途径只有生命学派才掌握了起始序列。”老尼尔低声回答道。

他和克莱恩的交谈都尽量避开周围的人，免得外泄信息给那些神秘学爱好者。

生命学派？克莱恩回忆起了之前阅读的资料。

这个隐秘组织出现于本纪元初期，具体源头不详，以师徒传承为主。他们具体的理论和信念同样很少外传，克莱恩只知道他们将世界划分为三层——绝对理性世界，又称绝对真理世界、灵的世界、物质世界。

据说这个隐秘组织还出过“先知”……这不应该是对应“占卜家”途径的序列吗？搞不懂搞不懂……克莱恩连连摇头，看着阿德米索尔挣扎起身，游荡向别的角落。

他收敛心思，跟在老尼尔背后，穿过了一个个地摊，发现上面有月亮花、金手柑、夜香草等植物和纯银、黄水晶、红宝石等矿物。

“确实比较齐全……”克莱恩小声嘀咕了一句。

他周围那些或老或小，或男或女的神秘学爱好者时而顿步，时而分辨，时而交流，让这里颇为热闹。

“你自己逛一逛，我去付清账单。”老尼尔指了指尽头的两个房间之一。

“好的。”克莱恩不甚在意地点头。

他提着黑色手杖，慢悠悠地踱步到一个卖自制护身符的摊位前，认真盯着看了一阵。

正当克莱恩准备出声攀谈时，突地听到背后摊位有人在问：“这是牛齿芍药磨成的粉末吗？”

牛齿芍药？这不是“观众”魔药的辅助材料吗？克莱恩若有所思地转身，望向询问者。

对于这种材料，因为当时“正义”重复了好几遍，本就有心记忆的他印象极其深刻。

视线扫过，克莱恩看见了询问牛齿芍药的人。

对方与他相隔不到一米，穿着黑色正装，戴着同色半高礼帽，掌中拿着镶银手杖，脸上架着金边的框架眼镜，气质相当斯文。

“是的，你需要吗？这一小罐三苏勒。”摊主披着很有神秘学特色的深黑长袍。

鬓角淡黄，气质斯文的询问者想了下道：“能便宜一些吗？我还要买别的材料，比如这瓶白边太阳花花瓣。”

摊主思考了几秒，很勉强地回答道：“两苏勒六便士，我想你再也找不到比这更便宜的价格了。”

看到戴金边眼镜的男子不仅买了牛齿芍药，还买了白边太阳花等材料，克莱恩顿时觉得自己似乎想多了。

不过，他还是谨慎地轻敲了眉心两下，用灵视扫了对方一遍。

没问题，身体很健康，情绪还不错，先生你要保持啊……克莱恩收回视线，转过身体，重新看向了卖自制护身符的摊位。

在他的瞳孔里，那一个个护身符的细节清晰呈现，有纯银的，有铁制的，也有黄金铸造的。但这些护身符之中，只有那么两三件具备微弱的气场颜色，或绯红，或淡白，或金黄。这说明它们初步具备了灵性，能起到一定作用！

刚才那一阵，克莱恩看得很仔细，确认自制护身符的摊主有一定的神秘学功底——他为不同咒文挑选的不同力量来源没有一点错误，为不同力量来源确定的对应材质更是非常正确。当然，单纯的神秘学爱好者肯定会有疏漏的地方，克莱恩就发现摊主并不太了解咒文本身，不是说按照赫密斯语的文法将祈求的内容翻译过来就能算是咒文，咒文必须符合一定的格式，具备独特的规律。

另外的问题是，摊主为咒文、为“力量来源”选择合适的象征符号时，也出现了不同程度的错误，以至于几十件护身符里面只有那么两三件完全正确，散发出微光。

至于这两三件的效果能达到什么程度，克莱恩只能说有总比没有好。

真正具备明显效果的护身符需要制作者在雕刻咒文和象征符号的过程里，让自身灵性从刀尖喷薄出来！如果想要更好的效果，则必须用仪式魔法辅助。而这两件事情不是非凡者几乎无法办到。

克莱恩思考般敲了敲眉心，用黑色手杖点了地摊的左上角两下道：“这两件多少钱？”

他问的不是那些初步具备气场颜色的护身符，而是半成品，只有外形，还未雕刻咒文和象征符号的半成品。对克莱恩来说，完全没必要购买效果微弱的那几件护身符，将半成品制作成真正的护身符才是他的目的。

嗯，给班森和梅丽莎每人做一件避免厄难的护身符……我自己的可以蹭值夜者小队提供的材料……嘶，我是不是被老尼尔带坏了，想这种事情已经没有一点愧疚感了……克莱恩思绪发散地看着摊主拿起那两件半成品银制护身符。

这两件银制护符一件呈长条形，中间有镂空，周围簇拥着一根根仿佛天使翅膀的羽毛，雕工精细，非常漂亮；另外一件则简单朴素，几乎没有额外的修饰和纹路，就是象征着夜晚的一竖上镶嵌着一个代表绯红的圆。

作为外观党的克莱恩可以说是一眼就看中了它们。

“这个六苏勒。”摊主是个沉默寡言的中年男子，他指着较为精致的那件说道。

顿了顿，他摩挲了下简朴的那件：“这个五苏勒三便士。”

“这太贵了，事实上，它们距离护身符还很遥远。”克莱恩日常被班森和梅丽莎熏陶，开始习惯讲价。

经过一番言语的争斗，他分别以五苏勒六便士和四苏勒九便士的价格买下了那两件银饰。

嗯，暂时还只能算银饰……克莱恩如是想道。

而这十苏勒三便士是从他终于领到的占卜俱乐部经费（五镑）里扣的。

正当克莱恩接过两件银饰，揣入口袋，打算去别的摊位转转时，突然听见了一道柔和青涩的声音：“先生，你为什么不买成品的护身符？”

克莱恩扭头望去，发现询问者是位十五六岁的少女，她穿着缀有不少蕾丝的嫩黄长裙，手里拿着一顶镶嵌缎带的纱帽。

“因为我打算自己制作护身符，你知道的，这是每一个神秘学爱好者的愿望。”克莱恩委婉地回答。

他可不想让摊主认为自己是要抢生意，虽然他也考虑过以后要不要靠这份手艺赚点外快。

那名少女有着一头天然卷的褐色长发，脸上的婴儿肥相当可爱，她用浅蓝色的眸子看着克莱恩，诚恳问道：“我可以请教你该怎么挑选护身符吗？嗯，我是被朋友带到这里来的，来过几次，对神秘学很感兴趣，但还不够了解，嗯，她……我那位朋友再过一段时间就要满十六岁了，我想挑选一个护身符送给她，因为希望是惊喜，所以没找她一块来……我提前请教过她，但很多关键点回想不起来。”

克莱恩绅士地笑了笑道：“那你希望挑选什么样的护身符？避免厄难的？远离疾病的？能够有金钱运的？不同的要求对应不同的力量来源，也就是不同的神灵，而不同的神灵又对应不同的星辰，不同的星辰则对应不同的材料。比如，避免厄难的咒文肯定归属于厄难与恐惧的女皇，也就是黑夜女神。而作为神秘学爱好者，我们都知道黑夜女神的象征是月亮，月亮对应的金属则是纯银。所以，如果我们希望避免厄难，那就最好挑选银制的、有相应咒文的护身符。”

而且还要咒文的语言没错，格式没错，相应的“厄难与恐惧女皇”的象征符号、代表灵数、法术标识等没错，彼此的位置关系也没错……不过这就太复杂了，没必要讲给你听……克莱恩在内心默默补充道。

那名少女听得眼眸晶亮，颇为疑惑地问道：“作为女神的信徒，可以佩戴其他神灵的护身符吗？”

“没有问题，神灵是不会在意这点小事的。”克莱恩安抚着对方。

他的“没有问题”指的是佩戴者，而制作者就必须小心了，风暴之主的信徒要是制作永恒烈阳的护身符，那多半会收获浓浓的恶意。当然，这指的是需要有仪式魔法辅助制作的那种，其他的不必在意。

那名少女明显松了口气：“我希望是祝福她健康的护身符，这该选哪位神灵呢？永恒烈阳，大地母神，还是知识与智慧之神？”

“永恒烈阳和大地母神都没有问题，前者对应的是太阳，后者的象征是褐星。”克莱恩含笑说道，“太阳的材料是金，褐星的金属是铅，我建议选太阳，只是不知道你有没有带够钱。”

他之所以这么建议，是因为初步具备灵光的三件护身符里面，有一件就是太阳领域的健康护符。

“这不是……”少女说到这里，忽然停下来，警惕地望了眼沉默等待的摊主。

她想了想，转而问道：“确定了材料，又该怎么辨认咒文和象征符号呢？”

“你认识赫密斯文吗？”克莱恩反问了一句。

“刚接触了一段时间。”少女不太好意思地回答道。

“那我帮你选吧。”克莱恩用手杖指着那个黄金制作的健康护符道，“无论咒文，还是象征符号，它都没有任何问题。”

少女提着裙摆，半蹲下去，拿起了那个边缘有阳光纹路的健康护符，只觉触感温润，身体都仿佛得到了放松。

“谢谢，谢谢您。”她重新站起，感激地行了一礼。

克莱恩哈哈一笑道：“接下来就是你们之间的沟通了，我还有别的事情。”

说话间，他望了眼摊主，发现对方的眼神非常奇怪，似乎在犹豫要不要给自己回扣。

克莱恩暗自笑了一声，没再管这件事情，又不快不慢地将整个地下交易市场转了一圈，没发现有真正的非凡材料在售卖。

这时，老尼尔已还完账单出来，手中还拿着一个深色的木盒。看到克莱恩疑惑的眼神，他指了指尽头另外一个房间道：“如果你想买，或者想卖非凡材料，就去那里，毕竟没谁愿意让人知道自己买了哪些非凡物品。”

“明白了。”克莱恩点点头。

他暂时没有购买的需求，也就和老尼尔一块往地下交易市场外面走去。

“这些精灵花多少钱?”忽然，一道询问的声音传入了克莱恩的耳朵。

精灵花，这也是“观众”魔药的配方材料啊……克莱恩心头一动，侧身望了一眼，再次看见了那位戴金边眼镜的斯文男士。

“怎么了?”老尼尔略显疑惑地问道。

“没什么。”克莱恩收回了视线。

虽然他是值夜者小队的准成员，但他并不觉得所有的非凡者都必须被吸纳，被关押，这必须视情况而定。

其中，“观众”肯定是对社会对王国对世界没什么危害的类型，而且序列9失控的可能性也非常低。

出了恶龙酒吧，克莱恩与老尼尔坐公共马车离开了码头区，然后于北区分开，各自回家。

公共马车驶入水仙花街，停在了路边，克莱恩正要下去，突然看见一位穿灰白长裙的年轻女士准备上来。

这位女士黑发顺滑，脸蛋较圆，眼睛细长，五官分开来看算不上出色，但组合在一起，却有种温文又甜美的感觉。

克莱恩注意到她不是因为她的美貌，而是发现她的身体在轻微颤抖，不正常的颤抖。

“小姐，你不太舒服?”克莱恩抱着做好人好事的心态问了一句。

那位年轻的女士猛地摇头:“不，我……我只是太疲惫了。”

这时，后面下车的人开始催促，克莱恩只好先行离开。

等到他站稳脚跟，才重新在意起刚才的事情，于是用手指捏了眉心两下，打算确认那位小姐真的没有问题。

如果对方确实有严重的、快要发作的疾病，他会帮忙送去医院的。

灵视开启，气场颜色浮现，克莱恩转过身体，准备望向那位温文甜美的年轻女士。

哒，哒，哒。

马蹄迈开，车轮滚动，开启灵视并转身打量的克莱恩没能如愿看见那位温文甜美的年轻女士，眸子内尽是棕色厢体前移的场景。

此时，这一站点准备坐公共马车的乘客已全部上完，厢门紧紧闭着，逐渐远离。

而在车厢内，二三十个人因为相隔太近，气场彼此交叠，互相遮掩，在克莱恩眼里，简直五颜六色，光彩缤纷，委实难以分辨。他无声地摇了下头，抬手轻敲眉心，关闭了灵视。

对他来说，刚才是一种既然遇上，能帮忙就帮忙的朴素情怀，可要是已经错过，状况又不是特别清晰，那也犯不着总是记挂，耽误自己的事情。

沐浴着绯红的月光，沿着此时还算热闹的水仙花街，克莱恩漫步回到家里，看见梅丽莎坐在餐桌旁，就着辉芒明亮的煤气灯，埋头对付着学校布置的练习。

她轻咬钢笔笔杆，微皱起眉头，正苦苦思索。

“班森呢？”克莱恩随意问了一句。

“啊……”梅丽莎抬起头来，茫然了几秒才道，“他说今天转了好几个区，累得浑身都是汗，要好好泡个澡放松一下。”

“好吧。”克莱恩笑了一声，突然发现梅丽莎穿着条自己从未见过的长裙。

它整体呈米白色，有着时髦的羊腿袖，领口和衣襟边缘则镶嵌了薄纱荷叶边，除此之外，没有太过繁琐的设计，属于轻便日常型，将十六七岁女孩的青春感完美地衬托了出来。

“新裙子？”克莱恩含笑问道。

这是之前他和班森强烈要求才定下来的消费。

梅丽莎“嗯”了一声：“刚从罗切尔太太那里拿回来，我想着等等肯定要洗，不如先试一下。”

克莱恩听得颇为疑惑道：“罗切尔太太？”

这不是以前的邻居吗？

梅丽莎点了下头，认真解释道：“罗切尔太太其实是名裁缝，只是不太走运，不得不在家里帮人缝补衣物，过得，嗯……有点艰难，我知道她手艺不错，价格也比去女士衣帽店买便宜，而且还很合身，就在她那里定做了新裙子，只需要九苏勒五便士，而且只要几天就能完成。同样款式的裙子，在哈罗德百货商店，要整整一镑半！”

好节俭持家……妹啊，我知道，你至少有一半的原因是同情罗切尔太太……克莱恩没有指责梅丽莎自作主张，转而笑道：“你什么时候去过哈罗德百货商店？”

那在豪尔斯街区，占卜俱乐部附近，属于至少中产阶级才能消费得起的地方。

梅丽莎一时语塞，好半天才道：“是赛琳娜，还有伊丽莎白，一定要让我陪她们去，其实……我其实更喜欢齿轮，更喜欢有蒸汽和机械的地方。”

“女孩子偶尔逛一下百货商店，挺好的。”克莱恩笑着安抚妹妹。

闲聊了几句，急着洗掉酒吧杂味的他快步上了二楼。

正当他要回自身卧室拿换洗衣物时，突然听到靠近小阳台的盥洗室内有动静传出。

不过几秒，班森一边擦着发际线日渐后退的头发，一边开门而出。

“怎么样？有没有夸奖梅丽莎的新裙子？”他瞄见克莱恩，微笑问了一句。

“好像忘记了，只是问了在哪里做的……”克莱恩想了下道。

班森顿时呵呵摇头：“真是不称职的哥哥啊，梅丽莎刚拿到那条长裙，就舍不得放下来，好不容易弄好菜，洗过碗，立刻迫不及待地穿上，到现在都还没脱掉。”

“……她不是想等洗完澡再换吗？顺便浆洗晾起来……”克莱恩下意识用梅丽莎给的解释反驳了一句。

“啧。”班森感叹道，“这几天都比较炎热，她又在厨房忙了那么久，我想洗澡之后再写作业肯定会比现在舒服很多。”

也对……克莱恩一下恍然，和哥哥班森相视而笑。

原来你是这样的梅丽莎啊……女孩子爱美有什么错，没必要找借口掩饰嘛……克莱恩嘴角上翘，轻摇脑袋，走进了自己那间卧室。

之后洗澡时，克莱恩隐约听见楼下有敲门声，心头顿时犯了嘀咕：从瓦斯计费器里取硬币的工作人员不是两周才来一次吗？难道是隔壁的肖德太太？不对，据说这位女士严格遵守着中产阶级之间的交往礼仪，应该不会在这样不合适的时间上门拜访的。

疑惑中，克莱恩擦干身体，穿上陈旧但舒适的衬衣和长裤，噔噔噔跑下了楼。

他环视一圈，没发现任何陌生人，于是出声问道：“刚才是不是有人敲门？”

悠闲看着报纸的班森笑道：“是比奇·蒙巴顿，负责铁十字街的警察之一，问我们今天有没有遇上一位脸蛋圆乎乎的十八九岁男孩，呵，他还给了我们画像辨认，可惜啊，我和梅丽莎都没有见过，否则就能拿到赏金了。你呢，克莱恩？”

“没有。”克莱恩大概明白是怎么回事了。

“教唆者”特里斯成功逃出了码头区恶龙酒吧那一片，逃到了铁十字街和水仙花街附近，于是有了警察的登门询问。而事情走到这一步，也说明抓捕“教唆者”的行动接近失败了！

克莱恩没再多想这件事情，因为他还未开始格斗训练，射击也只能说刚刚入门，这个时候去考虑对付天生的刺客，简直是在拿生命开玩笑。

这一晚，他睡得很不踏实，总担心那位“教唆者”会潜入自家躲藏，制造出另一起血案。

幸运的是，水仙花街整夜平安，清晨的阳光驱散了所有阴霾。

晨起后，放松下来的克莱恩换上正装，戴好礼帽，提着手杖，一路来到佐特兰街，和接待厅的罗珊打了声招呼。

“上午好，克莱恩。”罗珊欢快回应，压低嗓音道，“听说昨晚的大行动失败了？”

“抓捕‘教唆者’特里斯的行动？”克莱恩好奇反问道。

“嗯嗯！”罗珊重重点头，瞄了眼隔断位置道，“好像是代罚者小队的线人在码头区发现了‘教唆者’……本来他们的打算是等另外的非凡者和一支警察部门的特别行动小队全部抵达再展开行动，争取一下解决，不惊扰普通人，可惜那个‘教唆者’非常敏锐，及时发现了问题，提前突围，成功逃走。”

“这种时候，他们需要一位有追踪能力的非凡者，比如我。”克莱恩开了句玩笑。

“当时并不缺乏追踪者。”突然，邓恩·史密斯的嗓音响了起来。

罗珊猛地扭头，看见队长穿着黑色风衣，轻靠着隔断门框，正用幽邃的灰色眼眸盯着自己。

她忙举起双手，捂住了嘴巴，然后连连摇头，示意自己什么都没说。

邓恩移动视线，转到克莱恩身上，沉思片刻道：“代罚者、机械之心以及我们值夜者，一共超过六位非凡者，追踪受伤的特里斯来到铁十字街下街，发现了他的临时居住点，然而，线索就断在了这里，无论是超凡手段，还是正常的排查，都失去了作用，他就像突然蒸发了一样，彻底消失了。”

“需要我用占卜帮忙吗？”克莱恩试探着问道。

邓恩微微摇头：“机械之心有‘窥秘人’，是一位不比老尼尔差多少的资深非凡者，我甚至怀疑他已经处在序列8的位置，只是不清楚对应的魔药叫什么。”

“灵知会能传承到现在，肯定有他们的特殊之处。”克莱恩随口宽慰了队长一句。

接下来的整个上午，他与之前一样，继续着神秘学课程，继续着历史资料和文献的阅读，继续着某些技巧的练习。

眼见午餐时间即将来临，克莱恩逐渐有点心不在焉。又过了几分钟，他干脆收拾起资料，听从肚子的召唤。

就在这时，邓恩·史密斯来到文职人员办公室，嗓音低沉而醇和地说道：“克莱恩，你和我去一下查尼斯门，封印物2-049已护送抵达，之后的行动可能需要你对那本笔记的感应。”

“……好的。”克莱恩起身回答道。

他内心的思绪开始纷呈，想着那件封印物到底是什么模样，想着这趟行动会不会有危险。

在这样略显紧绷的沉默中，克莱恩跟着邓恩下了楼梯，进入甬道。

直行通过十字路口后，邓恩忽然停步，侧过脑袋，严肃说道：“你跟着我做这个动作，一直保持，绝对不能停，记住，绝对不能停，这关系到你的安全！”

说话的同时，邓恩屈起手臂，又伸展开来，伸展开来，又重新屈起，一直这么反复循环，没有间断。

克莱恩茫然地看着队长演示，突地灵光一闪道："因为那件封印物的特殊性?"

"对。"邓恩异常郑重地点头，"这样的动作能让我们第一时间发现你出了问题，而及时解救就不会有生命的危险。"

"嗯。"克莱恩没再犹豫，跟着做起了屈臂伸展运动。

"如果这条手臂累了，那就换另外一条。"邓恩又叮嘱了一句。

2-049封印物还真奇怪啊……这样的动作到底能有什么意义？非常危险的样子……克莱恩念头闪动，慎重看着队长道："好的。"

他心里有着太多的疑问，但由于查尼斯门在望，只好强行忍耐了下来。

再说，以我的保密等级，估计没办法知道详细情况，只能按照吩咐去做……克莱恩吐了口气，跟着队长邓恩来到了查尼斯门外的值守室。

屈起手臂，伸展开来，克莱恩不断重复起这个过程，看着邓恩半侧身推开了值守室的门。

队长的小心翼翼、高度警惕和那荒诞可笑的保护动作让克莱恩的思绪异常紧绷，就跟小时候走夜路经过坟堆那会儿的感觉一模一样。

2级封印物，危险，须谨慎且节制地利用……值夜者正式成员都无法了解详细情况……不知道究竟有多么危险……

紧绷之中，克莱恩难以遏制地想了很多。就在这时，他脑袋突然发木，仿佛处理器一下断电。

克莱恩的视线里，一切都变得缓慢，就连自己屈起手臂的动作也是如此。

他看见队长邓恩停住脚步，以慢镜头的方式一帧一帧靠拢了自己，看见对方缓慢伸出手掌，推了自己肩膀一下。

霍然之间，克莱恩的思绪和视线同时恢复了正常，就如同刚才只是幻觉。

"发生了什么?"他茫然中犹带几分惊吓地低声问道。

邓恩对着他摇了摇头，沉声说道："你注意观察。"

话音刚落，他便转过身体，走入了值守室，克莱恩紧随其后，看见里面或坐或站着四个人。

其中一位是"午夜诗人"伦纳德，另外三位克莱恩在此之前从未见过，但他们有个共同点，那就是都在做屈臂伸展运动，没有丝毫放松。

"克莱恩·莫雷蒂，和安提哥努斯家族的笔记间有奇妙的感应。"邓恩粗略介绍了一句。

然后，他指着那三位陌生人道："这几位女士和先生们是贝克兰德教区的同行，护送封印物2-049过来，这位是洛络塔女士，序列8的‘掘墓人’，同时也是一位神枪手。”

这时，那位三十岁上下的黑发女士和善地对克莱恩点了点头。她有着不错的长相，没戴帽子，身穿类似男装的衣物，黑外套，白衬衣，黑色紧身长裤和同色皮靴，嘴角微有上翘。

等到克莱恩打过招呼，邓恩才指向坐在办公桌后面的那位男士：“艾尔·哈森，和我一样的老家伙。”

他话音未落，克莱恩就眼睁睁看见那位身穿灰色对襟风衣的艾尔·哈森先生的屈臂伸展动作变得生涩，如同齿轮间少了润滑，或是关节处长满了铁锈。

什么情况……克莱恩呆愣之中，看见洛络塔推了艾尔·哈森一下，于是，那位先生的动作又恢复了正常。

我刚才也是类似的样子？克莱恩先是一愣，旋即恍然——这是封印物2-049危险外泄的表现！

如果没有被及时推醒，会发生什么情况？是不是会变成活死人？

带着一个又一个的疑惑，克莱恩向很有中年男士魅力的艾尔·哈森问了一声好。

“博尔吉亚。”邓恩指着最后一位值夜者道。

那是一位脸侧有刀痕的冷漠男士，他的褐黄色眼眸如同老鹰一样敏锐，不间断地打量着在场每一个人。

“我们出发吧，各位，尽快结束，尽快将2-049封印起来。”长相英俊但眼角已有皱纹的中年绅士艾尔·哈森起身说道。

嗯，那么2-049呢？

克莱恩好奇地环顾一圈，没发现有封印物存在的痕迹，当然，被桌子遮挡的地方，没开灵视的他肯定看不到。

“好的。”邓恩侧头对伦纳德·米切尔道，“你负责驾车，这种事情最好不让西泽尔参与。”

他说的西泽尔是廷根市值夜者小队负责物资申领和购买的文职人员，对方同时还兼职了马车夫，也就是克莱恩去韦尔奇住所见“通灵者”戴莉时驾车的那位。

“没问题。”伦纳德收起轻浮，郑重地点头道。

这个时候，克莱恩看见艾尔·哈森弯腰，从被桌子遮住的地方提起了一个铁黑色的箱子。

那个箱子之上铭刻有璀璨的星辰和绯红的圆月，周围洋溢着无形的密封感。

里面就是封印物了吧？不知道2-049长什么样……克莱恩好奇地打量着那个箱子。

咚！

咚！咚！

铁黑色的箱子内突然传出猛烈的敲击声，以至于表面一次又一次鼓起。

咚！咚！咚！

那箱子内部仿佛有什么恐怖的事物苏醒了过来，在那里猛烈敲砸，一下一下，砸在了值守室每个人的心里。

活的？克莱恩脑筋刚转，就看见队长邓恩的屈臂伸展动作出现滞涩，关节硬得仿佛灌满了胶水。

来自贝克兰德的值夜者博尔吉亚推了推邓恩的肩膀，让他的动作恢复如常。

被2–049影响后的状态很像在跳机械舞蹈啊……要是全都被影响了，那岂不是“尬舞天团”了……还好，还好2–049似乎一次只能影响一个人……克莱恩以吐槽的方式缓解着内心的紧绷，对手臂的屈伸不敢有一点懈怠。

他学着邓恩，将手杖留了下来，跟在五位值夜者身后，穿过甬道，登上阶梯，来到黑荆棘安保公司二楼。

因为有伦纳德加快步伐，提前通知，罗珊等人都暂时躲去了三楼——对他们这些文职人员而言，类似的事情不算常见，但也绝对不会陌生，而另一位值夜者科恩黎则临时去代替邓恩看守查尼斯门。

一直到上了马车，克莱恩才松了口气，疑惑地望了望窗外道：“2–049不会影响到街上的普通人吗？”

仅仅只是从地底来到马车附近的路上，封印物2–049就造成了六次滞涩现象，其中自己中了两次，分别被队长邓恩和伦纳德·米切尔唤醒，这个频率高得可以说是相当惊人了！

“不用在意，2–049会优先对付周围五米内的人形生物，离得越近，越容易被它选中，而只要我们保持至少三个人围着它，那马车之外路过的人就不会受到影响了。”容貌姣好的黑发女士洛络塔用一种慵懒的口吻解释道。

奇怪的封印物……做着屈伸动作的克莱恩又一次发出类似的感慨。

前往瑞尔·比伯家的路上，邓恩等人都没有说话，一直在密切关注着彼此的状态，只有洛络塔满脸不在意，时而欣赏廷根市不太干净的道路，时而赞美几句贝克兰德的下水道系统。

没过多久，那栋熟悉的建筑就出现在克莱恩眼里，一行六人互相留意着，一步步来到三楼。

瑞尔·比伯家的房门已贴上了廷根市警察局的标志，示意无关人等不得进入。

邓恩一边做着屈臂伸展运动，一边拿出钥匙，打开了新换的锁，然后侧过身体，让提着铁黑色箱子的艾尔·哈森先行进屋。

咚！

咚！咚！咚！

铁黑色箱子内的封印物又一次开始了猛砸，比之前更加狂暴，这让艾尔·哈森提着箱子的手臂都开始控制不住地左右摇摆，克莱恩甚至怀疑那个箱子会被直接打穿。

咚！咚！咚！

克莱恩敏锐地看见队长邓恩的屈臂动作变得滞涩，正待去推醒对方，自己的脑袋却嗡了一声，霍然发木，他眼中的景象也瞬间变成了慢镜头。

不是说一次……只影响一个……人吗……克莱恩的思绪飞快呆滞。

这时，早有准备的洛络塔和博尔吉亚分别推了两人一下。

思考能力复原，视线重归正常，克莱恩后怕地左右看了看，险些脱口质问：不是说2-049一次只能影响一个人吗？

还好我当时没停止屈臂伸展的动作！

"封印物2-049进入狂暴化状态，每次影响人数上升到两人，可以确认，瑞尔·比伯是安提哥努斯家族的后裔。"艾尔·哈森用一种机械的语气描述道。

洛络塔则轻笑一声，看着克莱恩道："只要遇见安提哥努斯家族的后裔，哪怕只有气息残留，2-049都会变得非常激动，能力也跟着明显提升，我想你应该能够理解它的心情。"

不理解……克莱恩好奇地问道："所以，它是一个生物？"

洛络塔笑了笑，没正面回答："等下你就知道了，只要瑞尔·比伯还没有逃出廷根市，2-049就会带领我们找到他。"

克莱恩只好收起其他问题，跟着几位值夜者在房间内转了一圈。

咚咚咚的猛烈敲打声里，他们锁住房门，走下楼梯，返回了马车上。

艾尔·哈森往窗外看了几眼，确认周围五米没有行人，然后将铁黑色箱子放到地板上，扭动机械开关，解开了灵性枷锁。

那凶猛的敲击霍然停顿，整个车厢内一片安静，甚至听不到每个人的鼻息声。

克莱恩屏住呼吸，看见铁黑色的箱子缓缓打开，发出吱呀呀的、让人牙酸的声音。

哐当！

箱子倾倒，一条棕褐色的细细手臂伸了出来，只有孩童的手指长短。

很快，另一条相同的手臂也从箱子中伸出。

两条手臂轮流向前按，一个正常人巴掌大小的棕褐色事物一节节地出现在了克莱恩他们眼前。

它有着明显的肘关节、指关节和膝关节，身上缠满了棕褐色的油渍布条，脸上涂着红黄色的小丑油彩。

这是一个长相怪异的木偶！

2-049抬起脑袋，用纯黑色的无瞳眼眸望向克莱恩。

它缓缓咧开僵硬的嘴角，露出小丑般的笑容。

第十五章
CHAPTER 15
燕尾服小丑

木偶的脸部被红黄色油彩涂成了常见的小丑模样，两边嘴角高高翘着，带出异常滑稽的笑容。

随着它嘴巴咧开，露出里面黑而幽深的口腔，与它对视的克莱恩浑身汗毛根根竖起，心里陡然冒出了没有来由的强烈恐惧。

他眼前所见一下变得暗淡，像是在隔着茶色的厚重玻璃观察世界。

克莱恩的思绪迅速缓慢,他本能地想要求救,可脖子却像被一根绳子牢牢扎住，发不出半点声音，那个单词只能停留在默念里。

就在这个时候，注意到他屈臂动作突然滞涩的邓恩重重推了他一把。

克莱恩眼前的茶色玻璃当即破碎，他喉咙里的“帮助”一词也吐了出来，回荡在马车厢内，带着略显尖锐的惊慌。

“它更强了。”克莱恩用肯定的口吻陈述道。

和2-049这种诡异的封印物待在一块，真是稍有大意就会陷入可怕的危机里，不，是根本防备不了，只能靠别的办法来规避!

“这是正常的。”艾尔·哈森语气沉稳地点头道。

洛络塔则轻笑了一声:“它似乎喜欢上你了？放心，它是2级封印物里相对不那么危险的一个。”

在天然慵懒的嗓音里，那个关节清晰得仿佛一一对应着人体的木偶站了起来，向着身体左侧摇摇晃晃地迈步。

它的动作充满了艰涩感，就像一台年久生锈且忘了加润滑油的蒸汽机械。

机械舞蹈……克莱恩脑中霍然闪过了这个词，对2-049造成危险的原因有了新的猜测：它会同化它所控制的生物?

如果我刚才没能被人及时唤醒，那就会成为常人体形的大木偶，真人版芭比娃娃?

在克莱恩思绪纷呈的时候，艾尔·哈森被邓恩推醒，一边屈伸手臂，一边指着木偶缓慢前行的方向，对驾车的伦纳德道：“往那里!”

伦纳德没法让马车穿越建筑，只好绕了半圈，这个过程里，2-049不断调整着前进的方向，坚韧地充当着“指安提哥努斯家族针”。

看到这一幕，不断活动手臂的克莱恩在紧绷之中竟然想笑：“听说2-049是被安提哥努斯家族制造出来的……那它这算是忠心的表现，还是‘坑爹’的典范?”

接下来，在时不时响起的艾尔·哈森的声音里，伦纳德驾驶着马车穿越街道，直奔某个方向。

而2-049这个诡异的木偶每次快要走到车厢边缘时，都会被艾尔·哈森抓回来，重新开始。每当这个时候，它的嘴巴就会咧得更开，会同时有两个人遭到控制。

克莱恩心里的紧张随之渐渐缓解，竟然觉得封印物2-049也不是那么可怕了，只要现场超过三个人，只要一直保持屈伸运动，只要掌握了及时唤醒同伴的技巧，2-049也仅是一个有点特殊的木偶而已。

马车飞快奔驰，很快驶入码头区，一直来到仓库聚集的地方。

绕了几圈，确认2-049想去的是最内侧的那个灰白色仓库后，艾尔·哈森表情严肃，动作小心地抓起它，将这个诡异的木偶重新塞入铁黑色的箱子里。

咚咚咚!

不间断的猛烈敲击声里，艾尔·哈森在博尔吉亚和洛络塔的帮助下，一次又一次苏醒，艰难地扣上了机械开关，然后灌入灵性，驱动了铁箱上的星辰和红月符号。

无形的密封再现，艾尔·哈森长长地吐了口气。

“下车吧。”邓恩·史密斯低沉醇和的嗓音随之响起，“伦纳德，你将马匹拴在这里就行了。”

六个或穿风衣，或套正装，或穿衬衣的绅士和女士离开了马车，向着最内侧的仓库行去。

他们一边走，一边近乎整齐划一地屈伸着手臂，给略有凝固的紧张气氛平添了几分滑稽和荒诞。

值夜者“尬舞团”……克莱恩只能以吐槽来缓解紧张感。

不过不这么做也不行，据他的观察，2-049的影响首先反映在上半身，要想及时发现，避免滑入更危险的境地，那就只有屈伸手臂、转动脖子、摇晃身体这几个选项，而后两者会让人看起来像是个小混混。

至于眨眼睛和敲眉头等动作，要么太容易被忽视，要么动作幅度太大，同样不是很好的选择。

“尬舞团”总比“铜锣湾古惑仔”好……克莱恩叹了口气，认命地跟着队长邓恩等人前行。

而越是靠近仓库大门，他心底的忐忑和担忧就越是深重。

因为谁也不知道那本笔记会给瑞尔·比伯带来怎样的变化！

要是出了大问题，克莱恩可不敢奢望还能再次穿越。

而且在平时切肉做菜的时候，他发现自己依然会受伤，会流血，伤口的愈合速度也属于正常范畴，不是那种不怕死不怕打的怪物。

走着走着，邓恩突然将手往下一挥，以此示意众人停在仓库大门前十来米处。

“克莱恩，你占卜下里面是否有危险，能大概弄清楚危险的程度就更好了。”邓恩转头对克莱恩说道。

他灰色的眼眸依旧幽邃，看不出半点恐惧。

克莱恩微不可见地点点头，停止屈伸运动，将右手伸向了左侧袖口，解下了里面带黄水晶吊坠的银链。

因为手臂本身就在做动作，所以他中间出现滞缓时，被邓恩及时发现，推醒了过来。

克莱恩左手持握住银链，让黄水晶自然下坠，同时控制右手做着小幅度屈伸。

等到黄水晶平稳下来，他半闭上眼睛，勾勒出光球，进入冥想状态，宁静地默念道：

“仓库里面有危险。

“仓库里面有危险。

“……”

七遍之后，他睁开双眼，看见黄水晶吊坠缓慢转圈，做起了顺时针运动。

它越转越急，到最后竟然有拉扯着克莱恩左手的感觉。

“有危险，危险很大。”克莱恩如实说道。

——顺时针是对默念话语的肯定，逆时针是否定。

对别的非凡者来说，哪怕是“窥秘人”，用灵摆法也顶多只能测出有没有危险，无法进一步获得危险程度的信息。但克莱恩发现自己使用灵摆法时，吊坠转动速度的不同能表示答案的不同程度。这虽然不够准确，非常模糊，但也能让人粗略分辨出具体的状况。

不愧是“占卜家”……克莱恩对此颇感欣慰。

就在他要收起黄水晶吊坠时，后面保持着沉默的伦纳德·米切尔忽然开口道：“再占卜一下周围有没有危险。”

“对，我担心密修会不肯放弃，一直在盯着瑞尔·比伯的家，然后跟着我们过来，关键时刻捣乱。”邓恩点头赞同道。

克莱恩当即吸了口气，再次进入空灵平静的状态。

等到银链重新平稳，他于心中默念道：

“周围有危险。

“周围有危险。

“……”

一遍一遍重复完，克莱恩睁眼望向银链。

他的深褐色眼眸里，黄水晶吊坠先是艰难地逆时针运动，接着忽然顿住，顺时针转圈。

“周围有危险。”克莱恩心头一紧，慎重开口道。

而且还有人试图干扰占卜，但在这方面的无形对抗里，输给了自己！

他话音刚落，远处突然飞来了一个拳头大小的橘黄色火球。

它以极快的速度，砸向了众人中央。

早在克莱恩占卜前就拔出了长管左轮手枪的邓恩·史密斯当即抬手，早有准备似的扣动了扳机。

砰！枪声之中，那个火球没有丝毫摇晃，依旧按照预定的轨迹前行，似乎要逼得众人不得不散开躲避。

原本克莱恩对跟踪捣乱者不是太在意，因为这里足足有六位非凡者，甚至不乏序列8、序列7的强者，在廷根市这么个小地方属于可以横着走的配置。

可等到火球砸来，他才猛地醒悟了一个事实。

那就是，对自己等人来说，最危险的敌人不是跟踪者，不是捣乱者，甚至不是仓库内不知处于什么状况的瑞尔·比伯，而是封印物2-049！

一旦自己等人分散开来，陷入战斗，来不及去唤醒彼此，那就会一个一个地成为真人木偶！

想法乱闪之际，克莱恩被伦纳德拉了一下，本能地跟着对方往外翻滚，堪堪避开了火球。

来不及心疼身上的衣物，他看见值夜者们是分成两组躲避的，相当有条不紊。

噗！

橘黄色火球砸落在地上，没有激起半点尘埃，像是什么都没有发生过一样。

幻影？克莱恩刚浮现出这个念头，就看见艾尔·哈森提起铁黑色箱子，将它远远丢向一旁，丢出了至少十米。

“远离它！守着它！”艾尔大声喊道。

他还未喊完，伦纳德和博尔吉亚就分别靠拢过去，隔着至少七米守护着箱子，防备别人接近。

而邓恩和洛络塔各自持枪，与抽出银色细剑的艾尔·哈森一块，组成半弧形的队列，飞快冲向了火球射出的位置，并兼顾了侧方区域。

看到这一幕，因为要做屈伸运动，没有带手杖的克莱恩顿时松了口气，明白自己刚才忽略了一个重要问题。

那就是2-049的影响有范围限制，只要与它隔开足够的距离，就不用担心危险了！

克莱恩猛地翻身站起，一手将黄水晶吊坠塞入口袋，一手从腋下枪袋里抽出了左轮。

午后明媚的阳光照耀下，衣物沾染了尘埃的克莱恩飞快调整了左轮的击发位，扳开了相应装置，让自身进入随时可以开枪命中敌人的状态，让黄铜色泽的枪身金属反射出流淌般的辉芒。

他单手握枪，平伸往前，警惕着周围可能的袭击。

与此同时，他还颇为担心队长邓恩和那位身穿灰色对襟风衣的艾尔·哈森先生，因为他们都是“梦魇”，更擅长暗中影响敌人，正面对决不知道会如何。

就在克莱恩念头转动的瞬间，艾尔·哈森主动放缓了前冲的脚步，表情变得宁静而忧伤。他嘴巴张开，吟诵起一首让人平和，让人仿佛置身于夜晚的诗歌：

“每当太阳在西方下沉，

“露珠缀满黄昏的衣襟。

“她素颜苍白得如同月明，

“或如随伴月亮的星星。

“月见草在夜露滋润下，

“绽开了优雅纤弱的花，

“像隐士一般避开阳光。”[1]

吟诵声回荡开来，克莱恩险些失去紧绷的感觉，彻底放松了下来。

还好他早有类似的经验，又未处在艾尔·哈森面对的方向，于是迅速沉淀精神，用半冥想的状态对抗着诗歌的影响。

呼……他暗自松了口气，对邓恩和艾尔的正面战斗力不再抱有怀疑。

因为才晋升没多久，对序列魔药称不上特别了解，他刚才都忘记了序列7的“梦魇”是从序列8“午夜诗人”进阶的，高序列能完整保留之前序列的能力，并伴随有一定幅度的提升。

而克莱恩对“午夜诗人”的印象全部来自伦纳德·米切尔，知道这个职业同样继承了“不眠者”的特殊，擅长格斗、射击、攀爬和感应，也擅长用不同风格的

1　原注，引用自英国诗人克莱尔的《月见草》，飞白译。后文同引内容不作再注。

诗篇对周围的生灵造成不同的影响，简单来说，就是暴力诗人。

在艾尔·哈森的吟诵声中，层层叠叠的大木箱堆旁忽有水波荡漾，浮现出了一位身穿黑色燕尾服、头戴半高丝绸礼帽的男子的身影。这男子的脸上涂着红黄白三色油彩，涂成了两边嘴角高高上翘的小丑模样，与身上仿佛参加晚宴般的正式打扮形成了荒诞可笑的对比。

噔噔噔！被介绍为神枪手的黑发洛络塔飞快冲刺，一手提枪，一手握拳，几步就靠拢了那个燕尾服小丑。

燕尾服小丑似乎受到了艾尔·哈森吟唱的影响，身体略微摇晃，眼神平静安然，一点也没有反抗的欲望。

啪！黑发女士洛络塔以拳击的步伐斜跨，提臂挥拳，轰向燕尾服小丑的脸部。

砰！空气炸响，燕尾服小丑突然如镜子般破碎了，一片一片，迅速蒸发，消失不见。

就在这个时候，几步之外的木箱堆阴暗位置，燕尾服小丑的身影飞快勾勒，重新呈现。

刚才那个受到影响的家伙竟然只是幻影！只是表演！

燕尾服小丑一如既往地咧开嘴巴，笑容滑稽，他一手按着半高礼帽，一手抬起，猛地打了个响指。

乓！他的响指打出了枪械射击的声音，洛络塔抢先左扑，连续翻滚，进行躲避。可是什么都没有发生，除了虚拟的枪响。

乓！乓！乓！

邓恩和艾尔各自抬枪，稳定点射，那燕尾服小丑时左时右，时退时滚，身形矫捷地仿佛在表演杂技。

突然，黑发女士洛络塔不知从什么地方又冲了过来，被称为神枪手的她依然拧腰摆臂，挥拳击敌。

砰！燕尾服小丑来不及躲开，上抬左臂，挡住了拳头。

见他停顿下来，邓恩和艾尔一点也没有犹豫地各自瞄准，扣动了扳机。

就在这时，燕尾服小丑抵住洛络塔拳头的手臂位置忽地燃起了橘黄色的火焰。不过腾的一下，那火焰就将燕尾服小丑包裹在内，向着洛络塔蔓延而去。

乓！乓！邓恩和艾尔的左轮分别发射，命中了那团火焰。

火焰急速燃烧，很快只剩下黑色的灰尘飞扬，可是，那燕尾服小丑的身影又出现在了不远处，半躲藏于叠放的几个木箱背后。

他抬起右手，又打了个响指。

乓！

虚拟的枪声里，洛络塔突然顿步，没做扑击，她的身前有泥土溅射，有弹孔浮现。

燕尾服小丑的这一击不再是幻象！

虚虚实实，真真假假，委实让人难以分辨。

乓！乓！乓！

燕尾服小丑连打响指，时躲时现地和邓恩、艾尔对射了起来。

看到这样的场景，洛络塔眯起了眼睛，抬起了左手持握的暗金色长管左轮。

乓！

燕尾服小丑猛然下蹲缩身，避开了致命一击，他的半高丝绸礼帽则向后飘飞，跌落于尘埃，上面有明显的焦痕弹孔。

几个翻滚，他灵活得像是卷毛狒狒般攀爬上了那层层叠叠的木箱，居高临下地打起响指，发射出空气弹。

艾尔·哈森退后几步，垂下手枪，又一次开始了吟诵：

“她的美色只对黑夜开放，

“可是夜对美视若无睹，

“对她的爱意完全盲目。

“……”

燕尾服小丑不断跳跃于木箱之间，忽地抬手掏了掏耳朵，用固定的滑稽笑容看向艾尔。

他不会预先把耳朵给堵了吧？密修会掌握的序列魔药挺奇怪的……克莱恩远远望着，心里有了一定猜测。

他的想法刚刚闪过，忽然看见一道人影出现于侧方仓库顶部，并飞快地跑向最里侧瑞尔·比伯藏匿的那间仓库。

这道身影穿着灰白色的码头工人衣物，脸上似乎也涂着红黄白的油彩。

燕尾服小丑负责引开队长他们，另外有人去取走笔记？克莱恩思绪浮动，下意识抬起右手，对着房顶的人影来了一枪。

他刚有瞄准，那道人影突地下蹲，改跑为翻。

乓！

克莱恩没有收住，扣动了扳机，只见那道人影猛然顿住，身上有血花绽放。

那人影惊愕地望了这边一眼，忍着伤痛，继续冲向最里侧的仓库。

随缘枪法了解一下……克莱恩嘴角一抽，又一次扣动了扳机，这一次，子弹命中了人影旁边的木制屋顶。

乓！乓！乓！

伦纳德和博尔吉亚也分别开枪，但都没能命中那道人影。

克莱恩本来想吐槽他们的枪法还不如自己，可扣动扳机的手指却霍然停在了那里。

对啊！为什么要阻止他？

我刚才不是占卜出仓库里面危险极大吗？让这家伙去探个路，踩个雷，不是挺好的吗？

伦纳德和那位博尔吉亚先生应该也是这个目的……

想法闪烁间，克莱恩抬高枪管，往上打鸟。

乓！乓！乓！

几声枪响里，那道人影没受半点阻碍地来到了最里侧仓库的屋顶。

他猛然下扑，手肘一撞，连同破碎的屋顶一块跌了进去。

伴随着这个声音，黑发女士洛络塔的眼睛忽然变得幽黑，左手做了个下拉的奇怪动作。

燕尾服小丑翻滚跳跃的动作当即卡顿，脚踝似乎被一只无形的手紧紧攥住了。

而邓恩没有立刻射击，反倒垂下了左轮。

他张开嘴巴，于喉结不动的情况下，纯粹用自身灵性使周围的空气产生了共鸣，虚渺的、飘忽的、古怪的声音随之响起：

“她的花一夜开到天明，

“但待到白昼睁开了眼睛，

“被凝视羞得无处可躲，

“她便在晕眩中蔫萎凋落。

“……”

燕尾服小丑挣扎的动作顿时无力，似乎失去了求生的欲望。

艾尔·哈森抬起手枪，瞄准敌人，指头即将扣动。

就在这电光石火的瞬间，最里侧仓库内传出了一声异常凄厉的惨叫：“啊！”

那惨叫声里蕴藏着极端强烈的恐惧，仿佛遭遇了什么无法想象的可怕事情。

克莱恩毛骨悚然之际，惨叫声戛然而止，最内侧那个仓库重归安静，让人头皮发麻的安静。

乓！艾尔受到一定影响，子弹只命中了燕尾服小丑的肚子。

嗬，嗬，嗬！最内侧仓库的安静再次被打破，一阵本该很轻的喘息声突兀响起，它由小变大，牵动了每个人的神经。

咚咚咚！咚咚咚！

铁黑色箱子内的2-049突然狂暴，疯到了极点。

嗬，嗬，嗬！

咚！咚！咚！

巨大的喘息和猛烈的敲击先是交替，继而重叠，让克莱恩等人的精神瞬间紧绷到极点，仿佛听见了什么邪恶的耳语。

趁着艾尔、邓恩和洛络塔的注意力被短暂引开的机会，燕尾服小丑猛地从口袋内抽出了一根长长的纸条。

啪！他右手急甩，将纸条抖成了燃烧着漆黑火焰的长鞭，将长鞭抽向自身脚踝的旁边。

一声飘忽但尖锐的惨叫荡开，燕尾服小丑摆脱了无形的枷锁，往后做出空翻。

乓！乓！乓！

邓恩、艾尔和洛络塔的子弹同时落空，钻入了木制货箱内。

燕尾服小丑不再逗留，右手按住伤口，向着远离这片仓库的方向狂奔而逃。他速度极快，眨眼间就只留下一个背影。而他消失之前，按住腹部的右手霍然往自己左臂一撩，肚子上的伤口随之消失，完好如初。左臂被撩到的位置则血肉模糊，有银色子弹若隐若现。

邓恩等人没有追赶，因为最内侧仓库里的喘息声已经大得让人眉心跳动，灵感不安。

砰！

最内侧仓库的大门突然崩裂，向着四面八方飞溅。紧跟着，一条缠着破布的事物飞了出来，落在克莱恩面前不远。

克莱恩凝神望去，发现那竟然是一条胳膊，血色的筋肉被咬得七零八落，白森森的骨头则不规则断开，往外支出。

啪！啪！啪！一样又一样事物飞了出来，先是血水溢出、瞳孔放大的眼珠，接着是被活活撕下来般的耳垂，之后是还在跳动的半边心脏，装满黄褐色物体的肠子。

要不是在瑞尔·比伯家见过更加恶心的“巨人观”，克莱恩此时恐怕又要忍不住地呕吐起来。

他的神经快要绷断，好不容易才遏制住了往漆黑门洞内开枪的冲动，然后将之前的部分空弹壳退出，装上新的猎魔子弹。

乓！邓恩返回靠拢，沉稳地向着仓库内部点射一发。

可是，他的子弹就像进入了大海，没有任何回响传出。

嗬！嗬！嗬！

巨大的喘息越来越紧促，灰白的颜色填充满了敞开的大门。

乓乓两声，艾尔·哈森和博尔吉亚的子弹穿透了灰白，但依旧没能阻止那颜色往外涌动，也没有在对方身上留下伤口，溢出液体。

克莱恩屏住呼吸，没盲目开枪，看见那灰白逐渐露出完整的轮廓。

——这是一个超过两米的人形生物，手脚关节全部不自然地反向扭曲着，像是被人硬生生折断了一样。一根又一根白森森的断骨从它的皮肤下破出，整体的灰白表面充满沟壑，如同被剥掉了外壳的人类大脑。这怪物浑身流淌着灰白的腐烂状黏稠液体，脑袋则相对正常，有深深的法令纹，有苍白的肌肤。它嘴巴张合间，能看到一颗快要掉落的全瓷假牙，几根拉成了长丝的血色唾沫，以及变为了碎屑的肌肉骨骼。

瑞尔·比伯……这还是人吗？克莱恩无声吸了口气，只感觉自己的心脏一阵乱跳。

乓！

伦纳德的猎魔子弹击中了瑞尔·比伯的额头，直接穿透过去，留下一个深深的孔洞。

灰白的液体流了出来，落到地上，滋滋扭动，变成一条条乳白而肥胖的蛆虫。

可是，那怪物却丝毫没受影响，动作不算快也不显慢地扑向了离它最近的博尔吉亚，它真正的目标似乎是那个铁黑色箱子，是封印物2-049。

“非凡力量失控……”邓恩沉声喊了一句，“洛络塔，它看起来是死灵，你尽快寻找到它的弱点。”

“好。”洛络塔没有多说，抬手按住自己的双眼。

她的瞳孔转为灰白，接着无色，像是进入了灵性的世界和死灵的国度，从更高的层次俯视着敌人，寻觅着那非常重要的“节点”。

克莱恩见正常的枪击无效，也就没浪费自己的子弹，抬手轻敲眉心，开启灵视，打算以此辅助“掘墓人”洛络塔女士。

他的视线里，怪物比伯的光芒只剩下了一种，那就是纯粹的灰白，充满疯狂意味的灰白。除此之外，克莱恩什么也没有看出来。

这时，艾尔·哈森和伦纳德·米切尔同时吟唱了起来：

“啊，恐惧的危险，绯红的希冀。

“起码一事是真：此生飞逝。

“一事是真啊，其余皆谎。

“花开一度后将与世长辞。

“……”

让人安睡的力量弥漫而出，那扭曲的灰白色怪物的动作迅速缓慢了下来，似乎无法抗拒诗歌的魅力。

就在这时，它张开嘴巴，发出了一声常人听不见的尖叫：“啊！”

砰，克莱恩脑袋一痛，自行退出了灵视状态。

他只觉鼻端瞬间流出了温热的液体，下意识伸手一抹，发现掌背尽是鲜红。

艾尔和伦纳德则同时后仰倒地，嘴角、鼻端、眼边全是鲜血的痕迹。

博尔吉亚、邓恩和洛络塔各自退后了一到两步，脸色转白。

那怪物仅仅尖叫了一声，六位非凡者似乎就已经承受不住，变得脆弱不堪。

噔！它靠拢博尔吉亚，扭曲的关节猛然一甩。

乓！乓！乓！乓！博尔吉亚和邓恩分别开了两枪，却都没能给怪物比伯造成哪怕一点伤害。

砰！博尔吉亚被抽飞了出去，加长型左轮扑通落地。

他努力了几下，想要站起，可短时间内却无法成功。

怪物比伯的口角流出黏液，向着铁黑色箱子扑了过去。

乓！

关键时刻，艾尔·哈森一枪打在了箱子上，将它击飞出去好一段距离，让怪物比伯没能抓住，前冲了足足十来米。

铁黑色箱子出现了裂痕，且随着里面咚咚咚的猛砸，越来越明显。

“找到了！”黑发女士洛络塔终于开口说话，“我需要你们控制住它，至少三秒。”

“好。”邓恩没有废话，伸手按住眉心，闭上了眼睛。

他似乎就这样睡了过去，有无形的波纹一圈又一圈荡开。

瞬息之间，怪物比伯停了下来，眼眸里的疯狂极速消退，只剩薄薄一层的透明眼皮也止不住地开始下坠。

邓恩的身体开始颤抖，衣物之下有什么东西一撮一撮鼓了起来并原地蠕动，仿佛藏着一条又一条滑腻的无鳞毒蛇。

洛络塔狂奔了过去，一个翻滚到了怪物比伯的身下。她单手按地，握拳往上，炮弹发射般轰进了怪物比伯的裆部。

噗！

她不顾腐蚀般的疼痛，按住地面的手再次用力，整个人又往上腾起了一节，拳头钻得更深。

刺啦！洛络塔小臂回伸，拖出一节满是黄褐和血污的肠子。

在那肠子之中，隐约有一本古老陈旧的笔记。

“啊！”怪物比伯这次发出了有声的惨叫，身体霍然发亮，如在融化。

“趴下！”

艾尔·哈森急促的话音刚落，克莱恩就看见怪物比伯膨胀了起来。

轰！

巨响声中，远处的克莱恩被冲击波浪直接抛飞，重重摔落。

他头晕恶心地挣扎着站起，看见怪物比伯变成了一块块恶心的、腐烂的血肉，看见邓恩和洛络塔落在十几米外，状似昏迷。

艾尔·哈森、博尔吉亚和伦纳德·米切尔也倒在了地上，或痛苦呻吟，或挣扎着想要站起却未遂。

克莱恩刚想松气，忽然发现距离自己两三米的地方有一件熟悉的事物。

那个铁黑色的箱子停止了翻滚，布满裂缝的一面朝向天空。

一条细细的、棕褐色的胳膊从那里面伸了出来。

封印物……2-049……完了！克莱恩心头一紧，立刻就要反扑向几米之外，远离封印物2-049的作用范围。

刚才那阵爆炸竟然将铁黑色箱子抛到了他的附近！

就在这时，克莱恩的脑袋突地嗡了一下，思绪随之滞缓。

糟了！被木偶控制了！

队长他们要么正在昏迷……要么还未缓过来，连起身都办不到……根本来不及……唤醒我……

不行……必须……自救！

克莱恩眼前所见，都变成了上辈子的慢镜头，全身各处关节和用于思考的大脑似乎灌入了越来越多的胶水。

他对成为真人版木偶没有丝毫兴趣，抓住还未被彻底控制的机会，竭力寻找着自救的办法。

打自己……肯定……不行……必须……外力……外力……试一试……

来不及耽搁，来不及多想，克莱恩用两三秒抓住了一个灵感，驱动“生锈”的膝关节，逆时针踏出一步。

与此同时，他没试图挣脱“扎”住自己喉咙的无形绳索，只在心里默念道：“福生……玄黄……仙尊……”

他要借助那灰雾之上的神秘世界来唤醒自己，摆脱封印物2-049的同化！

嘎嘎嘎，克莱恩的膝盖和脚踝同时发出艰涩刺耳的声音，以缓慢而扭曲的姿态，又逆时针迈出了一步：“福生……玄黄……天君……”

思绪越来越滞涩，克莱恩就像装了所有全家桶和安全卫士的电脑，一卡一卡地抬起左脚，迈向既定的位置。

“福生……玄……黄……上……帝……”

克莱恩脑海内的念头越来越僵化，越来越滞缓，仅凭本能走出了最后一步。

到了这个阶段，他知道自己已经近乎被彻底控制，即使艾尔·哈森及时起身，奔跑过来解救，估计也无法完成唤醒。

但强烈的求生欲望还是让他默念出了最后一句咒文：“福……生……玄……黄……天……尊……”

默念刚落，那混乱到极点、疯狂到极点的嘶喊与呢喃霍然响起，一下冲散了克莱恩凝固的思绪，让它支离破碎，化为一个又一个不受控制的念头。

克莱恩的脑海变成了一锅煮开的沸粥，他浑浑噩噩地感受着身体变轻，灵性飘飞。

无边无垠的灰白雾气和远近不一的深红星辰又一次呈现于他的眼前，空旷，神秘，模糊，以及朦胧。

克莱恩纷乱的想法飞快沉淀，终于恢复了思考的能力，看见了那巍峨宏大的神殿。

“呼……还好有用。”他后怕地低语了一句。

根据之前的观察，他明白一旦深陷入封印物2–049的控制，那就基本等同于死亡，正常来说，没有药物没有办法可以解救。

幸运的是，他的转运仪式和灰雾之上的神秘世界不在正常范畴内！

来回踱了几步，克莱恩开始思考目前的处境：“我总不能一直待在这里吧？等到队长他们苏醒，或者靠拢过来，事情就没法解释了……现在的我应该只剩下肉身，比活死人还像活死人……可如果冒险回去，无法确保安全啊……万一又被2–049控制住了呢？”

想法纷呈间，克莱恩忽然拍了自己额头一下，低声失笑道：“看来我还没真正适应‘占卜家’的身份啊！”

话音未落，他的身影已出现于青铜长桌的上首，端坐于那张有古怪符号的高背椅。

克莱恩将手一伸，拿起了面前凭空出现的钢笔。

唰唰唰，他在虚幻白纸上书写了一段话语：“返回现实世界很安全。”

紧接着，克莱恩从口袋里掏出了灵摆在这里的投影——经过几次聚会，他发现只要是自己身上带着的物品，都能投射到灰雾之上，但相对会虚幻不少。

左手持握住银链，克莱恩让黄水晶吊坠近乎接触到纸面，接触到“事件”。

摆动平息，他半闭上眼睛，心灵平和地默念起白纸上的话语：

“返回现实世界很安全。

“返回现实世界很安全。

“……”

一遍又一遍，克莱恩用没有减少环节的完整灵摆法进行了占卜。

眼睛睁开，他看见纯净的黄水晶吊坠在缓慢摇摆，带动着银链顺时针旋转。

顺时针是肯定，逆时针是否定……返回现实世界很安全……克莱恩松了口气，习惯性地收好银链，然后，他展开灵性，包裹住自身，模拟出往下急坠的状态。

朦胧的灰雾和深红的星辰飞快虚幻，直冲往上，克莱恩很快便看见了呆立在原地的自己，看见了半个身子悬于铁箱外的棕褐色木偶，并发现那个封印物似乎停止了一切动作。

身体的知觉传入脑海，他正待动一动手臂，确认自己的状态，耳畔忽然传来一道隐匿在风声里的嗓音："想被唤醒吗？只要你答应我一件事情，你就可以得到解救。这件事情是帮我拿起那本安提哥努斯家族的笔记。同意就点头，我知道你现在还能完成这个动作。"

谁？嗯，2-049好像没再试图控制我……也是，它不会连续影响同一个人，会有间隔……克莱恩吓了一跳，但表面却不动声色。

这时，那道嗓音又飞快地补充了几句话："如果能完成这件事情，你还将获得额外的报酬，我知道你是'占卜家'，我也知道黑夜女神的教会没有之后的序列8，而我们密修会可以给你。呵，坦白地讲，我以前就是一位'占卜家'，要不然我根本不敢返回。为了让你看到我的诚意，我现在就告诉你，'占卜家'对应的序列8是'小丑'。"

"小丑"？密修会……克莱恩险些没能保持住木偶化的状态。他完全没想到"占卜家"会和"小丑"联系在一起，难道要组成马戏团双巨头？

"好了，做出你的决定，相信我，你已经没有多少时间可以浪费了。"那道嗓音又一次随风而来，远处的邓恩和洛络塔依旧昏迷，博尔吉亚似乎伤得很重，呻吟着没有动弹，艾尔·哈森和伦纳德·米切尔则相对较好，在尝试着翻身坐起。

为什么要找我？密修会……是那个燕尾服小丑吧？他逃跑之后又悄然返回，企图捡个便宜……可为什么要找我帮忙？他现在完全可以对付这里所有人……听到对方的话语，一个个疑惑瞬间闪现于克莱恩的脑海。

既然对方说自己是"占卜家"，克莱恩开始尝试着以"占卜家"的思考风格进行分析：

"他敢于返回，肯定是占卜出了希望，相信怪物比伯会被消灭，相信我们会遭受重创。他不自己去拿那本笔记，不直接对付我们，应该是占卜出这件事情蕴藏着极大风险，所以怀疑队长和洛络塔女士是假装昏迷，怀疑这是为他而布置的陷阱。他不更多占卜，不确认我现在的状态，一方面可能是因为时间上来不及了，再等下去，艾尔·哈森先生他们就能恢复一定战力；另一方面也是轻视我的存在，认为没有必要。他对‘占卜家’很了解，相信我必然摆脱不了木偶的控制……他在拿我当试探陷阱的炮灰……这从另外一个方面说明转运仪式的外在表现几乎没有异常……”

大脑毫不滞涩的克莱恩只觉前后思路通畅，大致把握到了燕尾服小丑的想法和目的。

至于对方的承诺，他是一点也不信——“炮灰”没有人权！

念头飞快闪现，克莱恩控制住脖子，假装艰难生涩地点了一下。

做出这个动作的同时，他真正确认自己已经摆脱了封印物2-049的控制。

他刚点完头，侧方两三米外顿时有透明的幕布掀动，勾勒出一个身穿燕尾服、脸涂小丑油彩的人影，正是之前逃跑的那个密修会成员。

此时，克莱恩因为之前反向转身，试图扑出2-049影响范围的尝试，是背对铁黑色箱子，背对那个木偶的，燕尾服小丑处在他的侧前方，一是远离封印物，二是避过他的枪口，显得相当谨慎。

燕尾服小丑从口袋内抽出了一条长长的纸张，猛地抖甩了一下，将它抖得笔直，抖得宛如木棍。他拿着这根木棍，隔着两三米的距离，戳向克莱恩的肩膀，试图唤醒对方。

这家伙对2-049很了解嘛，知道有安提哥努斯家族后裔的气息残留的地方，木偶会狂暴，会同时控制两个人……他也清楚用石头砸似乎没有效果？至少我没见队长他们之前有类似的尝试……克莱恩虽然不明白2-049后续为什么不再试图同化自己，但也不敢在五米范围内过多停留，因此提起一颗心，等待着机会。

那纸条变成的木棍刚要触及他的肩膀，克莱恩的左手忽然抬起，一把抓住了木棍顶端，猛地往后一拉。

燕尾服小丑猝不及防，身体被直接拉动，往前踉跄了好几步，与克莱恩之间的距离再次缩短，已不足两米。

与此同时，克莱恩早就准备好的右手指头用力，按动了左轮的扳机。

乓！乓！

他连开了两枪，但没瞄准燕尾服小丑，而是对着他的背后，对着他远离封印物2-049的一侧！

枪声未响，燕尾服小丑已主动从踉跄变为了滚动，本能地提前规避。

克莱恩松开抓住纸条木棍的手，噔噔噔迈步，冲出去好几米，冲出了危险范围。

燕尾服小丑刚滚了两圈，正想反身外扑，脑袋却突然嗡了一下，思绪迅速陷入滞缓。

不好！他故意迫使我往……安提哥努斯木偶方向躲避！我在五米……范围内

了……可是他怎么……可能没被……安提哥努斯……木偶……控制……

燕尾服小丑的翻滚停了下来，他关节生锈般想要爬往外面。

这个时候，克莱恩已转过了身体，双手持握住左轮，瞄准了动作缓慢的目标。

在他的眼里，这相当于射击固定靶了。

——因为之前目睹了燕尾服小丑和邓恩、艾尔、洛络塔的战斗，克莱恩知道对方动作敏捷，擅长翻滚，所以即使彼此间的距离才一两米，也谨慎地放弃了直接射击，改为逼迫对方躲往自身预想的主场，也就是封印物2-049附近！

而要是木偶没有效果，燕尾服小丑也会确认自身落入了陷阱，反扑只是为了逃跑，不具备真实的威胁性。

乓！

在燕尾服小丑难以描述的眼神里，身穿黑色正装的他冷静地扣动了扳机。

乓！

银色的子弹越过几米的距离，准确地钻入燕尾服小丑的脖子，大股大股的鲜血随之流出，染红了肌肤，染红了领结。

燕尾服小丑无法发出惨叫，喉咙里嗬嗬有声，他想要抬手，转移那致命的伤势，可肩关节和肘关节却仿佛灌满了胶水，动作生涩而缓慢。

乓！

进入半冥想状态的克莱恩没有被鲜血吓到，又一次扣动了扳机，平静得像是在进行日常练习。

燕尾服小丑的额头霍然出现了一个狰狞的孔洞，赤红汩汩涌出，双眼的光芒暗淡下来，这把精致的左轮威力比克莱恩预想得要强上不少。

膝盖弯曲，手臂垂下，燕尾服小丑缓缓倒地，眼神里凝固着的尽是茫然。

他的身体抽搐了几下，慢慢舒展开来，再没有别的动静。

一枪命中，克莱恩已很酷地回身，抖开转轮，让空的弹壳一枚一枚相继落地。

然后，身穿黑色正装、头戴半高丝绸礼帽的他一边走向艾尔·哈森，一边从口袋内掏出最后一枚银色猎魔子弹，将细长的子弹塞入弹仓。

他之所以不回头看燕尾服小丑的惨状，纯粹是因为初次杀人的不适，但不杀也不行，他可不知道对方被木偶彻底控制后会发生什么。

而且，他不想冒险再进入封印物2-049的影响范围，毕竟谁也说不清楚这一次会不会出现诡异变化，让转运仪式的自救失效。

至于燕尾服小丑身上的物品，克莱恩只在意有没有那所谓的“小丑”魔药配方，或者相应的线索，但这不是需要急着完成的事情，等下可以和邓恩、艾尔等人一块来做，值夜者队伍得到了也就近乎等于自己得到了，他们不可能舍不得序列8

的魔药配方，大不了再花费时间累积功劳，反正才成为“占卜家”没多久，距离完全消化还有很长一段距离。

思绪翻腾间，克莱恩快步走到了艾尔·哈森旁边，这位身穿灰色对襟风衣的绅士几次挣扎坐起，又都尝试失败，跌得浑身都是泥土与灰尘。

“哈森先生，需要我做什么吗?”他蹲了下来，开口问道，手里的左轮则斜指着地面，防止误击发。

艾尔喘了口气，感叹了一声:“那怪物实在太强了，要不是还有弱点……”说到这里，他指着身旁一个天蓝色的金属小瓶，自嘲道,“本来想服食药剂的，但手抖了一下……”

那天蓝色金属小瓶大概有克莱恩拇指粗细，高度不超过五厘米，暗藏螺旋纹的盖子落在一边，被液体完全浸湿。

克莱恩伸手捡起小瓶，眯眼瞧了瞧，无奈回答道:“哈森先生，只剩瓶壁上的几滴了。”

“你去……博尔吉亚身上找，内侧，内侧口袋里。”艾尔说话间连续喘息。

“好的。”克莱恩站起身，随口问了一句,“这是治疗药剂吗?”

“不，它只有一定的治疗效果，主要，主要是刺激我们的精神，压榨我们身体的……潜能，让我们短时间内，短时间内保持住良好的状态，支撑到返回，支撑到接受，接受治疗。”艾尔尝试着坐起，再一次未遂,“它的名称是,‘女神的凝望’……你记得先让博尔吉亚喝一半。”

克莱恩没再耽搁，转过身体，快步来到痛苦呻吟的博尔吉亚旁边，从这位半昏迷的值夜者怀里找出了那制式的天蓝色金属小瓶。拧开盖子，他小心翼翼将瓶口凑到了博尔吉亚嘴边。

博尔吉亚有所感应，努力张开了双唇。瓶身倾斜，暗红色的液体流入了博尔吉亚的嘴里。

估算着分量，克莱恩及时收手，重新拧上了瓶盖。

那药剂的效果似乎真的不错，博尔吉亚吞咽之后没几秒，眼中的神采就重新凝聚，并低哑着开口道:“谢谢。”

说完，他以手撑地，缓慢坐起，先处理了自己的伤势，然后走向昏迷的洛络塔和邓恩，从后者内侧的口袋里找出了“女神的凝望”。

克莱恩则返回艾尔身边，将剩下的半瓶药剂喂入对方口中。

艾尔喘息了几声，动作忽然变得矫捷，像是从未受伤般站了起来。

“我去帮助博尔吉亚，你负责你那位同伴。”这位很有中年男士魅力的先生指了指伦纳德·米切尔。

克莱恩没有意见，转过身体，小跑着来到诗人伦纳德旁边。

“不用了，我自己能喝。”头发凌乱垂下的伦纳德微笑着举了举手里的天蓝色金属小瓶。

看着对方将手一撑，敏捷地站起，本想腹诽的克莱恩突然怔住：伦纳德的伤势比我预料得轻……他有能力在最开始就服食药剂！

也就是说，他可能看到了我逆时针走四步的转运仪式！

不，这件事情还好，我的默念都在心里，而转运仪式也没有外在的异常表现，否则燕尾服小丑不可能上当……但就算是这样，早已恢复却选择旁观的伦纳德肯定也看见了不少事情，比如，我没受2-049影响，暗算了燕尾服小丑……

就在克莱恩眼睛略微眯起的时候，相向而来的伦纳德停在了他的旁边，眼视前方，低笑道："我本来想救你的，可发现你并不需要。"

“不用在意，这个世界上有很多特殊的人，总是能做到别人做不到的事情，比如说你……也比如说我。”伦纳德嘴角上翘，越过克莱恩，走向了苏醒的邓恩和洛络塔。

自恋狂……克莱恩暗自吐槽了一句，内心放松了不少。

看样子，伦纳德·米切尔也藏着不少秘密啊……他若有所思地与大部队会合，看着队长邓恩戴上手套，拾起了那本沾满黄褐与血污的安提哥努斯家族笔记。

这本笔记的封皮完全由深黑色硬纸制成，它散发出古老而悠远的气息，丝毫没有变软和腐烂的迹象，与克莱恩梦中见到的样子近乎一致，以至于他开始怀疑，怀疑打开之后会看见一个戴绚烂头饰的愚者。

但他很快就知道自己想多了，因为邓恩小心翻开了笔记，做最后的确认。

上面的单词，角度不佳的克莱恩看不太清楚，但他可以肯定的是，其中并没有穿华丽衣物、戴绚烂头饰的愚者。

“咳，没问题。”邓恩合拢笔记并牢牢握住，然后看向艾尔等人道，“这几天先将它和封印物2-049一块存放于廷根市的查尼斯门后，等到你们恢复，或者贝克兰德再派人过来。”

听到这句话，克莱恩又有点失望，又感觉庆幸，他很想再看一遍那本安提哥努斯家族的笔记，弄清楚原主和韦尔奇、娜娅的死因，但又觉得这件古老的物品充满了不幸，总是带来灾祸，所以不敢去触碰。

上交给教会总部，严密封印起来，算是最好的选择了……他暗自吐了口气。

“好的。”艾尔·哈森与博尔吉亚、洛络塔三人则各自点头，同时转身，来到了封印物2-049旁边。

他们互相唤醒着彼此，将不知什么时候已恢复行动的木偶重新塞入了有裂口的铁黑色箱子，并严密监控。

“一切正常。”艾尔的语气里多了几分轻松。

只有微芒的铁黑色箱子内，缠着油渍布条的木偶吱嘎吱嘎吱地翻了个身，让涂着小丑油彩的脸孔对准了光源。

在这张诡异的脸孔上，在那纯黑色的无瞳眼眸下方，出现了两道不容易被发现的暗红色细小裂缝。

（未完待续）